Martha Kindermann

DAS Flüstern DER Moosglöckchen

Dunkelstern Verlag

Dunkelstern Verlag GbR
Lindenhof 1
76698 Ubstadt-Weiher
http://www.dunkelstern-verlag.de
E-Mail: info(at)dunkelstern-verlag.de

Illustrationen: Dunkelstern Verlag unter Verwendung von Grafiken
von www.unsplash.com und www.pixabay.com

Druck: booksfactory (PRINT GROUP Sp. z o.o./ul. Cukrowa 22/71-004 Szczecin (Polen))

ISBN: 978-3-910615-36-6

Ungekürzte Taschenbuchausgabe.
2. Auflage

»Mir ist lieber,
in einer von Geheimnissen
umgebenen Welt zu leben,
als in einer, die so klein ist,
dass mein Verstand sie begreift.«

Ralph Waldo Emerson

Prolog

Ich war noch nie verliebt.

Das schiefe Grinsen eines Mannes hat mich nie so durcheinandergebracht, dass ich meine Muttersprache vergessen oder zu sabbern begonnen habe. Ich durfte nie die Sehnsucht spüren, die einen wahrlich liebenden Menschen übermannt, wenn die bessere Hälfte nicht da ist. Ich kenne all diese Gefühle nur aus Büchern und Filmen, habe mir immer eingeredet, dass ich nicht fähig sei zu lieben oder es mit all meinen schrulligen Macken nicht wert bin, geliebt zu werden.

Und jetzt ist es zu spät.

Scheiße!

Grüße an meine Mama, wo auch immer sie gerade steckt. Ich weiß, fluchen ist sündhaft, aber meine Situation lässt sich gerade nicht treffender beschreiben. Verzeih mir. Ich hab dich lieb.

Mein irdisches Leben ist zu Ende. Das Abenteuer, auf welches ich mich erst vor Kurzem einließ, vorbei, bevor es richtig Fahrt aufnehmen und mich verändern konnte.

Ich wollte mutig sein, über den sprichwörtlichen Tellerrand sehen und die Welt retten. Klingt utopisch und abgedroschen? Ist es, aber es erfüllte mich mit einer Lebendigkeit, mit einer Kraft, die nicht aus mir, sondern aus all den pulsierenden Mächten, die mich umgeben, stammte und am besten mit dem Wort *Magie* zu beschreiben ist.

Dies ist also nicht die romantische Biografie, die vom *Glücklich-bis-ans-Ende-aller-Zeiten* erzählt. Ich werde keinen Frosch küssen, keinen vergifteten Apfel essen und keine rote Kappe tragen, obwohl Rot eine tolle Farbe ist, keine Frage. Nein, ich habe mich für den einsamen Turm, den hundertjährigen Schlaf und die Schwefelhölzchen entschieden.

Und obwohl es für mich keinen Prinzen oder das allseits beliebte Happy End geben wird, hat diese Geschichte sehr viel von einem Märchen und ist es wert, erzählt zu werden.

Bereit?

Es war einmal ein kleines Mädchen, das den Wald und alles, was darin kreuchte und fleuchte, mehr liebte als alles andere auf der Welt. Ihre Eltern bewohnten eine bescheidene Hütte zwischen Kiefern und Eichen und das Mädchen war trotz der großen Entfernung zur nächsten Siedlung nie einsam.

Es erzählte den Seerosen Geschichten von Elfen und Kobolden, lauschte dem Wind, der die Gedanken der Bäume an ihre Ohren trug und spielte Fangen mit den Geistern des Waldes, die nur sie zu kennen schien.

Ihre kleine Welt war ein magischer Ort des Glücks im Einklang mit der Natur und ihren Wundern …

Bis ihre Eltern beschlossen in die große, unbekannte, beängstigende Stadt zu ziehen und das Mädchen ihre Wurzeln verlieren sollte.

Da lief sie tief in den Wald hinein, ohne zurückzublicken, ließ sich vom Wassergeist über den Fluss tragen, vom Nordwind über große bemooste Steinbrocken heben und wurde über die Jahre eine von ihnen.

Wenn die Sonne über den Kiefern aufging, glitzerten Tautropfen auf ihrer von Sommersprossen übersäten Haut, wenn der Himmel sich schwarz färbte, sah man die Sterne in ihren Augen funkeln und wenn die Moosglöckchen zu blühen begannen, färbte sich ihr nussbraunes Haar zart rosa. Keine Menschenseele hätte Linnea je zu Gesicht bekommen, wäre nicht …

Fio

Dr. Fiorello, wachen Sie auf! Dr. Fio …«

Die sanften Wellen, die mich bis gerade eben so herrlich gewogen haben, werden plötzlich zu Presslufthammererschütterungen und die einlullende Frauenstimme bekommt einen schrillen und überaus nervigen Unterton.

»Dr. Fio, es reicht! Wenn Sie jetzt nicht endlich die Augen aufschlagen, hole ich Dr. Dimas und sie wird Ihnen ordentlich den Hintern versohlen!«

»Was?« Wie vom Blitz getroffen schrecke ich auf und muss feststellen, dass ich nicht auf einer Gondel dem Sonnenuntergang entgegen schippere, sondern am Bett einer Patientin eingeschlafen bin, und das im Beisein einer Kollegin.

Scheiße!

»Ein Wunder!«, meint sie mit hochgezogenen Augenbrauen, während sie die Hände wartend in die Hüfte stemmt und von oben auf mich herabsieht.

»Sie sollten sich jetzt ganz schnell wieder in den Griff bekommen, Herr Doktor. Die Chefin ist bereits auf dem Weg und na ja«, sie legt den Kopf schief und deutet auf die Mitte des Patientenbettes, »sie sollte besser nicht sehen, dass sie mit unserer geheimnisvollen Fremden Händchenhalten und dabei ihre Bettdecke vollsabbern.«

»Ich habe doch nicht …«, will ich widersprechen, als ich ihre Unterstellung prüfe und mich frage, wann endlich der verdammte Boden unter mir aufreißen würde.

Ein nasser Fleck an der Stelle, an der bis eben mein sicher völlig zerknittertes Gesicht lag, beweist ihre Aussage und meine Finger streichen wie fremdgesteuert über Linneas zarte Hände.

Zarte Hände? Habe *ich* das jetzt gerade gedacht? Shit, ich brauche Abstand, einen Kaffee und – Abstand!

»Guten Morgen.« Die Tür fährt zur Seite. In letzter Sekunde kann ich mich loseisen und neben Schwester Poppy ans Fußende des Bettes zur Visite aufstellen.

Puh, war das knapp. Ich beginne zu schwitzen, sehe leicht verschwommen, weil mir das abrupte Aufstehen Schwindel beschert hat und versuche, möglichst unauffällig, die Reste meiner angetrockneten Spucke aus dem Mundwinkel zu wischen.

»Fio, wie schön dich zu sehen, ich habe dich letzte Nacht vermisst.«

Kann dieser Morgen eigentlich noch peinlicher werden? Ich bin sowas von am Arsch. Wie soll ich meiner Verlobten, die praktischerweise zugleich meine Geldgeberin ist, erklären, dass ich ihre Gesellschaft nur allzu freiwillig gegen die meines derzeitigen Forschungsobjekts getauscht habe? Zumal es sich nicht gerade um eine Laborratte handelt, sondern um das wohl faszinierendste und wunderschönste Geschöpf, das diese Erde mir jemals vor die Nase gesetzt hat.

»Narcissa«, beginne ich meinen lächerlichen Versuch, eine glaubhafte Erklärung zu formulieren, »gestern Abend …«

»Ist etwas sehr Merkwürdiges geschehen«, übernimmt Schwester Poppy und mich überkommt das dringende Gefühl, dass sie soeben versucht, meinen Kopf aus der Schlinge zu ziehen.

»So? Etwas Merkwürdiges?«, wiederholt Narcissa wachsam. »Was kann so *merkwürdig* sein, dass mein Verlobter mich ohne eine Nachricht versetzt, seinen Pager ignoriert und den Posten der Nachtschwester übernimmt?« Die Kälte in ihrer Stimme kommt dem von Poppy angedrohten Hinternversohlen beängstigend nahe.

»Linnea hat gesprochen. Im Schlaf. Also, einfach so. Richtige Worte. Mit Buchstaben.« Poppys Lügen bringen mich zum Schmunzeln und ich nehme schnell die Hand vor Nase und Mund, um uns beide nicht zu verraten.

»*Linnea?*«, fragt Narcissa und kommt geschmeidig wie eine Siamkatze auf uns zu.

O Mann, seit wann jagt mir diese Frau eigentlich Angst ein? Wir kennen uns mittlerweile seit acht Jahren. Ich war ein Student ihres Vaters, wurde ihr eines Tages auf einer seiner zahlreichen Partys vorgestellt und noch am gleichen Abend von ihrer Familie quasi adoptiert. Seit jenem Tag fehlte es mir an nichts. Ich bekam einen Job, im wohl wichtigsten Forschungsinstitut unseres Landes und nach Beendigung meines Studiums den dezenten Wink des Professors, dass es an der Zeit sei, seiner Tochter einen Antrag zu machen. Ich tat es, weil es die logische Schlussfolgerung war. Und vielleicht auch, weil mir Professor Dimas nicht wirklich eine Wahl gelassen hätte. Wenn ich es mir so überlege, hatte ich wohl damals schon Angst. Heute eben vor seiner Tochter, der CEO des ‚Whim of Nature Conservatory', kurz WONC, und meiner zukünftigen Ehefrau.

»Ja, *Linnea*«, antwortet Poppy auf Narcissas Frage und ich bin ihr erneut dankbar für die Initiative. »Wir können das arme Ding doch nicht ewig Patientin 307 nennen, oder? Schließlich ist sie bereits seit zwei Wochen hier und da dachten wir …«

»Wir?« Mittlerweile ist Narcissa direkt vor mir stehen geblieben und starrt mich mit verschränkten Armen aus ihren schwarzen Augen nieder.

Wie komme ich aus der Nummer nur je wieder raus?

»Ja, wir«, sprudelt es gutgelaunt aus der quirligen Poppy. »Der Name war Dr. Fios Idee, weil …«

»Poppy, seien Sie doch bitte so gut und sprechen Ihren Vorgesetzten mit vollständigem Namen an. Das gebietet der Anstand, nicht wahr?« Sie würdigt Poppy keines Blickes und gibt weiterhin ihr Bestes, mir ein mieses Gefühl zu bescheren.

Warum eigentlich? Warum wirst du in Narcissas Gegenwart zum Schoßhündchen?

Weil sie älter ist als ich? Weil sie mehr zu sagen hat als ich? Weil sie mein verdammter Boss ist? Aber was noch viel wichtiger ist: Warum lasse ich zu, dass sie Poppy demütigt, obwohl ich mich selbst bei jedem in unserem Institut als *Fio* vorstelle und nichts, wirklich gar nichts auf meinen vollständigen Namen gebe? David Raffaele Fiorello. Mit dem Doktortitel vornweg, auf den ich ebenso pfeife, klingt dies doch schwer nach angeberisches, Cabrio fahrendes, überbezahltes Arschloch. Nein, danke!

»Sie haben recht, Dr. Dimas, ich bitte um Verzeihung«, entgegnet meine Lieblingskrankenschwester und nestelt nervös an der übergroßen Mohnblume herum, die heute ihre pechschwarzen Haare ziert.

Mann, Fio, hilf ihr, du Waschlappen! Schließlich ist die Namensgebung der Patientin 307 auf deinem Mist gewachsen.

»Reg dich ab, Schatz«, stelle ich mich dem menschgewordenen Drachen, der meine Lebensgefährtin ist, entgegen. »Poppy und ich sind Freunde und *Fio* ist mehr als in Ordnung. Außerdem hängt sie vehement den Doktor davor, obwohl ich auch darauf nicht bestehe.«

He, wow, für dieses zusammenhängende Statement kann ich mir wirklich mal still und heimlich auf die Schulter klopfen.

Poppy lächelt mich freundlich an, während Narcissas Augen zu schmalen Schlitzen mutieren und Dampf aus ihren Nasenlöchern zu kriechen scheint.

»Wir haben Patientin 307 Linnea genannt«, fahre ich fort, »weil ihr Haar so wunderschön hellrosa schimmert wie die Blüten der Moosglöckchen, zwischen denen ich sie gefunden habe.«

»Wunderschön?«

Gleich speit sie Feuer. Ich bin sowas von tot. Warum hab ich nicht einfach die Klappe gehalten?

»Du beschreibst das Haar einer *Wilden*, die im Wald verwahrlost, keine Steuern bezahlt und nun dem WONC auf der Tasche liegt, als *wunderschön*? Was läuft bei dir falsch, David?«

Die pure Verachtung schlägt mir entgegen, als sie das I meines Namens bewusst betont und anschließend die Zähne so fest zusammenbeißt, dass ich das Knacken ihres Kiefers hören kann.

»Ja, Narcissa, das tue ich. Dieses Mädchen ist ein Wunder. Das Land, auf dem sie lebt, dieses kleine Stück paradiesische Natur, dieses unberührte Fleckchen Erde, welches den Wald in seinem Urzustand zeigt und ein solches Phänomen hervorbringt, ist wun-der-schön. Ich finde kein anderes Wort, tut mir leid. Oder auch nicht. Denk doch, was du willst.« Okay, krass. Ich habe ihr soeben die Stirn geboten. Ich. Fio – mit oder ohne Doktortitel davor. Kaum zu glauben.

»David!«

»Sie ist ein Rätsel, Narcissa. Eine Kuriosität. Und genau das untersuchen wir hier im Institut. Sie bekommt einen Namen, wie jede neue Pflanzenart, die wir entdecken, jeder Falter, der zum ersten Mal auf unserem Radar erscheint und jedes Menschenkind, das das Licht der Welt erblickt. Solange sie schläft und uns ihre Geschichte verborgen bleibt, nennen wir sie Linnea, das Moosglöckchen, auf deren Haut am Morgen der Tau glitzert.« Ich wage einen Schritt zur Seite und mache Narzissa die Sicht frei. »Sieh sie dir an! Eine Laune der Natur, aber kein Grund zur Eifersucht.«

»Eifersucht?«, kommt es zickig über ihre knallroten Lippen. »Du überschätzt deine Wirkung auf mich, David Fiorello. Ich kann es nur nicht leiden, wenn mein zukünftiger Ehemann vergisst, wo sein Platz ist. An meiner Seite. Ich erwarte dich heute Punkt 18 Uhr bei mir zu Hause. Es gibt etwas zu feiern. Ich koche.«

»Du kochst? Seit wann denn das?«, frage ich, während sich Narcissa zur Tür wendet.

»Seit mein Verlobter auf Wildkräuter zu stehen scheint, und ihm ein gemischter Salat wie ein Wunder vorkommen wird.«

Ha, ha, sehr witzig.

»Moss wird dich abholen, damit du nicht wieder die Zeit über deinen ‚Projekten' vergisst.« Und schon sehen wir ihren weißen Kittel und den streng gebundenen Zopf nur noch von hinten.

Ich fahre mir angespannt über den Nacken und kann ein genervtes Stöhnen nicht unterdrücken. Diese Frau. Kann man sie überhaupt jemals zufriedenstellen?

»Doktor Fio?«, reißt mich Poppy aus meiner Starre, »darf ich Sie etwas fragen?«

»Sie tun es auch, wenn ich Nein sage, oder?«

»Vermutlich«, flüstert sie verschwörerisch.

»Dann lassen Sie mal hören, Poppy. Aber vergessen Sie nicht: Die Uhr tickt. Ich muss noch nach William mit dem Federschopf sehen, Floras heilende Fischhäute austauschen und den blauen Riesenchampingon unter die Lupe nehmen. Und um Punkt 18 Uhr habe ich eine Verabredung.« Sie verdreht die übergroßen Puppenaugen.

»Womit wir beim Thema wären«, glaube ich, aus ihrem Gebrabbel herauszuhören. Okay, jetzt bin ich neugierig. »Warum wollen sie Dr. Dimas heiraten?«

Wie bitte? Das hat sie nicht wirklich gefragt, oder?

Ich hebe den rechten Zeigefinger … will zu einer Antwort ansetzen … halte inne und versuche es schließlich so:

»Poppy, ich mag Sie, ehrlich. Aber das geht Sie rein gar nichts an. Kümmern Sie sich nun bitte um Linneas …«

»Sie lieben sie nicht«, fährt sie mir frech dazwischen.

Die Ehrlichkeit, die ich an der freundlichen Poppy bisher stets geschätzt habe, geht mir gerade mächtig auf den Zünder.

»Was wissen Sie schon von Liebe?«, kontere ich eiskalt. »Sie bewohnen ein winziges Zimmer mit Schrankküche hier im Institut, verlassen nie das Gebäude und sprechen mit Ihren Topfpflanzen.«

Shit. Das war fies. Vielleicht sollte sie doch meinen ArschlochCabrioNamen benutzen.

»Sie sind gemein!«

Sag ich ja. Und ich habe jedes Wort verdient, welches sie mir gleich an den Kopf schleudern wird.

»Aber ich weiß, dass Sie es nicht so gemeint haben. In Wahrheit sind Sie einfach nur sehr traurig und allein. Ich spreche vielleicht mit meinen Pflanzen, und sie auch mit mir, aber Sie haben nur ihre Arbeit, eine gruselige Frau, die Sie behandelt, als führe sie Sie an der kurzen Leine und mithilfe von Angst.«

»Angst?«, entfährt es mir skeptisch.

»Ja, sicher. Sie haben Angst, ihr den Laufpass zu geben, damit Ihren Job zu riskieren und sich Hals über Kopf wahrhaftig und echt zu verlieben. Dr. Fio, Sie gehen in ihrer Gesellschaft ein wie eine Orchidee, der das Sonnenlicht fehlt. Sie werden nie Blüten tragen, wenn Sie sich nicht abnabeln. Dr. Dimas ist …« Sie zögert.

»Ja?«

»Ich versuche es mal in mit der abgeschwächten Variante: wie eine mächtige Weide. Schön anzusehen, keine Frage. Beeindruckend und einschüchternd, absolut. Aber sie lässt Sie in ihrem Schatten verkümmern, entzieht Ihnen das Wasser. Bitte, werden Sie nicht wie sie.«

»Und das wäre wie genau?«, hake ich nach und frage mich ernsthaft, ob ich die Antwort verkrafte.

»Gemein, kaltherzig und egoistisch.«

Harte Worte.

»Verlieren Sie nie den Blick für Wunder wie Linnea. Hören Sie nie auf, den Dingen, die Ihnen am Herzen liegen Namen zu geben, und bitte, bitte – verpetzen Sie mich bloß nicht.«

Sie zwinkert mir zu, drückt mir Linneas Akte in die Hand und verabschiedet sich mit den Worten:

»Ich lasse Sie zwei mal ein paar Minuten allein. Fieberthermometer und Blutdruckmesser liegen auf dem Tisch. Sie übernehmen das doch sicher gern für mich, oder? Ich bin zum Tee mit meinem Christusdorn verabredet. Bis später.«

Und weg ist sie. Tolle Quote, Fio. Zwei Frauen, die dir sagen, wo es langgeht und dich dann bedröppelt stehen lassen. Vielleicht sollte ich mein Dasein tatsächlich überdenken, mir eine schweigsame Blume zulegen, die ich ohne Gewissensbisse *wunderschön* nennen darf und mich in die Einsamkeit des Waldes zurückziehen, wie Linnea es getan hat.

Linnea.

Ich lasse mich erneut auf dem Stuhl an ihrem Bett fallen und schlage die Akte auf.

Patientin 307. Größe: 168 cm. Gewicht: 53 kg. Geschätztes Alter, laut Handwurzelknochencheck: Anfang 20. Herkunft: unbekannt.

Ratlos, müde und seltsamerweise völlig durch den Wind streiche ich mir die braunen Haare aus dem Gesicht und schiebe meine Brille an die Stelle, wo sie hingehört.

Ich betrachte die schlafende Schönheit, deren Geheimnis ich nur zu gern lüften würde und greife erneut nach ihrer Hand, die sich leicht wie eine Feder in meine schmiegt.

Ihr Puls geht gleichmäßig, ihre Brust hebt und senkt sich, ihre Vitalwerte sind fast schon besser als gut … doch sie … schläft.

Ob sie mich hören kann? Meinen streichelnden Daumen spüren kann?

Moment. Was? Shit. Das sollte ich besser lassen! Behutsam lege ich die feingliedrige Hand zurück, die sich in meiner für einen Moment so unfassbar richtig anfühlte, dass mich nun eine bescheuerte Sehnsucht packt, die ich nicht zu erklären vermag. Wie kann man sich nach der Nähe eines Menschen sehnen, mit dem man bisher weder gesprochen, noch in seine, beziehungsweise, ihre Augen gesehen hat? Die Augen sind doch angeblich die Fenster der Seele, oder so. Ihre sind geschlossen. Geben keinen Einblick in ihr Innerstes und sperren mich aus. Dabei würde ich zu gern …

Stopp, Fio. Du Idiot. Noch vor wenigen Minuten hat dich deine extrem heiße Verlobte zum Essen am Abend zitiert, und du denkst an die mysteriösen Augen einer gänzlich fremden Frau, die zudem unter deinem Schutz stehen sollte? Schlag sie dir aus dem Kopf! Oder bist du krank? Einen auf Herzensbrecher machen und hübschen Mädchen nachstellen, ist doch sonst eher Moss' Ding.

Wie recht du doch hast, gruselige Stimme des Gewissens, die gefälligst ihre Klappe zu halten hat! Ich hab's kapiert: Anfassen ist tabu! Meine Faszination kann ich jedoch nicht per Knopfdruck ausschalten, verstanden? Noch nie habe ich ein derartiges Verlangen danach gespürt, ein menschliches Wesen kennen zu lernen. Noch nie habe ich eine Verbindung empfunden, in einem Ausmaß, das mir Angst macht und noch niemals war mein wohl erzogenes Herz in Anwesenheit einer Frau so aus dem Takt geraten. Lass mich also diese eine Frage stellen:

»Wer bist du, Linnea, und was um Himmels willen hast du mit mir vor?«, murmle ich.

Das waren zwei Fragen.

»Krümelkacker!«, fasele ich weiter. »Und nun, raus aus meinen Gedanken, sonst passiert hier gleich etwas.«

Ich glaube, ich sollte psychologische Hilfe beanspruchen, nehme ich mir vor.

»Selbstgespräche sind nur bis zu einem gewissen Grad unbedenklich.«

Linnea

Bitte rede mit dir selbst! Fio, das ist doch dein Name, oder? Alles ist besser als diese beklemmende Stille. Ich ertrage sie nicht mehr!

Die meiste Zeit des Tages bin ich allein. Allein in einem geschlossenen Raum, der keine Sonnenstrahlen auf meine Haut lässt. Gefangen im eigenen Körper. Verdammt dazu still zu liegen, still zu sein, nichts, aber auch gar nichts zu sehen und Luft einzuatmen, die so giftig riecht, dass sie mir Angst macht. Eigentlich macht mir alles Angst. Keine Ahnung, wie lange ich hier schon gefangen bin, welche Tageszeit wir haben oder wann mir zuletzt der Wind um die Nasenspitze wehen durfte.

Woran ich mich erinnere, ist ein sirrendes Geräusch, ein stechender Schmerz im Nacken, an meinen Kopf, der auf einen bemoosten Stein knallt und eine Stimme. *Seine* Stimme. Fios Stimme.

»Ich werde auf dich aufpassen, Mädchen«, hatte er geflüstert, während mir die Sinne schwanden, und meine Welt in Dunkelheit versank.

Seitdem bin ich hier und warte. Warte, dass ich aufwache, dass ich eine Erklärung erhalte, dass man mir verrät, warum ich meinen Wald, meine Heimat, mit allem was ich liebe, verlassen musste und hier die Zeit verschlafe.

Am ersten Tag habe ich innerlich geschrien, wollte um mich treten, verstand nicht, was diese Fremden mit mir vorhatten und war dennoch machtlos. Wie sollte ich mich bemerkbar machen, wenn ich faul herumlag und keinen Finger, geschweige denn meine Stimme heben konnte? Mein Kopf pochte, als hätte sich der Specht darin eingenistet, und ich war kurz davor gewesen zu implodieren.

Am zweiten Tag hatte ich Angst bekommen. Was würden diese Unmenschen mit meinem Zuhause anstellen? Hatten sie mich gefangen genommen, um auch noch das letzte bisschen Paradies auf Erden zu vernichten? Die Kiefern zu roden, die Beeren zu zertreten, die Tiere zu töten, um ihre Macht zu demonstrieren, nur um dann ein Haus zu bauen? Ein großes Haus? War das ihr Plan? Und war ich dazu verdammt, stille Beobachterin zu sein?

Am dritten Tag war ich traurig geworden und Heimweh hatte Panik und Verzweiflung abgelöst. Ich vermisste das Gras zwischen meinen nackten Zehen, den Anblick der sich öffnenden Seerosen, die kühlen Nächte unter sternenklarem Himmel und den Geruch des Waldes nach einem herrlichen Sommerregen. Letzteres inzwischen nicht mehr ganz so schmerzhaft, da ein gewisser Jemand, der hin und wieder Selbstgespräche führt, von einer ganz ähnlichen Duftnote umgeben wird. Sommerregen. Ja, Fio – Entschuldigung, Dr. Fiorello – riecht nach Sommerregen und damit viel zu vertraut, als dass ich es mir eingestehen dürfte.

Heute habe ich schon lange aufgehört die Tage zu zählen, bin es leid, Angst zu haben oder mir Fragen zu stellen, die mir anscheinend niemand beantworten will. Ich habe meine Nutzlosigkeit akzeptiert.

Ich weiß nicht, was ich hier soll, warum Fio, Schwester Poppy und diese unangenehme Dr. Dimas um mich herumschleichen, mich beobachten oder meine Hand streicheln.

Alles, was sie tun, kommt mir fremd vor. Jedes Wort klingt, als könne es unmöglich an mich gerichtet sein und ich will nichts weiter, als zurück in mein Leben. Ein Leben in der Stille des Waldes. Allein, aber glücklich. Und ich war glücklich. Ich war stets auf der Hut, versteckte mich, sobald Menschen meine Lichtung betraten, und wusch mir den Schweiß des Tages erst ab, wenn der Mond sein fahles Licht über den See schickte und die Käuze ihr Lied anstimmten. Ich war frei gewesen. Sorglos, denn der Wald hatte mir gegeben, was ich brauchte, und nun ist alles anders.

Ich erinnere mich dunkel an eine Zeit, die nach all den Jahren vom grauen Schleier des Vergessens fast gänzlich verdeckt wird. Damals war ich noch ein kleines Mädchen, lebte mit Vater und Mutter in einer Hütte im Wald. Fernab aller Menschen. Ein einfaches Leben mit allem, was die Natur uns zu geben bereit war. Doch plötzlich verändert sich das Bild. Vater ist kaum mehr zu Hause, Mutter weint, packt unsere Habseligkeiten in Weidenkörbe und nimmt die gewebten Vorhänge ab, die das winzige Heim so gemütlich gemacht hatten.

Ich weiß nicht, was damals vorgefallen ist, warum meine Eltern unser Familienglück zerstören wollten, aber es riss mein kleines Herz in tausend Stücke.

Ich konnte mir ein Leben abseits des Waldes nicht vorstellen. Ich brauchte den weichen, vielschichtigen Boden unter meinen Füßen, der mir das Gefühl von Sicherheit gab. Ich brauchte klebriges Harz an meinen Händen, Stöckchen und Kiefernnadeln in meinen Haaren, grasgrüne Knie vom Spielen auf dem moosigen Untergrund und den Geist der Natur, der in mir Purzelbäume schlug. Ohne diese Dinge fühle ich mich wie ein halber Mensch, kann nicht atmen und werde von der Sehnsucht nach Vollständigkeit zerfressen. Damals wie heute.

Wer bist du, Linnea? Diese Frage ist einfach zu beantworten. Ich bin eine Tochter des Waldes und werde in diesem unwirklichen Gefängnis früher oder später eingehen, als wäre eine Armee Borkenkäfer unter meiner Haut am Werken.

Wenn du mich also tatsächlich für ein Wunder hältst, Fio, was ich, nebenbei bemerkt, wirklich sehr nett finde, dann bring mich zurück nach Hause und halte dein Versprechen.

»Ich werde auf dich aufpassen, Mädchen«, hast du geflüstert.

Doch ich bin nicht für ein Leben hinter Mauern gemacht. Ich kann ohne meine Wurzeln nicht überleben. Ich brauche die Sonne, den Nordwind und den Wassergeist, um am Leben zu bleiben. Ich bin ein Teil von ihnen, seit ich vor vielen Jahren mein menschliches Dasein abgelegt habe. Ich bin kein normales Mädchen, keine normale Frau. Und ich kann nur ein Wunder sein, wenn ich den echten Sommerregen riechen darf.

Bring mich zurück, Fio, mit der warmen Stimme, der mir einen Namen gegeben hat. Bring mich zurück und rette mein *wun-der-schönes* Leben. Bitte!

Fio

»Klopf, klopf«, lärmt Moss, als die Tür zu Linneas Zimmer aufgleitet und er ungefragt eintritt. »Der Chauffeur ist da, Fio.«

Klar. Hätte ich mir ja denken können, dass Narcissa zu kindischen Methoden greift, um meinen Arsch heute Abend sicher an ihrem Tisch zu wissen. Warum sie allerdings Moss Furet, ihren penetranten Schoßhund, in diese Sache reinzieht, ist mir schleierhaft. Aber he, dass es die beiden nur im Doppelpack gibt, hatte ich schon vor Jahren akzeptieren müssen und sollte mich nicht mehr daran aufreiben.

»Ich hab‘s gleich, Moment«, raune ich genervt, weil mir der Umstand seiner Anwesenheit entschieden gegen den Strich geht. Ich bin 29 Jahre alt und brauche keinen verdammten Babysitter, der mich zum Essen abholt.

Seufzend schiebe ich das dunkle Brillengestell an die passende Stelle auf meiner Nase. Ich sollte mich echt entspannen. Solange ich in diesem Raum sein, Linnea beobachten und meine Ruhe haben durfte, war alles in bester Ordnung.

Das ist nicht normal, Fio, wettert mein Unterbewusstsein.

Ach, halt die Klappe! In weniger als einer halben Stunde muss ich den glücklichen Verlobten spielen, die Kochkünste meiner zukünftigen Frau loben, die auf einer Skala von eins bis zehn bei, sagen wir mal, minus zwei liegen, und etwas feiern, von dem ich noch keine Ahnung habe. Scheiße, ich will das nicht!

»Sag mal, lebst du hier, Fio?«, fragt Moss plötzlich, während er das zusätzliche Kissen, welches mir Poppy unaufgefordert vorbeigebracht hat, an Daumen und Zeigefinger in die Luft hebt.

»So ein Quatsch«, entgegne ich scheinbar gelassen, aber meine Stimme klingt alles andere als überzeugend. Weil ich das Moosglöckchen nicht aus den Augen lassen wollte, hatte ich meine derzeitigen Studienunterlagen samt rollbarem Aktenschrank hier untergebracht und sogar die dürftigen Mahlzeiten am Bett meiner Patientin eingenommen. »Ich arbeite viel, möchte meine Forschungsarbeit nicht vernachlässigen und da ist es hin und wieder praktisch, wenn …«

»*Forschungsarbeit?*«, fragt Moss lachend, legt das Kissen zurück und kommt mit verschränkten Armen auf mich zu. »Die Kleine da nennst du Forschungsarbeit?«

Ich schaue ihn dümmlich an und zucke regelrecht zusammen, als er mir zwar freundschaftlich, aber kräftig eine Hand auf die Schulter schlägt.

»Alter, die Hübsche da ist vieles, aber ganz sicher nicht deine *Forschungsarbeit.* Erzähl das deiner Großmutter. Jetzt versteh ich, warum Narcissa so reagiert hat.«

»Wie hat sie denn reagiert?«, hake ich so beiläufig wie möglich nach und tausche unterdessen Kittel gegen Holzfällerhemd.

»Du lebst echt auf einem anderen Stern, mein Freund, was dein hässliches Hemd mal wieder beweist. Kariert ist sowas von out, Kumpel. Du siehst aus wie ein verbitterter Einsiedler, der gleich auf seinen verrosteten Truck klettert, um mit der Flinte auf Wildschweinjagd zu gehen.«

»Sagt der Mann mit dem Dreitagebart und der schulterlagen Surfermähne«, murmle ich einen Konter in meinen Hemdkragen. »Was hat sie denn nun gesagt, Moss?«

»Mmh«, beginnt er gedehnt und schleicht um Linneas Bett herum, als wäre *er* es, der zur Jagd geht, »wenn ich es dir sage«, wieder baut er eine Kunstpause ein und lässt meine Augenbrauen damit genervt nach oben fahren, »machst du mir ihre Nummer klar, sollte sie aufwachen. All right?«

Keine Ahnung, warum mich sein dämlicher Kommentar so wütend macht, aber ich muss mich ernsthaft zusammenreißen, ihn nicht vom Bett wegzuzerren und gegen die nächste Wand zu drücken.

Cool down, Fio. Cool down.

»Moss«, beginne ich so ruhig, wie es mir in meiner Wut möglich ist, »dir ist klar, dass ich sie im Wald gefunden habe, oder? So viel hat Narcissa dir mit Sicherheit gesteckt.« Sein Schulterzucken bestätigt meine Vermutung. »Gut, dann kannst du dir ja vielleicht auch denken, dass sie weder über ein Handy, noch über eine Glasfaserverbindung, geschweige denn ein Profil auf einer Dating-Website verfügt.«

Hu, ich wollte nicht lauter werden, ehrlich nicht und doch hatte ich die letzten Worte beinahe geschrien.

»Reg dich ab, Bro«, versucht Moss, mich zu beruhigen. »Das war ein Witz.«

Ha, ha, ich lach mich tot. Nicht.

»Obwohl …«

»Alter! Finger. Weg. Von. Linnea. Verstanden?« Dieser Ausbruch war ebenfalls nicht so geplant. »Lass uns gehen! Ich habe die Vermutung, dass du in ihrer Gegenwart nur auf dumme Gedanken kommen würdest.«

Moss lacht erneut, folgt jedoch meiner Aufforderung, sich auf den Ausgang zuzubewegen.

»Fio, *ich* habe die Vermutung, *du* bist schon längst auf dumme Ideen in ihrer Anwesenheit gekommen und solltest sie dir schnellstmöglich aus dem Kopf schlagen.«

Mit diesen Worten lässt er die Tür zur Seite gleiten und schiebt mich in den nahezu leergefegten Flur des WONC – weg von Linnea. In mein Leben, als der Mann an Narcissa Dimas' Seite. Das Leben als Dr. David Raffaele Fiorello, welches mich irgendwann definitiv zu einem Cabrio fahrenden Arschloch machen wird.

***

Nachdem ich die nervenaufreibende Autofahrt in Moss' schwarzem Sportwagen, überstanden habe, stehen wir nun vor Narcissas schicker Loftwohnung, und Moss betätigt den Klingelknopf.

»18:07 Uhr, Fio.« Mehr kommt nicht aus der Gegensprechanlage, bevor ein Summen ertönt und uns den Weg frei macht. Super, ich freu mich auch schon, dich zu sehen, Schatz, denke ich und gewähre Moss den Vortritt. Reine Schutzmaßnahme.

Schlappschwanz!

Pfft, von dir lass ich mir gar nichts andichten, *Gewissen*. Du hast nur die große Klappe, wenn du mich runtermachen oder meine Entscheidungen anzweifeln kannst. Danke, aber ich hatte einen harten Tag.

Mmh, ist klar.

»Schön, dass ihr endlich kommt, Männer. Die Tannine sind jedoch bereits aus dem Rotwein geflüchtet. Gänzlich. Na ja, selbst schuld. *Ich* habe ihn noch bei bester Temperatur genießen können.«

Mann, wie ich ihr nerviges, aufgesetztes Gequatsche über Wein hasse, das meist nur aus kümmerlichem Halbwissen besteht und ihre Mitmenschen dümmer dastehen lassen soll, als sie es tatsächlich sind. *Tannine*, pfft. Der Wein schmeckt einen Grad wärmer noch ebenso gut. Poppys Frage, warum ich dieses *Zauberwesen* ehelichen will, kommt mir erneut in den Sinn und klatscht mir deftig in die Fres…

»Setz dich bitte, Moss«, säuselt Narcissa ihrem Gast zu und weist ihm seinen Platz auf einem der durchsichtigen Designerstühle an ihrem protzigen Designerglastisch mit Unterbodenbeleuchtung. *Pornös*, wenn ihr mich fragt.

Dich fragt niemand, Fio.

Auch gut.

»Danke für die Einladung, Narcissa«, schleimt Moss. »Ich weiß gar nicht, auf was ich mich mehr freue – von dir bekocht zu werden oder auf den Grund hinter dem heutigen Abend.«

Moss hängt seit dem Tag, an dem ich ihm das erste Mal begegnet war an Narcissas Rockzipfel, ist wie eine Art verkorkster Bruder oder höriger bester Freund für sie – keine Ahnung. Ich wurde aus ihrer skurrilen Beziehung noch nie schlau. Aber dieser Ton eben, ihr gegenüber – nee, das geht einen Tick zu weit!

Bist du jetzt eifersüchtig?

Und wenn schon. Noch ist sie meine Verlobte.

Noch?

Raus. Aus. Meinem. Kopf.

»Schön, dass wenigstens ein Mann im Raum mein Engagement schätzt und sich darüber freut, hier sein zu dürfen. Hab ich recht, Fio?«

Ihre Spitzen lasse ich einfach an mir abprallen und verwandle die Worte in Bla-Bla-Blas oder Bli-Blu-Blubs.

»Fio? Hörst du mir überhaupt zu?«

Bla-Bla … Was?

»Oh, jaaaa«, versuche ich, die Situation zu retten, »ich bin verstummt vor Neugier und Aufregung. Ist das zu fassen, Schatz?« Ich hauche ihr einen flüchtigen Kuss auf die Wange und nehme dann ebenfalls auf einem der super unbequemen, dafür besonders hochpreisigen Stühle Platz.

»Erwartest du eigentlich noch weitere Gäste für diese … Feier?«, werfe ich ein, obwohl ich den Anlass immer noch nicht kenne. »Lässt dein Vater sich mal wieder blicken?« Eine Frage aus purer Höflichkeit, da ich die Antwort ohnehin kenne.

»Wo denkst du hin, Fio?«, bestätigt Narcissa meine Vermutung. »Er ist viel zu beschäftigt, das weißt du doch. Außerdem hat er mal wieder einen Hexenschuss und wenig Lust auf Geselligkeit. Ich soll dich grüßen.«

Immerhin etwas. Seit mein Schwiegervater in spe das Institut verlassen und sich seiner privaten Forschung zugewandt hat, habe ich ihn nicht mehr gesehen. Er igelt sich in seiner riesigen Villa am Stadtrand ein und will niemanden hören oder sehen. Komischer Kauz. Komischer, wahnsinnig intelligenter Kauz mit großen Visionen, dem ich viel zu verdanken habe. Ich sollte seine Entscheidung zum Einsiedlertum einfach akzeptieren. Also … anderes Thema: »Was hast du denn Schönes für uns gezaubert?«

Alles klar, das war zu viel des Guten. Ich werde nicht mehr über Moss schimpfen. Meine Heuchelei ist genauso abstoßend.

»Geduld, mein Lieber. Ich musste den ganzen Tag warten und halte es einfach nicht mehr länger aus.«

Ihre Tonlage ist von ‚beängstigende Businesslady' zu ‚kreischender Teenie' gewechselt und sie lässt sich genüsslich auf ihren Stuhl sinken, während sie die dunkel lackierten Fingernägel auf die Glasplatte trommeln lässt. Ekliges Geräusch.

»Daddy«, sie zieht das Wort in die Länge, klemmt anschließend die Unterlippe zwischen die Zähne und schlägt die Augenlider nieder, »da wir gerade von ihm sprachen … hat still und heimlich ein Gebot für das unberührte Land, welches Fio vor zwei Wochen im Rahmen seiner Forschung gesäubert hat, abgegeben und den Zuschlag erhalten. Er möchte, dass wir es roden, eine nette Villa darauf errichten und unseren Familienwohnsitz darauf gründen. Hund, Kinder, Putzfrau – alles, was man so zum Glücklichsein braucht. Na gut, die Kinder müssen vielleicht noch ein wenig warten. Ich bin gerade mal 30, da kann ich meinen Körper noch nicht für so etwas wie Kinder ruinieren.«

Sie lacht und ich weiß nicht, welche Emotion zuerst aus mir herausbrechen wird. Aber da braut sich ein gewaltiger, unaufhaltsamer Sturm in mir zusammen, der wahrscheinlich schon die letzten acht Jahre stetig neues Futter bekam und jetzt – ja, in genau dieser Sekunde – zu einem Blizzard der Stufe zehn angeschwollen ist.

Ich atme mit all meiner verbliebenen Selbstbeherrschung tief ein und setze möglichst ruhig an:

»Zuerst, Narcissa, du bist bereits 32 und dein Körper würde durch ein Kind nicht ruiniert, sondern wachsen, Wunder vollbringen und hinterher ebenso schön sein, wie bisher, glaub mir.«

Glaube *ich* mir denn? Eine Patientin des WONC, der während der Schwangerschaft Schwimmhäute zwischen Fingern und Zehen wuchsen, sah nach der Geburt ihrer heute drei Söhne schon ein wenig, sagen wir mal, *verändert* aus. Sie hat ihre Modelmaße von vorher nie wieder erreicht und gab an, sie könne ihre Brüste inzwischen zusammengefaltet in ihren BH legen. Nicht, dass ich diese Informationen jemals hatte bekommen wollen … Narcissa wird es auch niemals erfahren, sollten wir eines Tages tatsächlich über Kinder nachdenken.

»Zweitens, wie kommst du darauf, dass ich ein Haus bauen will, auf einem Stück Land, das uns dein – durch chronische Abwesenheit glänzender und ach so gestresster – Vater geschenkt hat, noch dazu eine Villa? Narcissa, ich brauche weder Prunk, noch Vorgarten, geschweige denn eine *Putzfrau*, wie du so schön sagst. Im Übrigen solltest du diesen Beruf, den viele fleißige Frauen und auch Männer mit Hingabe erledigen, nicht so herunterspielen. Geh du mal acht Stunden täglich fremder Leute Dreck wegmachen. Das verdient größten Respekt.«

»Fio, so meinte ich das doch gar …«

»Drittens und definitiv der wichtigste Punkt meiner Ausführung«, fahre ich ihr dazwischen, mittlerweile nicht mehr ganz so beherrscht wie geplant, »seid ihr beiden völlig bescheuert?«

Ihr Mund klappt sprachlos nach unten und wäre Moss nicht anwesend, würde sie mir in diesem Moment sicherlich die letzten Tannine ins Gesicht schütten.

»Linneas Wald ist heiliger Boden. Heiliger, unberührter Boden, von dem wir noch in hundert Jahren lernen können. Dort wachsen Pflanzen, die es zwischen all dem Beton und Teer der Großstädte nicht mehr gibt. Es leben Tierarten darin, die man für ausgestorben hielt und nur ein totaler Vollidiot würde diese Gabe des Schicksals, diesen letzten wichtigen Strohhalm, der womöglich unsere Sicht auf das Leben im Einklang mit der Natur endlich revolutionieren könnte, dem Erdboden gleichmachen und eine beschissene Villa darauf errichten. Narcissa, du solltest aufhören Gott zu spielen, die Arbeit in einem der wichtigsten Unternehmen, welches sich mit den ökologischen Reichtümern unserer Erde beschäftigt, endlich wörtlich nehmen und erwachsen werden.«

»I-Ich«, stottert Moss und will sich gerade erheben, »lass euch beide dann mal allein.«

»Setz dich, Moss!«, schreien Narcissa und ich wie aus einem Mund und bringen ihn zum Schweigen.

Die Spannung in der offenen Wohnküche mit 360 Grad Rundumblick über die Lichter der Stadt ist spürbar und wir sind nur *ein* weiteres hartes Wort von einer Messerattacke oder einem ähnlich brutalen Szenario entfernt.

Narcissa sprühen Funken aus den Augen, ihre Nasenlöcher sondern bereits zum zweiten Mal an diesem herrlichen Tag Rauch aus und ich habe alle Hände voll damit zu tun, unter ihrem Todesblick nicht einzuknicken.

»Raus hier, Fio!«, schreit sie mich endlich an. »Du wirst *die hier*«, sie packt ihre Brüste der Körbchengröße 75 C mit beiden Händen und schlägt die eigenen Fingernägel wütend hinein, »eine ganze Weile nicht mehr zu fassen bekommen!«

Denkt sie, dass ich mich jetzt entschuldige, um mein Spielzeug zurückzubekommen? Im Ernst?

Du stehst schon ziemlich auf ihre Brüste.

Ja, und? Es gibt wichtigere Dinge als Brüste.

Ach ja? Welche?

Klappe, oberflächlicher Honk!

»Ruf an, sobald du deine Meinung geändert und zu schätzen gelernt hast, was Daddy uns für ein Geschenk gemacht hat. Bis dahin ...« Sie spielt umständlich an ihren Händen herum, »kannst du dir den hier«, nun drückt sie mir den hochkarätigen Verlobungsring in die Hand und stellt sich mit einer Hand auf seiner Schulter neben den gänzlich verwirrten Moss, »in deiner winzigen Studentenbude auf eine deiner potthässlichen ...«

»Wage es nicht, etwas über meine Möbel zu sagen, Narcissa! Jedes dieser Einzelstücke ...«

»Hast du mit deinen eigenen Händen erschaffen? Würg. Ich weiß! Und jedes dieser *Einzelstücke* würde sich hervorragend auf einem großen Feuer machen.«

»Ich würde es wirklich vorziehen, die Flocke machen zu dürfen!«, versucht Moss einen weiteren Fluchtversuch.

»Setz dich, Moss!«, brüllen wir erneut in scheinbarerem Einklang. Doch nichts ist hier im Einklang. *War* hier je im Einklang.

»Du!«, bringe ich durch zusammengebissene Zähne hervor und lasse Narcissas überhebliche Visage nicht aus den Augen.

»Was, Fio? Was willst du mir sagen? Vielleicht ist jetzt der richtige Zeitpunkt, um einmal reinen Tisch zu machen. Mit offenen Karten zu spielen und darüber zu reden, was du eigentlich, verdammt noch mal, in deinem kümmerlichen Leben erreichen willst. Ohne mich bist du ein Niemand. Ein ganz gewöhnlicher, nerdiger Wissenschaftler, der seine Bücher, Kriechtiere, Patienten und Naturphänomene mehr liebt, als seine eigene Verlobte. Ich erwarte, dass ich die Nummer Eins in deinem Leben bin. Wenn du mir diese Aussicht nicht bieten kannst, Fio, dann ist dort die Tür!«

Wow, das hat gesessen.

Ich würde ihr gern etwas Schlagfertiges entgegenfeuern, mit den gleichen unfairen und gemeinen Mitteln spielen wie sie, aber ich stelle gerade die letzten acht Jahre meines Lebens gänzlich in Frage und weiß nicht, ob ich träume oder endlich aufgewacht bin.

»Also schön«, murmle ich resigniert und gehe ein paar Schritte rückwärts. »Ich hoffe, wir können morgen wie zwei Menschen miteinander reden, die eine gemeinsame Vergangenheit haben.« Ernüchterung schleicht sich in meine Stimme. »Sich nach einem Streit den Ring vom Finger zu ziehen und die beleidigte Leberwurst zu spielen, ist nicht nur kindisch, sondern absolut unter deinem Niveau. Schönen Abend.« Mit diesen letzten Worten wende ich mich um und steuere die Wohnungstür an.

»Ich könnte jeden haben, Fio. Jeden. Du magst süß und klug und zärtlich sein, der absolute SchwiegermutterLiebling. Aber möglicherweise warte ich schon zu lange darauf, dass mein Frosch endlich zum Prinzen wird, mir ein Schloss baut, mich auf Händen über die Schwelle trägt und mich behandelt wie die Prinzessin, die ich in Daddys Augen schon immer war.«

Nein. Auf gar keinen Fall werde ich mich nach diesem Frosch-Vergleich noch einmal umdrehen.

Ich halte kurz inne, schüttle ehrlich enttäuscht den Kopf und verlasse das Irrenhaus der selbstverliebten Professorentochter, die viel zu lange Teil meines *kümmerlichen* Lebens war.

Ich werde ins WONC fahren, meine Sachen packen und mir einen neuen Teich suchen. Ich bin gern ein Frosch. Ein süßer, kluger und zärtlicher Frosch, damit das klar ist.

Eine Frau braucht für mich keine goldenen Kleider, Diamantohrringe und eine schwarze Seele, um eine Prinzessin zu sein. Soll sich Narcissa eine Erbse unter ihr Wasserbett legen und sich einen anderen Fußabtreter suchen. Ich behalte mein Holzfällerhemd, werde Möbel auch in Zukunft selbst zimmern und ein Mädchen finden, das bereit ist, einen Frosch zu lieben. Vielleicht ist dieses Mädchen ja schon in greifbarer Nähe und wartet nur darauf, dass ich sie wachküsse.

Fio

Ich stürme die Treppen hinunter wie ein Typ, den man gerade vorm Altar hat stehen lassen und renne los.

War es das jetzt? Ist Schluss mit Narcissa oder treibt sie nur wieder eine ihrer berühmten Machtspielchen mit mir, weil sie ganz genau weiß, dass ich zu ihr zurückgekrochen komme?

Keine Ahnung. In mir toben so widersprüchliche Gefühle, die ich nicht erklären kann, dass ich am liebsten auf einen Turm klettern und meinen Frust in die Welt hinausschreien möchte.

Aber so etwas machen nerdige Frösche nicht. Wir fressen unseren Ärger in uns hinein, geben klein bei oder stürzen uns in Arbeit, um ja keine Gefühlsausbrüche zuzulassen.

Ich denke eindeutig zu viel nach!

Was würde Mister Oberflächlich – Moss – an meiner Stelle tun? Sich ein junges hübsches Ding für die Nacht suchen, viel trinken und morgen mit reinem Gewissen aufstehen und nicht zurückblicken? Tja, ich bin aber nicht Moss. Abgesehen davon hatte er, soweit ich weiß, noch nie eine Beziehung, die diese Bezeichnung überhaupt verdient hätte.

Vielleicht sollte ich umdrehen, mich entschuldigen, Narcissa den Ring zurück an ihren Finger stecken und …

Du bist armselig, Fio!

Keuchend halte ich an, stütze mich an einen Ampelpfeiler und lausche meiner inneren Stimme, die ihren Standpunkt anscheinend schon definiert hat.

Was willst du sehen, wenn du morgen in den Spiegel guckst? Den Schatten hinter Narcissa Dimas oder einen starken, unabhängigen, klugen Mann, der zum ersten Mal in seinem Leben eigene Entscheidungen treffen darf? Der das Wörtchen Nein in seinen Wortschatz aufgenommen und seiner narzisstischen Verlobten die Stirn geboten hat?

Junge, wenn du jetzt umdrehst, kannst du ihr auch gleich deine Eier in den Briefkasten werfen und ein Halsband mit Strasssteinen beilegen.

Verschnaufpause zu Ende. Ich glaube, die ältere Lady neben mir hat meine abgefahrenen Gedanken belauscht. Sie mustert mich, als hätte ich vor, ihre Handtasche zu klauen.

Zu meinem Glück springt die Ampel in diesem Moment auf Grün und ich setze meinen Marathon fort.

Je länger ich renne, desto befreiter fühlen sich meine Lungen, auch wenn meine Oberschenkel brennen wie Feuer. Ich laufe ziellos weiter und weiter, blende meine Mitmenschen und leider auch den Straßenverkehr aus, was mir einige feindliche Hupsignale einbringt.

Als mein Handy vibriert, stoppe ich abrupt, lehne mich an ein nahegelegenes Geländer und versuche zu Atem zu kommen, bevor ich den Anruf entgegennehme.

Es ist Poppy. Seltsam. Wir haben mittlerweile 19:30 Uhr und sie weiß genau, dass ich am Abend mit Narcissa verabredet war. Hoffentlich ist alles in Ordnung.

»Poppy?«, keuche ich ins Telefon.

»Astern, Primeln und Vergissmeinnicht«, bringt sie flüsternd hervor, »Verzeihung, Dr. Fio, ich wollte Sie nicht bei – *dem* – unterbrechen, was Sie da gerade tun. Bitte vergessen Sie meinen Anruf.«

Etwas dumpfer vernehme ich: »Wer geht denn aber auch bitte an sein Handy, während er *horizontale Sportübungen* mit der Chefin ausführt?«

Was? Ich kann ein Lachen nicht unterdrücken.

»Poppy«, schreie ich ihr entgegen, in der Hoffnung, dass sie ihr Telefon noch nicht aus der Hand gelegt hat. »Poppy, ich bin gerade durch die halbe Stadt gerannt. Sie haben mich nicht in einem äußerst intimen Moment gestört. Denn ich bin absolut ihrer Meinung: Mein Telefon hat im Schlafzimmer nichts zu suchen.«

Oje, die arme Poppy muss total verstört sein.

»Aber dank Ihnen habe ich einen Grund zu lachen, und den brauche ich heute Abend ganz dringend.« Wieder beben meine Bauchmuskeln freudig und ich füge ein ehrlich gemeintes »Danke« an.

»Dr. Fio?«, fragt Poppy immer noch verhaltener, als es normalerweise ihre Art ist, »bitte lassen Sie uns nie wieder über diesen Vorfall reden. Ich habe Bilder im Kopf, die mir Schweißausbrüche bescheren.«

»Einverstanden, Poppy«, steige ich schmunzelnd auf ihre Bitte ein. »Ich habe keine Ahnung, worüber wir gerade sprachen. Also noch mal: Warum haben Sie denn eigentlich zu so ungewöhnlicher Zeit angerufen?«

Es wird still am anderen Ende der Leitung und ich lasse mir jedes gesagte Wort noch einmal durch den Kopf gehen, um möglicherweise den Grund dafür in meiner Antwort zu finden.

»Ich habe mit Linnea Karten gespielt, als …«

Ich muss schon wieder lachen. Keine Ahnung, was ich damit zu kompensieren versuche, aber Poppy spielt ernsthaft mit einer Komapatientin Karten?

»Was ist so lustig, Dr. Fio?«, fragt sie ernst.

»Poppy, Sie wissen, dass Linnea schläft, oder? Sie kann nicht einmal die Karten in der Hand halten, geschweige denn Ihnen eine würdige Gegnerin sein.«

»Also, erstens spielen wir Solitär und das klappt wirklich gut. Zweitens, Sie haben ja nie Zeit, Chef, also suche ich mir eben anderweitig Gesellschaft, und drittens: Ich glaube, Linnea geht es nicht gut.«

»Warum sagen Sie das nicht gleich?«, kommt es nun nervös aus meinem Mund.

»Sie haben Paarungsgeräusche von sich gegeben und dann gelacht.«

Meine Schultern beginnen erneut verdächtig zu zucken. Poppy ist so herrlich naiv.

»Das waren keine *Paarungsgeräusche*, zum wiederholten Mal, Poppy. Und jetzt sagen Sie mir bitte, was los ist«, fordere ich freundlich.

»Vielleicht sollten Sie es sich ansehen.«

»Gut. Sobald ich herausgefunden habe, wo genau ich mich befinde, schreibe ich Ihnen.«

»Sollte ich fragen, warum sie orientierungslos durch die Stadt rennen, Herr Doktor?«

»Wissen Sie was?«, revidiere ich meine Äußerung, als ich meine

Umgebung eingehend analysiert habe, »ich bin nur zwei Querstraßen vom WONC entfernt und in Windeseile bei Ihnen.«

***

Einem Kreislaufkollaps nahe, stehe ich nur wenige Augenblicke später in Linneas Zimmer und verarbeite den skurrilen Anblick, der sich mir bietet.

Poppy hat eine Stehlampe neben Linneas Bett drapiert, Knabberzeug und zwei Gläser undefinierbaren Inhalts bereitgestellt und streicht der Schlafenden gerade beruhigend über den Kopf. Wenn ich es nicht besser wüsste, könnte ich meine Kollegin/Lieblingskrankenschwester/gute Freundin für äußerst gruselig halten.

Zum Glück kenne ich sie schon, seit sie vor vier Jahren eine Ausbildung im WONC begonnen hatte und mit ihren sechzehn Jahren schnell zum Inventar gehörte.

Da sie an Agoraphobie leidet, verlässt sie nie das Gebäude und wandelt 24 Stunden täglich durch die Flure. Sie ist so etwas wie die gute Seele des Hauses. Jeder liebt sie, respektiert sie und schätzt ihre hingebungsvolle Arbeit. Die Panikstörung spielt keine Rolle. Poppy ist anders, aber glücklich. Und das ist mehr, als ich von mir behaupten kann. Ich bin mittlerweile seit fünf Jahren an dem Ort, den ich als Assistenzarzt zum ersten Mal betrat. Aber zum ersten Mal schnürt mir die Sicherheit dieses Gebäudes die Luft ab. Zum ersten Mal frage ich mich, was es da draußen noch gibt. Was ich verpasst habe, während ich mein Leben der Forschung widmete und nur zum Schlafen nach Hause ging.

Mimimi. Armer, unglücklicher Fio. Heulst du jetzt?

Hast du mich schon jemals heulen gesehen?

Ja, sicher, erst letzte Woche, als du mit Narcissa diesen Film gesehen hast … du weißt schon …. an der Stelle, als …

Da hatte ich etwas im Auge.

Mmh, klar. In beiden, oder? Und diese Fremdkörper ließen sich nur mit ganz viel Salzwasser ausspülen, dass dir in Wasserfällen aus deinen Rehäuglein floss.

Ach, sei still!

Günstigerweise dreht Poppy sich in diesem Moment zu mir und zerrt mich aus dem überaus peinlichen Gedankengespräch. Glück gehabt.

»Sie sind schon da? Das waren drei Wimpernschläge, Chef. Standen sie direkt vor der Tür und haben uns beobachtet? In dem Fall sollte ich Sie vielleicht besser von Linnea fernhalten!«

Zum Glück schmunzelt sie bei diesen Worten und winkt mich zu sich heran – trotz *Paarungsgeräuschen*, die ich immer noch von mir gebe, weil mir die spätabendliche sportliche Aktivität alles abverlangt hat.

»Sehen Sie das?«

Ich betrachte die schlafende Schönheit, deren Haut im schummrigen Licht der Stehlampe schimmert. So friedlich und doch irgendwie rufend liegt sie vor mir, als hätte sie mir die Welt zu erzählen. Ein wunderschönes Rätsel, das mich in seinen Bann zieht und ganz still werden lässt.

»Ihre Haare, Doktor Fio.«

Ja, sie sind außergewöhnlich. Hellrosa breitet sich die leicht gewellte Mähne über die weiße Bettwäsche aus. Zu gern würde ich mir eine ihrer Strähnen um den Finger winkeln, sie fühlen, riechen, Linnea nah sein …

Kurze Warnung aus dem Unterbewusstsein: Dein Verhalten erlangt gerade wieder leicht psychopathische Züge, die deine Mitmenschen verunsichern könnten. Aber lass dich nicht stören.

»Doktor Fio? Sind sie noch da?«, fragt Poppy und legt mir eine Hand auf die Schulter, die sich mittlerweile wieder in einem gleichmäßigeren Rhythmus auf und ab bewegt.

»Natürlich. Ihre Haare. Ja. Was ist damit?«

Hoffentlich bemerkt sie mein nervöses Schlucken nicht, was in Linneas Gegenwart schon fast zur Gewohnheit geworden ist. Diese Frau vernebelt mir den Verstand und ich habe keinen blassen Schimmer warum.

»Die Spitzen«, fährt Poppy fort und nimmt eine von Linneas Strähnen zwischen die Finger.

Mann, das wollte ich doch machen!

Moment, was ist das?

»Sie sind braun«, fasse ich meine Gedanken in Worte. »Unmöglich! Haare ändern nicht über Nacht die Farbe, erst recht nicht ausschließlich an den Spitzen.«

»Auf menschlicher Haut bilden sich normalerweise auch keine Tautropfen am Morgen«, kontert Poppy und ich muss ihr recht geben. »Die uns bekannten Naturgesetze zählen bei Linnea offenbar nicht«, fährt sie fort und streicht ihr erneut über Kopf und Gesicht. »Aber das ist noch nicht alles.«

Schlagartig wird mein Mund trocken.

»Ihre Leukos sind stark zurückgegangen, ebenso wie der Vitamin-D-Spiegel. Der Urin ist dunkel und die Lippen spröde.«

»Anzeichen für Dehydrierung und zu wenig Sonnenlicht«, murmle ich vor mich hin.

»Das dachte ich auch. Nicht so ungewöhnlich, wenn wir bedenken, dass wir sie aus ihrer natürlichen Umgebung im Wald gezerrt und in ein Labor gesteckt haben. Auch ein Mensch würde früher oder später derartige Mangelerscheinungen zeigen, oder?« In ihrer Stimme liegt etwas Lauerndes, das mich aufhorchen lässt.

»Poppy?«, frage ich und sehe sie mit hochgezogenen Augenbrauen eindringlich an. »Was verschweigen Sie mir?«

Vorsichtig schiebt sie mich beiseite, macht einen großen Schritt ans Bettende und schlägt die Decke zurück.

Was sich darunter offenbart, ist ungewöhnlicher als alles, was mein Forscherauge bisher gesehen hat. Und ich habe von sechs Fingern an einer Hand, über fellartige Körperbehaarung beim Menschen, bis hin zu kuriosen Tierkreuzung schon vieles untersucht. Linneas Füße haben bis zum Knöchel eine Art Rinde gebildet, die mich stark an die einer Kiefer erinnert.

In Zeitlupe und vorsichtig, als könnten ihre grazilen Füße bei meiner Berührung zu Staub zerfallen, fahre ich mit Zeige und Mittelfinger an ihrer Haut entlang. Sie gleicht nicht nur optisch einem Baum, sondern weist auch eine ähnlich raue Oberfläche auf.

»Wahnsinn«, hauche ich und mir bleibt der Mund offen stehen.

»Wahnsinn?«, echot Poppy verständnislos. »Doktor Fio, Ihre Patientin verwandelt sich in einen Baum und alles, was Sie zu sagen haben, ist *Wahnsinn*?«

Meine neugierigen Finger gleiten zu Fuß Nummer zwei und befühlen, nun etwas forscher, dieses nicht in Worte zu fassende Wunder.

»Ich glaube nicht, dass sie zu einem Baum werden wird, Poppy«, versuche ich flüsternd und weiterhin fasziniert, meine Assistentin zu beruhigen. »Ihr Körper sendet Warnsignale aus, ja, und diese haben durchaus Ähnlichkeiten mit den Symptomen, die Pflanzen zeigen. Ihre Haare werden braun wie verwelkende Blätter. Ich gehe jede Wette ein, dass sie, sollten wir ihren Durst nicht stillen können, von Tag zu Tag dunkler werden würden oder sogar gänzlich ausfallen könnten. Die Verholzung ihrer unteren Extremitäten würde sich vermutlich ausdehnen und irgendwann den gesamten Körper einweben.«

Dieser Umstand löst allerdings keinerlei Sorge oder sogar Angst in mir aus, sondern bringt mich zum Staunen und schickt ein aufregendes Prickeln durch mich hindurch.

Einzigartig. Dieses Mädchen, Linnea – sie ist ganz und gar einzigartig!

»O nein!« Poppy zieht scharf die Luft ein. »Was können wir denn tun? Sie gießen?«

Ein Schmunzeln huscht bei ihren Worten über mein Gesicht. Ich lege meine Hand ein letztes Mal an die knöchernen Fußgelenke, bevor ich die Decke darüber schlage und mich Linneas zauberhaftem Gesicht zuwende.

»Vielleicht«, sage ich lächelnd, »aber möglicherweise braucht sie auch einfach Gesellschaft.«

Behutsam lege ich eine Hand an ihre von Sommersprossen übersäte Wange und genieße die Wärme, die mich bei dieser sanften Berührung durchfährt.

»Pflanzen, allem voran Bäume, sind keine Einzelgänger, Poppy. Sie leben wie Familien in einem Verband, können sich verständigen, sich gegenseitig nähren, gehen regelrecht Partnerschaften ein. Sie helfen und warnen einander. Es ist faszinierend, wie viel wir von diesen Lebewesen und ihrem Handeln lernen können. Wir sind nur zu stark auf unsere eigenen Errungenschaften fixiert, um einen Blick in die unergründlichen Tiefen unseres Waldes zu werfen, der schon so viel länger auf dieser Erde überlebt als wir.«

»Sie meinen, Linnea muss zurück in den Wald und dann wird sie schon wieder aufwachen?« Poppy klingt sehr zuversichtlich und es fällt mir nicht leicht, sie enttäuschen zu müssen.

»Das wäre vermutlich die beste Idee und durchaus in meinem Interesse.«

Wirklich, Alter? Du würdest die kleine Waldelfe einfach zurückschaffen und vergessen? Keine schmachtenden Blicke, Rumgesabbere oder flüchtige Streicheleinheiten? Lügst du dir da nicht ein wenig in die Tasche?

Hierbei geht es aber nicht um meine Gefühle, Träume oder Sehnsüchte, sondern um ein sterbendes Mädchen, das ich retten könnte. Führ meine Gedanken also nicht in Versuchung!

»Allerdings«, setze ich meine selbstlose Rede fort, »wurden Teile des Evergreens abgeriegelt, vermutlich sogar mit unüberwindbaren Bauzäunen umstellt und an den Höchstbietenden verkauft.«

Ich atme geräuschvoll aus bei dem Gedanken, dass meine Verlobte plant, eine protzige Villa in diesen paradiesischen Urwald zu setzen.

»Wenn wir Linnea nicht in den Wald bringen können«, gibt Poppy in einem überschwänglichen Singsang von sich, »dann muss der Wald eben hier im WONC Einzug halten.«

»Narcissa duldete nicht einmal eine einzelne Rose unter Lady Alissa Glocke. Sie würde uns die Köpfe abreißen, danach sämtliche Pflanzen mit ihren Pfennigabsätzen zertreten oder gleich mit einer Giftkanne übergießen.«

Poppy sieht mich völlig entgeistert an.

»Doktor Fio?« Sie kommt einen Schritt näher und ich bin gewillt, vorsichtshalber zurückzuweichen. »Was haben Sie da nur für eine gestörte Braut an der Backe? Ernsthaft?«

Die Situation ist auf jeden Fall *ernsthaft*, aber ich lache aus voller Kehle und ziehe die überraschte Krankenschwester in eine freundschaftliche Umarmung.

»Sie haben ja so recht, Poppy! So recht!«

In diesem Moment fällt all das schlechte Gewissen, die Zweifel der letzten Stunden, Tage, Wochen, Jahre von mir ab. Meine Sicht wird klarer, das Herz leichter, mein Grinsen noch breiter und ich treffe eine Entscheidung:

»Scheiß auf Dr. Dimas und ihre dämlichen Anweisungen! Holen wir den Wald ins WONC und retten unser Moosglöckchen!«

Linnea

Das Moosglöckchen retten. *Unser* Moosglöckchen retten, hat Fio gesagt. Ich wusste nicht, dass es so schlecht um mich steht, aber wenn ich ehrlich bin, habe ich das Gefühl, langsam einzugehen, und das meine ich absolut wörtlich.

Ich bin so unsagbar müde. Ja, mein Körper schläft, ich weiß, aber mittlerweile kann ich auch meinen Geist kaum noch wach halten. Ich nicke ständig weg, nehme meine Umgebung nur noch durch einen Schleier wahr und konnte der hitzigen Unterhaltung gerade nur mit Mühe und Not folgen.

Wenn ich doch endlich aufwachen, mich mitteilen könnte. Ich würde Fio sagen, dass meine Haare tatsächlich verblühen, dass sich mein Körper ohne Sonnenlicht frühzeitig auf den Herbst einstellt und er mich einfach nach Hause bringen soll.

Wir haben Sommer und nicht Herbst! Die Zeit, *meine* Zeit gerät durcheinander und wird es mir immer schwerer machen, mich dem Rhythmus der Natur wieder anzupassen, wenn ich zurück bin.

In den Sommermonaten, und nur dann, leuchten meine Haare, die mir bis zum Po reichen, rosa, während sie den Rest des Jahres ein warmes Braun annehmen, dass es mir einfacher macht, mit dem Wald zu verschmelzen. Und ja, Fio hat völlig recht, die Moosglöckchen entfalten ihre Blüten zur selben Zeit und machen einen Vergleich sehr passend.

Linnea. An diese Bezeichnung muss ich mich wohl noch eine Weile gewöhnen. Ich mag den Klang dieses Namens und auch den Schauer, der mir den Rücken hinunterrauscht, wenn Fio ihn ausspricht. Trotzdem hört er sich in meinen Ohren ungewohnt und fremdartig an.

Da draußen in der trauten Einsamkeit des Evergreen Forest, den ich mit all meiner Liebe und Hingabe mein Zuhause nenne, brauche ich keinen Namen. Ich bin eine Tochter des Waldes, genau wie das freche Eichhörnchen, jeder Kiefernzapfen und das Lied des Windes, das ich in diesem Moment trotz Müdigkeit wahnsinnig vermisse.

Aber hier gibt es nur Pieptöne, Rauschen, das rhythmische Tropfen von Wasser, welches ich nicht zuordnen kann und Fios lauten Herzschlag, wenn er dicht bei mir steht.

In diesen Sekunden, die ich in der Tristheit meines kümmerlichen Alltags herbeisehne, schlagen unsere Herzen im Einklang. Viel zu schnell, viel zu laut, aber sie sind sich einig.

Wenn er sich unbeobachtet fühlt und seine Hand nach mir ausstreckt, dann tobt ein Sturm in meinem Bauch, den ich nicht stoppen will. Dann werden meine spröden Lippen noch trockener, meine Sinne schärfer und ich bade mich in einem Gefühl von Geborgenheit, das sofort verfliegt, sobald unsere Zweisamkeit unterbrochen wird oder Fio den Raum verlässt, wie jetzt, weil er mit Poppy *den Wald* herbeischaffen geht. Was auch immer die beiden damit meinen.

Sofort kehrt die Kälte zurück in dieses Zimmer, fährt mir in die Knochen, macht mich mürbe und lässt das Heimweh wie eine dunkle Macht über mich herfallen.

Ich verliere meine Stärke, meinen Antrieb, meine Lebenslust, und was das Schlimmste ist – die Hoffnung, dass diese unfreiwillige Gefangenschaft irgendwann ein Ende hat.

Sie wollen mich retten und haben die Zeichen, die mein Körper laut hinausgeschrien hat, richtig gedeutet. Wie sie es allerdings schaffen wollen, den Evergreen zu mir zu bringen, ist mir ein absolutes Rätsel.

Den noch viel unvorstellbareren Gedanken, dass jemand meinen Wald absperren, möglicherweise bebauen und nutzbar machen will, verdränge ich. Das wird nur über meine Leiche geschehen.

Sobald meine Kräfte zurückkehren, werde ich einen Weg finden, den Evergreen zu retten, dieser *Frau Doktor* meine Dornen ins Gesicht schleudern und den ganzen Wahnsinn hinter mir lassen.

Ich werde nicht zurückblicken. Ich werde untertauchen, mich im Wurzelwerk meiner Bäume verstecken und Fio Lebewohl sagen. Er mag Areale meines Körpers ansprechen, von deren Existenz ich keine Ahnung hatte. Ich wusste nicht, dass mein Herz bis zum Hals schlagen kann, meine Ohren rot, die Augen auch mit geschlossenen Lidern strahlen können oder ein Mensch in meinen Träumen wiederkehrt. Ich hatte keine Ahnung, dass der Klang einer Stimme, die einen Namen flüstert, der nicht zu mir gehört, mich auf eine Weise glücklich stimmen könnte, die mich süchtig macht. Und trotzdem werde ich gehen und ihn vergessen.

***

Das unnatürliche Rauschen ertönt, ein Windzug streift mein Gesicht, das Kribbeln kehrt zurück in meine Fingerspitzen – das kann nur eines bedeuten: Fio ist wieder da und ich werde mit einem Schlag ein wenig agiler. Schon seltsam.

»Poppy, wie viele Pflanztöpfe besitzen Sie denn?«, stöhnt Doktor Fiorello, woraufhin ein herzhaftes Lachen zu hören ist.

»Es sind 52. Jedes meiner Prachtstücke hat einen Namen, einen Geburtstag, eine eigene Geschichte und selbstredend individuelle Vorlieben.«

»Schreck lass nach!«, entgegnet Fio, nicht sonderlich begeistert, und ein Scheppern ertönt. »Ups. Jetzt sind es nur noch 51. Verzeihen Sie mir Poppy, aber das Vieh war einfach zu schwer.«

»Vieh? Schwer?« Oh, oh, die Krankenschwester klingt alles andere als erfreut. Wie gut, dass ich mich an diesem Gespräch nicht beteiligen muss. »Sie haben großkotzig behauptet, Sie bräuchten keinen Rollwagen und nun lassen sie *Shiny-Horst* in einem Anfall von männlicher Selbstüberschätzung fallen? Ich bin enttäuscht, Dr. Fio. Ja, enttäuscht!«

Der Stuhl neben meinem Bett wird bewegt und kurz darauf ergreift jemand meine Hand. Ich weiß sofort, zu wem sie gehört, kann nur das Grunzen, was damit einhergeht nicht einschätzen. Haben die beiden auch ein Wildschwein mitgebracht?

»Hast du das gehört, Linnea?«, fragt Fio und lacht. »Die Strelizia heißt ernsthaft *Shiny-Horst.* Ist das denn die Möglichkeit?« Wieder lacht er so erfrischend ehrlich und frei heraus, dass mir das Herz aufgeht.

»Ich brauche deine magischen Kräfte, Moosglöckchen!« Woher weiß er davon? Ich bin in diesem Käfig gänzlich von floralem Leben isoliert und kann keine Kräfte wirken.

»Bitte«, fährt er kichernd fort und legt seine Stirn auf meine Hand, die er weiterhin behutsam festhält, »bitte, lass ShinyHorst auch in einem Eimer aus der Abstellkammer diese Nacht überleben, bis ich für ihn eine neue Bleibe gefunden habe.«

Ich habe das dringende Gefühl, er macht sich lustig über die arme Strelizia, über Poppy und na ja, auch irgendwie über mich. Wenn ich wach und er nicht so süß wäre, würde ich meine Hand beleidigt wegziehen und ihn davonjagen. Aber so …

»Ha ha, sehr witzig, Sie Muskelprotz für Arme.« Poppy lässt sich so leicht nicht unterkriegen. Sehr gut! »Kommen Sie, es warten noch *Ronny-Banane*, *Olga-Tausendschön* und die kleine *Strawberry-Lynn* auf Ihren außergewöhnlich ausgeprägten Bizeps.«

Meine Hand wird freigegeben und ein leichtes Ziehen fährt durch meine Brust. Nicht schon wieder gehen, bitte! Ich mag es, wenn … Doch schon entfernen sich die beiden, nur um wenige Minuten später erneut ächzend und stöhnend zurückzukehren und die nächste Pflanzenladung abzusetzen.

Ich würde alles geben, um dieses Schauspiel sehen zu dürfen. Natürlich rieche ich die Veränderung, denn mit jedem grünen Blatt hält ein neuer Geruch Einzug in die Zelle, die im Moment meine Bleibe ist. Die Erde duftet so köstlich, dass ich mich am liebsten darin suhlen möchte und das Flüstern der Grünlinge dringt ungefiltert an meine Ohren. Nicht alle scheinen mit diesem Ortswechsel einverstanden zu sein. Nachtruhe werden wir wohl heute keine finden.

»Na, na, na, Dr. Fio«, schimpft Poppy wie eine zänkische Elster, »*Jazzy-Jasmin* sollten Sie auf gar keinen Fall auf Linneas Nachttisch stellen! Haben Sie mal daran gerochen? Unser Moosglöckchen soll heilen und nicht von der Penetranz meiner Diva erstickt werden.«

»Aber sie ist die Schönste in ihrer Sammlung und da dachte ich …«

»Schöne Frau – schöne Blume? Dachten Sie das? Ts, ts, ts, Doktorchen, ich hielt Sie nicht für so oberflächlich. Äußerlichkeiten sind nicht alles.«

Ich stimme ihr zu, kann jedoch mein tanzendes Herz kaum beruhigen, das Fios Geste in mir ausgelöst hat. Er wollte die Schönste der Grünlinge in meine Nähe stellen, mir eine Freude machen, oder, wenn ich Poppys Vermutung glauben schenken darf, sogar meine Schönheit unterstreichen. Irgendwie sehr süß.

»Die *wollüstige Vera* passt viel besser an ihre Seite, glauben Sie mir. Platz da!«

Poppy scheint ihren Boss zur Seite gestoßen zu haben, denn er landet kurzerhand auf meinem Bett und seine Hand in meinem Schoß. Ein wohliges Brennen erfasst meinen Unterleib und setzt ein Gefühl in mir in Gang, dass mich nun vollends überfordert.

Schon erhebt er sich wieder, zieht meine Decke straff und streicht flüchtig meine vor undefinierbarer Erregung bebenden Finger. Das muss die Anwesenheit der Grünlinge sein, anders kann ich mir die heftige Reaktion meines Körpers nicht erklären.

»Ddie wollwollüstige Vera?«, stottert Fio. »Heißt die Aloe wirklich so, oder versuchen Sie, mir damit irgendeine versteckte Botschaft zu senden?« Ist er nervös?

»Sie meinen, weil Sie ganz offensichtlich Gefühle für Ihre Patientin hegen und mir auch nicht entgeht, dass Sie die Finger kaum von ihr lassen können?«

O nein, bitte nicht antworten. Für derartige Offenbarungen bin ich nicht bereit.

Ich schwitze, denke ich. Ja, ich glaube, der kalte Schweiß rinnt mir in Strömen mein glühendes Gesicht hinab.

Stille.

Kann mal jemand etwas sagen? Bitte? Also, ablenken oder so? Sind überhaupt schon alle 52 Grünlinge da?

»Ich veralbere Sie doch nur, Dr. Fio!«, lacht Poppy. »Sie müssten mal ihr Gesicht sehen. Sie sind so blass, dass Sie selbst neben Linnea wie ein Geist aussehen.«

»Ne-neben Linnea?«, sagt er.

»Sie benehmen sich irgendwie komisch, Doktorchen, aber egal. Die Aloe hört tatsächlich auf den Namen wollüstige Vera, weil … na ja …

aus Gründen eben. Aber keine schlüpfrigen Gründe, oder was auch immer Sie gerade denken.«

Ich brauche eine Pause.

»Vertrauen Sie einfach auf mein Bauchgefühl, das mir sagt, dass Linnea und Vera gut harmonieren und voneinander profitieren können.«

Erneute Stille lässt die Situation für alle Anwesenden irgendwie seltsam werden.

»Ich hole noch eben die Schamblumen und Sie besorgen uns eine Leiter, einverstanden?«

»Die Scha–schamblumen, natürlich«, bringt Fio gepresst hervor und setzt ein geseufztes »Hu«, hinterher.

»Wissen Sie was«, geht Poppy darauf ein, »anderer Plan. Sie sind mir keine wirkliche Hilfe mehr. Machen Sie Linnea für die Nacht fertig und ich bringe die restlichen Pflanzampeln im Zimmer an. Schaffen Sie das?«

Keine hörbare Reaktion.

»Prima!«, meint Poppy. »Ich bin gleich wieder da. Seien Sie artig, Doktorchen!«

Und weg ist der Wirbelwind und wir beide sind allein.

Fio

Schamblumen, wollüstige Aloen, Linnea für die Nacht fertig machen … Ich glaube, ich höre nur, was ich hören will. Und das muss aufhören! Sofort!

Um mich auf andere Gedanken zu bringen, bewaffne ich mich mit Blutdruckmesser und Fieberthermometer und trete nervös an Linneas Bett. Ich verrichte ganz alltägliche und notwendige Tätigkeiten. Nichts Persönliches. Kein Grund, peinlich berührt von einem Fuß auf den anderen zu wippen, und darauf zu warten, dass die medizinischen Hilfsmittel sich verselbstständigen. Durchatmen und los!

»Sie sind ja immer noch keinen Schritt weitergekommen«, poltert Poppy, während sie eine Leiter ins Zimmer hievt. »In zehn Minuten werde ich meinen wohlverdienten Nachtschlaf antreten, und wenn Sie dann nicht mit unserer ansehnlichen Patientin allein zurückbleiben wollen, dann sollten Sie jetzt mal zu Potte kommen.«

Ich, allein mit Linnea?

Verlockende Idee, was?

Absolut … Nicht! Mein Bedarf an Peinlichkeiten ist für den heutigen Tag sowas von gedeckt. Es ist erst wenige Stunden her, dass mich meine Verlobte im Beisein ihres Lakaien vor die Tür gesetzt hat, ich wie ferngesteuert zum WONC gelaufen bin und mich mit meiner Krankenschwester über die Spitznamen von Zimmerpflanzen unterhalten habe. Wenn ich den Umstand, dass ich meine Patientin vorhin unsittlich berührt habe, dazuzähle, auch wenn es wirklich ein Versehen war, dann befinde ich mich bereits auf dem Level *SchlimmsterTag* überhaupt.

War er denn wirklich so schlimm, Fio? Oder nur turbulent? Hat es dir nicht gefallen, in Linneas Schoß zu fallen oder bei jeder Annäherung ein Kribbeln im Nacken zu verspüren?

Doch. Schon. Ach, was weißt du denn schon?

Äh, ich bin du. Wir fühlen dasselbe und ich für meinen Teil kann mich nicht beklagen. Dieser Tag hatte einfach alles: Action, Herzschmerz, Wut, dumme Sprüche, Kratzbürsten, Lachanfälle und in diesem Moment – ein glückseliges Grinsen.

Ich grinse nicht glückselig. Ich betreibe Studien.

Mmh, schon klar. Ich höre deine Gedanken, Alter, und die erinnern mich eher an Teenieliebe als an Studien.

Ja, okay, vielleicht hast du recht. Ich reiß mich zusammen! Aber sieh dir an, wie friedlich sie schläft, wie schön ihre Lippen sind, die sich nicht vollständig schließen und wie sie duftet.

Sie duftet?

Nach Anis und einem Hauch Vanille, herrlich! Ich könnte glatt …

Glatt in deine Rolle als ihr Arzt, und nicht als ihr Loverboy, schlüpfen, und endlich die dämlichen Checks abhaken.

Schon gut, Spielverderber.

Nanu? Wo ist die Leiter hin? Poppy hat die Blumenampeln bereits aufgehangen und ist anscheinend ohne ein Wort in den Feierabend verschwunden. War ich echt so in Gedanken gewesen, dass ich sie verpasst habe?

Ups, dann bist du jetzt wohl doch allein mit Anis und Vanille.

Jap. Aber ich werde meine Hände schön bei mir behalten, keine Sorge.

Ihre Temperatur liegt bei durchschnittlichen 36,8 Grad Celsius, der Ruhepuls wieder bei 70 und ich schlafe gleich im Stehen ein. Wo ist denn nur das verdammte Kissen, das ich hier gebunkert hatte? Ich werde mich nur für einen winzigen Moment an ihr Bett setzen, mich ausruhen und in zehn Minuten den Heimweg in meine nerdige Studentenbude antreten, wo ich Narcissas Ring auf einen besonders hässlichen, selbstgeschreinerten Schran …

***

Ein herzhaftes Gähnen strömt aus meinem Mund, während ich die

Arme nach oben strecke und den Kopf mit geschlossenen Augen einmal nach links und einmal nach rechts auf die Schultern sacken lasse, um die verspannte Nackenmuskulatur zu lockern. Puh, was für eine Nacht! Auf einem Besuchersessel zu schlafen war schon immer eine blöde Idee gewesen!

Moment. Was? Ich habe im WONC übernachtet? Schon wieder? Scheiße. Das war nicht der Plan! Wie spät ist es? Wird Narcissa gleich zur Tür hereinrauschen und mich zur Schnecke machen? Auch *schon wieder?*

Vorsichtig hebe ich das linke Augenlid ein Stück an, um zumindest die Tageszeit abschätzen zu können.

Sofort reiße ich jedoch beide Augen sperrangelweit auf, denn das, was ich zu sehen bekomme, kann nur Teil eines wirren Traumes sein.

Der Raum, der bis gestern in sterilem Weiß gehalten war und durch seine klinische Kühle bestach, ist von einem urwaldähnlichen Gewächshaus nicht mehr zu unterscheiden. Große, saftig grüne Pflanzen ranken in jede Ecke des Zimmers, zeigen ihre schönsten Blüten in allen Farben des Regenbogens und verströmen einen Duft, der mir die Sinne vernebelt.

Die unscheinbaren Zimmerpflanzen sind über Nacht aus ihren Töpfen herausgebrochen, haben ihre starken Wurzeln über den gesamten Boden kriechen lassen und sind zu einer Einheit verflochten, die so mächtig und wunderschön auf mich einwirkt, dass ich heftig schlucken muss.

Fast könnte ich meinen, ich sei auf einem heftigen Trip, wäre völlig berauscht und nicht zurechnungsfähig, aber mein Geist erscheint so klar, nimmt jedes Blatt, jede rufende Pflanze wahr und versucht, mich in ihre Gemeinschaft zu ziehen.

Doch ich bleibe wie angewurzelt sitzen, welch ein Wortwitz, und lasse die Magie des Moments auf mich wirken, bevor er jede Sekunde wie eine Seifenblase zerplatzen wird.

»Guten Morgen«, dringt eine liebliche Frauenstimme an mein Ohr und lässt meinen Kopf herumfahren.

»Unmöglich«, hauche ich krächzend.

Auf ihrem Bett, inmitten der Pflanzenpracht sitzt Patientin 307, streicht sich bedächtig die langen hellen Haare hinter das Ohr und schenkt mir ein Lächeln, das mich schon wieder schlucken lässt.

Ihre Augen – o Mann … Auch wenn ich weiß, dass ich gerade Opfer meiner eigenen Träume bin, kann ich einfach nicht wegsehen. Sie sind so blau wie der Himmel an einem strahlenden Sommertag und scheinen ein Eigenleben zu führen. Die Farbe der Iriden ist in Bewegung, tanzt, als würde hin und wieder der Schatten einer Schäfchenwolke darin aufblitzen und dann vorüberziehen.

»Wow! Einfach. Nur. Wow!«

Ein leises Kichern kommt aus ihrem Mund. Und ich? Ich schlucke, was auch sonst. Scheiße, ist sie schön!

Mund zu, Fio! Sie kann dich hören!

Was? Quatsch. Ich träume und sie – wie bitte?

Warum höre ich im Traum meine nervige Gedankenstimme? Das ist doch bizarr! Kannst du mich bitte einmal genießen lassen und …

»Alles in Ordnung, Herr Doktor?«

Wieder diese Stimme, die seltsame Dinge mit meiner emotionalen Balance anstellt.

Soll ich antworten?

Alter, checkst du es mal? Du bist wach. Das hier ist kein Traum, deine Patientin ist tatsächlich wach und braucht verdammt noch mal deine Fähigkeiten als ihr zuständiger Arzt.

»Miss, äh …«, stammle ich.

»*Linnea* ist schon in Ordnung«, beendet sie meine sinnlosen Wortfetzen und sieht mich abwartend an.

»Ist das hier real?«, frage ich und könnte mich sofort für diesen bescheuerten Aussetzer gegen das Schienbein treten. »Ich meine … nein, ich weiß, dass ich noch schlafe … mir Ihre Schönheit und diesen Urwald nur einbilde …«

Sie beißt sich schüchtern auf die Unterlippe und nimmt dann schnell eine Hand vor ihren wundervollen Mund. Schade.

»Bevor Sie meine Wangen weiter zum Glühen bringen, denn das geschieht offensichtlich gerade«, sie lächelt, das erkenne ich in ihren strahlenden Augen, »schlage ich vor, Sie schütten sich ein wenig kaltes Wasser ins Gesicht. Das macht munter. Denn ja, das hier ist real. Die Anwesenheit der Grünlinge hat meine Lebensgeister erweckt, mir neue Kraft verliehen und sogar meine Beine von Rinde und Harz befreit.«

Sie schlägt die Decke zur Seite und hebt ihre zierlichen Füße ein Stück in die Höhe.

Ich schlucke. Ja, schon wieder. Kein Kommentar, bitte!

»Sie und Poppy haben mich gerettet. Obwohl, na ja, irgendwie waren Sie es ja auch, der mich erst in Gefahr gebracht hat.«

Ich fahre mir durch meine zerstörte Frisur, nehme die Brille ab, reibe mir die müden Augen und starre sie an. Glücklicherweise bin ich weitsichtig und kann dieses übernatürliche Wesen, oder was auch immer Linnea ist, weiterhin bestens betrachten.

»Nun, jetzt bin ich wach, fühle mich wie neu geboren und kann aus ihrer Obhut zurück in den Evergreen. Wenn Sie dafür sorgen könnten, dass ich meine Kleidung zurückerhalte und dieses seltsame Ding«, sie deutet fragend auf die Flexüle, welche in einen Tropf mündet, »im Arm loswerde, verschwinde ich und werde Ihnen nicht weiter auf der Tasche liegen, wie Dr. Dimas so schön sagte.«

Ich bin des Sprechens immer noch nicht mächtig. Das alles hier kann nur ein ganz übler Streich, das Ergebnis von zu viel Haschisch oder der verwirrendste und realistischste – beziehungsweise unrealistischste –Traum aller Zeiten sein.

»Vielleicht verraten Sie mir auch einfach, wo meine Sachen aufbewahrt werden und ich kümmere mich selbst darum. Dann können Sie da sitzen bleiben und tun, was auch immer Sie da gerade tun. Einverstanden?«

Sprich mit ihr, wenn du sie nicht gleich nur noch von hinten sehen möchtest.

»Ähm, ja«, wage ich einen holprigen Versuch.

Das hatte ich mir anders vorgestellt, Fio. Sei doch nicht so ein elendiger Lappen!

»Verschwinde!«, schreie ich und bereue es sofort.

»Wie bitte?«, entgegnet Linnea mit weit aufgerissenen, wunderschön hellblau tanzenden Augen.

Idiot. Wir unterhalten uns in Gedanken und nicht lauthals!

Wenn du mich nicht ständig blöde anmachen, mir wertlose Tipps geben oder anderweitig behelligen würdest, wäre mir das ‚Verschwinde!' gar nicht über die Lippen gekommen.

»Entschuldigen Sie bitte vielmals, Linnea, ich habe nicht Sie gemeint.«

»Sondern? Die ‚wollüstige Vera'? Oder ‚Shiny-Horst'?«

»Sie haben alles gehört, was in diesem Raum gesprochen wurde, oder?«, schlussfolgere ich und komme mir unsagbar blöd dabei vor.

»Jedes Wort, solange ich halbwegs bei Kräften war. Die Rettung kam wirklich in letzter Sekunde. Noch eine Nacht länger und sie hätten meinen verharzten Körper von diesen weißen Laken kratzen können.«

Ich verstehe nur Bahnhof und versuche mir jedes Gespräch oder Selbstgespräch, welches ich in ihrem Beisein in den letzten zwei Wochen geführt hatte, ins Gedächtnis zu rufen. Keine gute Idee, glaube ich. Ich habe ihr mein Herz ausgeschüttet, sie unentwegt als faszinierend, wunderschön oder dergleichen bezeichnet und sogar meine brüchige Beziehung zusammen mit Poppy ausgeschlachtet. Himmel, ich bin so am Arsch.

Plötzlich ist ein Fluchen vor der völlig zugewucherten Glastür zu vernehmen und ich höre Linneas Worte nur noch dumpf, bevor der Traum ins Unvorstellbare ausartet:

»Verzeih, Fio!«, sagt sie.

Die Wurzeln zu meinen Füßen beginnen zu knacken, winden sich innerhalb von Sekundenbruchteilen nach oben und umfassen meine Mitte. Ein kleiner Ableger drückt sich auf meinen Mund, bevor ich in die Höhe gehoben werde, nur um anschließend, verschnürt, wie in einem Kokon unter Linneas Bett zu landen.

»Aber das ist nur zu deinem Schutz!«

Linnea

Keine Sekunde zu früh lasse ich Fio unter meinem Bett und damit aus dem Sichtfeld der Person verschwinden, die soeben den Raum betreten will.

Mit einem Wink machen meine Grünlinge die Tür frei und das bekannte Zischen, das ich in den letzten Tagen lieben und gleichermaßen fürchten gelernt habe, ertönt.

Jetzt heißt es Ruhe bewahren und keine falschen Bewegungen machen. Die Frau, die sich im Türrahmen aufbaut und augenblicklich zu schreien beginnt, macht mir Angst.

»Poppy«, quiekt sie so schrill und gellend, dass ich mir die Ohren zuhalten möchte. Doch ein ungutes Bauchgefühl hat mich davon überzeugt, dass es besser ist, für den Moment den Anschein der schlafenden Linnea aufrechtzuerhalten.

»Poppy«, ertönt die nicht weniger schrille Wiederholung und kurz darauf betritt die liebenswürdige Krankenschwester mein Zimmer und bringt den angenehmen Duft von Mohn und Walderdbeeren mit sich, den ich ihr mittlerweile sicher zuordnen kann.

Wie gern würde ich ihr ein Lächeln schenken, ihr zeigen, dass die Grünlinge das Wunder vollbracht und mich aus meiner Starre erweckt haben. Dass die Aloe an meinem Bett genau die richtigen Kräfte in mir hat erblühen lassen und ich mich wie neugeboren fühle, obwohl ich glaubte, weit weg vom Evergreen überhaupt nicht lebensfähig zu sein.

»Ja, Dr. Dimas … Was? Beim Nordwind … Wie …?«, stottert Poppy.

Die Tür öffnet und schließt sich.

Ein vorsichtiges Blinzeln lässt mich erkennen, dass die geifernde Hexe ein wenig Abstand zu mir und den Grünlingen bevorzugt, und hinter schützendem Glas weiterkeift.

»Laut Dienstplan waren Sie gestern Nacht die letzte Schwester, die die Patientin betreut hat, richtig?« Narcissas unangenehme Stimme hat eine bittersüße Note angenommen.

»Richtig, Dr. Dimas, aber …«

»Wenn Ihr *Aber* eine Reihe aberwitzige Ausreden für diesen völlig inakzeptablen Zustand des Patientenzimmers einleiten soll, dann halten Sie besser Ihren Mund, Schwester Poppy. Ich weiß auch so, dass nur Sie auf die alberne Idee kommen, einer Komapatientin Blumen vorbeizubringen. Lächerlich. Diesmal war Ihnen eine Rose wohl nicht genug, was? Langsam nehmen Ihre anstrengenden Psychosen Ausmaße an, die für das WONC nicht mehr tragbar sind.«

Was redet sie da nur? Poppy ist die freundlichste Person, der ich je begegnet bin – oder sagen wir: deren Anwesenheit ich je genießen durfte.

»Ich erwarte, dass diese Schweinerei augenblicklich beseitigt wird. Haben Sie mich verstanden?«

Ein Frösteln überzieht meine Haut, so schneidend kalt ist Narcissas Stimme und ich kann Poppys inneren Konflikt, ihre Kränkung, bis tief in meine Adern spüren.

»Ich dulde in dieser Einrichtung keine Pflanzen. Keine Rosen, keine Gänseblümchen und erst recht keinen wurzelschlagenden Urwald. Es sei denn, sie glänzen mit außergewöhnlichen Fähigkeiten und halten sich hinter Sicherheitsglas in unseren Laboren auf, Poppy.« Sie spuckt ihren Namen beinahe aus, bevor sie noch einen Ton höher fortfährt: »Eine Stunde. Sie haben sechzig Minuten, um die Fremdkörper zu beseitigen und für klinische Sauberkeit zu sorgen. Wir sind hier nicht in einem Gewächshaus, ist das klar?«

Keine Antwort.

»Sollte ich auch nur ein winziges Blatt finden«, fährt Dr. Dimas in bedrohlichem Ton fort und jagt mir eine erneute Gänsehaut über den angespannten Körper, »sind Sie die längste Zeit Mitarbeiterin des Monats gewesen. Ich schmeiße Sie raus, kapiert? Sie und Ihr bescheuertes Unkraut gleich mit. Ich hoffe, das war deutlich.«

Stille.

Dann ein dumpfer Schlag gegen die Glastür, gefolgt von einem widerwärtigen Geräusch, das mir die Fußnägel nach oben rollt. Was ist das?

Ich öffne einen winzigen Spalt breit das rechte Auge und erkenne, wie die Ärztin ihre mit glänzenden Steinen bestückten Fingernägel am Glas hinabfahren lässt und neben der Gänsehaut in meinem Nacken auch noch Kratzspuren in der Türoberfläche hinterlässt.

»Ach, und bevor ich es vergesse«, wirft Narcissa noch ein, »sollte mein Verlobter hier aufkreuzen, schicken Sie ihn bitte umgehend in mein Büro. Dr. Fiorello wird in einer dringenden Angelegenheit gebraucht und von diesem Fall abgezogen.«

Was? Nein!

Doch ich vernehme bereits das Klacken ihrer sich entfernenden Schritte und schlage resigniert beide Augen auf.

»Schwester Poppy?«, versuche ich vorsichtig, die apathisch dreinblickende Frau zu erreichen, die völlig verloren immer noch in Türnähe steht und auf ihre Füße starrt, die in knallroten Schläppchen stecken.

»Wer spricht da?«, flüstert sie ängstlich und schickt ihren Blick über die Grünlinge und das Werk, das Sie über Nacht vollbracht haben. »Warst du es, *Rolling-Runa*? Kannst du mich wirklich verstehen?«

Ich kichere und wage einen zweiten Anlauf: »Hier drüben, Poppy. Ich bin es, Linnea.«

Sie dreht den Kopf in meine Richtung, weitet die dunklen Augen auf die Größe von Pfirsichen und öffnet den Mund wie ein Karpfen auf dem Trockenen.

»Das Moosglöckchen ist erwacht. Ich glaub, ich spinne. Ist das wirklich wahr? Spielt mir mein wirrer Geist keinen Streich? Ich meine, die Pflanzen … sie haben … Mann, ich dreh durch … ich träume vermutlich und sollte …«

O nein! Ich ahne Schlimmes. Poppy verdreht die Augen nach hinten und beginnt zu taumeln. Schnell lasse ich die Grünlinge die Wurzeln heben und die mittlerweile weggetretene Poppy vorsichtig zu Boden gleiten.

Was mache ich denn jetzt? Meine Kräfte reichen noch nicht aus, um sie mit Lebenselixier zu versorgen und an ihre Aufgabe zu erinnern.

Eine Aufgabe, die mein langsames, grausames Dahinsiechen zur Folge hätte – nicht zu vergessen.

Wenn ich nicht hier rauskomme und Poppy sämtliche Grünlinge aus meiner Reichweite schaffen soll, dann werde ich erneut in tiefen Schlaf sinken und unfähig sein, diesem Wahnsinn zu entfliehen und nach Hause in den Evergreen zu gelangen.

Ich reiße mir den wabbligen Schlauch aus der Armbeuge, schäle mich vorsichtig aus dem Bett und will mich barfuß der ohnmächtigen Poppy nähern, als ein *Rumms* ertönt und meine Aufmerksamkeit wieder auf das Bett lenkt, wo ich die Quelle des Geräusches vermute.

Ach du Schreck! Fio! Ich hatte ganz vergessen, dass er ja noch gefesselt und geknebelt unter meiner Bettstatt verweilt.

Als ich gedankenlos aufgestanden bin, muss die Verbindung zum Wurzelwerk abgerissen sein und ihn freigegeben haben. Ups. Könnte auch aus geringer Fallhöhe ein unangenehmer Aufprall gewesen sein.

»Au!«, kommt es gedämpft unter dem monströsen Bett hervor, was meine Vermutung bestätigt.

Ich neige den Kopf langsam nach unten, um mir einen Überblick von Fios Zustand zu verschaffen, und schaue direkt in seine warmen, braunen Augen, die mich entgeistert ansehen.

»D-Du«, kommt es ihm leise über die Lippen und ich lächle, ohne dass ich eigentlich weiß wieso. Möglicherweise, weil er die anständige Form der Anrede übergeht, was uns einander irgendwie … näher bringt.

»Ich«, entfleucht es mir, doch aus der Entschuldigung, die ich eigentlich formulieren wollte, wird nichts. Ich starre ihn an. Einen Mann in einem blau-rot karierten Hemd, der versucht, sich eine Haarsträhne aus dem Mundwinkel zu fischen und mich verdutzt, aber unwahrscheinlich interessiert mustert.

»Meine Brille ist hinüber«, reißt er den magischen Faden, den ich zwischen uns zu erkennen meinte, ab und robbt unter dem Bett hervor.

Instinktiv lasse ich die Grünlinge die Glastür zuranken und schaffe uns ein Versteck, um die skurrile Situation im kleinen Kreis zu besprechen.

»Tut mir leid!« Meine ich und deute auf die zerbrochene Brille in seiner rechten Hand. »Ich dachte, wenn Narcissa dich hier sieht, dann …«

Ja, was dann? Was hat mich überhaupt zu dieser Kurzschlussreaktion verleitet? Ich hatte kein Recht, ihn vor seiner Verlobten zu verstecken, ihn irgendwie für mich zu beanspruchen, ihn zu schützen, wo doch gar keine Gefahr drohte.

»Das braucht es nicht«, sagt er mit einem zurückhaltenden Lächeln auf seinen Lippen, auf denen mein Blick einen Moment zu lang verweilt. »Vermutlich hast du mir gerade meinen Job gerettet, vorausgesetzt ich habe noch einen.«

Er senkt betreten den Kopf.

»Danke also. Ich bin immer noch davon überzeugt, dass das alles hier nur ein Traum ist und ich aufwache, sobald mein Wecker klingelt, aber bis dahin – danke für das Abenteuer! Man wird ja nicht alle Tage von ein paar Zauberwurzeln gefangen genommen und unter einem Bett versteckt.« Er lacht. »Gut. Ich pack's dann mal! Muss noch ein paar magische Tränke brauen, Drachen besiegen und so alltäglicher Kram.«

Jetzt bin ich es, die ein Schmunzeln nicht unterdrücken kann.

»Es gibt keine Drachen, Fio und dein Wecker wird dich auch nicht aufwachen lassen. Tut mir leid, aber du träumst nicht – nicht mehr! Vorhin, da auf dem Sessel … da hast du geträumt, ja. Aber jetzt bist du wach. Ich bin wach. Poppy ist ohnmächtig und in weniger als einer Stunde wird deine Dornenhexe uns einen erneuten Besuch abstatten. Wir sollten also keine Zeit verlieren, oder?«

Fio streicht sich nachdenklich über das unrasierte Kinn, blickt abwechselnd nach links und rechts, kommt dann mit drei großen Schritten auf mich zu und sieht mir tief in die Augen, als würde er darin nach einem Beweis suchen, der meine Anwesenheit und die grüne Oase, in der wir uns befinden, rechtfertigt.

Meine Knie fühlen sich plötzlich weich an, irgendwie glibberig und das Atmen habe ich wohl auch schlagartig verlernt.

Er nimmt behutsam eine Strähne meiner langen Haare zwischen die Finger und betrachtet die Spitzen, die nach dem belebenden Schlaf der letzten Nacht erneut eine rosa Farbe angenommen haben.

»Du warst krank, Linnea«, flüstert er. »Deine Haut, sie hat …«

»Ja, du hast recht!«, beantworte ich seine unausgesprochene Frage in ähnlicher Lautstärke. »Ich war krank. Ich war durstig. Ich sehnte mich nach meiner Familie, nach meiner inneren Kraft, die mir genommen wurde, als ich in dieser Zelle isoliert und von jeglichem floralen Leben abgeschottet wurde. Ich bin nicht wie du, Fio. Ich kann in einer unnatürlichen Umgebung nicht atmen, mit einem … schlabbrigen Dings im Arm und Gift, das durch meine Venen rauscht. Ich brauche die Sonne, die Sterne, den Nordwind und meine Freiheit. Bitte lass mich gehen!«

Meine letzten Worte sind nur noch ein Hauchen und ich weiß nicht, ob er mich verstanden hat. Ungerührt steht er vor mir, lässt meine Haare weiterhin durch seine Finger gleiten und hält die Augen geschlossen.

»Das ist nicht real!«, flüstert er und macht plötzlich einen Schritt zurück. Weg von mir. Kälte durchfährt mich, doch ich glaube, sie hat nichts mit dem dünnen Hemdchen zu tun, das ich am Leib trage, sondern mit der menschlichen Nähe, die sich so ungewohnt warm und tröstlich anfühlte und mir gerade entgleitet.

Ich greife seinen Arm wie eine rettende Liane und halte ihn davon ab, sich noch weiter von mir zu entfernen. Warum weiß ich nicht. Ich kenne ihn nicht und alles was ich mit Gewissheit sagen kann, ist, dass er der Grund ist, warum ich hier in Gefangenschaft bin.

»Fio!«, fordere ich ihn auf, mich endlich wieder anzusehen. »Ich brauche deine Hilfe!« Eindringlich und flehend klingt meine zitternde Stimme, denn ich muss diesen verbliebenen Strohhalm ergreifen. Ich muss hier raus, mein Leben retten und dieses Haus, mit seinen seltsamen Sitten, die ich nicht verstehe, hinter mir lassen.

»Du bist nicht real!«, haucht er erneut und sein Blick ist so traurig, dass sich mein Herz zusammenzieht.

Ich überwinde den Abstand zwischen uns, nehme sein stacheliges Gesicht in meine Hände und wispere etwas gänzlich Unvorstellbares: »Dann sag mir, dass du das hier nicht fühlen kannst.« Ich fixiere seinen schön geformten Mund, der mich geradezu anschreit, ihm näher zu kommen, verlasse den Kokon des schüchternen Waldmädchens, das noch niemals einen Mann berührt hat und lege meine bebenden Lippen auf seine.

Der Raum beginnt sich zu drehen, der Schwindel droht mich zu übermannen, doch plötzlich spüre ich zwei starke Hände an meinem Hals, meinen Wangen und in meinen Haaren.Fio erwidert den Tanz unserer Lippen, oder was auch immer ich da angefangen habe, und ich stimme bereitwillig zu. Ich lasse mich mit diesem Fremden in diesen unwirklichen Moment fallen, dessen Duft nach Sommerregen meine Sinne vernebelt und dessen Wärme mich in einer Weise erfüllt, die es tatsächlich nur in Träumen geben kann. Wunderschöne Träume, in denen sich blühende Winden um die Liebenden ranken, Blätter auf sie hinabrieseln und der Boden unter ihren Füßen zum Leben erwacht.

»Warte«, unterbricht Fio keuchend, lässt aber nicht einen Zentimeter von mir ab und hält mein Gesicht weiterhin in seinen Händen. »Das … das …«

Ich öffne vorsichtig meine Augen und streiche mit einem Finger zärtlich über seine schmerzverzerrten Lider. Ein Lächeln zieht an seinem linken Mundwinkel und lässt mein Herz beinahe aus der ohnehin schon bebenden Brust springen.

»Spürst du das?«, frage ich so leise und so nah an seinem Gesicht, dass sein warmer Atem über meine Haut streicht.

Er nickt und lässt eine Hand an mein Kinn wandern. Hebt es an, sodass unsere Blicke sich treffen und miteinander verschmelzen.

Ich schlucke und sehe ihm glücklich in die gütigen Augen.

»Wow«, formen seine Lippen, bevor sie sich erneut sanft auf meine drücken und mich in Brand setzen. »Ich brauche mehr davon. Viel mehr«, raunt er satt und tief, ohne sich wirklich von mir zu lösen. »Geh nicht, Linnea. Lass uns gemeinsam weiterträumen. Bitte!«

Doch bevor ich antworten und erneut mit ihm verschmelzen kann, lässt uns eine Stimme auseinanderfahren, die wir gänzlich vergessen hatten.

Fio

Naaaaaw, ihr seid ja sooo süß! Hach, das ist ein schöner Traum! Pflanzen, die zum Leben erwachen, Blätter, die zur romantischen Untermalung von der Decke rieseln und die wohl sensationellsten Blüten, die aufploppen, sobald das Knistern im Raum zu krass wird. Schöööööön! Ich hoffe, ich kann in diesem Wunderland noch eine Weile zu Gast sein.«

»Poppy«, bringe ich nervös hervor und verspüre ein unangenehmes Jucken im Nacken. Mein Blick gleitet zu Linnea, die mit verschränkten Armen lächelnd zwischen Poppy und mir hin und hersieht und mir das Reden überlässt.

Ich fahre mir, von einem tiefen Atemzug begleitet, mit der Hand über das nervige Kribbeln und versuche, die peinliche Situation zu retten, die viel zu früh in eine gänzlich falsche Richtung abgedriftet ist, und die ich selbst noch zu begreifen versuche.

»Also, Poppy«, setze ich an und mache einen Schritt auf sie zu, »ich kann auch nicht glauben, was ich jetzt sage, aber … Sie träumen nicht. Wir befinden uns im WONC, im Zimmer der Patientin 307, in welches wir gestern kübelweise Pflanzen geschleppt haben. Erinnern Sie sich?«

Sie nickt belustigt.

»Natürlich erinnere ich mich, Doktor Fio. Allerdings habe *ich* den Großteil der Arbeit übernommen, da Sie damit beschäftigt waren, Linnea anzuschmachten. Wie praktisch, dass wir uns gerade in einer Traumblase befinden, ansonsten würde Dr. Dimas Ihnen die Eier abreißen und sie zum Abendbrot verspeisen, sobald sie Wind von Ihrer Vorliebe für Moosglöckchen bekommen würde. Puh, noch mal Glück gehabt.« Sie kichert, verstummt allerdings, als sie unsere Blicke analysiert.

»Liebe Poppy«, übernimmt Linnea, »magst du dich für einen Moment setzen?« Sie deutet auf den hellgrauen Besuchersessel und ich biete Poppy schnell meinen Arm, um sie sicher absetzen zu können.

»Nein«, haucht die überwältigte Krankenschwester und schlägt sich die Hand vor den Mund. Nuschelnd fährt sie fort: »Sie flunkern mich doch an. Es gibt keine, die … die so etwas hier«, sie lässt die faszinierten, jedoch ungläubigen Augen über Linneas Urwald wandern, »nein, das ist unmöglich! Außerdem würde der Doktor niemals … also, niemals …«

»Ja?«, frage ich belustigt und genieße ihre Stammelei ein klein wenig. »Was würde ich denn *niemals*?«

Linnea sieht mich schmunzelnd an. Am liebsten zöge ich sie erneut in meine Arme und ließe mich auf ihre Küsse ein, die meine Welt vor wenigen Augenblicken auf den Kopf gestellt haben.

Doch Poppy liegt richtig. Ich bin verlobt. Wenn auch gerade in einer schwierigen Phase, und würde niemals eine andere Frau auf diese Art und Weise berühren. Dachte ich jedenfalls. Zumal Linnea eine gänzlich Fremde war und obendrein eine Patientin.

Doch das Moosglöckchen weckt Gefühle in mir, die nicht von dieser Welt stammen können. Möglicherweise hat sie mich mit ihrer Magie verzaubert – willenlos gemacht. Möglicherweise bin ich aber auch schlicht und einfach ihrem Liebreiz, den strahlenden Augen und der Sanftheit in ihrer Stimme erlegen und möchte mich nicht aus dieser Gefangenschaft befreien.

Poppy meinte vor Kurzem, ich solle Narcissa abschießen, wahre Liebe finden und zu mir selbst stehen. Sie hatte auch damit recht, und vielleicht bin ich dieser Aufforderung gefolgt, ohne es zu wissen. Ich wog mich in Sicherheit, glaubte zu träumen und ohne Tabus den Moment, der einfach unbeschreiblich schön war, genießen zu können. Doch es war so viel mehr als ein flüchtiger Augenblick. Es fühlte sich echt und vollkommen an. Ich habe vom Baum der Liebe kosten dürfen, das verstehe ich gerade, und sollte aufpassen, dass mir diese kostbare Frucht nicht verloren geht.

»Sie würden niemals mit einer Patientin, umrankt von blühenden Winden, Küsse tauschen und sich dabei von magisch fliegenden Blättern berieseln lassen.« Sie starrt uns beide abwechselnd an. »Sie hören selbst, wie das klingt, oder? Also, ich träume und basta. Sie können jetzt weitermachen und ich werde einfach ein bisschen schmachten und mir vielleicht frisches Popcorn dazu holen, welches ich jetzt aus diesem Mülleimer zaubere, weil ich mir im Traum Wünsche erfüllen kann.«

Ihre Hand wandert ernsthaft zu dem kleinen Kübel, unweit ihres Sitzplatzes, hält dann jedoch inne.

»Verdammt«, kiekst sie, »da ist kein Popcorn.« Sie zieht die Beine ans Kinn und bettet ihren Kopf darauf. »Nein, nein, nein, ich werde verrückt. Jetzt so richtig. Oje, oje, oje.«

Linnea kniet sich neben Poppy und legt ihre grazilen Hände, die ich immer noch auf meinen Wangen spüre, auf der Stuhllehne ab.

»Sie haben mich gerettet, deine gütigen Grünlinge, Poppy. Du hast mir deine Freunde an die Seite gestellt, die mich zurück ins Leben geholt haben.«

Sie wirft mir einen liebevollen Blick zu, der mein Verlangen nach dieser Frau nur noch weiter antreibt.

»Aber jetzt muss ich fort von hier, zurück in den Evergreen, wo mein Zuhause ist. Meine Grünlinge, meine wahrhaftigen Moosglöckchen und meine Freiheit warten auf mich.« Sie macht eine Pause, bis Poppy den Kopf hebt und sie ansieht.

»Ich kann nicht darauf warten, dass Dr. Dimas hier alles vernichtet, *mich* vernichtet und euch beiden den Hintern versohlt, wie du einmal so treffend gesagt hast.«

»Du konntest hören, was ich gesagt habe?«, krächzt Poppy.

»Jedes liebe Wort, das über deine Lippen kam, jede Gemeinheit, die Narcissa in diesen Raum pustete und jedes Schmeichelheimchen aus Fios Mund. Ich weiß einfach alles«, sie lächelt freundlich und steckt mich damit sofort an.

»Uns bleiben nur noch wenige Minuten, bevor die Drachenlady zurückkommt und *klinische Sauberkeit* erwartet, oder so. Also müssen wir uns beeilen.«

»Die Pflanzen hören auf dich, oder?«, fragt Poppy neugierig und spielt an der roten Mohnblume auf ihrem Kopf herum.

»Wenn sie denn wollen«, antwortet Linnea ihr lachend. »Auch Grünlinge haben ihren Stolz und können stur sein, wie das Moosmutzelchen, glaub mir.«

»Du kennst das Moosmutzelchen? Das gibt es wirklich?«

»O Poppy, da draußen gibt es so viele wundersame Dinge, für die ihr Menschen keine Zeit und keinen Blick habt.« Linnea wirkt traurig und schließt seufzend die Augen, bevor sie fortfährt: »Doch wenn du mir hilfst, zurück in meine Heimat zu finden, dann verspreche ich dir, ich werde dir die Geheimnisse des Waldes zeigen und dir das Moosmutzelchen vorstellen.«

Die beiden Frauen lächeln und eine glitzernde Träne stiehlt sich aus Poppys Auge.

»Haben Sie das gehört, Doktorchen?«, wendet sie sich dann an mich. »Wir werden die Geheimnisse des Waldes erfahren. Das war doch immer Ihr Wunsch, nicht wahr? Linnea wird ihn uns wahr machen!« Sie schließt die zarte Linnea fest in ihre Arme und sagt:

»Bringen wir das Moosglöckchen zurück in den Evergreen, bereiten wir Dr. Dimas eine Überraschung der besonderen Art und geben wir der jungen Liebe eine Chance!«

»Was?«

»Doktorchen«, erklärt Poppy und erhebt sich, »packen wir es an. Ich dulde keine Widerworte. Sie beide sind besser als alles, was ich bisher gelesen oder in schnulzigen Liebesfilmen gesehen habe. Wenn ich mich umdrehe, würden sie sich vermutlich sofort die Kleider vom Leib reißen, so stark ist ihre Anziehungskraft aufeinander. Sehen Sie die Haare auf meinen Unterarmen? Die stehen schon zu Berge, seit ich Sie beim Knutschen unterbrochen habe.«

Ich laufe puterrot an und habe keine Ahnung wohin mit meinen schwitzigen Händen.

Linnea hingegen steht langsam und elegant auf, dreht sich zu mir und signalisiert stumm, dass sie Poppys Ausführungen nur bestätigen kann. Beim Bart des Moosmutzelchens, sollte es denn einen haben, in diesem Moment wünsche ich mir, Poppy würde sich tatsächlich umdrehen und ich könnte …

»Die liebestollen Blicke müsst ihr euch aufsparen! Keine Zeit! An die Arbeit, *Grünlinge*! Hach, dieses Wort finde ich einfach super!«

Alles was darauf folgt, ist so unbegreiflich, fantastisch und magisch, dass ich es kaum in Worte fassen kann.

Linnea lässt ‚Shiny-Horst', ‚Jazzy-Jasmin' und all die anderen ehemaligen unschuldigen Topfpflanzen zu grünen Handwerkern werden, die sich zusammenschließen, um ein Loch in die Wand zu reißen und Strickleitern aus ihren Wurzeln zu flechten.

Im Handumdrehen haben sie einen Fluchtweg geschaffen, der zwar für Aufsehen sorgen, aber auch seinen Zweck erfüllen wird. Linnea und ich würden das WONC durch das mannshohe Loch im Mauerwerk verlassen, während Poppy Narcissa davon abhalten wird, den Raum eher als beabsichtigt zu betreten.

Einige der Gewächse werden sie mit ihrem Sichtschutz aus Blättern unterstützen, sich anschließend in Poppys kleine Bleibe am Ende des Ganges winden, in die Überreste ihrer Pflanztöpfe zurückkriechen und ihr Dasein als Poppys Teegesellschaft weiterhin schätzen.

Linnea verabschiedet sich von Poppy, die zu schluchzen anfängt, uns jedoch winkend den Weg frei macht.

Ich muss völlig bescheuert sein, dass ich es auch nur in Erwägung ziehe, diese Wurzelleiter vier Stockwerke aus schwindelerregender Höhe hinunterzuklettern.

Ein leichter Sommerwind weht mir um die Nase und trägt Linneas wundersamen Duft nach Anis und Vanille zu mir. Ist das ein Zeichen, das mir die Angst nehmen und mich überreden soll?

»Fio«, ruft das Moosglöckchen, welches bereits mit beiden Füßen auf dem Geflecht ihrer magischen Freunde steht und streckt mir eine Hand entgegen. »Bitte«, fleht sie und schenkt mir einen Blick, in dem die Wolken vorbeiziehen und einen strahlend blauen Himmel zeigen.

Und schon gerate ich erneut ins Wanken, hinterfrage meine Prinzipien und alles, was ich je für richtig hielt.

Ich will in ihrer Nähe sein. Das ist das Einzige, was ich mit Gewissheit sagen kann. Ich sollte nicht hierbleiben, mein verkopftes, eintöniges Leben weiterleben und eine Frau heiraten, die mich einschüchtert.

Worauf warte ich also?

»Nimm meine Hand, Fio«, flüstert Linnea mit sanfter Stimme. »Die Grünlinge werden dich nicht fallenlassen. *Ich* werde dich nicht fallenlassen. Niemals.«

Ich werfe einen letzten Blick zu Poppy, die mit feuchten Augen und zwei gedrückten Daumen inmitten der Grünlingarmee steht und mich ermutigend anlächelt.

»Los, Doktorchen«, bringt sie gerührt hervor, »hören Sie ein Mal auf Ihr Herz und tun etwas gänzlich Verrücktes.«

»Aber Poppy«, entgegne ich und hoffe für den Bruchteil einer Sekunde, dass sie mich aufhalten und zur Vernunft bringen wird.

»Nichts *aber Poppy*«, bekomme ich prompt zu hören. »Ich komme hier klar, werde Ihre Ex schön zum Narren halten und den Liebenden sehr bald einen Besuch abstatten.«

»Klingt irgendwie nach Abschied, Lieblingsschwester Poppy«, murmle ich wehmütig.

»Scheiße, nein, Doktor Fio«, wird Poppy lauter und kommt zu mir ans neugeschaffene *Fenster*. »Das klingt nach Neuanfang. Gute Reise!«

Sie drückt meinen Arm blitzschnell zu Linnea hinab, verschränkt unsere Hände miteinander und gibt den Ranken so das Signal, mich zu ergreifen und den irrwitzigen Weg in mein bisher größtes Abenteuer anzutreten.

»Der Mensch muss lernen,
den Lichtstrahl aufzufangen
und zu verfolgen,
der in seinem Inneren aufblitzt.«
Ralph Waldo Emerson

Linnea

Kaum setze ich meine nackten Füße auf den heißen Boden, schießt mir ein störender Gedanke durch den Kopf: Ich habe in all der Aufregung vergessen, meine Kleidung wieder einzufordern, und stehe nun in nichts weiter als einem leichten Hemdchen und einem netzartigen Höschen mit einem fremden Mann an einer belebten Straße.

Dass ich zuvor ungefragt die Lippen dieses Fremden gekostet habe – ihn ‚abgeknutscht' habe, wie Poppy es nannte – verdränge ich ganz schnell aus meinen schwirrenden Gedanken, die in diesem Moment erst klar zu werden scheinen. Was habe ich mir nur dabei gedacht?

Eine warme Sommerbrise fährt mir unter das knielange Hemd und lässt mich nervös auf den Zehenspitzen herumtänzeln. Die Haut unter meinen Füßen ist zwar mit einer soliden Hornhaut überzogen, da ich es liebe, barfuß durch den Wald zu streifen, um mir keine Empfindung entgehen zu lassen, aber just in diesem Moment hätte ich gern einfache Schläppchen, um mir keine Brandblasen einzuhandeln.

Auch wenn ich noch nie ein Problem mit Nacktheit im Allgemeinen gehabt hatte, so fühle ich mich doch sehr unwohl und würde mich gern in einer Höhle verkriechen, anstatt im Angesicht all dieser gaffenden Leute meine Scham zu bedecken.

Fio scheint mein Unbehagen zu bemerken, als er kurz darauf noch leicht zittrig an meine Seite tritt, einen Arm um meine Schulter legt und mich in die nächste Seitengasse führt.

»Bring mich bitte ganz schnell von hier weg!«, flehe ich und spüre, wie ich immer hibbeliger werde.

Die Hände lasse ich auf Höhe meines Schoßes, damit sie das bisschen Stoff an Ort und Stelle halten. Die Unterlippe knete ich nervös mit den Zähnen und meine Augen suchen permanent die Gasse nach drohenden Gefahren ab, als sei ich ein scheues Reh, das von Jägern eingekreist ist.

»Sollen wir kurz in meiner Wohnung stoppen, um dir etwas zum Anziehen zu besorgen, oder möchtest du auf kürzestem Weg in den Evergreen?«

Liebevoll sieht mir Fio in die Augen. Er handelt so, wie es mir das Liebste ist, ohne auf seine Bedürfnisse zu schauen, und dass lässt mich noch nervöser werden. Noch nie musste ein Mensch auf mich Rücksicht nehmen, oder hat sich nach meinen Wünschen erkundigt. Das ist mir gänzlich neu und fühlt sich sonderbar an.

Im Wald bin ich mein eigener Herr, wenn man mal von den Naturgewalten absieht, denen ich mich tagtäglich beugen muss. Ich esse, schlafe, schwimme oder sammle Kräuter, wann ich es will. Ich laufe nackt herum, wenn mir der Sinn danach steht oder wälze mich im Schlamm, weil ich das Gefühl der sich verkrustenden Erde auf meiner Haut so liebe. Ich habe so gut wie nie Angst und stelle mich mutig jedem Abenteuer, das ein Leben in der Freiheit des Waldes für mich bereithält.

Ich habe die Lippen dieses Mannes berührt, weil mein Bauch und mein Herz mich überrumpelt haben, mich Hals über Kopf ins Unbekannte gestoßen haben und der Meinung waren, ich solle den Augenblick genießen, wie ich es immer tue.

Doch nun wird aus einem flüchtigen Moment ein gemeinsames Erlebnis. Ich kann mich nicht verstecken, ihn einfach vergessen und zurück ins Paradies laufen, in dem ich glaubte, bereits alles Glück der Welt zu haben.

Ich möchte die Hand, die er mir reicht, ergreifen, mich auf unbekanntes Land begeben, neue Ufer entdecken und das warme Gefühl, das mir sein Lächeln beschert, nie wieder missen. Dafür braucht es den Sprung ins kalte Wasser, vor dem ich mich gerade so fürchte.

Ich habe mit Wildschweinen gekämpft, vernichtende Stürme überlebt, kenne Hunger und Durst und ängstige mich, weil er mir sein Zuhause zeigen möchte?

Wähle das Wagnis, Linnea! Es ist nur ein weiteres Abenteuer. Mit dem Unterschied, dass du diesmal nicht allein, sondern an der Seite eines von der Natur umschmeichelten, klugen, liebevollen Mannes bist, der dir seine Hand und damit auch sein Vertrauen schenkt. Greif zu! Pack die Gelegenheit beim Schopf, wie du es dein ganzes Leben lang getan hast!

»Zeig mir, wie du lebst, Fio!«, sage ich, lege meine kribbelnden Finger in seine und lasse los, wie er es vorhin für mich getan hat.

Er zieht mich an sich, hebt eine Augenbraue und ein schelmisches Grinsen erscheint auf seinen Lippen. Ohne Vorwarnung lässt er seine Hände unter meine Knie fahren und hebt mich in die Luft.

Überrascht schreie ich auf und schlinge die Arme um seinen Hals. O Sterne, dieser Duft!

»Es sind nur ein paar Blocks und ich möchte nicht, dass deine hübschen Füße Narben von unserem kleinen Ausflug davontragen, einverstanden?«

Ich nicke nur stumm, da der *Sommerregen* meine Sinne schlagartig vernebelt hat, und schmiege mich an ihn. In diesem Moment bin ich sicher, dass dies der schönste Platz auf der ganzen Welt ist und ich diesen Mann gern erneut ‚abknutschen' würde.

***

Wenige Minuten und ein tiefes Stöhnen aus Fios Mund später, setzt er mich behutsam vor einem tristen Haus an einem tristen, steinigen Weg ab und kramt einen klimpernden Gegenstand aus der Hose.

Ich mustere ihn und muss mich zusammenreißen, nicht die Finger in seinen dunkelbraunen Haaren zu vergraben, die so einladend auf mich wirken. Zu gern würde ich ein weiteres Geheimnis um diesen Fremden lüften und erkunden, ob sein leicht gewelltes, kräftiges Haar, das nach der Plackerei der letzten Nacht wundervoll ungezähmt aussieht, so weich ist wie mein eigenes es für gewöhnlich war, auch wenn es mir im Moment strohig und heillos verknotet über den Schultern hängt.

»Bereit?«, fragt Fio lächelnd und schiebt das klimpernde Etwas in …

ein Schloss, ja, es braucht einen Schlüssel, um sie zu öffnen. Lächelnd nehme ich die aufploppende Erinnerung an längst vergangene Tage in mich auf.

»Bereit«, nicke ich und folge ihm in einen kühlen Teil des Hauses, der von Metallgestellen auf lustigen Rädern zugestellt ist. Das Bild, wie ich als sommersprossiger Naseweis auf einem Solchen sitze, erscheint vor meinem inneren Auge. Es ist verschwommen und lässt nur eine Emotion entstehen: Kummer. Ein blutendes Knie, feuchte Augen und kindliches Weinen. Der Name dieser Dinger will mir beim besten Willen nicht einfallen. Die Blöße der Unwissenden will ich mir allerdings nicht geben und setze den gemeinsamen Weg wortlos fort.

Wir steigen drei Ebenen hinauf, vorbei an unzähligen Schläppchen verschiedener Größe, kratzig anmutender Teppiche mit lustigen Bildern und landen schlussendlich unter dem Dach.

Dieser Teil des Hauses hebt sich ganz klar vom Rest ab und lässt vermuten, dass hier ein Mensch wohnt, der die anderen Bewohner nicht an seinem Leben teilhaben lassen will. Nicht mal ein winziges bisschen. Kein kratziger Teppich, kein halbtoter, vernachlässigter Grünling, dem selbstverständlich das Sonnenlicht fehlt, keine Schläppchen, kein Garnichts.

»Da sind wir schon«, meint Fio, schließt die Tür zu seiner Bleibe auf, legt eine Hand nervös in den Nacken und blickt mich mit gesenktem Kopf abwartend an. »Ich hatte nicht mit Besuch gerechnet. Erwarte also nicht zu viel, okay?«

Er ist so süß. »Dir ist schon klar, dass ich im Wald lebe, das letzte Mal meinen Fuß über die Schwelle eines Hauses setzte, als ich zehn Jahre alt war, und absolut keine Erwartungen habe, oder?«

Wir lächeln uns an und Fio öffnet die Tür zu seinem kleinen Reich, welches mich augenblicklich in Staunen versetzt.

Zwei große Fenster im Dach erwecken den Anschein, als befände man sich unter freiem Himmel und es ist so warm, als wolle die Sonne uns in ihrer Wonne baden.

Helle Holzbalken, die den Giebel halten, werden von rankenden Grünlingen eingerahmt und wundervoll geschwungene hölzerne

Gegenstände, deren Maserungen absolut lebendig auf mich wirken, machen diesen Ort zu einem Platz, der den Namen *Heim* verdient hat.

Eine sonderbar schmale, mit rauem Leder überzogenene Bettstatt weckt meine Aufmerksamkeit und ehe ich mich versehe, lasse ich meine Hände über das kühle Material fahren und genieße das Gefühl der Naturverbundenheit, die hier allgegenwärtig ist.

»Ich hole dir eben etwas zum Anziehen«, unterbricht Fio meinen Streifzug, fügt jedoch sofort an: »Lass dich nicht stören und fühl dich bitte wie zu Hause.«

Zuhause. Mein ‚Zuhause' ist noch meilenweit entfernt und ich fühle nichts als Sehnsucht, wenn ich an die vertrauten Bäume und Sträucher im Evergreen Forest denke. Aber für einen Augenblick des Verschnaufens ist es schön hier. Sogar sehr schön.

Ich greife nach einer dunkelgrünen, sehr weichen Decke, wickle sie um meine nackten Beine und lasse mich schwungvoll auf das Lederbett plumpsen. Natürlich ist es viel zu heiß, jedoch fühle ich mich ein wenig angezogener – für den Augenblick.

Die Sonne scheint lachend durch das Fenster und streichelt die Sommersprossen auf meiner Haut, während ich genüsslich die Lider schließe. Für einen Moment …

***

Ich schlage die Augen auf und schlucke erschrocken, als ich mich umsehe und unsicher bin, wo ich mich gerade befinde.

Ich muss eingeschlafen sein, stelle ich erleichtert fest. In einer fremden Wohnung, auf einer fremden Bettstatt, eingehüllt in eine fremde Decke. Doch auch an ihr haftet der betörende Duft von Sommerregen und lässt mich grinsend hier liegen, mich erinnern und auf die nächste Überraschung warten.

Prompt fährt mir ein köstlicher Geruch in die Nase und lässt augenblicklich meinen leeren Magen knurren. Essen. Richtiges Essen. Wie lange ist das schon her? Das Wasser läuft mir im Munde zusammen als ich an gebratenes Kaninchen mit Preiselbeeren denke und an den Rauch des Feuers, der mir zwar in den Augen brennt, jedoch ein wichtiger Verbündeter da draußen in der Wildnis ist.

Vorsichtig stehe ich auf, lege die Decke zurück an ihren Platz und bemerke den Stapel Kleider, den Fio still und heimlich neben mich gelegt hat.

Ich schlüpfe in eine furchtbar steife, bläuliche Hose, die mir zwar viel zu lang ist, sich am Po und Bauch jedoch passend anfühlt. In den Genuss frischer Unterhosen komme ich leider nicht, also wird das Netzhöschen aus dem WONC als Puffer zwischen meiner weichen Haut und dem groben Stoff herhalten müssen.

Des Weiteren liegt ein helles, viel zu großes Oberteil bereit, welches meine zierliche Figur gänzlich zu verbergen versteht. Obwohl dieses Teil offensichtlich Fio gehören muss, fehlt der liebgewonnen Duft nach Sommerregen und wird durch einen Hauch von Wildrose ersetzt. Zu schade, aber sei es drum. Alles besser als dieses labbrige Hemdchen, welches die Bezeichnung *Kleidungsstück* nicht verdient hat.

Zuletzt entdecke ich ein paar wollene Socken, die ich dankbar über meine Füße stülpe, obwohl die Zimmertemperatur sich den dreißig Grad noch immer nähert. Meine verfilzten Haare drehe ich zu einem Knoten auf dem Kopf und stecke ihn mit einem Zeichenstock fest, der auf dem flachen Tischchen vor mir liegt. Diese Dinger verlieren Wanderer mit großer Vorliebe im Evergreen, und ich habe mittlerweile eine beachtliche Sammlung zusammen, mit denen ich gelegentlich kleine Blümchen auf meine Finger male oder geheime Botschaften auf welken Blättern hinterlasse.

So sollte es gehen, denke ich und folge den wohlriechenden Düften, bis ich in Fios kleiner Kochnische lande, die nicht weniger beeindruckend daherkommt als der Rest der Wohnung, und gemütlich eingerichtet ist.

Ich bleibe im Rahmen der offenstehenden Holztür stehen und beobachte ihn.

Er hat sich umgezogen, trägt mittlerweile eine schwarze Hose, ein dunkelgrünes Oberteil mit kurzen Ärmeln, das meinem gleicht – und mir zum ersten Mal einen Blick auf seine wohlgeformten Oberarme gewährt – und hat sogar die Haare gekämmt. Zu schade.

Auf seiner Nase sitzt eine kleine goldene Brille, die zu rutschen scheint, da er sie ständig mit dem Handrücken zurück an ihren Platz schieben muss. Ich könnte ihn … Nein, das wäre unangebracht und außerdem ist er beschäftigt. Er kocht. Für mich. Für uns. Das Grinsen in meinem Gesicht wird langsam schmerzhaft und ich muss mich zu erkennen geben.

»Was kochst du da?«, frage ich lächelnd und genieße den Moment, als sein Kopf überrascht zu mir herumfährt.

Vor Schreck lässt er das Ei, das er soeben in die Soße schlagen wollte, komplett in den wohlriechenden Inhalt des Topfes plumpsen und starrt mich an. Er starrt mich an und schluckt. Dieses Bild gefällt mir sehr.

»Erschrocken?«, frage ich, bewege mich jedoch nicht von der Stelle, da ich denke, dass eine gewisse Distanz uns beiden nicht schadet.

»Vielleicht ein bisschen«, findet er seine Worte wieder und lächelt, bevor er das Ei geschickt und mit bloßen Händen aus dem Topf befreit und diese anschließend an einem Tuch abwischt, das seitlich in der Hose klemmt und den Eindruck vermittelt, als wäre Fio des Öfteren in der Kochnische zu Gange.

»Hast du Hunger?«, beendet er das kurze, aber prickelnde Schweigen zwischen uns und ich nicke.

»Normalerweise würde ich dich fragen, ob du ein Glas Wein zum Essen möchtest, aber … nun ja … du bist gerade aus einer medizinischen Einrichtung geflohen, nachdem du mehrere Wochen bewusstlos warst und … ähm … als dein Arzt …« Er ringt sichtlich um Fassung. »Egal, blöde Frage. Entschuldige bitte!«

»Ist dieser Wein, von dem du da sprichst … ist er denn … schmeckt er gut?«, frage ich gespannt.

Fio lächelt und ich stimme mit ein, auch wenn ich noch nicht weiß, was an meiner Frage so komisch war.

»Oh, ja. Allerdings«, erklärt er mit geheimnisvoller Stimme, »Aber auf leeren Magen auch durchaus toxisch, also giftig. Er kann deine Sinne vernebeln und dir die Hemmungen nehmen.«

»Hemmungen nehmen?«, hake ich neugierig nach.

»Dich locker machen, aber auch … willenlos.«

Ich beginne zu verstehen.

»Wie überreifes Obst?«, frage ich und ernte ein überraschtes Nicken.

»So-sogar genau so«, stammelt Fio.

»Dann hätte ich gern ein Glas Wein zum Essen, Herr Doktor. Auch gegen Ihren Rat. Es war ein harter Tag, da kommt es auf und ein paar ‚Hemmungen' weniger auch nicht mehr an.« Ich bin, was man bei uns im Forest wohl mit einem jungen Hirsch vergleicht, der seinen ersten Zwölfender durch den Wald trägt. Denn obwohl ich jetzt weiß, dass Wein aus vergorenem Obst gewonnen wird und ich davon so einiges unfreiwillig zu mir genommen habe, kann ich seine Wirkung auf mich nur erahnen. Doch die übermütige Stimme des neu erwachten Moosglöckchens flüstert mir zu: Abenteuer. Mutig sein. Kaltes Wasser. Also, hier bin ich. Was soll schon schiefgehen?

Fio mustert mich abschätzig, holt jedoch zögerlich zwei formschöne Gläser aus einem hängenden Regal über seinem Kopf und öffnet anschließend eine Tür nach draußen, die mir vorher gar nicht aufgefallen ist.

Sie führt auf eine freischwingende Ebene, auf der ein Holztisch mit zwei Stühlen steht, der, von Grünlingen eingerahmt, herrlich einladend aussieht. Es duftet nach Thymian, Rosmarin, Dill und allerlei anderen Kräutern, und meine Finger beginnen nervös zu kribbeln bei dem Verlangen, diese Grünlinge wahre Wunder vollbringen zu lassen.

»Setz dich«, unterbricht Fio meine berauschenden Gedanken und zieht mir einen Stuhl heraus, auf dem ich vorfreudig Platz nehme. »Ich hoffe, du magst Spaghetti Carbonara.«

»Spaghetti?«, zwitschere ich ihm nach wie ein ahnungsloser Leierschwanz.

»Nudeln?«, versucht Fio mir auf die Sprünge zu helfen und sorgt für ein erkennendes Grinsen in meinem Gesicht.

»Ah, Nudeln«, nicke ich bestätigend und eine längst vergangene Erinnerung lässt mich vorfreudig die Lippen befeuchten. »Als Kind habe ich Nudeln geliebt. Da werden die Worte ‚Spaghetti' und ‚Carbonara' wohl auch nichts daran ändern«, bestätige ich und begutachte das silberne

Werkzeug, welches neben dem Teller bereitliegt. ‚Gabel', krame ich das passende Wort aus den Tiefen meines Gedächtnisses. Eine schlichte Tischdecke, deren Farbe mich an verwelkende Sonnenblumen erinnert, ziert den Essplatz und lässt mir eine Gänsehaut über die Unterarme kriechen. Er hat sich so viel Mühe gegeben.

»Darf ich noch eine Sache tun?«, frage ich und ernte ein wohlwollendes Nicken.

»Alles, was du willst«, sagt Fio lächelnd, während er uns Spaghetti auftut und hellen Wein in die Gläser füllt.

Ich lasse meinen Blick über die triste Aussicht schweifen, die überwiegend hässliche Hauswände oder andere unschöne Steinformationen zeigt. Zu wenig Grün. Eindeutig viel zu wenig Grün.

Ich schließe die Augen und erspüre die Magie in mir, die wie ein wilder Strom immer schneller und schneller durch meine Adern pulsiert und sich auf die Suche nach gleichgesinntem Leben begibt. Der Rosmarin wächst in die Höhe, lässt einen seiner dürren Zweige von der Freiluftebene hinuntergleiten, nur um kurze Zeit später einen netten Farbtupfer in seinem Zweig zu halten.

»Ha-ha-hast du das eben gesehen, Mama?«, höre ich eine aufgeregte Kinderstimme unter uns rufen und muss kichern.

»Was denn, Schatz?«, entgegnet eine Frauenstimme.

»Da-da-da ist eben ein Zweig gekommen und hat ein blaues Blümchen ge-ge-gestohlen.« O nein, der arme Kleine.

Fio sieht mich mit weit aufgerissenen Augen an und deutet nach unten.

»Olli, Zweige stehlen keine Blümchen«, versucht seine Mutter den Jungen zu beruhigen. »Vielleicht war es der Wind oder ein frecher Vogel. Komm rein und mach die Balkontür zu. Es ist schon warm genug hier drinnen.«

Ein Rumms und es kehrt wieder Stille um uns herum ein.

Zaghaft befreie ich das Vergissmeinnicht, danke dem Rosmarin und lasse ihn in seine ursprüngliche Form zurückgleiten.

»Wa-warte, ich hole eine Vase«, stottert Fio und blinzelt mehrfach, als müsse er sich das eben Erlebte noch einmal gut durch den Kopf gehen lassen.

»Vielleicht besser einen Topf mit etwas Erde, wenn du hast«, rufe ich ihm hinterher. »Ich habe den kleinen Kerl natürlich mit Wurzeln *gestohlen.*«

»Okay«, erwidert Fio und verschwindet aus meinem Blickfeld.

»He, mein kleiner Freund«, beginne ich derweil eine Unterhaltung mit dem hübschen, blaublühenden Grünling, der bittend seine Blättchen nach mir ausstreckt. »Natürlich bekommst du gleich ein neues Zuhause. Hier bei Fio wird es dir gut gehen, glaube mir.«

Ich streiche behutsam über seine zarten Wurzeln und füge traurig an: »Er wird dich brauchen, wenn ich fort bin. Doch auch wenn ich nicht hier bei ihm bleiben kann, so kann ich ihm jeden Tag durch deine Schönheit sagen: Vergiss mein nicht.«

Fio

Auf der Suche nach ein wenig brauchbarer Erde halte ich im Wohnzimmer einen Moment inne und sortiere meine Gedanken.

Die Tasse, die ich als Übergangstopf für Linneas Vergissmeinnicht aus dem Schrank genommen habe halte ich derweil fest in meiner Hand und starre auf das Sofa, auf dem vor ein paar Minuten noch eine bildhübsche, fremde Frau geschlafen hat. Es ist alles so unwirklich.

Sie spricht mit Pflanzen, kann sie sogar bewegen, Olli eine Blume stibitzen und mich völlig um den Verstand bringen. Ich habe keine Ahnung, wie sie es anstellt, aber in ihrer Nähe vergesse ich die einfachsten Dinge. Ich stelle mich tollpatschig an, was überhaupt nicht meine Art ist, starre mit offenem Mund dümmlich in die Gegend oder flüchte unter einem Vorwand, um wenigstens ein paar klare Gedanken zu fassen.

Ich schwöre, als sie vorhin in der Küche im Türrahmen lehnte, mein Lieblingsshirt trug und die Haare unordentlich auf ihrem hübschen Kopf zusammengebunden hatte – es hätte nicht viel gefehlt und ich wäre über sie hergefallen.

Ich wollte sie küssen, mehr noch, wenn ich ehrlich bin, denn ich kann mich ihrer Magie, ihrem freundlichen, ehrlichen Wesen einfach nicht entziehen. Jede ihrer Sommersprossen stellt mich auf die Probe, fordert mich heraus und ich muss mich verdammt noch mal zusammenreißen, nichts Dummes zu tun.

Ich darf sie nicht anfassen, nicht schon wieder, auch wenn ich es möchte. Unbedingt möchte.

Sie vermisst ihren Wald, lebt ein Leben, welches mit meinem nicht vereinbar ist und dann … dann wäre da noch Narcissa.

Auch wenn wir in einem heftigen Streit auseinandergegangen sind und sie mir im wahrsten Sinne des Wortes ihren Ring zurückgegeben hat, könnte ich mich niemals kopflos in eine neue Beziehung stürzen und so tun, als seien die letzten acht Jahre nicht von Bedeutung gewesen. So bin ich einfach nicht. Linneas Wirkung auf mich hin oder her.

Ich werde mit ihr essen, sie zum Evergreen Forest bringen, in der Hoffnung, dass Narcissas Handlanger diesen noch nicht gänzlich abgeriegelt haben, und mir dann eine Pause gönnen. Ich nehme Urlaub, überlege mir ernsthaft, was ich vom Leben erwarte und werde Linnea nur in meinen Träumen begegnen.

Ich schließe die Augen und lege den Kopf seufzend in den Nacken.

O shit, Fio! Dein Plan ist jetzt schon zum Scheitern verurteilt. Diese Frau wirst du niemals vergessen können. Du bist ihr bereits nach ein paar gemeinsamen Stunden komplett verfallen, und das weißt du.

Es klingelt.

Zum Glück, dann muss ich mich nicht schon wieder mit meiner penetranten inneren Stimme auseinandersetzen.

Ohne nachzudenken, öffne ich die Wohnungstür und lasse sie augenblicklich wieder zuschlagen.

Es ist Moss. Scheiße. Ich kann ihn nicht hereinlassen. Das würde in einem absoluten Desaster enden.

Weil du eine Patientin bei dir versteckst? Oder weil sie deine Klamotten trägt, du für sie ein romantisches Dinner gekocht und ihr dazu Wein eingeschenkt hast?

Erstens, zweitens, Alles. Verdammt. Er ist Narcissas Spitzel. Er wird mich sofort durchschauen, dumme Sprüche machen und der Chefin alles brühwarm aufs Brot schmieren. Zudem ist Linnea sicherlich nicht sonderlich begeistert, auf einen weiteren fremden Mann zu stoßen.

Einen Frauenversteher, der dich gestern noch um ihre Nummer angefleht hat.

Ja, das noch dazu. Scheiße.

Es klingelt erneut und ich muss reagieren.

Wimmel ihn einfach ab und fertig.

Ich öffne die Tür, die leere Tasse noch immer in der linken Hand haltend und nicke ohne Grund, nichtssagend mit dem Kopf auf und ab.

»Fio«, sagt der nervige Typ lauernd und scheint darauf zu warten, dass ich ihm den Weg frei mache und ihn in meine Wohnung lasse.

»Moss«, entgegne ich kurz und gebe ein schnalzendes Geräusch von mir. Warum, weiß ich nicht.

»Willst du mich nicht hereinbitten?«, fragt er, die Hände unschuldig in den Hosentaschen vergraben. Doch so doof bin ich nicht. Er führt etwas im Schilde, das spüre ich. Vermutlich weiß er bereits von unserem spektakulären Abgang im WONC und wurde von Narcissa zu mir geschickt.

»Nö, ich bin gerade beschäftigt, Moss und mein Essen wird kalt. Ich meld mich später. Bis dann.«

Ich will die Tür erneut schließen, doch Moss stellt einen seiner überteuerten Schuhe dazwischen und drückt mir die Tür entgegen.

»Wo ist sie, Fio?«, wird er plötzlich lauter und ungehaltener.

Ich wusste es. *Ratte*, schießt es mir in den Kopf, weil er diese Bezeichnung schon lange verdient hat.

Eine Sicherung brennt in mir durch, denn ein einziger Gedanke übernimmt meine folgenden Handlungen: Ich muss Linnea um jeden Preis beschützen. Zur Not schlage ich ihn k. o. und sperre ihn ins Badezimmer ein.

Er ist größer, stärker und cleverer als du, Fio.

Und? Ich bin dafür entschlossen. Moss wird Linnea nicht zu Gesicht bekommen!

»Fio, ist alles in Ordnung? Die Spaghetti wer…«

Zu spät! Linnea kommt hinter mir aus der Küche geschlendert und bleibt augenblicklich wie angewurzelt stehen. Das durstige blaue Blümchen fest mit der rechten Hand umklammert mustert sie Moss mit einer Mischung aus Angst, Neugier und … ich kann es nicht richtig deuten … Erkennen?

Mein unnormal stark ausgeprägter Beschützerinstinkt lässt sie mich mit der freien Hand hinter meinen Rücken und somit aus Moss' Blickfeld ziehen.

»Hallo, Moosglöckchen«, säuselt Moss, nutzt die Gelegenheit und betritt das Wohnzimmer. Wut kocht in mir hoch und wenn Linnea nicht hinter mir stünde, würde ich über ihn herfallen, wie kleine Jungs es auf dem Schulhof tun.

»Verschwinde, Moss, und lass uns in Ruhe!«, sage ich mit knurrendem Unterton und versuche, Blitze aus meinen wütenden Augen auf ihn zu schießen. Leider ohne Erfolg.

»Ruhig, Fio!«, gibt er dämlich grinsend zurück. »Ganz ruhig! Ich möchte nur Hallo sagen. Das gebietet der Anstand, nicht wahr?«

»Ich verzichte auf deine guten Manieren, Moss. Da ist die Tür! Verzieh dich! Ich melde mich, wenn es mir besser passt.«

Moss beginnt zu lachen und zieht sein ultra modernes Smartphone aus der Gesäßtasche.

»Wenn du mir eine plausible Erklärung für das hier lieferst«, knüpft er an, ohne sich meiner Aufforderung zu beugen, »werde ich gehen. All right?«

Er dreht das Handydisplay zu uns und ich lasse vor Schreck die Tasse fallen, die mir bis eben einen stabilen Halt gab.

Ein Video mit erschreckend hohen Klickzahlen zeigt, wie zwei Menschen, eine Frau mit langen rosafarbenen Haaren und ein Mann, der mir leider erschreckend ähnlich sieht, aus dem vierten Stock des WONC steigen. Durch ein Loch in der Fassade. An einer Leiter, die aus Wurzeln gefertigt wurde.

Scheiße!

»Das Video geht viral, Alter, und Narcissa tobt. Nein, ich korrigiere, sie speit Feuer!«

Ich schweige. Versuche, mir im Kopf einen Plan zurechtzubasteln, wie Linnea und ich aus dieser Nummer unbeschadet herauskommen und wie wir Moss höflich zum Teufel jagen können.

»Ich mache euch folgenden Vorschlag«, zwitschert der ungebetene Gast leicht belustigt, aber es fühlt sich eher so an, als drücke er mir ein Messer an die Kehle. »Ich habe ebenfalls noch nicht zu Mittag gegessen und hier riecht es verdammt lecker. Ich tippe auf Carbonara, richtig, Fioboy?«

Heiße Luft strömt durch meine Nasenlöcher, doch ich bin nicht fähig, ihm einen schlagfertigen Konter an den Kopf zu werfen.

»Ihr stellt mir einen Teller dazu und wir unterhalten uns ganz locker unter Freunden, über das, was gestern Abend und heute Morgen geschehen ist, einverstanden?«

»Was interessiert es dich, Moss? Du hast mit dem Ganzen rein gar nichts zu tun!«, gebe ich bebend von mir und spüre, wie jedes seiner Worte mich weiter in eine Ecke drängt, aus der ich Linnea und mich so schnell nicht wieder herausholen kann.

»Nur so viel, Bro.« Langsam wird er mir echt unheimlich. »Vielleicht habe ich ein besonderes Interesse an deinem hübschen Moosglöckchen und dem, was sie im Stande ist zu vollbringen.«

Jetzt ist es genug! Meine Sicherung brennt komplett durch!

Mit zwei großen Schritten bin ich bei ihm, schubse ihn wütend gegen die Tür in seinem Rücken und halte meinen Unterarm so fest auf seine Brust gedrückt, dass er mir für den Moment unterlegen scheint.

Linnea zieht scharf die Luft ein, hält sich aber glücklicherweise im Hintergrund. Das ist nicht ihr Kampf, sondern eine alte Fehde zwischen Moss und mir, die schon seit wir uns kennen unausgesprochen zwischen uns steht.

Bis ich Narcissa kennengelernt habe, war stets er es, der mir die Frauen vor der Nase wegschnappte. Egal wie gut mir ein Mädchen gefiel, wie perfekt eine Kommilitonin zu mir gepasst hätte oder welchen Partyflirt ich gern mit nach Hause genommen hätte – am Ende hielt Moss sein unwiderstehliches Zahnpastalächeln zwischen uns und ich wurde sitzengelassen. Ich erinnere mich nicht an ein einziges Mal, an dem es anders ausgegangen ist. Bis Narcissa kam und mich vom Fleck weg in Beschlag genommen hat. Seltsam, dass mir seine Zurückhaltung ihr gegenüber erst jetzt so richtig bewusst wird.

»Moss«, versuche ich, möglichst bedrohlich zu klingen, was nicht leicht ist, da er mich weiterhin dämlich angrinst. »Du wirst Linnea weder mit deinem falschen Charme, noch deinen geleckten Haaren um den Finger wickeln, verstanden?« Meine letzten Worte spucke ich ihm förmlich in seine wirklich verdammt attraktive Visage. »Du wirst ihr keine Fragen stellen, sie nicht ansehen oder ihr heimlich deine beschissene Handynummer zustecken – was auch saudämlich wäre, da sie überhaupt kein … egal, du verstehst schon.«

Er zuckt lächelnd mit den Schultern, was mich noch rasender macht.

»Wenn Narcissa mich sprechen will, soll sie das gefälligst persönlich machen und nicht ihr dressiertes Haustier schicken.«

»Dressiertes Was?«, fragt er mit aufgerissenen Augen, als hätte ich in einer Fantasiesprache gesprochen.

»Na, ihr Zirkusäffchen. Ihren Diener, Buttler, Boy, Schoßhund … such dir etwas aus.«

Ich schließe kurz die Augen, um Kraft für den letzten Akt zu sammeln. »Danke für deinen Besuch, Moss. Uns geht es gut, nett, dass du fragst. Ja, du hast recht, unser Abgang aus dem WONC war vielleicht eine Spur zu dick aufgetragen, aber die gute Narcissa ließ uns da kaum Handlungsspielraum. Linnea wird nicht länger wie eine Laborratte im Käfig gehalten und von Tag zu Tag schwächer werden, nur weil Narcissa etwas an ihr zu finden glaubt, nach dem sie schon ihr halbes Leben vergeblich sucht. Das werde ich nicht zulassen.

Ich bringe Linnea in Sicherheit, das schwöre ich dir. Hier ist Schluss. Jetzt sage *ich* einmal, wo es langgeht und du wirst den Kürzeren ziehen. Könnte sich für den Moment scheiße anfühlen, aber du solltest dich besser daran gewöhnen.

Ich werde nicht länger euer Fußabtreter sein! Ich bin aufgewacht, weißt du. Als Narcissa den Frosch gegen die Wand geworfen hat, ist er zwar kein Prinz geworden, aber er konnte plötzlich klarer sehen. Hat sein bis dato lächerlich armseliges Leben an sich vorbeiziehen sehen und sich eingestanden, dass es da draußen so viel mehr gibt als Arbeit, eine solide Lebensplanung und Mittelmäßigkeit.«

Ich hole noch einmal tief Luft, verstärke den Druck auf seine Brust und vollende meine meisterliche Ansprache:

»Ich fang noch mal ganz neu an. Lass mich auf Abenteuer ein. Lebe in den Tag hinein und ergründe die schönen Seiten meines Daseins, die ich vor lauter Doktortitel, Verlobungsfeier und Rumgeschubse nicht habe sehen können.«

Ich drehe mich für einen kurzen Augenblick zu Linnea und schenke ihr ein Lächeln, welches sie glücklicherweise erwidert.

»Sie wird es mir zeigen, Moss. Die Wunder. Die Freiheit. Die unbeschreibliche Schönheit unserer Erde, die ich in meinen Laboren nie zu Gesicht bekomme. Sie. Eine Frau, die ich kaum kenne. Es ist mir scheißegal, wie du darüber denkst, was du mit Narcissa hinter meinem Rücken ausheckst oder wie du mich umzustimmen gedenkst. Du. Kannst. Mich. Mal.«

Er lacht mir dreckig ins Gesicht, doch ich bin noch nicht am Ende angelangt.

»Such mich nicht. Lass mich einfach in Ruhe und lebe dein perfektes Leben, bis du einsam und allein stirbst.«

Puh, das war hart.

»Vielleicht habe ich in ein paar Wochen genug von der Freiheit, melde mich bei euch und lade dich und Narcissa auf einen Drink ein. Aber es wird *meine* Entscheidung sein, ob und wann wir uns wiedersehen. Ich schlage dieses Kapitel meines Lebens zu, genau wie die Tür, durch die du dich jetzt verdünnisieren wirst.

Ciao, *Bro*, und grüß meine Ex. Sie hat ja jetzt ein spannendes Video von mir, falls sie mich vermissen sollte, was ich allerdings stark bezweifle. Ehrlich gesagt bezweifle ich sogar, dass sie mich jemals geliebt hat.

Ich war der kluge Kopf an ihrer Seite, mit dem man in ihren Kreisen ganz gut angeben konnte und der die Forschungsreihen durchführte, für die Sie keine Geduld hatte.«

Ich schnaufe resigniert und ein wenig traurig.

»Auch egal, Moss, braucht dich nicht zu interessieren.«

Ich löse meinen Griff und öffne die Tür, auch wenn ich ihn damit weiter in den Raum schiebe. Scheißfreundlich weise ich ihm mit einer Hand den Weg und freue mich, als er, ohne Widerworte zu formulieren, in den Hausflur verschwindet.

»Man sieht sich, Moss.« Tür zu.

Ich wende mich um und sehe in Linneas verständnisvolle Augen, die mir nach all der Aufregung eine beruhigende Wärme entgegenbringen.

»Wir werden keine Zeit für Spaghetti und Wein haben, oder?«, fragt sie und ich könnte sie allein für ihre Weitsicht in dieser Situation auf der Stelle küssen.

»Nein, das wäre keine gute Idee«, bestätige ich ihre Vermutung mit einem vorsichtigen Lächeln. »Sie werden wiederkommen. Und ich glaube nicht, dass Moss oder Narcissa sich ein zweites Mal die Tür vor der Nase zuknallen lassen werden.«

Ich steige über die Scherben der Tasse, die noch immer auf meinem Parkett verstreut liegen und bleibe dicht vor Linnea stehen. Zu gern würde ich die wirre Strähne, die vor ihrem rechten Auge hängt ergreifen, durch meine zittrigen Finger gleiten lassen und die Zeit für uns anhalten. Aber ich wage nichts dergleichen.

Stattdessen gehe ich in die Hocke, nehme mir eine Handvoll Erde aus dem Topf eines Drachenbaumes und halte ihn Linnea entgegen: »Lass uns dem Vergissmeinnicht noch schnell eine Bleibe suchen und dann aufbrechen.«

Sie lächelt, kniet sich zu mir und pflanzt den kleinen Kerl direkt in meine zur Schale geformten Hand.

»So«, flüstert sie, »einen schöneren Ort finden wir nicht.«

Wir sehen uns an und ich bin wirklich, *wirklich* versucht, dem Drang, sie berühren zu wollen, nachzugeben.

»Wir holen das nach, Fio, versprochen«, wispert Linnea und schiebt zärtlich meine, schon wieder auf halb acht hängende, Ersatzbrille in die Kuhle, die meine Nase in all den Jahren als Brillenträger gebildet hat. »Ich habe im Evergreen vielleicht keine Spaghetti und erst recht keine Soße mit ganzen Eiern darin«, sie kichert und ich verfalle ihrem niedlichen Säuseln mit jeder Faser meines Körpers, »aber der Wald hält andere Überraschungen bereit. Wenn du dich traust«, sie klemmt die Unterlippe zwischen die Zähne und ich kann kaum noch an mich halten, »dann zeige ich dir jedes einzelne Wunder.«

»Ich werde dich daran erinnern«, krächze ich und reiße mich nur äußert widerwillig von ihr los, um den Aufbruch ins Unbekannte zu planen. In spätestens fünfzehn Minuten werde ich meinen Survivalrucksack schultern, Linneas Hand ergreifen und erstmals mit ihr gemeinsam loslassen.

Linnea

Fertig!«, meint Fio, nimmt meine Hand und legt die andere erwartungsvoll auf die Türklinke.

In Windeseile hat er das Notwendigste in einem braunen Lederrucksack zusammengepackt, mir wenigstens eine Gabel seiner unbeschreiblich guten Spaghetti in den Mund geschoben, den Rest in einer Kiste verpackt und mir das Auffüllen der Wasserflaschen aufgetragen. Ein Abenteuer für sich, muss ich zugeben, denn ich wusste nicht, wie ein Wasserhahn funktioniert. In der Hütte meiner Kindheit holten wir das kühle Nass aus dem See. Vielleicht waren derartig praktische Vorrichtungen ja auch ein Grund für meinen Vater, das Leben in der Stadt zu wählen. Aber … vergessen wir das. Fio blieb geduldig und half mir – ganz nebenbei –, auch die Bedienung einer ‚Toilette' zu erlernen. Schon toll dieses Dings mit der Spültaste und diesem Kanal… iso…mitat… – also, dort, wo der ganze Unrat landet. Im Forest muss der gute alte Donnerbalken herhalten.

»Bereit?«, fragt Fio und drückt meine Hand, um mir das Zeichen zum Aufbruch zu geben.

»Ab nach Hause!«, antworte ich und atme ein letztes Mal die Luft seiner gemütlichen kleinen Bleibe ein, die ich in dieser kurzen Zeit bereits in mein Herz geschlossen habe.

Ich schicke einen gedanklichen Luftgruß an den frisch eingesetzten Grünling, der nun in Fios Zahnputzbecher – witzige Wort – im Waschraum auf seine Rückkehr wartet und nehme das vorfreudige Kribbeln, das mich durchströmt, dankbar an.

»Es ist also wahr?«, lässt uns eine biestige Stimme wie angewurzelt in der geöffneten Haustür erstarren, während die Strahlen der Nachmittagssonne uns blenden. »Der Doktor und die Waldhexe. Hand in Hand. Ohne schlechtes Gewissen oder dem Wunsch nach Wiedergutmachung.«

Narcissa. Die gertenschlanke große Frau in rotem, glänzenden Oberteil und schwarzem, engen Rock, die etwas abseits steht, kann niemand anderes sein als Narcissa. Die Drachenfrau. Genauso hatte ich sie mir vorgestellt, nur ohne diese waffenähnlichen Schläppchen, die sie noch größer wirken lassen.

Zum ersten Mal stehe ich ihr Auge in Auge gegenüber und vergesse im selben Moment beinahe meinen Namen, was ich eigentlich vorhatte, oder wer der gutaussehende Mann an meiner Seite ist. Alles in mir schreit: LAUF! Doch dazu komme ich nicht.

Mit erhobenen Zeigefingern lockt Narcissa einen Haufen bulliger Kerle in schwarzer Kleidung und dunklen Brillen auf den Nasen zu uns. Ich werde gepackt, in einen Metallkasten auf Rädern gezerrt und bekomme ein breites klebriges Band vor den Mund, das jeden meiner Schreie abdämpft.

Eine Metallluke wird krachend zugestoßen und ich sehe panisch zurück zum Haus, wo Fio in diesem Moment scheinbar bewusstlos von vier kräftigen Männern zurück ins Haus geschleppt wird. Tränen schießen mir in die Augen. Ich versuche, um mich zu schlagen, doch die Fremden haben mir Seile an die Handgelenke gebunden, werfen mich auf den Boden des geschlossenen Käfigs und machen sich nun an meinen Füßen zu schaffen. Dann wird alles schwarz.

»Die Menschen soll man nur
in sehr geringen Dosen nehmen.«
Ralph Waldo Emerson

Fio

Ah! Verdammt. Mein Kopf. Scheiße, tut das weh! Solche Kopfschmerzen hatte ich zuletzt nach der Party zu Moss' 25. Geburtstag, zu der ich antanzen durfte und an die ich außer den Nebenwirkungen, kaum noch Erinnerungen habe. An diesem Morgen vor vier Jahren habe ich beschlossen, dass ich zu alt für durchfeierte Nächte und erniedrigende Filmrisse bin und habe seitdem nie wieder so tief in ein Glas geschaut.

Was habe ich gestern also gemacht?

Obwohl ich weiß, dass ich es bereuen werde, öffne ich vorsichtig die Augen und versuche, die Ziffern des Weckers auf meinem Nachttisch zu erkennen. Die Sonne zeigt mir den Mittelfinger und lacht mich aus. Jeder ihrer warmen Strahlen brennt auf meiner Netzhaut und jagt schmerzende Blitze durch meinen erschlagenen Körper.

9:00 Uhr, mutmaße ich. Seltsam. Ich weiß nicht einmal, wie ich ins Bett gekommen bin, geschweige denn was der Grund für meinen abartigen Kater ist.

Moss war da, glaube ich. Warum auch immer. Und eine Flasche Wein, oder? Oje, wenn ich meinen Gesamtzustand so betrachte, wird es wohl nicht nur eine gewesen sein.

Welchen Tag haben wir heute? O Mann, ich hoffe, es ist Samstag und ich muss mich nicht ins WONC schleppen und mit Sonnenbrille auf der Nase einen auf Arbeitsbiene machen.

Ich drehe mich auf die Seite. Jede Bewegung dröhnt in meinem Schädel und ich könnte mir für meinen Leichtsinn gleich noch eine Ohrfeige verpassen. Trinken kann ja auch nett sein, keine Frage, aber shit – ich kann mich wirklich nicht an ein einziges Detail erinnern. Nicht einmal der Grund für die Sause, die offensichtlich stattgefunden haben muss, will mir mehr einfallen.

Mein Blick fällt auf einen kleinen Zettel auf dem anderen Kopfkissen. Ich greife danach. Lesen kann ich selbst dann kein einziges Wort, als ich das Gekritzel auf Armeslänge von mir entfernt halte. Scheiß Sehbehinderung.

Blind wie ein Maulwurf taste ich also mit vorsichtigen Bewegungen, um die Erschütterungen möglichst klein zu halten, nach meiner Brille und stutze.

Nanu? Seit wann trage ich denn wieder das alte goldene Model? Komisch. Kann mich nicht entsinnen, die neue Brille irgendwo verlegt zu haben. Mmh, ist sie vielleicht den gestrigen Eskapaden zum Opfer gefallen? Wenn Moss anwesend war, dann ist bekanntlich alles möglich! Wirklich alles! Ich hasse ihn.

Ich setze mir die kleine goldene Brille auf die Nase und lese die Zeilen.

»Danke für letzte Nacht! In Liebe Narcissa«, steht da. Glaube ich zumindest. Reine Spekulation, denn wie immer, kann ich ihre Doktorschrift nicht entziffern. Die alte Weisheit, dass Menschen, die extrem große Anfangsbuchstaben benutzen, selbstverliebte Arschlöcher sind, kommt mir in den Sinn. Warum? He, ich spreche hier über meine zukünftige Frau. Ja, okay, sie sieht schon gern in den Spiegel, hört sich noch lieber selbst reden oder bejubelt ihre eigenen Erfolge mit teurem Schmuck, den sie sich gönnt – aber *selbstverliebt* ist schon ein großes Wort. Immerhin hat sie nicht geschrieben: ‚Dank *mir* für letzte Nacht. Ich war wieder einmal so toll.' Ich schmunzle und versuche auch den Rest des Geschmieres zu entziffern.

Puh. Keine leichte Angelegenheit! »PS«, das ist klar. »Vergiss unseren Termin mit Moss nicht«, vielleicht? »Zum Mittag im Mimi«, keine Ahnung. Aber ich kenne meine Verlobte und ihre Vorlieben. Ich weiß, dass es für die CEO des Whim of Nature Conservatory nur einen Laden gibt, in dem sie zu Mittagessen würde. Das *Minimalism* direkt im Zentrum. Exquisit. Völlig überteuert. Minimalistisch. Und absolut nicht meins. Das hat meine liebreizende Freundin allerdings noch nie interessiert. Sie hasst Gemütlichkeit, ansprechende Inneneinrichtung, warme Farben, Deko, Pflanzen jeglicher Art und nicht zu vergessen, die Anwesenheit des *einfachen Fußvolkes*. Ihre Worte, nicht meine. Das *Minimalism* verzichtet auf alle Punkte auf ihrer Liste und lässt es sich obendrein teuer bezahlen.

Ich wende meine Aufmerksamkeit den letzten Worten auf dem Papier zu. »Sei diesmal pünktlich!«

Klar, Schatz, gerne, denke ich und werde von plötzlichem Brechreiz überrascht.

Ungelenk stolpere ich aus dem Bett, verheddere mich in meiner Bettwäsche und bleibe regungslos auf dem flauschigen Teppich liegen. Wenn mir nicht so speiübel wäre, könnte ich hier direkt weiterschlafen.

Ich befreie mich, wundere mich darüber, dass ich sogar noch die Schuhe an den Füßen trage und auch sonst vollständig angezogen zu sein scheine und schlurfe ins Badezimmer.

Keine Sekunde zu früh, denn als ich den Klodeckel hochklappe, bringt mein Magen sofort alles, was ich gestern zu mir genommen habe, wieder hoch. Nämlich nichts. Ich spucke pure Galle, was höllisch brennt und mir Tränen in die Augen treibt. Was war das denn für ein gemeinsamer Abend, wenn ich anscheinend nicht einmal gut gegessen habe? Den Umstand, dass die Nacht mit Narcissa so *unvergesslich* gewesen sein muss, dass ich mich im Vollsuff komplett bekleidet in mein Bett gelegt habe, klammere ich hier mal aus. Alles zu verwirrend.

Ich wische mir mit geschlossenen Augen über die trockenen Lippen, spüle meine Auswürfe hinunter und ziehe mich mit letzter Kraft am Waschbecken hoch.

Als ich zum Zahnputzbecher greife, um den widerlichen Geschmack loszuwerden, fährt ein stechender Schmerz durch meinen Kopf. Au! Was war das? Vor Schreck lasse ich den Becher fallen, der daraufhin im Waschbecken landet und etwas Erde darin verteilt.

Erde? Warum zum Donner ist Erde in meinem Zahnputzbecher? Und nicht nur das, darin sitzt ein Vergissmeinnicht und scheint mich breit anzugrinsen.

Was? Bin ich bescheuert? Grünlinge grinsen doch nicht? Moment? *Grünling*, was soll das denn für ein Ausdruck sein? Er stammt definitiv nicht aus meinem Wortschatz, so viel steht fest. Wahrscheinlich bin ich einfach noch viel zu kaputt und sollte ganz schnell eine Ladung Schmerztabletten einwerfen, alles verdunkeln, zurück in meine Koje kriechen und den Rausch, den ich ganz offensichtlich habe, ausschlafen.

***

Mein Handy klingelt. Nein, bitte nicht! Ich habe ewig gebraucht, um nach meinem Ausflug ins Badezimmer wieder einzuschlafen. Irgendwie gingen mir die vielen Ungereimtheiten einfach nicht aus dem Kopf und das flaue Gefühl in meinem Magen ließ sich auch nicht vertreiben. Etwas sagt mir allerdings, dass es nichts mit der Kotzerei vorhin zu tun hatte.

Es ist Narcissa. Ich ertrage ihre grelle Stimme jetzt nicht, denke ich und frage mich im gleichen Moment, wie ich etwas derartig Gemeines über die Frau an meiner Seite denken kann.

»Ja?«, nehme ich den Anruf entgegen und bemühe mich um einen möglichst lockeren, entspannten Ton, der nicht allzu viel von meinem tatsächlichen Befinden preisgibt.

»Liebling, schön, dass du wach bist. Ich wollte nur mal hören, was dein Kopf macht und dich an unser Date mit Moss erinnern.«

Erinnern, ja, das würde ich mich auch gern.

»Danke, es geht mir bestens und ich werde *pünktlich*«, ich betone das letzte Wort mit einer Spur zu viel Sarkasmus in der Stimme, »im *Minimalism* aufschlagen. Du musst Moss also nicht wieder als Babysitter bei mir vorbeischicken, okay?«

»Was ist denn das für ein Ton, David? So kenne ich dich ja gar nicht!«, echauffiert sich Narcissa und ich muss ihr absolut recht geben.

So bin ich nicht. Ich äußere keine fiesen Dinge über die Frau, mit der ich zusammen bin, ich werfe ihr keine sarkastischen Floskeln an den Kopf oder unterstelle ihr, dass sie mich behandelt wie ein Kind oder nur sich selbst liebt.

Habe ich gestern vielleicht gar nicht getrunken, sondern mir so heftig den Kopf gestoßen, dass mir ein paar Sicherungen durchgebrannt sind? Uff, ich habe keinen Plan. Nur das dringende Gefühl, dass hier irgendetwas gewaltig schiefläuft und ich mich auf eine große Katastrophe zubewege.

»Entschuldige«, und das meine ich diesmal ehrlich. »Bin noch nicht ganz bei mir. Gestern war …« Ich lasse bewusst das Satzende offen, um eine mögliche Reaktion aus Narcissa herauszukitzeln.

»Heftig, ja«, antwortet sie, bringt mich dadurch aber auch nicht weiter. »Dann versuche, die Spuren des gestrigen Tages bitte aus deinem äußeren Erscheinungsbild zu entfernen! Wir sehen uns gleich. Bussi!«

»*Bussi*«, brabble ich ihr nach, als sie bereits aufgelegt hat und frage mich zum wiederholten Male an diesem verwirrenden Morgen, was mich so genervt von ihr sein lässt. Als wäre zwischen uns etwas vorgefallen, was ich ihr einfach nicht verzeihen kann, es im Augenblick aber vergessen habe.

***

Auf dem Weg nach unten treffe ich den kleinen Oliver, der gemeinsam mit seinen Eltern und seiner niedlichen Schwester Daisy direkt unter mir wohnt.

Ich winke ihm freundlich zu und will an ihm vorbeilaufen, als er sich mir in den Weg stellt und mich böse anfunkelt. Die Hände wütend in die Hüfte gestemmt steht er breitbeinig im Treppenhaus und reckt mir seine Zahnlücken mit einem verschmitzten Leuchten in den Augen entgegen.

Der Anblick des etwa Siebenjährigen in einem knappen T-Shirt, das seinem Morgenmüsli zum Opfer gefallen zu sein scheint, ist einfach köstlich und ich muss mir das Grinsen wirklich mit aller Kraft verkneifen.

»Du-u?«, setzt er an und ich ahne, dass er sich nicht nur nett mit mir über das Wetter unterhalten möchte. »Doktor Nachbar«, zieht er meinen Spitznamen, den die Kinder im Haus mir schon vor einiger Zeit verpasst haben, in die Länge, »hast du mir gestern eine blaue Blume geklaut?«

»Was?« Jetzt muss ich doch schmunzeln, gehe jedoch vor ihm in die

Hocke und lege meine Hände beruhigend an seine Oberarme. »Olli, ich stehle doch nicht. Erst recht nicht von dir und sowieso keine Blumen. Wie kommst du denn darauf?«

»Mmh«, gibt er ein Brummen von sich. »Hat Mama auch gesagt, aber der tanzende Zweig kam von oben und da wohnst nur du. Du allein, Doktor Nachbar.«

Tanzender Zweig? Schon wieder schießt dieses schmerzende Zucken durch meinen brummenden Schädel. Zufall?

»Olli«, versuche ich ruhig, den Kleinen zu besänftigen, obwohl meine Zeit mit jedem Wort, dass ich mit ihm wechsle, davonrennt und ich Narcissa mit Sicherheit wieder enttäuschen werde. Sei es drum! »Pass auf, ich hab noch nie von einem tanzenden Zweig gehört, aber das klingt doch total cool!« Tut es tatsächlich. Da brauche ich nicht einmal eine Notlüge erfinden.

»Der war nicht cool!«, schreit er mich an und befreit sich aus meinem lockeren Griff. »Der hat *so* gemacht auf dem Balkon, guck!« Jetzt lässt er die Arme und Beine wild herumschlackern und ich falle vor Lachen beinahe auf meinen Hintern. Wenn mein Kopf doch nur nicht so weh tun würde! »Dann hat er ein Vergissmeinnicht geklaut und war weg.«

Ein *Vergissmeinnicht*, schießt es mir blitzartig in den Kopf.

»Bumm. Weg. Und Mama meinte, ich habe Gespenster gesehen.«

Ein *Vergissmeinnicht.* Da klingelt was bei mir. *Ich* habe ein Vergissmeinnicht in meinem Zahnputzbecher. Aber wie kommt es da hin und was bitte soll ein tanzender Zweig damit zu tun haben?

»Aber weißt du, Doktor Nachbar«, jetzt verschränkt er die Arme vor der Brust und macht einen auf sehr, sehr klug: »Ich bin kein Baby mehr. Ich weiß wie Gespenster aussehen und dass sie nur nachts herumfliegen. Die klauen nicht kurz nach dem Mittagessen ein Blümchen.«

»To-tal!«, unterstütze ich Olli in seinen Überlegungen, bin jedoch weiterhin irgendwie nervös, so als käme ich gerade einem Geheimnis auf die Schliche.

Plötzlich fällt mir etwas ein. »Nach dem Mittagessen, sagtest du? Gestern?«

Er nickt. »Ja, ich habe auf dem Balkon mit Daisys Puppe gespielt, aber nicht Quill verraten, ja?« Natürlich nicht, schüttle ich den Kopf. »Und dann kam das Klauschwein. Ja, so war es.«

»Aber weißt du, Olli, um diese Zeit war ich doch noch bei der Arbeit, im Labor.«

»Warst du gar nicht!«, entgegnet er und setzt erneut den grimmigen Blick auf, der mich in meine Schranken weisen soll. »Du hast ein Mädchen hergetragen, das keine Schuhe anhatte. *Sie* trug ein Gespensterkostüm ohne Kopf und hatte rosa Haare bis über ihren Popo.« Er kichert. Jetzt geht die Fantasie wohl doch mit ihm durch.

Ein Stechen durchzuckt mich und ich halte mich schnell am Treppengeländer fest, um nicht doch noch zu fallen.

»Ich muss los, Olli, bin verabredet, tut mir leid!«

Tut es mir wirklich leid?

Ich stehe auf, nicke ihm zu und sage: »Lass uns ein anderes Mal reden, ja? Dann helfe ich dir, den Blumendieb ausfindig zu machen.« Er verzieht die Lippen zu einem Schmollen.

»Bringst du das Mädchen mit?«, fragt er.

»Es gibt kein Mädchen, Olli. Wirklich. Ich habe noch nie ein Mädchen mit rosa Haaren gesehen und auch nicht herumgetragen. Aber wenn du ihr noch mal begegnest, halte sie ganz fest! Versprochen? Klingt mir nämlich ganz so, als sei sie etwas Besonderes!« Ich schmunzle geheimnisvoll und verabschiede mich.

Ein Mädchen mit rosafarbenem Haar. Ich lache. Eine wirklich zauberhafte Vorstellung, aber so etwas gibt es nur im Märchen.

Linnea

Poppy, beruhige dich«, flüstere ich zum hundertsten Mal und versuche mit der Kraft meiner Stimme, die schluchzende junge Frau zum Schweigen zu bringen.

Sie weint und weint und weint. Seit ich neben ihr aufgewacht bin, verging keine Minute, in der ihr Schluchzen abgeebbt wäre. Nein. Sie weint ununterbrochen und langsam gerät meine Geduld gefährlich ins Wanken.

»Poppy«, starte ich den einhundertundersten Versuch. »Hör mir zu: Uns beiden wird nichts passieren!« Ich glaube es nicht, aber meine es irgendwie trotzdem ernst. »Fio wird uns hier rausholen. Er lässt nicht zu, dass Narcissa uns länger in diesem Kasten gefangen hält.« Davon bin ich überzeugt.

Poppy schluchzt auf, wie könnte es anders sein, und dicke Tränen rinnen aus ihren großen Kulleraugen. Ihr rotes Oberteil ist an seinem weißen Kragen schon völlig durchnässt und dennoch ist ein Ende der salzigen Flut nicht in Sicht. Wo nimmt sie nur all die Traurigkeit her?

Wenn ich mich doch nur von diesen … seltsamen Seilen befreien könnte, die mich an Händen, Füßen und dem Kopf auf diesem … diesem … Brettdings festschnallen. Ich würde die schwarzen Augen, die in jeder Ecke dieses winzigen Käfigs angebracht sind demolieren – Poppy meinte, man nenne sie Kameras und sie könnten uns aus der Ferne überwachen –, das ängstliche Mädchen in die Arme nehmen und ihr so lange Schmeichelheimchen zuflüstern, bis sie mir endlich ein Lächeln schenkt.

Im Gegensatz zu mir ist sie nicht angebunden, kann sich frei bewegen und liegt dennoch reglos da und weint mir seit Stunden die Ohren voll.

Warum nur? Warum weint sie ohne Unterlass? Warum bin nur ich gefesselt und warum versucht sie nicht wenigstens, mich zu befreien, damit wir gemeinsam einen Ausweg aus diesem Alptraum finden können?

Ich bin mit den Nerven auch völlig am Ende, denn ich habe keine Ahnung, was wir beide hier machen. Warum mich Narcissa entführt, mir eine weinende Poppy an die Seite gestellt und Fio betäubt zurück in seine Bleibe geschleppt hat. Das alles ergibt überhaupt keinen Sinn, oder? Sie wird ja wohl kaum so argwöhnisch sein, dass sie mich in eine Kiste im Nirgendwo steckt und davon ausgeht, dass Fio mich mit der Zeit vergisst. Das wäre doch krank! So herzlos handelt niemand. Da muss etwas anderes dahinterstecken …

Außerdem könnte ich Fio niemals vergessen, egal wie weit sie mich von ihm wegzerrt, mich festbindet oder aus der Welt schafft. Auch wenn unsere gemeinsame Zeit flüchtig war, etwas Schöneres aber auch Gefährlicheres habe ich noch niemals fühlen dürfen und tief in mir hoffe ich, dass er die Magie zwischen uns ebenfalls gespürt und als kostbaren Schatz empfunden hat, den er zu retten bereit ist.

Denn eines weiß ich mit Sicherheit: Ich muss gerettet werden. Allein komme ich aus dieser Bedrängnis nicht heraus. Meine Kräfte sind versiegt, da ich keinerlei florales Leben in Reichweite erspüren kann und meine Stimme, welche Belastung nicht gewohnt ist, ist schon völlig kratzig.

Vor einer gefühlten Ewigkeit, als ich langsam zu mir kam in dieser seltsamen Metallkiste ohne Sonnenlicht, habe ich es gewagt. Ich habe geschrien. Laut geschrien und versucht mir die Fesseln abzustreifen, zu treten, zu scheuern – einfach jede noch so schmerzhafte Bewegung, die zum Ziel führen könnte, habe ich ausprobiert. Ohne Erfolg. Genau wie der Versuch, Poppy zu besänftigen und ihre Verzweiflung ein wenig zu lindern, damit das Geheule endlich aufhört und sie mir helfen kann.

Ich muss eine anderes Vorgehen versuchen. Vielleicht funktioniert die gute alte Ablenkung …

»Mach mal die Augen zu, Poppy, ich erzähle dir eine Geschichte.« Sie schnieft, doch plötzlich ist es still. Sollte dieser Plan wirklich aufgehen? Na dann mal los.

»Es war einmal ein junges Mädchen, das lebte allein unter den Wurzeln der Bäume tief im Evergreen Forest.«

»Dann wurde sie zusammen mit ihrer Freundin, die an Agoraphobie leidet, gekidnappt, in einen Baucontainer gesteckt, festgeschnallt und ihrer Zauberkräfte beraubt!«, führt meine Leidensgenossin die Geschichte zu ihrem grausamen Ende und beginnt erneut zu schniefen.

»Nein!«, schreie ich beinahe, um ihre Laute zu übertönen. »Nein, die Geschichte geht ganz anders. Wenn du sie hören willst, solltest du allerdings mucksmäuschenstill sein, einverstanden?«

Aus dem Augenwinkel sehe ich ihren Kopf zustimmend auf und ab zucken.

»Darf ich dir vorher noch eine Frage stellen?« Ihr Nicken bricht nicht ab und ich lasse die unbändige Neugierde aus mir sprechen: »Was ist dieses *Agoraphobie*?«

O nein, Poppy zieht die Nase hoch und ich höre sie schon wieder schluchzen, als sie plötzlich den Mund öffnet.

»Ich-ich-ich«, stammelt sie. »Ich habe Angst, mein Zuhause zu verlassen, Linnea.«

»Das kenne ich, Poppy. Wenn ich mir vorstelle …«

»Nein!«, unterbricht sie mich harsch. »Ich bin nicht gern zuhause und fühle mich in fremder Umgebung lediglich unwohl, ich *kann* nicht, verstehst du, ich *kann auf gar keinen Fall* woanders sein als in meiner bekannten Umgebung. Ich habe es versucht. Unzählige Male. Ich war in Therapie. Meine Eltern haben einen Kredit aufgenommen, um mich von den besten Ärzten des Landes behandeln zu lassen. Doch nichts half. Absolut keine noch so alternative Heilmethode schlug bei mir an. Ich blieb in meinem Zimmer, sprach mit den Pflanzen und war glücklich, solange ich sein durfte, wie ich nun einmal bin.« Erneutes Schluchzen erfasst sie, doch sie bleibt bei der Sache und schüttet mir ihr Herz aus.

»Irgendwann, ich stand kurz vor meinem Schulabschluss, den ich natürlich ausschließlich in Homeschooling absolvierte, gaben meine Eltern endlich nach. Sie fanden einen Arbeitgeber, der mir eine Ausbildung zur medizinischen Fachangestellten ermöglichte und so landete ich im WONC.«

Sie legt eine Pause ein.

Ich möchte schon nachhaken, besinne mich dann jedoch und lasse ihr die Zeit, die sie braucht. Dieses Verhalten habe ich vor ein paar Wochen beobachten können, als ein Pärchen zum Heidelbeeren sammeln in meinen Evergreen kam. Anfangs bedrängte die Frau ihren Partner, bis er die Augen verdrehte und sich von ihr abwandte. Sie ließ sich jedoch nicht verdrängen, setzte sich schweigend neben ihn auf einen Baumstumpf, und irgendwann begann er zu reden. Mir lief damals sogar aus sicherer Entfernung ein Schauer über den Rücken, so stark hat mich die innige Beziehung und das gemeinsame Vertrauen der beiden berührt.

»Der Anfang war hart, Linnea. Es dauerte fünf Tage, bis ich einen Fuß aus meinem Apartment im WONC setzte. Ich unternahm ein paar Schritte, holte mir eine neue Wasserflasche und verschwand für drei weitere Tage in meinem Reich.«

Ihre Geschichte klingt wirklich mühselig und furchtbar grausam, schießt es mir durch den Kopf, doch ich spreche den Gedanken nicht aus.

»Nach zwei Wochen sprach ich das erste Mal mit meinem Ausbildungsleiter, Professor Dimas, Narcissas Vater. Von da an ging es aufwärts. Er hatte Geduld, gestattete mir, obwohl es gegen die Hausordnung war, Pflanzen in meiner Wohnung zu haben und half mir in meinem Tempo, im Kollegium akzeptiert zu werden. Bis er von heute auf morgen in den Ruhestand ging und sich in die Abgeschiedenheit seiner Villa zurückzog.«

»Wow«, entfährt es mir. »Wenn Professor Dimas so ein freundlicher Mann ist, wie konnte seine Tochter dann solch ein Drachen werden?«

»Das frage ich mich an jedem einzelnen Tag, an dem ich für sie arbeite. Und was Fio an ihr findet, verstehe ich noch viel … oh!«, stockt Poppy. »Entschuldige, das wollte ich nicht sagen. Ich-ich-ich …«

Nicht weinen, denke ich. Nicht weinen!

»Ich … ich mache immer alles falsch. Gewöhn dich schon mal dran. Wenn-wenn ich nicht zuhause bin, dann … dann geschehen unvorhergesehene Dinge und … und ich schalte den Kopf aus. Es tut … tut mir leid, Linnea!«

»Du hast überhaupt nichts falsch gemacht, Poppy, und musst dich erst recht nicht entschuldigen.«

Ich würde diese albernen Fesseln, die mich darin hindern, dieses traurige Menschlein zu trösten, am liebsten vor Wut in winzig kleine Fetzen reißen.

»Wie kann ich dir helfen, Poppy? Was machst du, wenn du im WONC bist und dich ein solches Gefühl der Angst oder der Hilflosigkeit überkommt? Hast du einen Kniff? Oder so?«

Sie weint. Aber diesmal nicht hemmungslos und unaufhaltsam, sondern still und heimlich, als wolle sie mir weiterhin die Möglichkeit lassen, zu ihr durchzudringen.

»Ich schleiche mich zu Lady Alissa. Sie ist mein Fels in der Brandung und hat immer ein offenes Ohr, egal ob ich kurz vor Mitternacht oder während des Nachmittagsschläfchens zu ihr komme. Sie erinnert mich ein bisschen an dich, weißt du?«

»An mich? Wie meinst du das?«

Ein Kribbeln beginnt sich unter meiner Haut auszubreiten. Noch nie wurde ich mit einem Menschen verglichen oder habe Erinnerungen geweckt. Das fühlt sich sehr schön und irgendwie wichtig an.

»Sie hat mir, als ich zum ersten Mal eher versehentlich in ihrem Trakt – der ‚Glocke' – landete erzählt, dass sie eine Tochter des Waldes sei, genau wie du, Linnea!«

Allerdings. Genau wie ich. Wie kann das sein?

»Die alte Lady behauptete, sie könne die Sprache der Pflanzen verstehen. Sie nannte sie ebenfalls Grünlinge und wollte mir ihre fantastischen Kräfte zeigen, wenn ich ihr eine Rose brächte.«

Ein inneres Beben durchfährt mich. Es gibt noch andere da draußen, die so sind wie ich? Ich weiß nicht, ob mich dieses Wissen ängstigt oder unsagbar glücklich macht. Bisher nahm ich an, ich trage die Verantwortung, den Wald und alles Leben zu beschützen, allein. Ich müsse ganz auf mich gestellt gegen die Habgier der Menschheit und die dunklen Mächte der Mäzen des Todes bestehen, sollten sie mich eines Tages heimsuchen. Und nun soll es weitere Hüterinnen geben? Lebende Schwestern? Ganz in der Nähe?

»Was geschah dann?«, frage ich Poppy, um mehr über Lady Alissa zu erfahren, die mir so ähnlich zu sein scheint.

»Ich ließ mir von Vater eine Rose mitbringen und …«

Doch weiter kommt sie nicht, denn in diesem Moment geht das Licht im Container aus, die Tür wird mit einem Knall aufgestoßen und mehrere Menschen betreten unser Gefängnis.

Ich sehe nichts, muss mich auf meine empfindlichen Ohren verlassen. Doch ich kann die dumpfen Geräusche und das Klappern von Gerätschaften nicht zuordnen. Alles klingt nach Gefahr und Hinterhalt.

Mein kleiner Finger beginnt zu kribbeln. Kann es möglich sein? Das Kribbeln breitet sich über beide Hände aus, kriecht die Arme hinauf und schießt mir wie Sauerstoff nach einem langen Tauchgang im See, befreiend in die Lungen. Grünlinge. In unmittelbare Nähe. Vielleicht warten direkt hinter der aufgestoßenen Tür des Metallkastens die floralen Freunde auf mich und rufen nach meiner Magie.

Fio

Fio, hier sind wir!«, ruft mir Narcissa mit einem ungewohnten Singsang in der Stimme zu, als ich das *Minimalism* betrete.

Ich mag diesen Laden nicht. Alles grau, kantig und kalt. Da wäre eine labberige Currywurst auf einem Raststättenparkplatz romantischer. Na ja, egal. Wenn ich Narcissa richtig verstanden habe, soll dieses Mittagessen ja auch kein Candlelight-Dinner, sondern ein Geschäftsessen mit Moss werden. Auf den Grund dafür bin ich äußerst gespannt.

»Schatz, wie schön, dass du schon da bist!«, trällert meine Verlobte wie eine Heidelerche, was sich irgendwie falsch in meinen Ohren anhört und zieht mich auf den unbequemen Stuhl neben sich. Außerdem bin ich fünf Minuten zu spät, was normalerweise genügt, um einen Tobsuchtsanfall bei dieser Frau auszulösen. Warum hat sie nur so verflucht gute Laune? Das kann ich mit meinem wummernden Schädel gerade ganz schwer nachvollziehen.

Sie küsst mich überschwänglich, was mir schon ein wenig unangenehm in Moss' Beisein ist und umklammert mich so fest, als habe sie Angst, dass ich ihr jeden Moment davonlaufe.

»Alles okay, Narcissa?«, frage ich sehr vorsichtig. »Hab ich irgendwas verpasst?«

Sie streicht mir eine lose Haarsträhne, die sich gern aus meinem Out-of-bed-Look stiehlt, aus dem Gesicht und lässt ihre langen Finger auf meiner Wange liegen. Ich kann mich nicht erinnern, wann sie mir jemals eine so zärtliche Geste entgegengebracht hätte.

»Fio, Liebling, wir haben etwas zu feiern. Eine Überraschung, die einen gewissen Rahmen verdient. Aus diesem Grund haben Moss und ich dich in dein Lieblingsrestaurant gelockt und …«

Mein Lieblingsrestaurant? Wie lange kennt diese Frau mich nun schon? Eigentlich lange genug, um zu wissen, dass dieser Edelschuppen der letzte Ort auf der Welt ist, an dem ich mich über eine Überraschung freuen würde. Ich meine, hier bekommt man Weißwurstklößchen mit Feigensenfmayonnaise als Vorspeise auf einem winzigen Löffel serviert. Für den Preis könnte ich mir fünf normalgroße Weißwürste in einer gut bürgerlichen Küche schmecken lassen und – Überraschung – sogar satt werden!

»Ah, okay«, murmle ich wenig begeistert, versuche aber, meine Kopfschmerzen auszublenden und die Stimmung nicht in den Keller rutschen zu lassen. »Dann schießt mal los. Ich bin ganz Ohr.«

Schon wieder schleckt mich Narcissa ab und ich muss den inneren Drang unterdrücken, die Überreste ihrer stürmischen Liebkosung sofort von meiner Wange zu wischen. Ich bin regelrecht von ihr genervt, fühle mich beinahe belästigt, kann mir jedoch nicht erklären, woher dieses Empfinden so plötzlich kommt.

»Gleich, Zuckerbär«, säuselt sie in einem Ton, den sie noch nicht einmal im Schlafzimmer ausprobiert hat. »Der Champagner kommt jeden Moment und dann können wir anstoßen.«

Du hasst Champagner!

Ich hasse Champagner! Augenblick … wer spricht da?

Dein Gewissen, Idiot. Hast du mich etwa über Nacht vergessen? Wir haben doch gerade einen so guten Draht zueinander gefunden.

Was? Ich rede nicht mit mir selbst! Hab ich nie. Werd ich nie. Verschwinde aus meinem Kopf, der dröhnt auch ohne dein Zutun schon genug.

»Wie auf's Stichwort! Champagner abstellen und verschwinden!« Ganz die Alte fuchtelt Narcissa unfreundlich mit der Hand und lehnt sich zurück, als würde die Bedienung sie anekeln.

»Fio«, richtet sie das Wort an mich und sieht mir tief in die Augen, »auf unsere strahlende Zukunft! Prost!« Wir lassen die Gläser erklingen und ich nehme einen Schluck der blubbernden Brühe, die ich aus verschiedenen Gründen lieber das Klo herunterspülen würde, als sie meine Kehle entlanglaufen zu lassen, aber …

Du Lappen!

Red ruhig weiter dummes Zeug in meinem Kopf, ich höre dich gar nicht. La la la.

»Du wirst es nicht glauben, Baby, aber Daddy hat ein herrliches Stück Land für uns erworben und Moss hat bereits erste Pläne für die Villa entworfen, die wir auf dem Grund des Evergreen Forest unser Eigen nennen werden.«

Narcissas Vater – der sich seit Ewigkeiten in seinen Forschungen vergräbt – hat was? Ein herrliches Grundstück … Ein schmerzender Lichtblitz durchzuckt mich. Langsam nervt es. Vor Schreck verschlucke ich mich so heftig, dass mir der Champagner zu den Nasenlöchern heraussprudelt. Das tut nicht nur weh, ist unvorstellbar demütigend und peinlich, sondern bringt mir zudem einen äußerst bösen Blick von Narcissa ein.

»Toll, Fio, deine Freude scheint ja wirklich echt zu sein!« Sie wendet sich angewidert von mir ab, zitiert die Kellnerin mit einem überheblichen Fingerschnippen an unseren Tisch und macht ihr mit eindeutigen Handbewegungen und verächtlichen Blicken die Situation klar. In Windeseile werden mir Servietten und ein neues Glas Champagner gebracht, das ich achtlos auf dem Tisch stehen lasse und Narcissa fassungslos anstarre.

»Ich hoffe, du scherzt, Narcissa.«

Gut so, Fio. Trau dich! Biete dem Biest die Stirn! Go! Go!

Wie redest du da bitte über meine zukünftige Frau? Halt einfach die Klappe und lass die Angelegenheit die Erwachsenen klären!

Du meinst dieselben Erwachsenen, die Blubbersaft aus ihrer Nase laufen lassen können?

Klappe, habe ich gesagt!

»Ich scherze niemals, David, *niemals*! Und ehrlich gesagt verstehe ich deine Reaktion nicht. Wir haben schon immer von einem Haus geträumt.«

Kinder nein, Putzfrau ja!

Wie bitte?

Hör zu, diese Worte wird deine Zukünftige *gleich benutzen.*

Woher willst du denn …

»Hund, Kinder, Putzfrau – alles, was man so zum Glücklichsein braucht. Na gut, die Kinder müssen vielleicht noch ein wenig warten. Ich bin gerade mal 30, da kann ich meinen Körper noch nicht für so etwas wie Kinder ruinieren.«

Ich starre sie mit offenem Mund an und greife mir an den Kopf. Meine gruselige innere Stimme hatte recht. Ich habe ein Déjàvu, das sich verdammt real anfühlt. Mein Gewissen scheint mir die passende Antwort auf Narcissas Ausführungen entgegenzuschreien. *Wehr dich, Fio! Geig ihr die Meinung!*

Aber ich bin wie festgewachsen. Ich spüre, dass eine Überreaktion von mir fatale Folgen haben könnte, kann nur nicht logisch erklären, wie ich zu dieser Annahme komme. Es fühlt sich an, als würde mir eine unsichtbare Hand die Luft abdrücken, um mich am Sprechen zu hindern. Das Einzige, was ich zu tun vermag, ist nicken.

»Moss, zeig ihm deine fabelhaften Entwürfe!«, kommandiert Narcissa und ich hänge weiterhin hilflos in den Seilen, durchzuckt von seltsamen Lichtblitzen, kontrolliert von der unsichtbaren Würgehand und nicke.

Die nächsten eineinhalb Stunden ziehen wie in einem Rausch an mir vorbei. Moss zeigt mir Skizzen eines Palastes, der selbst für Narcissa zu protzig wäre – ich nicke.

Die Kellnerin serviert mit zittrigen Händen Weißwurstklößchen – ich nicke.

Die beiden präsentieren mir Bilder des Evergreen Forest mit genauen Markierungen, wo der Urwald gerodet und das Baugrundstück platziert werden soll – ich nicke.

Der Kampf, der in mir tobt, zerreißt mich beinahe. Ich werde keinen Finger an den Evergreen legen. Nicht einen einzigen Heidelbeerstrauch ausreißen, kein wildes Tier aus seiner Heimat vertreiben, geschweige denn eine Grünfläche roden, die so groß wie sechs Fußballstadien ist. Niemals. Nur über meine Leiche. Und wenn Professor Dimas schon so großzügig mit Baugrundstück um sich wirft … wo ist er dann bitte? Warum präsentiert er nicht selbst seine glorreiche Idee? Ich kann mich nicht mal daran erinnern, wann ich den alten Herren zuletzt gesehen habe. Aber das muss ich auch nicht. Und ich muss auch nicht in einer Villa leben, eine nette Lady, die zum Saubermachen kommt, von Narcissa herumscheuchen lassen oder mir bei jedem Besuch ihres dressierten Äffchens anhören, was für ein begnadeter Architekt er doch ist, dass er uns dieses Meisterwerk entworfen und gebaut hat. Ich muss gar nichts! Punkt.

Dann sag es ihnen, Fio! Los, mach deinen Mund auf, du Erwachsener!

Ich kann nicht. Ich weiß nicht warum. Ich bin erstarrt. Unfähig. Ein tanzender Zweig in den Fängen einer unsichtbaren Macht.

Tanzender Zweig? Ungewöhnlicher Vergleich, meinst du nicht?

Das Vergissmeinnicht in meinem Zahnputzbecher erscheint vor meinem inneren Auge, sorgt für ein nerviges Zucken, diesmal in meinen Eingeweiden und schickt das Bild einer sommersprossigen jungen Frau mit rosafarbenen Haaren hinterher.

Ich dachte, solche Mädchen gibt es nur im Märchen, Fio.

Das weiß ich selber, Danke für nichts!

»Was ist?!«, reißt mich Narcissas empörte Stimme aus dem beängstigenden Gedankenstrudel und ich lasse den Kopf zu ihr herumfahren. »Sprich deutlich, du Neandertaler!«, fährt sie fort und ich stelle mit Erleichterung fest, dass sie nicht mich, sondern ihren Gesprächspartner am Telefon meint.

Ich habe nicht einmal mitbekommen, dass ihr Handy überhaupt geklingelt hat. Mir ist alles zu viel. Ich möchte nur nach Hause in mein Bett!

»Sie hat was?«

Ahh! Mein Kopf! Bitte schrei nicht so, Narcissa!

»Sedieren!« Wie bitte? »Ja, selbstverständlich, Dumpfbacke! Dachten Sie, ich komme selbst und ...« Mit wem telefoniert sie denn so hitzig? »Schon gut, Sie Schwächling! Behalten Sie alles im Auge und benutzen Sie zur Not die Munition, mit der ich Sie ausgestattet habe. Ich bin in zwanzig Minuten da!«

Sie knallt ihr bronzefarbenes Smartphone heftig auf den Betontisch und legt einen Zeigefinger übertrieben gespielt an ihre Schläfe, so als wäre sie einem Nervenzusammenbruch nahe.

»Eine unbedeutende Unterbrechung, Männer. Fragt bitte nicht.« Sie seufzt, trinkt den dritten Champagner in einem Zug aus, schnappt sich ihre Tasche und spitzt die Lippen. »Lust auf eine kleine Spritztour? Das Wetter ist herrlich und wir können uns das Baugrundstück doch mal aus der Nähe ansehen, oder? Hach, eine wundervolle Idee, warum bin ich nicht gleich darauf gekommen?«

Mit jedem weiteren Wort aus ihrem Mund kommt mir die ganze Farce im *Minimalism* noch skurriler vor. Seit wann macht sie Äußerungen über das Wetter? Wann war sie zuletzt auf einer *Spritztour*? Draußen? So richtig mit Frischluft?

Meine Verlobte nähert sich *einer größeren Ansammlung von Sauerstoffspendern*, wie sie den Evergreen im Normalfall bezeichnet, maximal im Schutze ihres Wagens. Mal ganz davon abgesehen, dass sie mit ihren Designerschuhen, die locker halsbrecherische zwölf Zentimeter aufweisen, sowieso im weichen Boden versinken oder sich die zarten Knöchel verstauchen würde.

»Fio, zahlst du bitte noch? Ich warte draußen im Wagen auf dich. Moss, du fährst! Der letzte Champagner war wohl doch einer zu viel für mich!« Sie lacht und legt sich die diamantenbesetzten Fingernägel klimpernd auf ihr Brustbein.

Ich bin so perplex von dieser Ansage, ich kann nichts erwidern und winke nur freundlich die Kellnerin zu mir an den Tisch, die mich mit hochgezogenen Augenbrauen mustert.

»Sie kann auch anders, glauben Sie mir«, versichere ich der skeptischen jungen Frau und gebe ihr reichlich Trinkgeld, um mich irgendwie für meine Verlobte zu entschuldigen.

Was liebst du genau an dieser Frau, Fio?

Mmh, keine Ahnung. Wir passen gut zueinander.

Ist das eine Begründung, die für das JaWort ausreicht?

Was soll diese Fragerei denn jetzt? Du bist ja nicht einmal real.

Da hast du recht. Ich bin dein Gewissen und es ist mein Job, dich vor schwerwiegenden Fehlern zu bewahren. Und wenn ich dich in den letzten zwei Stunden richtig analysiert habe, dann fällt eine Verbindung mit Miss Oberkommandant absolut in die Kategorie schwerwiegender Fehler!

Du kennst sie nicht, wie ich sie kenne.

Dann erzähl mir von ihr! Los! Ich bin ganz Ohr!

Ein anderes Mal. Sie warten auf mich. Die *Spritztour* in den Evergreen, schon vergessen?

Wie könnte ich. Das wird ein Spaß! Ich bin gespannt, ob die großen, bösen Maschinen noch etwas von deinem Lieblingsurwald übrig gelassen haben.

Wie meinst du das?

Bist du wirklich so naiv, Fio? Narcissa wird jeden einzelnen Baum in ihrem Blickfeld entfernen lassen. Jeden. Einzelnen.

Das ist doch Unsinn. Dann hätte der Professor uns ebenso gut ein Grundstück im Stadtzentrum kaufen können.

Stille in meinem Kopf.

Oder? Ich habe doch recht? Ich liebe den Evergreen. Sie weiß das und möchte mir …

Was denn? Eine Freude machen, Fio? Du hast vorhin noch von deiner eigenen Leiche im Zusammenhang mit diesem Egoprojekt deiner Verlobten gesprochen.

Schon, aber …

Fio, die Lady baut im Wald, weil sie es kann. Sie hat die Macht, die Fläche zu roden, sich jedes Pflänzchen vom Hals zu schaffen, und kann dir weismachen, dass sie dir deinen Wunsch von den Augen abgelesen hat und nun dein Traumhaus mitten im Evergreen baut. Natürlich mit Hubschrauberlandeplatz, eigenem Funkmast und Jacuzzi!

Mein Handy kündigt eine neue Nachricht von Narcissa an.

»Ich warte nicht gern, Liebling!«

Linnea

In all dem Chaos, das die lärmenden Fremden in unserem Metallgefängnis verursachen, heiße ich mit jeder erwachenden Faser meines Körpers die Magie der Grünlinge willkommen. Das anfängliche Kribbeln verwandelt sich in einen wahren Energiestrom, der mich in Brand steckt, mir Kraft verleiht und den schwarzen Gestalten gleich ordentlich den Hintern versohlen wird, um es mit Poppys Worten zu sagen.

Ich atme tief ein, hebe meine bebende Brust, spreize die Finger kraftvoll ab und rufe die Mächte des Waldes, der sich in unmittelbarer Nähe befinden muss.

Das Näherkommen der peitschenden Wurzeln, die wachsenden Kletterpflanzen und sich bewaffnenden Disteln erfüllen mein Herz mit Stolz und Mut. Ich werde Poppy und mich hier rausholen. Die Eindringlinge haben uns vielleicht das Licht ausgemacht, aber einen entscheidenden Fehler begangen. Die sich öffnende Tür dieses Kastens konnte mir ein Gefühl für unsere Umgebung geben, mich erspüren lassen, dass ich hier draußen alles andere als allein bin und wird nun für eine nette Überraschung sorgen.

Ein lauter Peitschenhieb erklingt und lässt ein vorfreudiges Lachen aus meiner Kehle fahren. Nur Sekunden später wird der winzige Spalt, den die Dummlinge offengelassen haben, von einer wütenden Kiefernwurzel aufgestemmt. Tageslicht durchflutet den Raum und panische Rufe werden laut.

Bevor die Uniformierten wissen, wie ihnen geschieht, werden sie von Wurzelwerk, Efeu und mutierten Brennnesseln an die Wand gedrängt, dort festgehalten und für den Moment mundtot gemacht. Uh, ich will gerade nicht mit ihnen tauschen. Die juckenden Bläschen, die die Haare der Brennnessel verursachen, sind an Händen oder nackten Beinen schon quälend, aber ihre schmerzenden Blätter direkt auf den Lippen zu spüren … Die Grünlinge leisten gute Arbeit und bewahren Poppy und mich vor einem ungewissen Schicksal …

Poppy, stimmt. Es ist so verdächtig still geworden, dass ich ihr monotones Schluchzen doch eigentlich gut hören müsste.

Die Distelarmee sorgt für Licht, die Gräser lösen meine Fesseln, die gewaltigen Blätter der Farne richten mich auf und zeigen mir die, in einer Ecke kauernde Poppy. O nein!

Schnell springe ich von der Metallliege, winde mich an allerhand rettendem Grünzeug vorbei und gehe neben ihr in die Hocke. Sie rührt sich nicht.

»Poppy«, flüstere ich und streiche ihr behutsam über den hängenden Kopf. »Wach auf, wir müssen hier verschwinden, bevor Narcissa etwas mitbekommt und wir in die nächste Falle tappen.«

Keine Reaktion. Fuchsurin und Adlerdreck, uns rennt die Zeit davon. Wenn diese gewaltbereiten Frauen und Männer ihrer gestörten Chefin keinen Bericht erstatten, wird sie weitere Schritte in die Wege leiten, die uns vermutlich nicht gefallen werden.

»Poppy«, versuche ich es erneut, diesmal etwas lauter, halte aber sofort inne, als ich etwas an ihrem Hals bemerke, was da nicht hingehört: Eine von diesen spitzen Dingern, die ich aus dem WONC kenne. Damit werden Menschen heilende Flüssigkeiten zugeführt, soweit ich es verstanden habe. Na toll! Sie wurde vermutlich betäubt, so wie ich in dem rollenden Kasten vor Fios Haus. Keine Ahnung, wie lange dieser Zustand anhält, aber es wird *zu* lange dauern! Wie bekomme ich sie also wach?

Hirtentäschel, schießt es mir durch den Kopf. Ein wahres Wundermittel, wenn man einmal müde und abgeschlagen ist. Allerdings ist Poppy in ihrer Verfassung weder dazu in der Lage, die Täschchen zu zerkauen, noch einen heilsamen Tee zu schlürfen. Mist.

Die starken Wurzeln der Grünlinge könnten sie auch das erste Stück in den Wald hinein tragen, aber ich habe keine Ahnung, wo wir uns befinden und kann nicht abschätzen, wie weit ich mit der weggetretenen Poppy kommen muss, um in Sicherheit zu sein.

Mein Blick fällt auf den Gürtel einer Wächterin, die sich gegen ihre grünen Fesseln zu wehren versucht, und eine Idee braut sich in meinem Kopf zusammen. Mehrere winzige Gläschen unbekannten Inhalts hat die Frau an ihrem breiten Hosengurt befestigt. Ob da wohl ein kleiner Muntermacher dabei ist?

Ich sehe der Fremden in die Augen, erkenne pures Entsetzen darin. Keine Ahnung, ob sie sich vor mir oder der Kraft meiner Grünlinge fürchtet, aber als ich mich langsam erhebe, auf sie zusteuere und immer wieder ihren Gürtel in meinen Blick nehme, presst sie sich angewidert gegen die Containerwand.

»Wie wecke ich sie auf?«, frage ich bestimmt und deute auf die schlafende Poppy am Boden. Die Wächterin hebt nur die Schultern.

»Du verrätst mir jetzt augenblicklich, welches deiner Giftfläschchen meine Freundin zurück ins Diesseits befördert, oder ich zeige dir, zu was meine Grünlinge noch im Stande sind. Die Hagebutten sind zu dieser Jahreszeit zwar noch nicht zum Verzehr geeignet«, ich lasse per Fingerzeig eine Waldschmiele bis an ihre Nase wachsen und sie zackige Bewegungen ausführen, »aber dienen richtig angewandt als Juckpulver der Extraklasse. Zudem kann ich ihre Stacheln wachsen lassen und Wunden verursachen, die dich lebenslang zeichnen werden.« Sie kräuselt die Nase unter den unangenehmen Bewegungen der Waldschmiele und ihr Blick verfinstert sich. »Ich glaube, wir verstehen uns«, säusle ich ihr nektarsüß ins Ohr und lasse anschließend die Nessel kurzzeitig von ihrem Mund rutschen.

»Das wirst du noch bereuen, Waldhexe. Narcissa kennt …« doch auf dieses Gerede habe ich keine Lust und schicke die Brennnessel wieder zurück auf ihren Posten.

Hach, Stille ist so viel besser.

Dennoch brauche ich Antworten. Ich rufe einen zarten Trieb der Wildrose herbei, vollführe vor den schreckgeweiteten Augen der Wächterin den Zauber mit den wachsenden Stacheln und löse den grünen Knebel von ihrem vorlauten Mund.

»Das d-dritte Fläschchen von l-links mit dem blauen Ring«, stottert sie.

»Danke!« Ich nehme besagtes Mittel aus ihrem Gurt, lasse Farne statt Nesseln ihren Mund ein weiteres Mal verschließen und wende mich Poppy zu. Vorsichtig entferne ich diesen Glaspieker aus ihrem Hals und bitte den hilfsbereiten Spitzwegerich, ein paar lindernde Blättchen aufzulegen, während ich das Gegenmittel in das komische Behältnis aufziehe.

Ein tiefer Seufzer, ein Stoßgebet zum Nordwind, der Sonne und dem Wassergeist, ein letzter unschlüssiger Blick und ich stoße den Pieker nur wenige Millimeter neben die alte Einstichstelle unter Poppys blasse Haut.

Augenblicklich geht ein Ruck durch ihren Körper und sie schlägt die Augen auf. Ist das möglich? Vor Schreck kippe ich nach hinten und lande auf meinem Hintern, der immer noch in der geliehenen, viel zu langen Hose steckt.

»Hui, mir dreht es aber lustig im Kopf«, sind die ersten Worte, die lallend aus der breit grinsenden Poppy kommen. »Linnea, warum hast du denn ein Männershirt an?« Sie kichert mit vorgehaltener Hand. »Sowas hab ich bisher nur bei Frauen in Filmen gesehen, wenn sie ...«, Poppy wechselt in lautes Flüstern, »na ja, wenn sie eben Erwachsenendinge gemacht haben und dann nackig waren.«

Was war nur in diesem Fläschchen?

Kurzerhand rapple ich mich auf, lasse die Grünlinge das Gesicht der arglistigen Wächterin an der Wand freilegen und funkle sie wütend an.

»Was habe ich Poppy da für ein Teufelszeug verabreicht? Spuck es aus oder wir reden noch mal über Hagebutten, ihre Stacheln und andere Wunder der Natur!« Ich hoffe, sie versteht, dass mit mir gerade nicht zu Scherzen zumute ist.

»Ein Vitamin-Cocktail der besonderen Art«, entgegnet sie kühl.

»Vitamine?«, fahre ich sie wütend an. »Poppy steht total neben sich.« Ich werfe einen Blick auf meine kichernde Freundin, die gerade anfängt, die Knöpfe ihres roten Oberteils zu öffnen. Ich muss mich beeilen.

»Wie lange wirken diese *Vitamine*?« Die Wächterin lacht kehlig und macht mich rasend.

»Du hast ihr eine Portion Pervitin verpasst. Amphetamine, falls du davon schon gehört hast, Waldmädchen. Bei der Menge wird sie ein paar Stunden sehr, wirklich sehr gute Laune haben, möglicherweise gesteigerte Lust empfinden und danach in ein depressives Loch fallen. Schweißausbrüche, Panikattacken, Geheule.«

Wütend funkle ich sie an, habe aber keine Zeit, mich länger mit ihr aufzuhalten und wende meine Aufmerksamkeit wieder Poppy zu, die sich in diesem Moment ihres Hemdchens entledigt und mich befreit anstrahlt.

»Hu, heiß hier drin. Weg mit der Bluse. Kannst du mir nicht eine von diesen Securityschnittchen losmachen und wir …«, sie leckt sich genüsslich über die nervös aufgebissenen Lippen.

Die zurückhaltende, ängstliche Poppy war mir irgendwie lieber. Aber darauf kann ich gerade keine Rücksicht nehmen. Wir müssen hier schleunigst weg. Also streife ich ihr die ‚Bluse' wieder über den Kopf, was sie glucksend über sich ergehen lässt, mir dabei allerdings zweimal an meine Brüste fasst und ‚hup, hup', ruft. Beim Nordwind, das kann ja heiter werden.

»Lass uns gehen, Poppy!«, sage ich bemüht freundlich und helfe ihr auf.

»Sie wird euch sowieso finden!«, kommt es aus der Ecke. Mäusefurz und Krötenschleim, ich habe vergessen, der vorlauten Wächterin den Knebel wieder anzulegen.

Bevor ich handeln kann, entreißt Poppy mir ihren Arm und steuert auf die Frau in schwarzer Kleidung zu, die von Grünlingen gebändigt an die Containerwand gepresst steht.

»Was hast'n du da?«, fragt sie kichernd und greift nach einem handgroßen schwarzen Etwas, das an der Brust der Frau befestigt ist und ein rotes Blinken von sich gibt.

Poppy zerrt das Ding ab und hält es vor ihren Mund, als wüsste sie genau, was zu tun ist.

»Ein Funkgerät«, flüstert sie geheimnisvoll. »Cool!«

Auch wenn ich keine Ahnung habe, was ein Funkgerät ist, oder der Ausdruck ‚cool' zu bedeuten hat … ihr hämischer Gesichtsausdruck verheißt nichts Gutes.

»Mayday, mayday«, plappert sie in das rundliche Ding. »Bitte kommen, bitte kommen!«

Für einen kurzen Moment herrscht Stille im Container, bevor wie durch Zauberhand eine mir bekannte Stimme erklingt und meine Kinnlade nach unten klappen lässt.

»*Was ist?*« Narcissa. A-aber, wie kann das … sie ist nicht hier …

»Dr. Dimas«, wirft die Wächterin ein. O nein! Sie würde uns verraten. Das weiß ich zu verhindern und lasse den floralen Knebel ein weiteres Mal ihren vorlauten Mund verschließen.

Poppy grinst unterdessen von einem Ohr zum anderen, räuspert sich, zieht einen Flunsch, um ihre Stimme tiefer zu stellen, und kommentiert: »Die Geiseln sind prrrffft«, sie imitiert ernsthaft Darmwinde, obwohl der Feind am anderen Ende der Leitung ist. »Ich wiederhole: Die Geiseln sind prrrffft!«

»*Sprich deutlich, du Neandertaler!*«, entgegnet Narcissa und ich fahre mir ratlos mit der Hand über die Stirn.

»Sie hat gezaubert, Frau Königin. Alles schön grün hier drinnen gemacht und die Männer trotz der großen Muskeln mit Wurzeln und Brennnesseln an die Wand geklebt.«

Wenn die Situation nicht so ernst wäre, würde ich mir bei Poppys kindlichen Worten vermutlich vor Lachen den Bauch halten, aber mit Narcissa ist nicht zu spaßen, das hat sie uns schon mehrmals bewiesen.

»*Sie hat was?*«, ertönt es prompt und lässt mir das Blut in den Adern gefrieren. Sie ist wütend. So richtig wütend. Und wir sind … Ohne weiter darüber nachzusinnen, stürze ich mich auf Poppy und versuche ihr den magischen Sprechapparat zu entreißen. Sie sollte die Dornenhexe nicht noch mehr anstacheln. Doch die einst so ängstliche Krankenschwester drückt ihre freie Hand gegen meine Stirn und hält mich auf Abstand.

»Sollen wir sie aufhalten, mit unseren Sixpacks und dem winzigen bisschen Gehirn, das wir haben? Vielleicht kaltmachen?«, brabbelt Poppy munter weiter drauf los und mir wird ganz anders zumute. Unruhig weiche ich ein paar Schritte zurück.

»*Sedieren. Ja, selbstverständlich, Sie Dumpfbacke!*«, schreit Narcissa verständnislos und lässt Poppy diebisch grinsen. Ich ahne Schreckliches. Bitte Poppy, mach keinen Unfug!

»Aber was, wenn Sie uns aua aua macht?« Poppy verkneift sich ein Lachen.

»*Dachten Sie, ich komme selbst und …*«

»Bitte, Dr. Dimas. Wir haben Angst. Schreckliche Angst vor der bösen, bösen Waldhexe. Unser Bizeps und Trizeps wird gegen ihre Brennnesseln nichts ausrichten können. Hilfe! Mamiiiii!« Jetzt reagiert sie völlig widersinnig!

»*Schon gut, Sie Schwächling*«, stellt Narcissa Poppy ruhig, »*Behalten Sie alles im Auge und benutzen Sie zur Not die Munition, mit der ich Sie ausgestattet habe.*« ‚Munition'? Sind damit die schändlichen Glasfläschchen gemeint? Oder die kantigen, schwarzen Gegenstände, die die Eindringlinge in Händen hielten? Egal, ich werde die Grünlinge jede Art von Kampfwerkzeug unschädlich machen lassen. »*Bin in zwanzig Minuten da!*« Und dann ist Ruhe.

»Poppy«, will ich den Fluchtplan gerade anstoßen, doch ihr Anblick hält mich davon ab.

Meine wahnhafte Freundin hat sich erneut des Oberteils entledigt und schmiegt sich an einen sonnengebräunten Wachmann, dessen Augen unter Poppys nicht gerade zögerlichen Berührungen immer größer werden.

Ich suche also im Alleingang nach Munition oder anderen fremdartigen Dingen, die uns gefährlich werden könnten, lasse die Grünlinge alles in den Wald befördern und ziehe Poppy von ihrem Traummann weg, ohne ein schlechtes Gewissen zu haben. Sie wird es mir danken, wenn die Nebenwirkung der Droge einsetzt und sie sich schreckliche Vorwürfe machen wird. Die vorübergehende Nacktheit oder das Brustgegrapsche wird dann wohl ihre kleinste Sorge sein.

»Wir haben noch fünfzehn Minuten, um der liebreizenden Narcissa einen würdigen Empfang zu bereiten. Bist du bereit, Poppy? Ich brauche deine Hilfe!«

Sie nickt, drückt die Lippen auf ihre Hand und schmiert die feuchte Stelle ihrem willenlosen Opfer ins Gesicht.

»Wir holen das nach, Süßer!«, meint Poppy und schenkt ihm ein verschwörerisches Zwinkern. »Ich mach nur eben die Chefin kalt und komm dich dann holen. Warte auf mich!« Ihre letzten Worte sind eher ein Hauchen, was die ganze Situation nur noch sonderlicher macht. Arme Poppy!

»Los, Tochter des Waldes«, schreit sie kampfbereit, halbnackt, aber mit erhobener Faust, »Zeigen wir der Schickimickihexe, was zwei waschechte Amazonen mit ihren Wurzelpeitschen anrichten können!«

Dann streift sie sich auch noch den knielangen, schwarzen Rock vom Körper, hängt ihn, ohne genauer hinzusehen, über den Kopf des gebeutelten Wächters und marschiert in weißen Fußstulpen, roten, seltsam geformten Schläppchen und Unterwäsche mit kleinen Bildchen darauf, aus dem Container.

»Auf in den Kampf!«

Wirf deine Angst ab,
verlass dich auf deine
innere Hilfsquelle,
vertraue dem Leben, und
es wird's dir vergelten.
Du vermagst mehr, als du denkst.
Ralph Waldo Emerson

Fio

Evergreen Forest. Der wohl schönste Ort, an dem ich jemals stehen durfte. 50 Hektar unberührte Natur. Urwald. Hier leben auf einem Quadratmeter Millionen winziger Lebewesen. Verborgen. Geheimnisvoll. Das pure Leben.

Hier fühle ich mich wohl, atme die gesunde Luft, die mit jedem tiefen Atemzug mein Grinsen breiter werden lässt, und bin einfach glücklich.

»Warte, Fio!«, ruft mir Narcissa zu, als ich mich gerade von der Rückbank bewegen und aussteigen will. »Holst du mir den Schlüpfschleier aus dem Kofferraum, Liebling? Dann befüll den Smoker und vergiss die weißen Handschuhe nicht.«

»Alles, was du willst, Schatz!«, entgegne ich lahm und verlasse die Enge des Bitchmobils durch die Angeberflügeltür, die sich nach oben hin öffnet. Wie gut, dass der Duft des Waldes und die Freude auf die kommende Erkundung meine Stimmung sofort wieder heben.

Im Kofferraum des purpurfarbenen Autos finde ich Narcissas komplette Schutzausrüstung, samt Smoker und mache mich an die Arbeit. Routiniert greife ich mir einen leeren Nachfüllpack ihrer E-Zigaretten, die Narcissa in einem silbernen Case aufbewahrt, und zünde sie an. Mit dem Blasebalg gleichmäßig Luft zuführen, eine Hand ihrer Spezialpellets drauf, Deckel zu, fertig. Dem Ausflug in die Natur steht demnach nichts mehr im Wege.

Warum tust du dir diesen Affenzirkus nach all den Jahren immer noch an?

Wie meinst du das? Ich kann meine Verlobte ja schlecht ihrer Pollinose überlassen. Sie kann nichts für diesen Fluch.

Pollinose. Klingt natürlich viel bedrohlicher als Heuschnupfen. Mann, Fio, diese Frau übertreibt maßlos. Sie wagt keinen Schritt in den Wald ohne ihr dämliches

Imkernetz und dieses Rauchmonster. Ich sage es ja nur ungern, aber deine Schnalle leidet nicht an Pollinose, sondern an einem akuten Aufmerksamkeitsproblem.

Verschon mich mit deinen negativen Gedanken! Ich werde diese Frau bald heiraten. Ja, mit all ihren außergewöhnlichen Allergien, Macken und diesem Smoker, den ich vor jedem noch so winzigen Ausflug in Betrieb nehme. In guten wie in schlechten Tagen, okay? Sei bitte still und verdirb mir nicht die Vorfreude auf den Evergreen. Ich bin der Chef. Wenigstens in meinem eigenen Körper möchte ich sagen, wo es lang geht.

Ich greife nach den weißen Handschuhen, schließe die Kofferraumklappe und trete vor Narcissas Tür auf der Beifahrerseite.

Schwungvoll öffnet sie diese und rammt mir das purpurne Metall direkt vor die rechte Kniescheibe. Tolles Dankeschön!

»Wurde auch Zeit. Oder soll die Sonne untergehen, bevor du mal zu Potte kommst, Liebster?«

Sie zieht Hut und Handschuhe über, hakt sich bei mir unter und stakst wie ein Storch über den unebenen Waldboden, für den ihre Art von Schuhwerk nicht ausgelegt ist.

»Moss!«, kommandiert sie den blonden Laufburschen an ihre andere Seite, während ich kontinuierlich Rauch in die Umgebung blase, damit meine Verlobte den Spaziergang im Grünen ohne anaphylaktischen Schock oder Insektenstiche, die ihr Gesicht angeblich auf die Größe einer Melone anschwellen lassen, übersteht.

Erst jetzt bemerke ich, dass Moss einen langen, schmalen Koffer über der Schulter trägt und finster dreinblickt. Was haben die beiden denn vor? Ich nahm an, sie wollen mir das zukünftige Baugrundstück zeigen, das der Professor erworben und seiner Tochter rühmlicherweise anvertraut hat. Moss versprüht jedoch eher Auftragsmördercharme und lässt Grübelfalten auf meiner Stirn erscheinen.

Wie eine undurchdringliche Linie, die sich auf feindliches Gebiet vorwagt, stürmen wir in den Evergreen. Eine nette Wanderung mit der Zukünftigen und ihrem sympathischen Anhängsel im Wald? Pustekuchen. Meine Begleiter zerren und hetzen, bis wir nach gut zehn Minuten an einem Ort rasten, der früher eine romantische Lichtung barg und geheimer Treffpunkt für so manches Liebesabenteuer unter Teenies war.

Jetzt ist von diesem Zauber nichts mehr zu erkennen. Es sieht aus, als habe ein Flugzeug, eine ganze Ladung Beton einfach in den Wald gegossen und einen abgehalfterten orangefarbenen Container darauf gestellt. Man sollte die Menschen einsperren, die der einzigen grünen Oase weit und breit so etwas antun.

Du bist also der Meinung, dein Schnuckiputz und ihr Daddy sollten in Zukunft Gefängnisfraß futtern?

Hör zu, was ich sage! Ich sprach von den Leuten, die für diese Umweltverschmutzung verantwortlich sind.

Also deine zukünftige Familie.

Was? Nein!

Doch für weitere Empörungen bleibt keine Zeit.

»Da sind wir auch schon«, zwitschert Narcissa. »Noch ist es ein Schandfleck, den meine anspruchsvollen Augen kaum ertragen, aber sobald die Bäume verschwunden, der Boden schön versiegelt und glattgezogen ist und Moss mit den Arbeiten am Landsitz beginnen kann, wird auch der letzte Zweifel aus deinen Hundeaugen verschwunden sein, Süßer.«

Ich verkneif mir mal lieber das ‚Ich-hab's-doch-gesagt', oder?

Ich glaube es nicht! Mein einfältiges Bauchgefühl hatte recht. Diese Frau ist der Teufel und ich kann über ihr Verhalten nur den Kopf schütteln und mir eine Klappe im Erdboden wünschen, in der ich versinken und dieses Verbrechen verdrängen kann.

Ganz großartige Idee. Einfach ein Loch buddeln, Augen vor dem Elend der Welt verschließen und darauf hoffen, dass ein anderer den Planeten rettet und deine Verlobte aufhält.

»Narcissa, ich glaube, wir haben ein Problem«, brabbelt Moss und deutet auf das Metallmonster von Baucontainer, der den Sündenfall Dimas gegen Urwald mit seiner puren Anwesenheit untermauert. »Die Hexe hat ganze Arbeit geleistet, siehst du?«

Hexe? Welche Hexe? Welche Arbeit? Wovon redet Moss da?

Neugierig und nach einer Antwort suchend, gehe ich ein paar Schritte auf den Container zu. Hauptsache, weg von Narcissa und ihren völlig überzogenen Vorstellungen. Ich bekomme in ihrer Gegenwart gerade keine Luft mehr.

Plötzlich bleibe ich mit dem Schuh an etwas hängen, das mir vorher entgangen sein muss. Efeu. Seltsam. Aus allen Richtungen des Waldes scheinen diese Ranken auf den Container zugewachsen zu sein. Es wirkt beinahe, als sei dieses Ungetüm das Herz des Waldes, von dem aus ein grünes Adersystem in den Evergreen führt und ihn am Leben hält. Totaler Quatsch, aber dennoch ein Bild, dessen Faszination ich mich nicht entziehen kann.

Sofort durchfährt mich ein aufgeregtes Kribbeln. Naturphänomene sind mein Spezialgebiet, eine Leidenschaft, der ich mich schon als kleiner Junge verschrieben habe. Warum gehen Pilze und Bäume eine Beziehung ein? Wie schafft es ein Farn, die Gezeiten zu überstehen, während um ihn herum alles der Veränderung weichen muss? Wieso kriecht Efeu über toten Beton, um einen Fremdkörper zu umschlingen?

Als ich die Hand nach der Tür des Containers ausstrecken will, spüre ich einen harten Gegenstand im Rücken und halte inne. Ich war so in meinem Element versunken, dass ich nicht mitbekommen habe, wie sich mir jemand genähert hatte.

»Stopp, Fio!«, herrscht Moss mich an. »Geh zur Seite und lass die starken Jungs vor. All right?«

Ha, meint er sich? Ein prustendes Lachen löst sich aus meinem Hals, während ich mich diesem großkotzigen Kerl zuwende, der mich mit stechend blauen Augen niederzustarren versucht. In seinen Händen, zum Einsatz bereit, ein Gewehr. Den Finger am Abzug, die Haltung gespannt. Sofort erstirbt mein Lachen und ich öffne den Mund, um eine Erklärung zu fordern.

»Geh zur Seite, Fio!«, verhindert Moss mein Gestammel, welches ich mir gerade zurechtlegen wollte. »Hinter dieser Tür lauern Gefahren, denen du nicht gewachsen bist. Außerdem braucht Narcissa ihren Smoker. Also, lass mich vorbei und nimm deinen Platz auf der Zuschauertribüne ein.«

Wann ist das denn passiert? Wann ist Moss ein noch größeres Arschloch geworden, das mit Waffen hantiert, Drohungen ausspricht und mich obendrein wie den letzten Volldepp dastehen lässt?

Da er die Waffe wohl nicht aus meinem Gesicht nehmen wird, trete ich weg von der Tür und gebe den Weg frei.

Moss schleicht wie ein Gebirgsjäger in geduckter Haltung darauf zu, öffnet das rostige Metall in Zeitlupe, hält zuerst den Lauf seines Gewehres, danach die Nase in den Container. Dann verschwindet er aus meinem Sichtfeld und ich wage es, endlich wieder Luft zu holen. Kann dieser Tag noch abstruser werden?

Filmriss inklusive Kater, Vergissmeinnicht im Zahnputzbecher, Nachbarskinder, die tanzende Zweige sehen, Stimmen im Kopf, die einem weise Ratschläge geben, Architekten, die Waffen tragen, Verlobte, die den Verstand verloren haben, ein ominöser Container, der Efeu magisch anzuziehen scheint und mittendrin – ich.

Au! Was war das? Etwas kleines Spitzes hat mich am Arm getroffen. Ich drehe mich im Kreis, sehe zu Narcissa, die jedoch in ein hitziges Gespräch vertieft zu sein scheint. Das Handy stoisch umklammert, wettert sie in das Gerät, während sie nervös auf der Stelle tritt und eine Hand in die Hüften stemmt.

Au! Schon wieder! Narcissa kann es nicht gewesen sein, Moss treibt sich immer noch in diesem Baucontainer rum, und dass ein freches Eichhörnchen mich mit Steinen bewirft, bezweifle ich, auch wenn mein geistiger Zustand zurzeit etwas durcheinander ist.

Au! Ein dritter Stein. Jetzt reicht es aber!

Ich will einen Schritt auf den Wald zu machen, als mich etwas am Knöchel packt und zurückhält. Efeu?

Ich versuche, meinen Fuß zu befreien, doch die Ranke klettert in Windeseile mein Bein hoch, bis sie beinahe mein Knie erreicht hat und zieht mich in die entgegengesetzte Richtung. Weg von Narcissa, Moss und dem orangfarbenen, super-gefährlichen Container voller Geheimnisse, die für Dr. Fio einfach zu krass sind.

O Mann, ich dreh komplett durch! Können wir noch mal zu dem Steine werfenden Eichhörnchen zurückkommen? Das war irgendwie nicht so gruselig wie Efeu, der ein Eigenleben entwickelt und mich gerade zu manipulieren versucht.

Ein Stein landet an meiner Stirn. Schon klar. Danke Universum. Ist das die Strafe dafür, dass ich feige den Schwanz eingezogen und die wahnwitzigen, zerstörerischen Visionen meiner Verlobten nicht unterbunden habe? Dann nur zu, ich habe es verdient!

»Psst! Doktor Fio!«, ruft eine Stimme aus dem Wald. Poppy? Es kann nur Poppy sein, denn kein anderer benutzt diese Namenskombination für mich. Aber was sollte meine Lieblingskrankenschwester hier im Evergreen machen? Absolut ausgeschlossen. Die Gute geht nicht einmal zum Einkaufen vor die Tür. Ich muss träumen.

He Stimme im Kopf! Sprich mit mir, bevor ich noch verrückt werde!

Nichts. Toll! Wenn man seine schizophrene Seite schon mal akzeptiert, dann lässt sie einen im Stich und man bleibt gebeutelt von Efeuranken und gewalttätigen Eichhörnchen, die Poppys Stimme nachahmen, zurück.

»Hier, Doktorchen! Hier drüüüben!«

O nein! Darauf falle ich nicht rein. Nicht heute, am wohl verrücktesten Tag meines langweiligen Nerddaseins. Ich werde einfach hier stehen, mich weiter gegen die gruselige Efeuranke wehren und die Steinwürfe ignorieren.

Um die Leckt-mich-doch-alle-am-Arsch-Haltung zu unterstreichen, verschränke ich die Arme und beobachte das Gewusel um meine unteren Extremitäten.

Plötzlich spüre ich einen starken Druck um meine Brust und meine Arme werden so schmerzhaft gegen den Körper gedrückt, dass ich aufschreien will. Doch ich kann nicht. Mein Mund wird von etwas Klebrigem zusammengehalten. Ich will nachsehen, was es ist, werde im nächsten Moment jedoch ruckartig nach hinten gerissen und wie ein erlegter Hirsch über den Boden geschleift.

Eine Sekunde später ist alles vorbei und ich starre in die wohl schönsten Augen, die ich jemals gesehen habe.

Vor mir, tief verborgen zwischen Bäumen und Sträuchern, kauert eine junge Frau, deren hübsches Gesicht von Sommersprossen übersät ist. Ihre Haare sind zu einer Frisur zusammengebunden, die mich stark an ein Vogelnest erinnert. Mit dem Unterschied, dass es rosa schimmert.

Ich schließe die Augen, schlucke, versuche, die Wahnvorstellung aus meinen Gedanken zu vertreiben und atme tief ein. Doch auch mit geschlossenen Lidern bekomme ich das Bild des Himmels, der in den Augen der Fremden zu wohnen scheint, nicht aus dem Kopf.

»He, Doktorchen«, sagt Poppy und ich glaube, dass ich nun beruhigt aufwachen kann, um festzustellen, dass ich mal wieder im WONC eingeschlafen bin.

Ich hebe die Lider, sehe erneut Wolken durch die Iriden unter dem rosa Vogelnest ziehen und ernte ein wunderschönes Lächeln der Fremden, das mir den Rest gibt. Leider nicht nur im übertragenen Sinne, denn ein übles Stechen rauscht durch meine Ohren, zieht bis hinunter in meinen Nacken und fährt direkt in mein Herz. Heftige Verspannung oder ein weiteres Indiz für mein psychisch labiles Allgemeinbefinden?

»Doktor Fio!« Als ich dachte – wirklich ernsthaft davon überzeugt war –, dass der Höhepunkt des Irrsinns erreicht sei, schiebt sich Poppy in mein Blickfeld und mein 150-IQ-Gehirn quittiert den Dienst.

Sie starrt mich an wie eine Verrückte und trägt nichts weiter, als buntbedruckte Unterwäsche, Socken mit Rüschen und ihre roten Gummischlappen, ohne die ich sie noch nie gesehen habe.

Um ihren Kopf windet sich eine Krone aus Blättern, Zweigen, Wildblumen und … *Schneckenhäusern*? Ja, es sind eindeutig Schneckenhäuser, was noch nicht das Seltsamste an ihrem Aufzug ist.

Eine Schärpe aus in sich verschlungenen Farnen und Gräsern ist über und über geschmückt mit unreifen Hagebutten, großen Samenkörnern und Distelköpfen. In den Händen hält sie zwei lange Stöcke, in die sonderbare Zeichen geritzt sind und ihre Stimme bekommt etwas Diabolisches, als sie ihre Nase gegen meine drückt und flüstert: »Willkommen bei den Evergreen Amazonen!«

Linnea

Es war eine ganz furchtbare Idee gewesen, Poppy einen Zaubertrank zu verabreichen, den ich nicht selbst hergestellt hatte. Jetzt kann ich nur noch Stoßgebete aussenden und hoffen, dass ihr vorübergehendes Selbstbewusstsein meinen Plan nicht zunichtemacht, bevor er überhaupt in die Tat umgesetzt werden konnte.

Ein nicht im Plan vorkommendes Element, auf das ich zwar insgeheim gehofft, aber das ich niemals erwartet habe, sitzt gerade wie vom Blitz getroffen vor mir: Fio.

Er trägt ein blau gestreiftes ‚T-Shirt', wie Poppy es nannte, mit kleiner Brusttasche, die dunkle Hose von gestern, die ihm ein bisschen zu gut steht und Lederschläppchen mit seltsamen Bändchen darauf. Seine Haare sind von dem wilden Ritt über den kargen Boden herrlich durcheinandergeraten und lassen meine Finger vorfreudig kribbeln. Zu gern würde ich nach einer dunklen Strähne greifen, sie ganz sanft aus seinem wunderschön geformten Gesicht streichen und in seinen ehrlichen Augen ertrinken. Ich würde …

»Linnea!«

Was? Ich blinzle mein Erstaunen über Fios Anwesenheit weg und antworte Poppy, ohne meinen Blick von dem gefesselten Mann mir gegenüber zu nehmen, dessen Anblick mich ganz verlegen macht.

»Ich höre dich, Poppy«, sage ich heißer, ignoriere den Grund, aus dem sie mich ruft, jedoch einfach und versuche, meine leicht zittrige Stimme unter Kontrolle zu bringen. »Hallo, Fio.«

Seine Augenbrauen schießen nach oben, als habe ich ihn mit dieser Anrede überrascht. Fragend sucht er Poppys Blick. Habe ich etwas falsch gemacht? Ich fühle mich plötzlich, als rutsche ein viel zu großer

Stein meine Speiseröhre hinunter und könnte jeden Moment in meinen Magen plumpsen. Das wollte ich doch nicht! Ich dachte an ihn wie an einen geheimnisvollen Fremden, der ungefragt in mein Leben tritt, mein Herz zum Tanzen bringt und ein warmes Gefühl in Regionen meines Körpers treibt, die ich bisher noch nicht …

»Nun nimm doch mal den Kaugummi von seinem Mund, Linnea!«, quietscht Poppy, weiterhin in ihrer Amazonenpose, mit gekreuzten Stöcken vor der Brust. Ich kann froh sein, wenn sie dadurch abgelenkt ist und nicht sofort wie eine Irre aus dem Wald rennt, um zu ihrem Wächter aus dem Container zurück zu laufen.

Selbstverständlich hat sie recht … Es war zwar nicht ‚Kaugummi', was Fios Lippen verschloss, sondern Entengrütze, aber natürlich konnte er so kaum antworten.

»Also gut, Fio«, beginne ich leise, aber mit festerer Stimme, als noch vor ein paar Augenblicken. Dieser Mann stellt einfach seltsame Dinge mit mir an. »Ich bitte dich, ganz ruhig zu bleiben und nicht zu schreien, da wir auf gar keinen Fall von Moss oder Narcissa entdeckt werden wollen, ja?«

»Ja«, sagt Poppy und ich sehe sie verwirrt an. »Was denn?«, fragt sie und scheint die Erklärung bereits parat zu haben. »Doktorchen hat doch den Mund zugeklebt, Mensch, da werde ich für ihn hier … hier, Dings … *dollmatchen*, oder wie das heißt. Also übersetzen.«

»Wenn du mich verstanden hast«, wage ich einen erneuten Versuch, mir Fios Vertrauen zu sichern, »dann nicke …«

»… oder wackle mit den Ohren«, wirft Poppy unpassend dazwischen. Ich schmunzle trotzdem und mit einem Mal ändert sich etwas in Fios Blick und er beginnt zaghaft zu nicken.

Mit einer winzigen Handbewegung lasse ich die Entengrütze von seinen Lippen auf meine Finger wandern und die Hand schließlich zu Boden gleiten, damit die winzigen grünen Blättchen nach Hause eilen können. Eines habe ich jedoch nicht erwischt. Ohne nachzudenken, strecke ich die Hand aus, fahre mit dem Zeigefinger über seine Unterlippe und greife nach dem kleinen Ausreißer.

Fio schaut mich weiterhin fassungslos an … als sähe er mich zum ersten Mal … als sei ich eine gänzlich Fremde … als habe er nicht für mich gekocht, einen meiner Grünlinge in seinen Zahnputzbecher gepflanzt und mir für ein paar wunderschöne Stunden gezeigt, was ich vermissen könnte.

»Wer bist du?« Diese drei kleinen Worte aus seinem schönen Mund versetzen mir einen Stich, der schlimmer ist als alles, was ich jemals erleiden musste. Er hätte mir ebenso Poppys Amazonenstöcke direkt ins Herz stechen können.

Wie kann er nicht wissen, wer ich bin? Ich habe gestern ein Loch in das Haus gerissen, in dem er arbeitet, nachdem ich ihn ungefragt ‚abgeknutscht' und vorher mit Hilfe einiger Grünlinge unter mein Bett gebunden habe. Ich trage sein T-Shirt, zum Donnerwetter. Er kann doch nicht …

Wasser sammelt sich in meinen Augen. Ein seltenes Gefühl, das ich hin und wieder beim Gähnen verspüre oder wenn der Nordwind sein eisiges Gewand zeigt. Doch diese Tränen sind anderen Ursprungs und überrollen mich ungebremst. Ich bin des Sprechens nicht mehr mächtig, des Kämpfens gegen Narcissa komplett abgeneigt und hoffe, dass er jeden Augenblick zur Vernunft kommen und sich erinnern wird.

»Und Poppy«, bricht Fio das unerträgliche Schweigen und ich hänge erneut an seinen Lippen, »ich möchte ja niemandem zu nahe treten, aber was soll dieser Aufzug? Noch dazu mitten im Wald? Warum fesselt ihr mich – mit Efeu und …«

Seine Stimme wird immer lauter und lauter und es bleibt mir nichts anderes übrig, als ihn zum Schweigen zu bringen. Also halte ich ihm meine Hand vor den Mund und schaue ihm tief in die Augen, die mich wirklich nicht zu erkennen scheinen.

»Bitte, sei leise, Fio!«, flüstere ich so nah an seinem Gesicht, dass sich unsere Nasenspitzen um ein Haar berühren. »Poppy und ich saßen bis vor wenigen Minuten in diesem Container fest. Eingesperrt von Narcissa, bewacht von einer Gruppe gewaltbereiter Männer und Frauen, die Poppy betäubten und mich auf ein … ein Brett fesselten.«

»Aber sie waren echt heiß, in ihren kugelsicheren Westen und …«

Ich werfe Poppy einen bösen Blick zu, während Fio unter meiner

Hand heftig zu schlucken scheint. Oder will er vielleicht etwas sagen?

Ich nehme meine Hand aus seinem Gesicht und lasse sie in Zeitlupe auf die Höhe meines Herzens wandern, wo ich sie ablege, um das Pochen darunter zu besänftigen. Immerhin konnte ich die Tränen soweit zurückdrängen, dass ich mich in seiner Gegenwart nicht lächerlich mache.

»Warum sollte Narcissa so etwas tun? Sie kennt dich doch gar nicht und ist nur hier, um mir das Grundstück zu zeigen, auf dem sie demnächst ein Landhaus errichten lassen möchte?«

»Ein Landhaus? Hier, im Evergreen Forest?« Meine Stimme wird auf einmal quietschiger als der Gesang eines Entenkükens und das Durcheinander in meinem Kopf scheint seine Wirkung zu zeigen.

»Leider ja«, antwortet Fio und versucht sich beiläufig von seinen floralen Fesseln zu befreien. »Sie will die Bäume roden, alles einebnen und dann eine Monstrosität von Palast auf dieses wunderschöne Land setzen. Könntet ihr mich bitte losbinden? Ich bekomme langsam echt Zustände.«

Ich ziehe eine Augenbraue nach oben und versuche seinen Worten auf den Grund zu gehen. Wird er zu Narcissa rennen, sobald ich ihn freigebe? Immerhin baut sie das Haus nicht für sich allein, sondern Fio wird Teil des schrecklichen Plans sein.

»Ich werde auch brav hierbleiben, versprochen. Ich bin viel zu gespannt, was meine *Verlobte*«, es fällt ihm offensichtlich schwer, dieses Wort über die Lippen zu bringen, »jetzt wieder ausgefressen hat. Mit diesen Bauplänen war der Vogel zwar bereits abgeschossen, aber dass sie Geiseln in einen Container steckt und Poppy in eine – Amazone? – verwandelt, ist schon eine Nummer größer.«

»Gut, Doktorchen«, wirft Poppy mit erhobenem Kinn und bedrohlichem Unterton ein, »Linnea. Löse seine Fesseln!«

Fio und ich geraten zeitgleich ins Schmunzeln und lächeln uns an. Eigentlich ist nichts in dieser Situation zum Lachen, aber wenn die schüchterne Poppy in Unterwäsche, mit Blätterschmuck umrankt, Befehle erteilt, dann bin ich froh, dass sie uns ein wenig Ernsthaftigkeit raubt. Nur für ein winziges Lächeln, das so guttut, obwohl es unpassend ist.

Und dann ist es plötzlich wieder da … das unbeschreibliche Gefühl, mit diesem Mann eine tiefe Verbindung zu haben, die über alles Irdische, Fassbare, Begreifbare hinaus geht. Als würde das Universum für einen Wimpernschlag stillstehen, um uns ein bisschen Zeit zu zweit zu schenken.

»Linnea«, flüstert Fio und lässt mich nicht aus den Augen, »oder?«

Was? Ja. Alles, was du sagst, ist richtig. Wie war die Frage noch gleich?

»Könntest du dann bitte …« Er deutet mit dem Kinn auf seine verschlungenen Beine und mir wird schlagartig klar, dass er nicht bloß lieblich säuseln, sondern befreit werden will. Wie peinlich. O nein, jetzt werde ich auch noch rot.

Mit zwei federleichten Handbewegungen löse ich die Ranken, danke ihnen für ihre Dienste und zerre Fio schließlich weiter ins Dickicht hinter mir, da Moss im selben Augenblick den Container verlässt und beginnt, in unserer Richtung den Wald abzusuchen.

»Wow, langsam, langsam. Ich … ähm …«, meint Fio, als er ungeschickt auf mir landet und die Enge des Gebüschs auch nicht wirklich eine Möglichkeit zum Ausweichen zulässt. »Also, ich meine … bitte verzeih mir, dass ich dir so … nah gekommen bin. Ich … also, normalerweise stürze ich mich nicht auf hübsche, fremde Frauen. Ich bin … verlobt … ja.«

Abgesehen von seinen Worten, die mir mit jeder Silbe tiefer in mein weinendes Herz schneiden, steigt mir sein Duft nach Sommerregen in die Nase und lässt mich innerlich in zwei Hälften brechen. Ich möchte ihn berühren, ihn ansehen dürfen, mit ihm lachen, seine Lippen kosten, doch das kann ich nicht, wenn er von Narcissa als seiner Partnerin spricht und unsere gemeinsame Zeit für ihn nie stattgefunden hat. Ich bin eine Fremde und vielleicht ist das auch gut so. Ich möchte schließlich keine feste Bindung zerstören.

»Mir tut es leid«, stammle ich, »ich musste dich eben aus Moss' Blickfeld … ziehen.« Mein Mund wird trocken und ich verstehe nicht, was das zu bedeuten hat. »Poppy und ich haben einen Plan und der wird dir vermutlich nicht gefallen, da er damit enden wird, dass deine Verlobte und ihr … also Moss, sagen wir mal …«

»Waffe fallen lassen, Erdling!«

Poppy! Meine umnachtete Freundin tritt tollkühn aus dem Schutz des Dickichts und stellt sich Moss entgegen, der mittlerweile die befreiten Wächter um sich versammelt hat und eine dieser ‚Waffen' auf sie richtet.

»Wird's bald, Moss? Oder möchtest du die Kräfte der Evergreen-Amazonen zu spüren bekommen?«

Moss lacht auf und mich überkommt der Drang, ihm eine der peitschenden Wurzeln mitten in sein fieses Gesicht zu knallen. Als ich die Hände erhebe, um meinen inneren Gelüsten nachzukommen, hält mich Fio zurück, indem er meine Arme sanft nach unten drückt, mir in die Augen sieht und flüstert:

»Ich möchte hören, was er zu sagen hat. Okay? Sollte er Poppy etwas antun oder in anderer Weise gefährlich werden, halte ich dich und deine Efeufreunde nicht weiter auf, versprochen. Aber ich habe gerade die Chance hinter die Fassade eines Mannes zu blicken, der die letzten acht Jahre irgendwie unfreiwillig Teil meines Lebens war. Ich muss einfach wissen, was hier gespielt wird. Und das kann ich nicht, wenn er sich gefesselt auf dem Boden windet.«

Ich nicke, bringe aber kein Wort hervor, da seine warme Stimme und die Art, wie er mich flehend ansieht, eine beängstigend beruhigende Wirkung auf mich haben.

Gut, ich werde meine Füße stillhalten, vorerst. Doch sollte dieser Moss Poppy auch nur ein Haar krümmen oder Narcissa ins Geschehen eingreifen und selbstlos Beleidigungen verteilen, dann lasse ich sie spüren, was ich von ihr und ihrem *Landhaus* in meinem Forest halte!

»Poppy, Mädchen«, trällert Moss und schlendert furchtlos und mit geschulterter Waffe auf die halbnackte Amazone zu. »Niemand will dir etwas tun.«

Sicher, ich glaube ihm kein Wort! Langsam verstehe ich, warum Fio gestern in seiner Bleibe so wütend geworden ist. Moss' widerwärtige Art kann einen binnen Sekunden aus der Haut fahren lassen.

»Unsere Freunde hier haben mir verraten, dass die Waldhexe dich verzaubert und dir Drogen verabreicht hat, hab ich recht?«

Fio sieht mich nach Moss' anklagenden Worten fragend an.

»Was?«, flüstere ich. »Sie wurde vergiftet. Ich musste sie aufwecken.« Seine Augenbrauen gleiten immer weiter nach oben. »Vielleicht habe ich ihr ein wenig zu viel von diesem Gegenmittel verabreicht, aber die Wirkung des Hirtentäschels hätte in dem Moment nicht schnell genug zum Erfolg geführt und wir hatten …«

»Schon gut«, unterbricht er mich ebenso leise. »Ich mache dir keinen Vorwurf. Aber weißt du, Poppy ist krank. Sie leidet an …«

»Agoraphobie, ich weiß!«

»Du weißt das und gibst ihr trotzdem ein Mittel, dass sie so durcheinander bringt? Noch wirkt sie belebt und aufgeputscht, aber was folgt darauf? Ich mutmaße mal, das tiefe Loch der Selbstverachtung, in welches sie fallen wird.«

Er schnaubt wie ein wütender Elch. »Vielleicht mach ich dir jetzt doch Vorwürfe. Woher kennt ihr beiden euch überhaupt?«

Seine harten Worte schmerzen und ich würde ihnen nur zu gern etwas entgegensetzen, um mich und mein Handeln zu rechtfertigen. Aber dieser Mann weiß nicht mehr wer ich bin, also ist jede Art von Widerstand zwecklos.

»Psst«, wispere ich forsch, da Moss mittlerweile direkt vor Poppy zum Stehen gekommen ist und meine Haut erneut zu jucken beginnt. Ich würde diesem … diesem … ihm … wirklich zu gern …

»Na, wo ist sie?«, stachelt Moss die Amazone an, die seltsamerweise ihre Stöcke fallen gelassen hat und die Arme vor der Brust überkreuzt.

»Was ist hier los?«, bringt Poppy mit zittriger Stimme hervor. »Wo bin ich?«

O nein, die Wirkung des Heilmittels lässt nach. Mückenstich und Wanzenduft! Jetzt werden ihre Abenteuer sie einholen und jeden Moment zusammenbrechen lassen.

»Wieso habe ich diese Blätter an meinem Körper? Wo sind meine Klamotten? Warum bin ich nicht im WONC?« Sie beginnt zu weinen. Ich muss eingreifen!

»Bitte, warte noch einen Moment«, deutet Fio meine innere Zerrissenheit richtig. Poppy ist ein ganz großartiger Mensch und ich habe sie in eine wahrlich furchtbare Situation gebracht. Bei klarem Verstand oder nicht, sie sollte nicht von diesen Widerlingen angegafft und verurteilt werden. Sie braucht Kleidung und eine Freundin, die ihr in Ruhe und mit viel Geduld erklärt, was vorgefallen ist. Sie braucht ihre gewohnte Umgebung, möglicherweise ihre Vertraute, Lady Alissa, und keinen Moss, der ihr viel zu nahe kommt, sie bedroht und ihr Angst macht.

»Ich bringe dich nach Hause«, säuselt Moss in einem Tonfall, der mich an Schneckenschleim und Schlangengift erinnert und mich vor Wut noch schneller atmen lässt. »Aber vorher, kleine Poppy …« Wenn Fio nicht hier neben mir säße und mein Handgelenk mit seinen warmen Fingern umklammern würde, dann schwöre ich, Moss geschehe …

»Wo ist sie?«

»Sie?«, haucht Poppy und ihre nackten Schultern heben und senken sich vor Aufregung viel zu schnell.

»Die Hexe, die dich hier eingesperrt und verzaubert hat, natürlich. Ich muss sie ganz dringend sprechen, weißt du, Poppylein? Sie hat meiner Meisterin sehr großes Leid zugefügt und damit darf sie nicht einfach durchkommen. Verstehst du das?« Poppy nickt.

Verdreht ihr dieser Moss gerade den Kopf mit seinen dreisten Lügen? Ich habe Poppy weder eingesperrt noch verzaubert und erst recht nichts mit einer *Meisterin* zu schaffen. Jetzt ist es genug!

Doch gerade, als ich meine Grünlinge rufen und Poppy von den Aasgeiern abschotten will, geschieht so vieles gleichzeitig, dass ich mich in meinem unfreiwilligen Versteck nur an Fio klammern und tatenlos zusehen kann.

Der Steinboden auf dem der Container, Moss, Poppy und die Wächter stehen, beginnt zu beben und bricht auseinander. Kleinere Brocken türmen sich auf, bringen den Container zum Kippen und geben den Blick auf die Frau dahinter frei.

Narcissa schreitet über Gesteinsteile, die sich unter ihren Füßen zu einer Brücke über den umgestürzten Metallkasten formen. Um ihren Kopf windet sich ein fremdartiges Netz und die dürren Finger stecken in weißen Handschuhen, die im nächsten Moment nach oben fahren und Poppy auf einen wackligen Gesteinsturm emporheben.

»Wo ist diese Missgeburt, Poppy?«, kreischt das Biest und ich muss mir die Ohren zuhalten, da meine Trommelfelle bei diesem grellen Geräusch zu zerreißen drohen.

»Ich weiß nicht, wovon Sie reden, Dr. Dimas«, weint die zitternde Poppy, die aus schwindelerregender Höhe auf die Irre herabblickt.

»Erzähl das deinen dämlichen Grünlingen, Poppy! Du hast ihr schon einmal zur Flucht verholfen und bist deswegen mit ihr in diesem Container gelandet.«

»Was?« Fio neben mir versteift sich.

Die Versuchung, ihn in die Arme zu nehmen und nie wieder loszulassen, ist beinahe übermächtig, aber ich muss mich besinnen, dem Grauen lauschen, das Narcissa von sich gibt, um Poppy im richtigen Moment aus ihren Fängen zu befreien.

»Dass du mich hintergangen, meine Wachen überlistet und die Waldhexe befreit hast, erfordert Wiedergutmachung.«

Wären wir doch einfach weggerannt! Dann wäre Poppy nicht in Lebensgefahr, Fio säße nicht einem Zusammenbruch nahe neben mir und Narcissa … die hätte wahrscheinlich den gesamten Evergreen versteinert, um mich ausfindig zu machen.

Und plötzlich lichtet sich der Schleier vor meinen Augen und ich begreife: Sie ist eine Auserwählte, eine Einzelkämpferin. Sie ist eine Mäzenin des Todes. Genau wie ich musste sie sich ihr ganzes Leben verstellen. Doch was mich in die Abgeschiedenheit des Waldes trieb, hat sie verbittern und im wahrsten Sinne des Wortes *versteinern* lassen. Sie muss sehr einsam sein, und das tut mir leid.

»Moss«, schreit Narcissa in die Stille, die sich für kurze Zeit über die Lichtung gelegt hatte, »Hol Fio und lass uns gehen! Poppy und diese Idiotentruppe werden wir als Lockvögel hier lassen. Linnea wird kommen und sie befreien, darauf verwette ich das Herz meines Verlobten, das sie mir ebenso stehlen wollte wie meine Kräfte.«

»Linnea«, flüstert Fio und zwingt mich so, in seine angsterfüllten Augen zu blicken, die mir tausende Fragen zu stellen scheinen. »Was hast du mit meinem Herz …« Doch weiter kommt er nicht. Ein Ruck fährt durch seinen Körper, lässt die Hand, die noch immer auf meinem Arm ruht zusammenkrampfen und ihn neben mir zusammenbrechen.

Fio

Ein Knistern. Rauch steigt mir in die Nase. Feuer! Schwer atmend schlage ich die Augen auf, lasse meinen Blick nervös umherschweifen und die fremde Umgebung absuchen, ohne einen weiteren Muskel zu rühren.

Wo bin ich?

Über mir der strahlend blaue Himmel. Kein Wölkchen in Sicht. Nur die Sonne, die mir in der Nase kitzelt und mich zum Blinzeln zwingt.

Langsam lasse ich meine Hände den Untergrund erkunden, auf dem ich liege, und fühle weiches Moos zwischen den Fingern, obwohl mein Rücken schmerzt, als hätte ich auf blankem Stein geschlafen.

Warum habe ich überhaupt geschlafen? Es ist helllichter Tag.

Ein Geräusch lässt mich stutzig werden und den Kopf vorsichtig zur Seite drehen.

Ich bin nicht allein. Da singt jemand. Eine Frau. Leise und in einer Sprache, die ich nicht verstehen kann. Es klingt wunderschön und fremdartig. Wer ist sie und warum ist sie hier … bei mir … mitten im Wald?

Ich erkenne die dichten Kiefern des Evergreen Forest, höre den Specht klopfen und erspähe eine Eidechse, die sich scheinbar unbeobachtet auf einem Stein sonnt.

Träume ich nur?

Langsam, damit ich weder die Eidechse aufschrecke, noch die zauberhafte Stimme unterbreche, deren Besitzerin ich noch nicht entdecken konnte, richte ich mich auf. Scheiße, mein Rücken! So alt bin ich doch noch gar nicht.

Halbwegs aufrecht kann ich nun etwas entfernt die Feuerstelle erkennen, deren Knistern mich aus dem Schlaf gerissen hat und einen verdammt verführerischen Duft in meine Nase kriechen lässt, der sofort ein lautes Knurren in meinem Magen verursacht.

»Hunger?«

Die Stimme hat aufgehört zu singen und richtet offensichtlich eine Frage an mich.

Neugierig drehe ich mich nach links und sehe eine Elfe mit langem, rosafarbenem Haar vor mir stehen. Sie trägt einen Blumenkranz auf ihrem hübschen Kopf und hält mir eine Schale mit Heidelbeeren entgegen.

Klare Sache. Ich muss träumen. Es gibt weder Elfen mit rosafarbenem Haar, noch mystische Schönheiten, die mich in den Wald entführen und mir anschließend Beeren anbieten.

Vor lauter Verwirrung bekomme ich kein Wort heraus und starre das Wesen, das, zugegeben, sehr freundlich auf mich hinabblickt, einfach nur an. Sie ist wirklich verflucht schön.

Wenn ich einen Skizzenblock bei mir hätte, mit dem ich sonst seltene Pflanzen oder wagemutige Vögel zeichne, die längere Zeit auf meinem Balkon verweilen, dann würde ich diesen Moment einfangen wollen.

Die Sonne in ihrem Rücken lässt ihr hüftlanges Haar beinahe leuchten und jede einzelne Wildblume in ihrem Kranz lebendig wirken. Als würden sie sich bewegen, um ihren Kopf tanzen und irgendwie … zu ihr gehören. Magisch. Und nicht von dieser Welt. Das ist der Beweis: Ich schlafe tief und fest oder ich halluziniere und brauche dringend Hilfe. Keine Beeren, sondern Hilfe. *Medizinische* Hilfe.

»Fio?« Jetzt kennt sie auch noch meinen Namen? Meinen Spitznamen? Verblüfft klappt mir der Unterkiefer nach unten und ich glotze sie weiter schweigend an. Wach einfach auf, Alter! Jetzt! Bitte, bevor es noch peinlicher wird.

Du bist wach, Fio! Alles in deinem sogenannten Traum ist real. Der Forest, das Mädchen, die köstliche Mahlzeit, die da hinten vor sich hinköchelt, sogar die tanzenden Blumen auf ihrem Kopf. Mund zu! Sonst fliegt noch eine Mücke rein.

Jetzt höre ich auch noch Stimmen. Toll!

Moment!

Das kommt mir irgendwie alles bekannt vor. Ich bekomme die Puzzleteile, die mich gerade ernsthaft an mir selbst zweifeln lassen, nur nicht zusammen. Als habe jemand in meinem Gehirn eine kleine Party gefeiert, Chaos verursacht und sei dann mit meinen Erinnerungen von dannen gezogen.

Ja, das kommt dem, was tatsächlich passiert ist, recht nahe.

»Ich bin Linnea«, fährt die fremde Schönheit meiner gruseligen inneren Stimme dazwischen und holt mich zurück in die Realität. Also … eine mögliche Realität. Oder den Traum, für den ich das alles hier halte … egal! »So hast du mich zumindest genannt, als du mich vor ein paar Wochen hier im Evergreen gefunden und mitgenommen hast.«

Ich soll was? Sie mitgenommen und ihr dann auch noch einen Namen gegeben haben? Nein. So war das ganz sicher nicht. Nein!

»Mmh«, sie klemmt ihre Unterlippe verlegen zwischen die Zähne, was noch hübscher aussieht, und scheint nachzudenken. »Magst du vielleicht eine warme Suppe haben?«

Mir ist zwar schon heiß genug bei all dem Theater in meinem Kopf, aber mein Bauch verlangt lautstark nach Nahrung, und der betörende Duft des Essens gibt sein Übriges dazu.

Ich nicke.

Ohne mich aus den Augen zu lassen, stellt sie die Heidelbeeren neben mir ab und wendet sich der Feuerstelle zu.

»Bin gleich wieder da. Nicht weglaufen, versprochen?«

Ich nicke.

Wo sollte ich denn auch hin? Hungrig, noch dazu.

Sie schiebt einen herabhängenden Kiefernzweig beiseite und ist plötzlich verschwunden.

Doch bevor ich noch mehr wilde Theorien aufstellen kann, die allesamt keinen Sinn ergeben, taucht sie wieder auf und hält etwas in den Händen, das durchaus als Schüsseln angesehen werden könnte.

Routiniert schöpft sie mit einer hölzernen Kelle eine kotzgrüne Flüssigkeit in eine der Schalen und reicht sie mir. Keine Carbonara, aber es riecht köstlich!

»Iss schon!«, sagt sie lächelnd und führt den ersten Löffel – ja, es ist schon irgendwie ein Löffel, nur war es vorher vermutlich ein Ast, eine Wurzel oder was auch immer – an ihren Mund. »Das ist Sauerampfer.

Vermutlich der letzte in diesem Jahr und er ist nicht giftig, sondern äußerst schmackhaft.«

Ihr Lächeln ist so ehrlich und ansteckend, dass ich jegliche Zweifel von mir wegschiebe und die Suppe probiere. Definitiv die richtige Entscheidung. O Mann, es schmeckt, als habe ich einen Löffel purer Natur auf meiner Zunge. Ich schmecke Dinge, die ich unter Pfeffer, Salz, Muskat, Zitronenschale, oder was mein üppiges Gewürzspektrum zuhause hergibt, sonst niemals herausfiltern könnte. Ich bin komplett geplättet und leere meine Schüssel, die unzählige Jahresringe aufweist, wie ich nun erkenne, binnen weniger Augenblicke.

»Nachschlag?«, nuschelt Linnea mit halbvollem Mund und ich nehme dankbar an.

»Deine Suppe ist sehr gut«, sage ich, »ich glaube nicht, dass ich jemals etwas Köstlicheres gegessen habe.«

Sie schöpft uns nach, lacht herzlich auf und nimmt mich mit einem Blick gefangen, der mir den Atem raubt.

Ein Stechen schießt durch meinen Schädel und vor Schreck lasse ich die Schüssel mit samt des schmackhaften Inhalts fallen.

»Es tut mir leid«, bitte ich sie um Verzeihung und will nach der Schale greifen, als sie mir auf halber Strecke entgegenkommt und unsere Köpfe gegeneinanderschlagen.

»Au!«, entfleucht ihr ein Seufzer, der jedoch in ein hübsches Lachen übergeht. »Wie gut, dass ich eine harte Schale habe und mich von dir nicht so leicht umwerfen lasse.«

»Schade eigentlich«, sage ich, simuliere jedoch augenblicklich einen Hustenanfall, um diesen dämlichen Kommentar zu vertuschen.

»Äh, ja«, stammelt sie, was mir beweist, dass sie meinen peinlichen Ausrutscher durchaus vernommen hat. »Vielleicht sollten wir eine Suppenpause einlegen und mal über deinen Kopf reden. Dein Erinnerungsvermögen gleicht dem einer neugeborenen Spitzmaus.«

»Was meinst du damit?«, frage ich schon ein wenig patzig, da ich keinen Schimmer habe, was sie mein Kopf angeht oder woher sie das überhaupt wissen will.

»Du hast wirklich keine Ahnung, wer ich bin, was du hier machst, oder warum dein Körper auf gewisse Umstände mit unkontrollierbaren Zuckungen reagiert, oder?«

Sie weiß von den Krämpfen? Wie das? Ich seufze, zögere meine Antwort nicht länger hinaus und fahre mir kopfschüttelnd durch die Haare. »Nein«, sage ich, hebe den Blick und sehe erneut in ihre himmelblauen Augen, die mir seltsam vertraut vorkommen.

»Pfeife?«, fragt sie und neigt den Kopf, auf dem noch immer die Wildblumen um die Wette tanzen.

»Das ist ein Scherz, oder?«

Mann, Fio, zieh den Stock aus deinem Arsch. Du sitzt im Wald mit einer bildschönen Fremden, die dir zum Runterkommen ein Pfeifchen anbietet. Sag ja! Außerdem, hältst du das hier doch ohnehin für einen Traum. Warum dann nicht ein wenig abspannen und deinen Kopf freimachen?

»Nein!«, entgegnet sie mit einem wissenden Grinsen, »ich dachte, ein paar Kräutlein, ein Hauch Schlafmohn und eine Brise gelber Eisenhut könnten dich möglicherweise ein wenig entspannen. Keine Sorge, ich habe die Mischung selbst hergestellt und schon tausendfach genossen.« Sie setzt sich dicht neben mich auf die bemoosten Steine und holt etwas aus ihrer Schürze, dass tatsächlich Rauschmittel enthalten könnte. »Aber wenn du Angst hast …« Sie grinst verschwörerisch und lässt die Pfeife durch ihre schlanken Finger gleiten. Das Mundstück des sonderbaren Gerätes ist von grober Rinde ummantelt, während die Kammer, in die man für gewöhnlich handelsüblichen Tabak stopft, filigran geschnitzt, sogar mit Blumenmustern verziert ist. Da hat der Künstler oder die Künstlerin viel Arbeit reingesteckt.

»Ich bin dabei!«, töne ich etwas zu laut und gebe mich ohne ein weiteres Mal darüber nachzudenken ihrer abgefahrenen Geschichte und einer mir unbekannten Naturdroge hin.

***

Ich habe jegliches Gefühl für Zeit und Raum verloren. Linnea und ich liegen seit Ewigkeiten nebeneinander, starren in die Wolken und schweigen vor uns hin. Kein Wunder, denn wenn ich ihren Worten Glauben schenken soll, dann habe ich sie vor gut zwei Wochen bewusstlos im Forest gefunden, als Forschungsobjekt ins WONC verschleppt, in ein künstliches Koma versetzt, und bin mit ihr durch ein Loch in der Wand geflohen, sobald sie die Augen aufschlug.

Und weil das noch nicht irre genug klingt, sind wir beide an Pflanzen, die sie nach Belieben wachsen lassen kann, die Fassade hinabgestiegen, in meine Wohnung geflüchtet und anschließend von Narcissa und ihren Wachhunden außer Gefecht gesetzt worden. Linnea vermutet, dass meine Verlobte an meinem Gedächtnis herumgepfuscht und mir die letzten Tage sowie Linneas Existenz einfach daraus gelöscht hat.

Wenn ich bei klarem Verstand wäre und nicht leicht zugedröhnt im Wald herumliegen würde, könnte ich nur lächelnd den Kopf schütteln und diese Frau für völlig verrückt erklären.

Doch sie kennt Details aus meinem verkorksten Leben, die sie nur von mir wissen kann. Außerdem werde ich im Laufe ihrer Erzählung immer wieder von Krämpfen geschüttelt, die mich Sterne sehen lassen und Stück für Stück den Nebel zu lichten versuchen. Vielleicht sind aber auch die Pfeife oder Linneas pure Anwesenheit daran schuld, dass ich mich zunehmend besser fühle. Keine Ahnung.

Aus einem mir unerfindlichen Grund genieße ich die Ahnungslosigkeit, die mich so frei atmen lässt, wie schon lange nicht mehr. Mein Leben ist durchgetaktet vom Aufstehen bis zum Schlafengehen. Ich arbeite im WONC. Arbeite irgendwie auch, wenn ich Zeit mit Narcissa verbringe. Nur, um danach aufs Neue im Institut zu arbeiten, wo ich hin und wieder völlig übernächtigt neben meinen Forschungsobjekten einschlafe. Bei dieser Vorstellung muss ich schmunzeln und Linneas Kopf fährt zu mir herum.

Aus dem Augenwinkel sehe ich, dass sie mich mustert, doch ich wage es nicht, ihren Blick zu erwidern.

Ich kenne sie kaum, bin vergeben und habe ein mir unbekanntes Rauschmittel intus, das sich zwar gut anfühlt, mich aber auch zu unüberlegten Handlungen verleiten könnte. Mich von dieser Waldschönheit einlullen lassen, beispielsweise.

Und das wäre schlimm, weil?

Bitte? Ich bin doch kein Ehebrecher!

So weit ich weiß, steckt da noch kein Ring an deinem Finger, Fio. Und an Narcissas habe ich vorhin auch keinen erkennen können. Also, wo ist das Problem?

Nein, auf so eine Diskussion lasse ich mich nicht ein!

»Alles in Ordnung, Fio?«, fährt ihre Stimme zwischen meine Gedanken.

»So einer bin ich nicht, okay?«

Sie lacht und so drehe ich doch den Kopf zur Seite und versinke in ihren faszinierenden Himmelsaugen. Plötzlich habe ich alles vergessen. Wie ich heiße, wo ich wohne, was ich beruflich mache und wie ich an die Seite dieser schönen Frau gekommen bin.

»Dann erzähl mir von dir«, bittet sie und pustet sich eine Haarsträhne aus dem Gesicht.

»Was?« Ich stehe komplett neben mir. Das scheint zur Gewohnheit zu werden und dem kann ich nichts Positives abgewinnen.

»Du sagtest: ‚So einer bin ich nicht'«, beantwortet sie meine Frage. »Ich weiß zwar nicht, was du mir damit sagen willst, aber ich würde gern mehr über dich erfahren.«

»Ich bin ein langweiliger Wissenschaftler, habe keine Hobbys, kaum Freunde und lebe nur für meine Arbeit«, plappere ich, während ich jeden Zentimeter ihres feingeschnittenen Gesichts inspiziere und mir einzuprägen versuche. Sollte ich irgendwann aufwachen, möchte ich sie zeichnen und diese Flucht aus dem Alltag für schlechte Zeiten, konservieren.

»Ich glaube, du flunkerst ein bisschen.« Sie schmunzelt und ich kann ihren Worten kaum folgen, da der Klang ihrer Stimme mir den Kopf verdreht. »Ich habe die wunderschönen und lebendigen Holzgegenstände in deiner Wohnung gesehen, die du selbst gemacht hast. Du hast also ein Hobby und solltest es auf gar keinen Fall verleugnen. Außerdem«, fährt sie fort, »habe ich gesehen, wie Poppy dich anhimmelt. Du hast Freunde, glaub mir. Möglicherweise …«, sie stockt und sucht nach den richtigen Worten, was ich wahnsinnig anziehend finde.

Fio ist verkna-allt. Fio ist verkna-allt!

Halt dich doch mal raus, Mann! Du nervst! Sie ist süß, sie bringt mich auf andere Gedanken, und vor allem wollte sie mir gerade etwas erzählen und du hältst mich mal wieder davon ab, ein guter Zuhörer zu sein. Blödmann!

»… ist dein Herz nur ein bisschen zu groß und du merkst gar nicht, dass es Menschen in deinem Umfeld gibt, die es nicht so gut mit dir meinen. Versteh mich nicht falsch, aber …« Sie presst den Mund zu einem schmalen Strich und sieht mich verlegen an. »Fio«, flüstert sie meinen Namen, während hinter ihr die Sonne allmählich untergeht und die Situation plötzlich die Richtung ändert. »Ich mag dich. Ich mag dich vielleicht sogar ein bisschen mehr, als uns beiden guttut und ich meine es vollkommen ernst, wenn ich sage: Ich habe Angst um dich! Du bist nicht sicher, da, wo du herkommst. Du wirst benutzt, belogen und zu einem Dasein gezwungen, in dem du verkümmerst.«

Sie streckt vorsichtig eine Hand nach mir aus und legt sie behutsam an meine Wange.

»Lass nicht zu, dass der Fio, den ich kennenlernen durfte – der warmherzige, neugierige, lebendige Fio –, hinter steinernen Mauern vergisst, dass er sein Herz am rechten Fleck hat.« Sie lässt ihre Hand auf meine bebende Brust wandern und schließt die Augen. »Ich höre es schlagen, Fio. Laut und deutlich. Es will leben, es will lieben und es will, dass du endlich zuhörst!«

Linnea

Ich halte die Augen weiterhin geschlossen, während ich mich frage, ob ich gerade eine Grenze überschritten habe, die alles zerstört, was ich in den letzten Stunden versucht habe wieder aufzubauen.

Ich habe nicht gelogen, als ich ihm gestand, ihn zu mögen – *sehr* zu mögen, was auch *mein* Leben komplett auf den Kopf stellt. Diese Empfindungen sind völlig neu für mich. Freundschaft zwischen Mann und Frau, das alles kenne ich nicht oder habe es nur bei Verliebten im Wald beobachten können.

Jetzt schwirren in meinem Bauch Schmetterlinge, was ich stets für Flunkerei und ein übertrieben gezeichnetes fantasievolles Bild hielt. Doch genau so fühlt es sich an und ich weiß nicht, ob ich mich darüber freuen, oder so lange ich noch kann, davor weglaufen sollte.

Dieser Mann, der viel zu nah neben mir liegt und seines Gedächtnisses beraubt wurde, ist ganz und gar außerhalb meiner Reichweite. Er ist in einer festen, wenn auch sehr einseitigen Bindung, im Begriff, ein Haus mit seiner Verlobten auf meinem Land zu bauen und zu guter Letzt sicher nicht bereit auf ein Leben in der Stadt zu verzichten, nur um bei mir zu sein.

Denn ich kann hier nicht weg. Mein Körper und meine Seele sind mit jeder Zelle, mit jeder Faser, mit jeder Haarsträhne diesem Wald und der Natur verbunden. Wenn ich mich längere Zeit entferne, die Grünlinge nicht mehr spüren und formen kann, dann holen die Geister des Evergreens mich zurück oder lassen mich durch körperliche Qualen spüren, dass mein Platz in ihrer Mitte ist.

Ich habe es versucht. Ich habe so viele Male versucht zu entkommen und doch kehrte ich ein ums andere Mal glücklich und dankbar zurück.

Die Welt da draußen ist schlecht. Hektisch, grob, jeder ist sich selbst der Nächste. Ich würde auf lange Sicht unglücklich werden und ein kümmerliches Ende finden.

Solange ich hierbleibe, meine Aufgabe als Hüterin des Evergreens ernst nehme und mich nicht Hals über Kopf im Lächeln dieses Doktors verliere, der meinen Untergang begründen könnte – habe ich ein langes und erfülltes Leben vor mir. Lang und erfüllt … aber einsam.

»Die Sonne geht bereits unter.« Und schon stiehlt sich ein weiteres Lächeln auf meine Lippen, denn in diesem wundersamen Moment, den ich so lange wie irgend möglich ausdehnen möchte, bin ich nicht allein. »Ich sollte gehen«, sagt Fio und lässt mich die Augen wieder aufschlagen und ihn flehend ansehen.

Ich ziehe meine Hand zurück, die nach wie vor auf seinem Herzen ruhte und streiche mir etwas verlegen eine Haarsträhne aus dem Gesicht.

»Wenn ich dich bitten würde, noch eine Nacht zu bleiben«, flüstere ich, wage es aber nicht ihn anzusehen, »würdest du es tun?«

Ein störender Kloß bildet sich in meinem Hals, denn ich weiß, dass mit einem *Ja* von ihm ein weiteres Geständnis fällig werden würde, für das ich bisher noch nicht den Mut gefunden hatte.

»Linnea«, beginnt er nach endlos scheinendem Schweigen und legt einen Finger unter mein Kinn, um meinen Kopf ein Stück anzuheben und mir so in die Augen sehen zu können, »ich kann nicht bleiben.« Seine Stimme ist so sanft und warm, dass ich den bitteren Beigeschmack seiner abweisenden Worte kaum wahrnehme. »Mein Leben ist eine Katastrophe, wie du bereits bemerkt hast, und irgendwie muss ich versuchen, es wieder in den Griff zu bekommen. Das kann ich nicht, indem ich mich in den Wald flüchte, verstehst du das?«

Durfte ich *nein* sagen? Ich würde unheimlich gern *nein* sagen, um ihn weiterhin in meiner Nähe zu haben.

Ich nicke, ohne zu wissen, warum ich schon wieder zu feige bin und das Wohl der anderen über mein eigenes setze. Ja, es ist richtig, ihn gehen zu lassen. Es ist verdammt richtig, ihn zurück in sein echtes Leben gehen zu lassen, aber es fühlt sich falsch an, ihm vorher nicht die Wahrheit gesagt zu haben. Denn möglicherweise … gibt es das

Leben, das er gerade zu retten versucht, nicht mehr. Möglicherweise … ist seine Verlobte das leibhaftige Böse, ihr Lakai und das WONC, dem er sein ganzes Dasein gewidmet hat, nur der Deckmantel für die üblen Vergehen, die die Dimas-Dynastie seit Jahrzehnten vertuscht.

»Ich sollte dir noch etwas sagen, bevor du gehst«, stammle ich und setze mich vorsichtig auf, um ein wenig Abstand zwischen uns zu bringen. Ich hoffe, so fällt es mir leichter, ihm sein Herz zu brechen.

»Okay?«, entgegnet er und rafft sich ebenfalls auf. »Du klingst besorgt. Sollte ich Angst haben?«

»Ehrliche Antwort?«, frage ich, und es zerreißt mich fast, ihn daraufhin lächeln zu sehen.

»Ja, bitte«, meint er aufmunternd, »ich glaube nicht, dass mich heute noch irgendwas schocken kann, obwohl dein Pfeifchen allmählich seine Wirkung verliert.«

Mmh, leider, denke ich. Eine gelockerte Zunge käme mir sehr gelegen, bei dem, was ich vorhabe, obwohl ich mich auch vorhin, als ich noch unter dem Einfluss des Krautes stand, nicht dazu durchringen konnte, ihm Narcissas wahres Gesicht zu offenbaren. Fio wäre sofort schreiend davongelaufen und unsere gemeinsame Zeit hätte ein erneutes Ende gefunden, ohne dass er mit einem pochenden Herzen an mich zurückdenken würde.

»Atme vorsichtshalber noch einmal tief durch und werde bitte nicht schon wieder ohnmächtig, ja?«

Er legt eine Hand auf die Brust und hebt die andere mit erhobenem Zeige- und Mittelfinger in die Höhe. »Ich, Fio, schwöre, dass ich nicht bewusstlos in deinem Schoß enden werde, Linnea.«

O Mann, wie soll ich bei diesem Anblick nur ernst bleiben? Obwohl … sollte er den Schwur brechen, würde ihm nichts anderes übrigbleiben als die Nacht unter meinen Wurzeln zu verbringen und … Nein! Daran darf ich nicht einmal denken!

»Narcissa ist eine *Mäzenin des Todes*«, presse ich hervor. »Sie beherrscht alles Leblose dieser Erde, kann Steine mit einem Fingerschnippen in andere Formen zwingen, Glas zerbersten lassen oder Metall verbiegen. Im Handumdrehen würde sie Knoten in die Dinger in deinem

Hausflur machen. Du weißt schon, die, mit den lustigen Rädern.«

»Die Fahrräder?«, wirft er tonlos dazwischen.

»Ja, ähm«, stimme ich nickend zu, »Fahrräder. Guter Name.«

Er starrt mich einfach nur an, was mich dazu ermuntert weiterzureden, nur um die erdrückende Stille zu unterbrechen.

»So wie ich aus den Wurzeln der Grünlinge meine Energie beziehe, Bäume wachsen und Efeu ranken lassen kann, so lebt Narcissa dafür, alles Grün von dieser Welt zu tilgen und flüssigen Stein in den Wald zu gießen, jeden Baum zu fällen, jeden Strauch zu entwurzeln und jedem Moosglöckchen eigenhändig den Lebensfaden durchzuschneiden.«

Immer noch keine Reaktion. Es macht mich wahnsinnig nicht zu wissen, ob er jeden Moment umkippt oder alles, was ich sage, für einen albernen Scherz hält. Ich bin noch nicht einmal sicher, ob er überhaupt bereit ist zuzugeben, dass er wach und nicht in einem Traum gefangen ist.

»Deine zukünftige Frau benutzt dich und das WONC um …«

»Was redest du da?« Er fängt an zu lachen. Ernsthaft? Ich verbrenne mir bei jedem giftigen Wort, dass ich über meine Lippen bringen muss, um ihm die wahre Identität der Frau zu offenbaren, die er liebt, fast den Mund, und er lacht? »Ich weiß nicht, ob du mich gerade veralbern willst, oder mich nur daran hindern möchtest zu gehen, aber …«

»Aber?« Schon zum zweiten Mal innerhalb weniger Stunden drängt sich Wasser in meine Augen und ich frage mich, wie ich nur so dünnhäutig werden konnte. »Ich habe es dir nicht früher gesagt, weil ich mit genau dieser Reaktion gerechnet habe. Du verkraftest die Wahrheit nicht und machst dich deswegen über mich und alle Magie dieser Erde lustig?«

Der bittere Geschmack der Enttäuschung überdeckt den Zauber, den ich zwischen diesem Mann und mir gespürt habe. Ich habe mir etwas vorgemacht und ärgere mich über meine blauäugige, selbstverleugnende Einstellung. Ich war so dumm! So dumm zu glauben, dass ich ihn vor dieser Hexe retten könnte. Dass er sich stattdessen auf mich einlassen und seinen Frieden finden könnte. Aber er steht schon viel zu lange unter ihrem toxischen Einfluss. Ich wollte es nur nicht wahrhaben.

»Du hast recht«, schleudere ich ihm an den Kopf. »Geh einfach! Geh zurück zu ihr und vergiss das, was …« Die Tränen übermannen mich. Ich stehe auf und renne nach Hause, ohne mich noch einmal nach ihm umzudrehen. Sollen ihn die Glühwürmchen doch aus dem Evergreen führen, denn ich bin nur ein dummes Waldmädchen, welches einen Funken sah, den es nie gegeben hat und werde mich nicht weiter von ihm für verrückt halten lassen.

»Linnea!«, ruft er mir nach, doch ich blende es aus, schiebe im Schutz der einsetzenden Dunkelheit die Kiefernzweige beiseite und bete zum Nordwind, dass er mich diesen Mann, seine braunen Augen, die mir bis in meine Seele gesehen haben, und sein gütiges Lächeln vergessen lässt.

Fio konnte mich vergessen, und es scheint ihm gut damit zu gehen. Er versucht nicht einmal, die Erinnerungen zurückzubekommen, belügt sich stattdessen selbst und läuft einer Frau nach, die ihn und sein hingebungsvolles Herz nur benutzt.

Soll er doch unglücklich bleiben. Soll er an ihrer Seite stehen, wenn sie versucht, mein Zuhause zu zerstören – mich, zu zerstören. Oh, Geister des Waldes, steht mir bei, denn dann werde ich meine Gefühle ausschalten und ihn zu meinem Feind erklären müssen. Ich werde zu einem herzlosen Scheusal mutieren, genau wie die Todesmäzenin Narcissa, und dazu sehe ich mich außerstande.

»Linnea?« Ich wende mich um und folge dem leisen Stimmchen, das mich gerade dringender braucht, als dieser verbohrte Mann, ins Innere meiner Behausung unter den Ästen des Ältesten. »Sag mir bitte … dass ich mich nicht … halbnackt in einer dunklen Höhle befinde und … Narcissa auch nicht versucht hat … mich …«

Poppy sitzt, ihre angewinkelten Knie krampfhaft umschlossen, eingesunken in der hintersten Ecke des Baumes und schnappt hörbar nach Luft.

Wenn ich es nicht schaffe, sie zu beruhigen, wird sie einen weiteren Schock erleiden. Ich kann sie nicht schon wieder einschlafen lassen, um ihrem Körper Ruhe zu gönnen. Wir alle müssen uns den grauenhaften Wahrheiten stellen, auch wenn sie noch so schmerzhaft sind.

Meine Freundin hat also eine scheußliche Nacht voller Erkenntnisse vor sich und braucht meine Hilfe. Ich werde sie festhalten, ihr beistehen und gut zureden. Nur eines kann ich nicht: Sie ins WONC und damit in ihr sicheres Umfeld bringen. Nie wieder werde ich einen Fuß in die Festung der Mäzenin setzen. An den Ort, an dem ich mein Herz und meinen klaren Verstand verlor und für einen Moment geglaubt habe, dass es auch für mich so etwas wie Liebe geben kann.

»Man kann nie glücklich werden,
wenn sich das, woran man glaubt,
nicht mit dem deckt, was man tut.«
Ralph Waldo Emerson

Linnea

Die ersten Sonnenstrahlen kämpfen sich bereits durch die dichten Äste des Ältesten, der mir seit Jahrzehnten Zuflucht bietet, als Poppy endlich einschläft.

Müde und geschafft lehne ich mich gegen die mächtigen Wurzeln des alten Baumes und lege die Hände in den Schoß.

Stundenlang habe ich Tränen getrocknet, Poppys Rücken gestreichelt und versucht, ihr ein wenig der tiefsitzenden Angst zu nehmen. Ohne Erfolg. Seit das teuflische Gemisch der Wächterin nachgelassen hat und die echte Poppy wieder zum Vorschein brachte, musste sie gegen die inneren Zwänge ankämpfen, ohne dabei einen Ausweg zu finden.

Narcissa bannte sie auf diesen wackligen Steinturm, um mir eine Falle zu stellen. Mäzen des Todes sind schlau und hinterhältig. Diese Eigenschaften treffen jedoch nicht auf die Wächter zu, die die Teufelin zu Poppys Bewachung am Steinturm zurückließ. Die Nachmittagssonne machte sie mürbe, die Opiate, die der Nordwind – auf mein Geheiß hin – um ihre Gesichter wehte, ließen sie eindösen und die Grünlinge erledigten den Rest. Im Handumdrehen flogen sechs schwarzgekleidete Menschlein an Lianen durch den Forest und landeten hübsch aufgereiht auf dem Hauptweg des Evergreens, wo sie schon bald gefunden wurden, wie mir das Moosmutzelchen zuzwitscherte. Alle sind verwirrt, aber wohlauf.

Während ich mich im Schatten des Ältesten in Sicherheit wähnte, beförderte ein geflochtener Korb aus Weidenzweigen Poppy von ihrem schmalen und gefährlichen Turm. Das Schicksal und die Ängste der armen Krankenschwester, die vollkommen hilflos und noch dazu halbnackt ganz allein da oben stand, waren Narcissa vollkommen egal, solange sie mich dadurch in ihre bösartigen Finger bekam.

Die mystischen Legenden, die sich um die Mäzen des Todes ranken, haben mich seit frühester Kindheit gefesselt, doch ich hätte es nie für möglich gehalten, einer dieser Dienerinnen persönlich zu begegnen – sogar gegen sie kämpfen zu müssen.

Es heißt, diese Wesen, Männer und Frauen gleichermaßen, werden mit einem seltenen Fluch geboren. Sobald ein Lebewesen, ganz gleich ob Grünling, Tier oder Mensch, sie berührt, geht ein Teil ihrer Energie vom eigenen auf das fremde Lebewesen über. Dieser Prozess ist äußerst schmerzhaft und bei Kontrollverlust sogar tödlich.

Narcissa kann also weder eine Rose pflücken noch einen Hund streicheln oder einen Mann berühren, ohne dabei jedes Mal ein kleines Stück zu altern. Es soll Verfluchte gegeben haben, die bereits in den Armen ihrer Mutter zu Tode kamen, weil sie im wahrsten Sinne des Wortes von der elterlichen Liebe und Zuneigung aufgezehrt wurden.

Andere, deren Fluch in der Familie liegt, die Teil einer langen Tradition von Mäzen sind und dadurch Lehrmeister haben, die sie vor den Gefahren ihres Daseins warnen können, geraten zwangsläufig auf einen düsteren Pfad. Sie haben keine Wahl. Entweder sie sterben bei dem Versuch ein normales Leben zu führen, oder sie lernen ihre Magie zu beherrschen, müssen sich den Tod zum Freund machen und gegen alles kämpfen, das einen Pulsschlag hat.

Wie Narcissa es schafft, eine funktionierende Beziehung mit Fio zu führen oder ein Labor zu leiten, in dem atmende Menschen arbeiten, ist mir schleierhaft, aber es muss etwas mit ihrem Vater, dem WONC und vermutlich auch mit mir zu tun haben.

Ich vereine schließlich all das in mir, das ihr gefährlich werden kann. Die Kraft der Grünlinge, das uneingeschränkte Vertrauen der Tiere, die ebenfalls zu meiner Familie geworden sind und ein schier endloses Leben. Sie muss mich hassen und ich kann es ihr nicht einmal übelnehmen.

Als ich im WONC in diesem Bett lag, verbunden mit sonderlichen piependen Kästen, versorgt von Salzlösung und Zuckerwasser, da habe ich nicht verstanden, warum diese Frau mich einsperrte, betäubte und beinahe sterben ließ. Ich wollte nicht sehen, dass wir uns auf eine makabre Weise ähnlich sind.

Ich diene der Natur, behüte alles, was lebt, und pflege die Geister, die ihr die Kraft nehmen wollen. Wären unsere Rollen vertauscht – ich würde, schon allein Fios Zuneigung wegen, zu unfairen Mitteln greifen.

Sie ist verzweifelt, verbittert und wütend. Wütend auf ihr Schicksal, wütend auf die Welt und wütend auf alle Bewohner der selbigen, die sie neben sich nicht akzeptieren kann. Sie wurde zu einem unberechenbaren Biest, das nur das eigene Leben zu retten gedenkt und ohne Rücksicht auf Verluste alles vernichtet, was ihr in die Quere kommt.

Doch so sehr ich verstehen kann, weshalb sie diesen Weg für sich gewählt hat, kann und werde ich nicht zulassen, dass sie Poppy, Fio oder mich weiterhin quält. Ich werde verhindern, dass sie den Evergreen zerstört und somit das Leben zahlreicher Lebewesen beendet. Ich werde versuchen, sie in ihrem Überlebenswahn zu stoppen, aber ich werde es auf meine Weise tun.

Auge um Auge wird uns in diesem Kampf nicht weiterbringen, denn wir beide wollen im Grunde dasselbe: leben und fühlen dürfen. Frei von auferlegten oder angeborenen Flüchen, selbstbestimmt und glücklich.

Ich glaube, jedes Lebewesen, ganz egal, ob ameisenklein oder pottwalgroß, hat eine Berechtigung, auf diesem wunderschönen Planeten zu wandeln. Wir alle haben eine Aufgabe, erfüllen einen Zweck und halten den ewigen Kreis am Leben.

Ich dachte in all der Zeit, dass ich als Hüterin des Waldes diesen Zweck bereits gefunden habe – dann traf ich Fio. Warum? Damit ich zweifle? Ins Straucheln gerate? Meine Bestimmung vergesse und mich dem hingebe, was Menschen ‚Liebe' nennen?

Nein. Hinter all dem steckt so viel mehr. Fio ist nur einer von vielen Schlüsseln, die mir auf diesem Weg eine Tür öffnen werden, wenn auch mit Abstand der verführerischste.

Poppy, Narcissa, Lady Alissa, Moss – so viele Rätsel, so viele Emotionen, so viele dunkle Geheimnisse. Niemand kann allein die Welt retten, aber es gar nicht erst zu versuchen, wäre die größere Sünde, oder?

Da das Chaos meiner Gedanken es mir unmöglich macht einzuschlafen, schleiche ich aus meiner Behausung, um Poppy die nötige Ruhe zu lassen, und schlendere zum See.

Der Morgen ist angenehm kühl und ich atme dankbar die frische Luft ein, die der Nordwind selbst im Hochsommer über meine von Tau überzogene Haut streicheln lässt. Es wird nur ein paar Minuten dauern, dann hat die Sonne das ungewöhnliche Glitzern verdunsten lassen, das mich von jedem Normalsterblichen unterscheidet.

Um diese Zeit streife ich besonders gern durch den Evergreen. Die Farne erwachen und entrollen ihre schneckenhausähnlichen Blätter. Die Nachteulen unter den Waldbewohnern verkriechen sich in ihre Behausungen und die Vögel zwitschern um die Wette und läuten einen weiteren wundervollen Tag ein. Normalerweise tänzle ich an einem solchen Morgen mit einem breiten Grinsen im Gesicht durch die unberührte Natur, begrüße den Morgen und alle, die mir begegnen, mit einem herzlichen Lächeln. Doch heute kann nicht einmal die hinkende Spitzmaus, die ständig den Verkehr aufhält, meine Laune heben.

Ich bin gänzlich ratlos, rastlos und auf eine seltsam ungewohnte Weise traurig. Schwermütig.

Meine Zukunft und die des Forest wird von einer Übermacht bedroht, der ich mich nicht gewachsen fühle. In meinem Zuhause an den Wurzeln des Ältesten liegt eine Menschenfrau, die meinen Schutz und meine Hilfe benötigt, und ich kann an nichts anderes als diesen Mann denken.

Ich müsste Pläne schmieden, die Grünlinge einweihen, Nordwind, Wassergeist und sämtliche Bewohner des Evergreens zusammentrommeln und mich als Hüterin des Waldes nützlich machen. Aber ich bekomme diese braunen Augen nicht mehr aus meinem Kopf. Kann den Sommerregen auch an einem heißen und trockenen Tag wie diesem riechen und sehe mich außerstande, meine Aufgabe zu erfüllen.

Wie soll ich mich selbstlos vor meine Schützlinge stellen und der Mäzenin entgegentreten, wenn mein Herz so unruhig und laut schlägt, dass ich meine eigenen Schlachtpläne nicht mehr hören kann? Ich brauche ganz dringend eine Abkühlung, und zwar sofort!

Noch im Gehen streife ich mir Fios übergroßes T-Shirt über den

Kopf, öffne den Knopf der geliehenen Hose, halte kurz inne, um sie abzustreifen, und renne, ohne den nach ihm duftenden Klamotten weitere Beachtung zu schenken, ins kühle Nass des Waldsees. Ich tauche den Kopf komplett unter und recke anschließend nur Augen und Nase wieder über die Oberfläche, um wie ein lauerndes Krokodil meine Umgebung zu beobachten.

Die überraschend kühle Nacht hat einen leichten Nebel über dem Wasser zurückgelassen, der nun einen romantischen Schleier über die Seerosen zaubert, die ich so liebe. Es ist friedlich hier und genau diesen Frieden brauche ich gerade ganz dringend, um meinen Kopf frei zu machen und mein Dasein als Teil dieses paradiesischen Waldes wieder schätzen zu lernen.

Ich schwimme ein paar Runden durch den kleinen Tümpel, erfreue mich an den flinken Wasserläufern, einem Eisvogel, den ich sonst nur selten zu Gesicht bekomme und lasse mich schlussendlich auf den Rücken gleiten, um den wenigen Wolken am Himmel meine Aufwartung zu machen.

»Guten Morgen«, vernehme ich plötzlich eine Stimme vom Ufer und drehe mich zurück auf den Bauch, obwohl ich davon ausgehen muss, dass mein ungebetener Gast bereits all meine Rundungen zur Genüge inspizieren konnte. Soll mir in diesem besonderen Fall recht sein.

»Ich … ich …«, stottert derjenige und bestätigt meinen Verdacht, zu wem die Stimme gehört. »Könntest du … rauskommen und wir unterhalten uns? Ich …« Er verstummt, als ich mich ihm zuwende, drei Züge ins flachere Wasser schwimme und ohne Scham aus dem See auf ihn zu wate. Er ist schließlich kein Fremder. »Du bist nackt.« Fio wendet sich kopfschüttelnd ab.

Ich schmunzle, schlüpfe klitschnass in mein – beziehungsweise *sein* – ‚Shirt', von dem ich mich irgendwie nicht trennen konnte, wringe mein langes Haar grob aus und versuche anschließend, meinem Gesicht einen beleidigten Ausdruck zu verleihen. Immerhin wollte er gestern in sein altes Leben und an Narcissas Seite zurück, nur um sich – wenige Stunden später – ungefragt an mich heranzuschleichen, während ich nackt bade. Meinen Ärger darüber sollte er ruhig spüren.

Mittlerweile starrt Fio in den lilafarbenen Himmel und wippt nervös auf den Fußballen, was ihn in meinen Augen noch süßer erscheinen lässt. Aber das werde ich mit Sicherheit nicht zugeben … niemals … nehme ich mir fest vor!

»Du kannst dich umdrehen«, erwähne ich so beiläufig wie möglich, obwohl mir bereits die Aussicht auf seinen Rücken ein Kribbeln durch den ganzen Körper jagt.

Kaum ist er der Aufforderung nachgekommen, schwinden meine Vorsätze, ihn auf Abstand zu halten. Seine Haare sind völlig durcheinander, was ihm eine Wildheit verleiht, die mir ein wenig zu gut gefällt. Kletten und andere klammernde Grünlinge hängen überall in seiner Kleidung und die Art, wie er mich beschämt über den Rand seiner Brille mustert, gibt mir den Rest.

»Was machst du hier?«, frage ich geradeheraus. »Wolltest du nicht zurück zu Narcissa und dein Leben in Ordnung bringen?« So hart und unnachgiebig, wie ich es beabsichtigt hatte, klingt meine Stimme bei weitem nicht.

Gestern Nacht, als ich ihn nach dieser Offenbarung einfach am verglühenden Feuer sitzen ließ, war ich davon ausgegangen, dass wir uns nicht wiedersehen würden und wenn, dann an unterschiedlichen Fronten des bevorstehenden Gefechts.

Was hat ihn daran gehindert, nach Hause zu seiner durchtriebenen Verlobten zu rennen?

»Ja, das wollte ich, und es wäre definitiv klüger gewesen, als auf einen verharzten Baum zu klettern, um im Schlaf nicht von wilden Tieren gefressen zu werden, aber …« Er stockt und ringt offensichtlich um Worte.

»Aber?«, bohre ich nach, da der winzige Hoffnungsschimmer, seine Meinungsänderung könnte etwas mit mir zu tun haben, mich beinahe wahnsinnig werden lässt.

»Aber es war scheiß dunkel, ich hatte keine Ahnung, wo genau ich war – das habe ich im Übrigen immer noch nicht – und wollte auch nicht, dass wir so auseinandergehen. Du hast mir Dinge an den Kopf geworfen, die ich nicht fassen kann, die mich völlig aus der Bahn geworfen haben und die ich besser verstehen muss, bevor ich Narcissa gegenübertrete.«

»Und das ist weiterhin dein Ziel? Der Mäzenin gegenübertreten? Sie heiraten, mit ihr den Evergreen zerstören, das große Landhaus auf dessen Überresten errichten, und die Schlinge um deinen Hals ignorieren?« Schau an, wie schnell ich doch wieder aus der Haut fahren und meine Krallen zeigen kann.

Er atmet geräuschvoll aus, hebt die Hände, als wolle er etwas erwidern, schließt jedoch den Mund sofort wieder und presst die Lippen nachdenklich aufeinander.

»Weißt du«, setzt er nach einer unangenehmen Zeit der Stille schließlich an, »ich hatte gehofft, wir beide könnten wie zwei Erwachsene miteinander reden und die seltsame Spannung für die Zeit, in der du meine Fragen beantwortest, vergessen. Danach kannst du mich gern ankeifen, mich ansehen, wie ein Kitz oder … sag mal, ist das mein T-Shirt?«

Ich blicke an mir hinunter, was unnötig ist, da ich ganz genau weiß, was ich da trage und verschränke mit unnachgiebiger Miene die Arme vor der Brust, da meine nasse Haut bereits verräterische Flecken auf dem hellen Stoff hinterlassen hat.

»Ich habe recht, oder?«, meint er verwirrt und macht einen Schritt auf mich zu. Ich halte den Atem an. »Ich werde diese Frage vermutlich bereuen, aber … wie bist du an mein Lieblingsshirt gekommen?«

»Fio«, beginne ich gedehnt, »mir reicht es jetzt mit deiner Vergesslichkeit.« Ich verringere den Abstand zwischen uns weiter und lege den Kopf in den Nacken, um jede noch so winzige Regung in seinen braunen Augen mitzubekommen.

»Ich kann doch nichts …«, haucht er und schluckt, anscheinend eingeschüchtert von meiner Direktheit.

»Das weiß ich«, entgegne ich sanfter. »Dafür darfst du deiner Verlobten später danken.« Ich greife nach seiner Hand und lege sie an meine immer noch feuchte Wange. »Nur leider hat sie damit ein paar wunderbare Momente meines Lebens aus deinem Gedächtnis entfernt, und das macht mich wirklich wütend. Sie spielt mit zweifelhaften Mitteln und setzt ihre dunklen Zauber gegen uns ein. Aber weißt du was?«, murmle ich und lächle, als ich sein zaghaftes Kopfschütteln bemerke, während sein Adamsapfel nervös auf und abtanzt. »Ich habe auch den ein oder anderen Kniff auf Lager und ich glaube, es ist an der Zeit, deinen Erinnerungen ein wenig auf die Sprünge zu helfen.«

»Muss ich dafür wieder Pfeife rauchen?«, flüstert er und lässt mein Grinsen noch breiter werden.

»Wenn du magst«, scherze ich, verschränke seine Finger an meiner Wange mit meinen, lasse sie langsam nach unten gleiten und mache einige langsame Schritte rückwärts. »Eine Abkühlung könnte jedoch für den Anfang auch schon hilfreich sein.«

»Was meinst du damit?«, fragt er sichtlich irritiert.

Doch ich übergehe seine Frage, lasse die freie Hand hinter meinem Rücken eine kleine Überraschung vorbereiten und mache einen Satz nach hinten, während zwei große Seerosenblätter mehrere Liter Wasser über seinem hübschen Kopf auskippen. Ein Bild zum Niederknien, das sich für alle Zeiten auf meine Netzhäute und in mein tanzendes Herz brennt.

Fio

»Na warte!«, grolle ich, nachdem der erste Schreck überwunden ist und ich das viele Wasser ausgespuckt habe. »So etwas schreit in meiner Welt nach einer Revanche!«

Triefendnass bis in die Schuhe steuere ich wie ein wütendes Seemonster auf meine Peinigerin zu, packe sie mit beiden Armen an der Taille, klemme sie mir unter den Arm und trage sie, nur in mein Lieblingsshirt gehüllt, zurück an den Ort, aus dem sie noch vor Kurzem splitterfasernackt, aber erhobenen Hauptes gestiegen ist. Linnea quiekt, was wirklich süß klingt, mich aber nicht von meinem Vorhaben abbringt – im Gegenteil. Wer frech ist, muss mit den Konsequenzen leben können.

Ich lasse sie ins Wasser plumpsen und will den Rückweg ans Ufer antreten, als ich von hinten gepackt und mit dem Kopf unter Wasser gedrückt werde.

»So einfach kommst du mir nicht davon, Herr Doktor!«, gibt Linnea breit grinsend von sich, als ich den Kopf nach dem ersten Tauchgang wieder aus dem Wasser strecke. »Die Abkühlung ist abgehakt, nun machen wir dich ein wenig locker. Das befreit den Geist und öffnet die Türen zu deinen verlorengeglaubten Erinnerungen.«

Und schon drückt sie mich erneut mit beiden Händen unter Wasser, bevor ich auch nur ein Wort zu meiner Verteidigung sagen kann. Das wird noch ein übles Ende nehmen – nicht für mich, denn ich war als Kind vier Jahre im Wasserballteam und werde all meine Skills wieder ausgraben – sondern für diese freche Schönheit, die mich mit sehr fragwürdigen Methoden zu heilen versucht.

Ich tauche unter ihren Händen hinweg und schwimme mit wenigen kräftigen Stößen ans andere Ende des Sees, um einer weiteren hinterhältigen Attacke zu entkommen.

»Was ist, Waldmädchen?«, rufe ich ihr winkend zu, »ist das alles, was du drauf hast?«

Mit einem süffisanten Lächeln verschwindet sie plötzlich zwischen den Seerosenblättern und bleibt mir eine Antwort schuldig. Lauernd beobachte ich die Stelle, an der sie untergetaucht ist, doch ich kann weder Luftbläschen, noch einen anderen Hinweis auf ihren Aufenthaltsort ausfindig machen.

Wo ist sie? Langsam werde ich nervös. Die Sekunden ziehen sich endlos in die Länge und ein unangenehmer Kloß bildet sich in meinem Hals. Niemand kann so lange die Luft anhalten. Nicht, dass sie sich zwischen den Schlingpflanzen verheddert hat und zu ertrinken droht. Nein! Bitte nicht!

Mittlerweile leicht panisch tauche ich unter und versuche, mit offenen Augen im vom aufgewühlten Boden trüben Wasser die mystische Fremde zu erspähen, die mir den Kopf verdreht hat, ohne dass ich darum gebeten habe.

Und plötzlich sehe ich sie. Direkt vor mir.

Ihre langen rosafarbenen Haare tanzen im Rhythmus der Wellen und verleihen ihr eine fast schon magische Aura. Mir geht die Luft aus und ich sollte schnellstmöglich auftauchen, doch ihr Anblick nimmt mich derart gefangen, dass ich starr auf der Stelle paddle und hoffe, dass dieser Zaubermoment noch einen weiteren Wimpernschlag andauern möge.

Als mein Körper zu sich kommt und an die rettende Oberfläche schwimmen will, drückt Linnea ihren Mund auf meinen, füllt die krampfende Lunge mit neuem Sauerstoff und hindert mich so daran, unsere Zweisamkeit unter Wasser zu beenden.

Wow!

Unmöglich! Und ein weiteres Indiz dafür, dass ich auf einer abgefahrenen Traumreise bin, die sich so real anfühlt, dass es weh tut.

Oh, verdammt! Es tut wirklich weh! Ein heftiger Krampf durchzuckt meinen Körper, lässt mich Wasser schlucken und beinahe die Besinnung verlieren. Linnea reagiert schnell, schwimmt an meine Seite, schlingt einen Arm um meine Taille und zieht mich an die Wasseroberfläche. Ich huste, schlage unkontrolliert um mich und sehne dem rettenden Ufer entgegen, an dem ich Ruhe finden könnte.

Doch plötzlich beginnt das kühle Nass um uns herum zu brodeln, wirft große Blasen, die aufplatzen und meine Brillengläser mit weiteren dicken Tropfen besprengen. Das Wasser schwillt an, hebt uns in die Höhe, trägt uns auf einer gigantischen Welle hinauf in die Lüfte und setzt uns auf der Krone der höchsten Kiefer weit und breit ab. Alles, was ich denken oder fühlen kann ist: Scheißeeeeeeeeeee!

Ich kneife krampfhaft die Augen zu, klammere mich an den viel zu mickrigen Ast, auf dem ich unfreiwillig landen durfte und versuche, in kurzen Stößen Luft in meine ohnehin schon überforderten Lungen zu pumpen.

Linneas Hand streicht beruhigend über meinen Rücken und sie summt das Lied, welches sie gestern an der Feuerstelle bereits gesungen hatte. Ich verstehe kein Wort, aber die Wärme und Sanftheit ihrer wundervollen Stimme lässt meinen Puls sinken und meine Atmung in einen gesunden, gleichmäßigen Rhythmus finden.

Ich döse vor mich hin, während ein lauer Wind über meine Wangen streicht, mich auf der Spitze dieses wackligen Baumes hält und zeitgleich die nasse Kleidung trocknet. Mit jeder Note wird mir wärmer an Körper und Seele.

Linneas Zauberlied endet, ein schmerzhafter, wenn auch kurzer Blitz durchfährt mich und dann ist es still. Ich lausche nur noch dem Wind in schwindelerregender Höhe und dann einer Stimme ganz nah an meinem rechten Ohr.

»Du kannst die Augen ruhig öffnen, Fio. Du bist in Sicherheit. Nordwind und Wassergeist haben mir geholfen, dich herauf zu bringen, um das hier«, sie macht eine theatralische Pause und stupst mich zaghaft an, »bewundern zu können.« Ihr fasziniertes Seufzen entfacht die Neugier in mir, die schon immer Teil meiner Persönlichkeit war und mich, mein Leben, meine Karriere sowie viele meiner Entscheidungen geprägt hat.

Auch wenn mein Magen vor Angst rebelliert, ich schlucke den Kloß hinunter und öffne zaghaft ein Auge nach dem anderen. Ich schwanke, werde jedoch von einer unsichtbaren Hand – die wohl dem Nordwind gehören muss – an Ort und Stelle gehalten.

Hab ich richtig gehört? Jetzt hat der Wind also schon Hände. Schräg!

Ich bin ganz deiner Meinung, Gewissen, aber wenn du sehen könntest, was ich jetzt gerade bestaunen darf, dann wäre es dir so egal wie der Umstand, dass es in einem Waldsee auch keine zwanzig Meter hohen Wellen geben dürfte oder die … die … Wolken wie … wie … kleine Schäfchen durch die Iriden dieser wunder… wunderschönen Frau ziehen.

Alter, zum tausendsten Mal: Ich bin ein Teil von dir. Kapier es endlich. Ich sehe, was du siehst, ich höre, was du hörst, ich fühle deine Angst, und dass dir gleich der Sabber aus deinem offenen Mund läuft. Hör auf zu starren!

In letzter Sekunde schließe ich meine Lippen, schlucke die Reaktion auf mein faszinierendes Gegenüber hinunter und wende mich der ebenso atemberaubenden Landschaft zu.

Grün über Grün, wohin das Auge blicken kann. Die Sonne taucht alles in ein perfektes Licht und lässt mich von einem zum anderen Ohr grinsen. Dieser phänomenale Teil unserer kaputten Welt ist der Beweis dafür, dass die Bewahrung der Natur und ein hohes Maß an Verständnis für ihre Wunder von großer Bedeutung ist.

»Es ist wunderschön«, hauche ich und vergesse für den Moment, wo ich bin und dass ich aufwache, sobald ich Gelegenheit finde, mich zu kneifen.

»Dieser Wald, der See, jeder Baum, jeder Strauch, jeder Dachs und jeder Käfer – das ist mein Zuhause, Fio. Mein Leben, mein Sein, mein Alles. Dort drüben«, sie wendet den Blick nach links und deutet mit ausgestrecktem Arm auf eine kahle Stelle, die die Harmonie des Evergreens stört. »da hat unsere gemeinsame Geschichte begonnen. Auf dieser Lichtung hast du mich vor dem letzten Neumond leblos zwischen den Moosglöckchen gefunden.«

Sie seufzt, während ich versuche, das Bild unseres angeblichen Aufeinandertreffens vor meinem inneren Auge entstehen zu lassen und in Einklang zu bringen mit dem, was sich mir heute bietet. Doch es gelingt mir nicht.

»Ich erinnere mich nicht. Tut mir leid«, gebe ich zu. »Ich sehe auch keine Moosglöckchen.«

»Sie sind alle fort«, flüstert Linnea und die Traurigkeit in ihrer Stimme schickt eine Gänsehaut über meine nackten Unterarme. »Die Mäzenin hat sie dem Erdboden gleichgemacht, die Bäume gerodet und alles in Stein gegossen. Ich kann es nicht ungeschehen machen, und ich werde sie und ihr Vorhaben vermutlich auch nicht aufhalten können.«

»Warum?«, entfährt es mir.

»Weil die einzige Waffe, die einer Mäzenin des Todes etwas entgegensetzen, ihren tödlichen Zauber bannen könnte, verschwunden ist.« Ihr Blick sucht meinen und mir wird schwer ums Herz. Obwohl sie gerade darüber sinniert, wie sie meine Verlobte bezwingen könnte, fühle ich mit ihr, möchte ihr helfen, diesen Kampf zu gewinnen und den Evergreen Forest retten.

»Was können wir tun?«

Wir? Hast du ‚wir' gesagt, Blödmann? Du chillst jetzt erst mal, konzentrierst dich darauf, deine Erinnerungen wiederzuerlangen und dann – erst dann – triffst du wichtige Entscheidungen. Okay?

»Du meinst, ohne den Frön?«, fragt sie und gibt ein kurzes Schnauben von sich.

»Der Frön?«, hake ich vorsichtig nach. »Ein mächtiger Geist, oder …?«

Schallendes Gelächter erfüllt meinen Kopf.

Der Frön, ach ja. Der dickste Kumpel von Nordwind und Wassergeist. Wenn die drei Buddys nicht gerade Skat spielen, retten sie die Welt vor allerlei Gefahren oder setzen willenlose Lappen wie dich in Bäume so hoch wie Wolkenkratzer und lachen sich einen ab.

»Ein Stab«, setzt Linnea zu einer Erklärung an. Der Frön bündelt die Energien der Natur in einer gläsernen Phiole, wo sie sich mit der Kraft der *Livtinga* – der Hüterin des Waldes, wie ich eine bin – im entscheidenden Moment verbinden kann. Ohne dieses hölzerne Gefäß kann ich nur über einen Bruchteil der floralen Fähigkeiten verfügen und mich auch nicht ausreichend mit ihnen verbünden, um es mit der Stärke einer Mäzenin aufnehmen zu können.«

Sie lächelt, obwohl der Zauber, der auf ihren Lippen liegt, die himmelblauen Augen nicht erreicht. »Doch genug von alten Mächten und bevorstehenden Kämpfen. Wir sind aus einem anderen Grund hierher gekommen.«

Sie wird dich verführen, Bro, ich rieche das. Sie wird sich auf dich stürzen, wenn du wehrlos in einem Baum feststeckst und dich zu ihrem Lustknaben machen. Dann kannst du nicht zu Narcissa zurückkriechen. Nie. Wieder.

Du bist ja völlig außer Rand und Band. Bekommt dir die Höhenluft nicht? Sie möchte mir immer noch helfen. Dafür wird keine Verführung notwendig sein, sondern …

Sondern?

Keine Ahnung. Ich kann es ja alles selbst kaum fassen.

»Nun«, setzt Linnea an, »die Abkühlung im See hat nicht geholfen, der Höhenflug gepaart mit großer Angst auch nicht.« Sie grübelt. »Soweit ich weiß, sollen Gerüche eine starke Wirkung auf unser Unterbewusstsein haben und sich mit tiefen Empfindungen und Erinnerungen verknüpfen lassen.« Ihre Augen weiten sich und sie stößt mit zwei Fingern im Mund einen lauten Pfiff aus.

»Vinta, Vinta, brungst as nunta!«

Was redet sie da? Verstehst du dieses Kauderwelsch?

Mir schwant Übles.

»Keine Sorge«, deutet Linnea meinen Blick ganz richtig. »Der Nordwind wird uns nun auf schnellstem Weg zum Linneafeld bringen.« Sie lächelt verschwörerisch. »Vertrau mir. Das wird lustig.«

Lustig? Wenn der Nordwind uns bringt? Wie denn? Fliegen wir auf einem Teppich? Auf einer Wolke? Dem Rücken eines Adleeeeeeeeeeeers …

Ja, diese Stimme ist definitiv ein Teil von mir, denn just in diesen abgefahrenen Sekunden fühle ich exakt dasselbe. Wir fliegen nicht auf einem Teppich oder einem anderen märchenhaften Flugobjekt, auch nicht auf dem Rücken eines Vogels, Drachens oder im Korb eines Heißluftballons … Nein, der Nordwind umschlingt Linnea und mich mit einer kräftigen Ranke, gibt uns einen noch kräftigeren Schubs und lässt uns äußerst unelegant und alles andere als schmerzfrei von Nadelbaum zu Nadelbaum schwingen. Es piekt, es kracht, Äste brechen oder treiben ihre spitzen Hölzer in mein Fleisch.

Als wir endlich in einem Meer aus kleinen grünen Blättchen und rosafarbenen Glockenblüten landen, sinke ich blutend und am Ende meiner Kräfte auf den Boden, rolle mich auf den Rücken und inhaliere den unverkennbaren Duft von Anis und Vanille, der mir mit einem weiteren Krampfanfall die Sinne raubt.

Linnea

Nicht schon wieder! Seufzend beuge ich mich über den verstummten Doktor, der so anmutig zwischen den Moosglöckchen schlummert. Ein weiterer Krampfanfall überkam ihn kurz nach unserer Landung im Linneafeld. Wenn ich richtig liege, dann sind diese unkontrollierten Zuckungen der Beweis dafür, dass sein Gedächtnis gegen das Vergessen ankämpft. Dass seine Erinnerungen durchbrechen wollen, sobald ihm etwas Vertrautes – im wahrsten Sinne des Wortes – in die Nase steigt.

Moosglöckchen haben einen unvergleichlichen Geruch, wenn sie in der Blüte stehen und ich hoffe, dass sie Fio zuflüstern und ihn mir zurückbringen.

Bis es so weit ist, darf ich hier neben ihm knien, sein von Dreck und Wasser gezeichnetes, schönes Gesicht bewundern und dem Konzert der Singdrossel lauschen. Wenn ich nicht wüsste, dass er mich bald erneut verlassen wird, könnte ich in diesem Moment – umgeben vom Duft des Sommerregens und der typischen Note der Linneas – kaum glücklicher sein.

Linnea – ich werde nie müde werden, Fio diese Bezeichnung für mich sagen zu hören. *Linnea.* Moosglöckchen.

Ich weiß, dass mir meine Eltern in einem anderen Leben einen anderen Namen gaben, den ich ablegte, als der Wald mich in seine Dienste rief und ich *Livtinga – die Hüterin des Lebens* – wurde. Ich sollte vergessen, mein bisheriges Dasein hinter mir lassen und die Lücke füllen, die meine Vorgängerin hinterlassen hatte.

Ich spürte bereits als kleines Mädchen eine starke Verbindung zu allem Irdischen und Überirdischen, das unsere bunte Welt bevölkert.

Ich fühlte das Leben in jedem Baum, verstand die Sprache der Tiere und auch des Windes und nannte, ebenso wie Poppy, die Grünlinge meine Freunde.

Ich war glücklich, sobald ich draußen in der Natur war und Teil des großen Wunders, das man Leben nennt, sein konnte. Ich brauchte nichts außer dem Wald und seinen verborgenen Schätzen. Und als er mich in jener Nacht zu sich rief, zögerte ich nicht eine Sekunde und ließ mich auf das Abenteuer ein, das mich ebenso zu einem Geheimnis werden ließ.

Ich lebte im Schutz des Ältesten und nahm mein Schicksal mit all seinen fantastischen Vorzügen an. Ich akzeptierte die menschliche Einsamkeit, denn ich wurde zum Herzstück einer unfassbar großen Familie, die mich brauchte, mich verehrte und ihr Dasein in meine Hände legte.

Doch auf einmal scheinen all diese wertvollen Dinge an Bedeutung zu verlieren. Auf einmal gibt es da Menschen, die mich zu Tränen rühren, vor Wut toben lassen oder dafür sorgen, dass mein Herz aus dem Takt gerät.

Auf einmal ist der Wald nicht mehr genug und die Stimmen, die mich lenkten, verstummen, sobald ich diesen Mann meinen Namen – meinen *neuen* Namen – sagen höre, der mich lächeln und innerlich tanzen lässt.

»Linnea?«, sagt er.

Oh, er sagt es tatsächlich … also … in diesem Moment. Er sieht mich müde an und lächelt gequält, als habe er Schmerzen oder die Brust voller Kummer.

»Fio«, hauche ich, streiche ihm ein paar verfilzte Haarsträhnen aus dem Gesicht, ziehe meine Hand jedoch zurück, als mir die Brisanz meiner Tat bewusst wird. Er hat mich vergessen. Er liebt eine andere. Ich habe nicht das Recht, ihn zu berühren, und er wird gehen, sobald er die Antworten gefunden hat, nach denen er sucht. »Entschuldige bitte.«

Ich wende meinen Blick ab und lege mich ohne weiter darüber nachzudenken an seine Seite, in die behagliche Umarmung der rosa blühenden Glöckchen.

Stille. Nur die Singdrossel tönt und lässt mein Unbehagen allmählich verschwinden.

»Der Nordwind ist ein ganz schöner Arsch«, meint Fio plötzlich und bringt ein kurzes, gepresstes Lachen hervor.

»Äh, wie bitte?«, erwidere ich fassungslos und habe Mühe, mich nicht sofort wieder über ihn zu beugen und ihn mit wütendem Blick nieder zu starren.

»Du hast schon richtig gehört«, bekräftigt er seine Anschuldigungen gegen den Herrn der Lüfte, der in all den Jahren so etwas wie ein Bruder für mich geworden ist. »Er ist ein eifersüchtiger Arsch, der mich …«

»Eifersüchtig?«, unterbreche ich ihn. »Was bedeutet das?«

»Das bedeutet, er sieht mich als Bedrohung an. Will verhindern, dass ich dir nahe bin, wir uns gut verstehen, Zeit miteinander verbringen. Verstehst du?«

Ich ziehe die Augenbrauen zusammen, starre weiterhin in den strahlend blauen Himmel und versuche, seine Aussage zu verarbeiten. ‚Eifersüchtig'. Ich glaube, das beschreibt ganz gut das Gefühl, welches mich überkommt, wenn ich an Fios Bindung zu Narcissa denke. Ich möchte auch verhindern, dass sie zusammen sind, obwohl ich weiß, dass es falsch und schändlich und allein *mein* Wunsch ist.

»Ich verstehe«, gebe ich zögerlich von mir. »Aber wie kommst du auf diese …« Nein, ich werde sein Gefühl nicht ‚dumm' oder ‚aberwitzig' nennen. Also sage ich schlicht: »Idee.«

»Sieh mich doch an.«

Oh, nichts lieber als das. Ich stütze mich auf die Unterarme und drücke den Oberkörper nach oben, sodass ich zumindest einen Teil seines Körpers … seines … männlichen Körpers überblicken kann. Ich sehe sehnige Arme, Kratzer, Stöckchen und Kiefernnadeln in seinen Haaren, Augen, die mich unergründlich ansehen und …

»Siehst du die Schrammen und Blutergüsse auf meinen Armen?«

»Schon, aber ich glaube nicht, dass der Wind …«, stammle ich.

Seine Augenbrauen schießen in die Höhe, während sich die Lippen seltsam zusammenrollen. Wie … wie ein … Fisch, vielleicht.

Ich möchte lachen, aber halte es zurück, da schon eine gewisse Ernsthaftigkeit in seinen Anschuldigungen liegt.

»Dann verrate mir doch bitte, warum dein Körper weiterhin makellos ist. Warum dich der waghalsige Flug aus … sagen wir, 60 Metern Höhe unversehrt und wunderschön wie am Tag, als ich dich fand, zurückgelassen hat?«

»A-als du mich fandest?«

Ich stocke. Habe ich wirklich richtig gehört? Das … das würde bedeuten … er … er erinnert sich.

»Ah, verdammt!«, zischt Fio und ich vermute ein weiteres Krampfleiden. Als er sich jedoch mit schmerzverzerrtem Gesicht ans rechte Bein fasst, zweifle ich und mein Mund wird staubtrocken.

Wie konnte ich diese Verletzung nur nicht bemerken? Ich meine, ich habe ihn eine gefühlte Ewigkeit angestarrt und ihn bewundert. Wie konnte mir der unterarmgroße Stock entgehen, der seitlich in seinem Oberschenkel steckt und dunkles Blut zutage fördert?

»Beim Nordwind«, seufze ich und ernte einen unfreundlichen Blick aus Fios angestrengten Augen.

»Ja, wortwörtlich«, gibt er stöhnend von sich. »Er wollte mich wohl mit allen Mittel aufhalten.« Er beginnt zu husten und ich versteife mich. »Scheiße, ich kann mich nicht entsinnen, schon jemals eine solche Verletzung gehabt zu haben. Linnea, du musst jetzt meinen Job übernehmen und …«

»Job?«, frage ich, weil dieses Wort fremd in meinen Ohren klingt und ich nichts, aber auch gar nichts falsch machen möchte.

Himmel, ich habe schon Füchse aus Bärenfallen befreit und anschließend geheilt. Das hier ist nichts anderes. Oder?

»Job – Arbeit«, presst Fio unter Anstrengung hervor und ich bemerke die Schweißtropfen, die sich auf seiner Stirn sammeln. »Du musst meine Arbeit als Arzt übernehmen, den Stock herausziehen, die Blutung stoppen, einen Druckverband anlegen und dann … dann … scheiße … ich … kann kaum noch etwas sehen. Ich … ich habe zu viel Blut verloren, Linnea. Aber du schaffst das, wenn ich wegkippe, dann tu einfach …« Das Sprechen fällt ihm zunehmend schwerer. »Lass deine Grünlinge Wunder vollbringen und rette mein Bein! Und sobald ich … wir … du sollst wissen, Linnea …« Mit letzter Kraft hebt er die Hand, lässt eine meiner Haarsträhnen durch seine blutverschmierten

Finger gleiten und lächelt. »Sie färben sich rosa, sobald die Moosglöckchen erblühen.« Tränen verschleiern meinen Blick. »Ich erinnere mich. Genau wie ich weiß, dass ich … ich … dich wirklich gern … geküsst habe und es unheimlich …«

Seine Lider beginnen zu flattern, bevor sie gänzlich zufallen und mich in meiner Starre zurücklassen.

Er verliert Blut, zu viel Blut, und ich kauere neben ihm und weine Freudentränen, weil er sich an mich erinnert. Weil er mich gern geküsst hat. ‚Geküsst'. Was auch immer er damit meint, ich muss ihn heilen, um es ganz schnell herauszufinden.

Ich schließe die Augen, rufe mit tanzenden Fingern Efeu und Spitzwegerich zur Hilfe und lasse in Windeseile das Bein oberhalb des vermaledeiten Stockes abbinden. Zwei kräftige Grünlinge reißen Fios Hose mit einem lauten Ratsch auseinander, während die übrigen Ranken das Totholz aus seinem Bein ziehen, aus dem weiterhin dickes, dunkles – ja, beinahe schwarzes – Blut quillt. Ich stutze. Ich nahm an, menschlicher Lebenssaft sei rot. Wie meiner oder der des verletzten Reinecke aus der Bärenfalle. So sagt man doch auch: blutrot.

Verwirrt schüttle ich den Kopf und lasse mit zackigen Bewegungen meiner Finger die heilenden Blätter des Spitzwegerichs auf die Wunde wandern. Sie werden die Blutung stoppen, die Selbstheilungskräfte unterstützen und für Reinigung sorgen. Dank der magischen Fähigkeiten der Grünlinge wird Fio im Handumdrehen erwachen und wir werden an der Stelle ansetzen, an der wir beim Einpflanzen des Vergissmeinnichts aufgehört haben – gemeinsam, händchenhaltend und mit liebevollen Blicken in unseren Augen.

Um Fios Genesung noch zu beschleunigen, bitte ich mit einem Säuseln erneut meinen treuen Begleiter und Freund – den Nordwind – um Hilfe. Er versteht und bringt mir – buchstäblich in Windeseile – Eichenrinde, die ich auf die nässende Wunde …

»Nein!«, stiehlt sich ein panischer Aufschrei aus meinem Mund. »Nein, nein, nein!« Das ist unmöglich. Binnen Sekunden haben sich die Blätter des Spitzwegerichs mit Fios schwarzem Blut vollgesogen und beginnen sich aufzulösen. Der Efeu ist zusammengedörrt, erste

Blättchen fallen leblos zu Boden und selbst die Moosglöckchen, die sich um sein verletztes Bein tummeln und mit dem verzehrenden Lebenssaft in Berührung gekommen sind, vertrocknen zu Staub.

Es ist ein Bild des Grauens. Dort, wo Fios Wunde bereits zu heilen beginnt, sterben die Grünlinge vor meinen Augen und lassen mich starr vor Schreck eine große Dummheit begehen.

Ich steige über den bewusstlosen Fio, packe ihn behutsam mit beiden Händen unter den Schultern und will ihn aus den sterbenden Linneas ziehen, als ich, tollpatschig und auf nackten Füßen, ausrutsche und unter dem toxischen Körper dieses Mannes lande, der das Leben meiner Familie bedroht.

Ein Schmerz durchzuckt mein Bein, wie ich ihn noch nie gespürt habe. Die nackte Haut meines Fußgelenkes hat Fios Blut gestreift, die sich nun rasend schnell durch meine Haut, in meine Knochen, mein Blut, meine … Seele frisst. Ich kann die Bösartigkeit spüren, die von diesem Gift ausgeht und mir die Sinne rauben möchte, die so voller Hoffnung waren.

Fio. Sein Blut, der Stoff, der durch seine Adern pulsiert, ihn lebendig macht und warmhält, sorgt dafür, dass ich Schmerzen erleide. Ich musste mit ansehen, wie meine grünen Freunde durch einen winzigen Tropfen vergehen, und was selbiger mit meiner Haut und meinem Körper anstellen kann.

Wie ein alles verschlingendes Omen greift die Erkenntnis nach mir: Durch seinen Körper fließt das Blut eines Mäzen, der alles Lebendige zu vernichten geschworen hat. David Fiorello, der Mann, dem mein Herz gehört, wird mich umbringen, ohne je zu erfahren, wieso.

»Furcht besiegt mehr Menschen als alles andere auf der Welt.«

Ralph Waldo Emerson

Fio

Ich atme. Ich atme und inhaliere den herrlichen Duft von Anis und Vanille. Linnea. Sie muss bei mir sein.

Während die Singdrossel ein so melodisches Lied singt, durchforste ich die liebgewonnen Erinnerungen der letzten Tage und Wochen, die ich nach dem halsbrecherischen Sturz aus großer Höhe nun endlich wiederhabe. Ich halte die Lider weiterhin geschlossen und lasse die gemeinsamen Momente mit Linnea vor meinem inneren Auge entstehen.

Ihr Anblick, als ich sie zwischen den Moosglöckchen fand. Im Nachhinein kann ich sagen, dass es sofort um mich geschehen war. Klingt unrealistisch, märchenhaft …

‚Bescheuert' ist das Wort, das du suchst.

Oh, hallo Gewissen. Schön, dich wieder an meiner Seite zu haben. Und ja, du wirst recht haben – ‚bescheuert' trifft es ganz gut. Doch das ist mir mittlerweile egal. Liebe ist nicht logisch, nicht rational oder vorhersehbar. Liebe erwischt dich eiskalt und durchflutet dich mit einer solchen Hitze, dass du schier verbrennst, wenn du dem Impuls nicht nachgibst.

Ich habe es versucht.

Ach ja? Hast du? Wann? Ich glaube, du warst von Anfang an schwach, hast dich hinreißen lassen und bist ihr nur allzu bereitwillig gefolgt, als sie das WONC durchlöchert und dir einen Ausweg aus deiner gefühlskalten Beziehung mit Narcissa geboten hat.

Und wieder wandern meine Mundwinkel nach oben. Warum sollte ich mir etwas vormachen? Das Leben ist kurz, meine Verlobte eine gewaltbereite Irre – eine Mäzenin , eine Dienerin des Todes – und ich bis über beide Ohren in diese freche kleine Waldelfe verschossen.

Was auch immer Narcissa mit mir angestellt hat, damit ich all den Zauber vergesse … es ist vorbei. Linneas Versuche, mich zurückzuholen, haben ihre Wirkung nicht verfehlt. Ich erinnere mich an jede Berührung, jedes Lächeln, jedes Necken, den Kuss unter Wasser und ihren erkennenden Blick vorhin, als sie bemerkte, dass ich mich an sie, an uns, an all das erinnere.

Ich schlage die Augen auf und fühle mich unbesiegbar. Ich bin dankbar für dieses Abenteuer, für diese unglaubliche Frau, die um mich kämpft, die Sonne, die mich blendet und den Nordwind, der meine ohnehin schon ruinierte Frisur nur noch weiter durcheinanderbringt.

Man könnte auch sagen, er ohrfeigt dich mit seinen luftigen Stößen, aber he, du bist stolzer Träger der rosaroten Brille und somit ist deine Wahrnehmung verzerrt. Das ist okay.

Deine blöden Kommentare werden auch nichts an meinem glücklichen Zustand – fuck!

»Linnea!«, schreie ich, als ich die regungslose Frau in einer äußerst unnatürlichen Position neben mir liegen sehe. Ihr rechter Fuß ist beinahe schwarz und ihre sonst so rosige Haut wirft Blasen, die sich das gesamte Bein hinaufziehen. Die winzigen Blättchen der Moosglöckchen um uns herum sehen aus, als seien sie einem schrecklichen Feuer zum Opfer gefallen.

O nein! Nicht doch!

Was ist hier bloß geschehen?

Tränen schießen mir in die Augen, als der Nordwind mir einen erneuten Klatscher verpasst.

Ha, sag ich doch. Der wollte dir eine kleben. Dich aufwecken. Warum hast du eigentlich geschlafen?

Ich war verletzt, schießt es mir durch den Kopf. Da steckte ein Stock in meinem Oberschenkel, der die Beinarterie perforiert hat. Ich … sollte tot sein, da der enorme Blutverlust bei dieser Art der Verletzung zwangsläufig binnen weniger Minuten zum Herzstillstand führt.

Ähm, entschuldige, aber … du hast lediglich ein Loch in der Hose und siehst ansonsten ziemlich lebendig aus. Im Gegensatz zu Linnea, die möglicherweise ein wenig Hilfe gebrauchen könnte.

Sie braucht Hilfe. Mir geht es gut, aber sie braucht Hilfe. Jetzt! Sofort schalte ich in den MedizinerModus, obwohl ich nichts, aber auch gar nichts von dem verstehe, was hier gerade abgeht.

Wie konnte meine tödliche Wunde rückstandslos verheilen, während Linneas Bein nekrotisch ist und vermutlich amputiert werden muss? Beim Nordwind, das ist doch alles … Wahnsinn!

»Linnea!«, sage ich noch einmal laut und klar und drehe sie behutsam auf den Rücken. Routiniert prüfe ich Puls und Atmung, bringe sie in die stabile Seitenlage und wende mich ihrem sterbenden Bein zu. Es sieht wirklich übel aus. Die Nekrose breitet sich viel zu rasch aus. Sie könnte vergiftet worden sein. Möglicherweise hat Narcissa ihr bereits im Container irgendetwas Toxisches … Moment. Narcissa. Dieses eifersüchtige Biest. Natürlich, hier ist Magie im Spiel. Dunkle Magie. Mäzenmagie, wenn ich den Erzählungen des Moosglöckchens Glauben schenken darf.

Ich muss sie aufwecken. Ich muss mit ihr sprechen, den Umständen Herr werden, damit ich verstehen und anschließend handeln kann.

»Linnea«, starte ich einen dritten verbalen Anlauf, ihre Neurotransmitter zum Aufwachen zu bewegen. Erfolglos.

Was würde sie tun? Wie kann der Wald mir möglicherweise behilflich sein?

Ein kräftiger Windstoß erfasst mich und schleudert mich nach hinten, sodass ich unsanft auf meinem Hintern lande.

Also irgendwas hat der Luftikus gegen dich, Bro.

Danke, das habe ich mittlerweile auch kapiert. Aber ich kann mich nicht fernhalten und das Moosglöckchen sich selbst überlassen. Sie braucht mich und ich werde tun, was ich kann, um ihr Bein und ihr Leben zu retten.

Als ich mich aufrapple, um zurück an die Seite meiner Patientin zu kriechen, bemerke ich unzählige kleine und große Augenpaare, die auf uns gerichtet sind. Langsam kommen sie näher und ich halte den Atem an, als ich feststelle, dass es die tierischen Waldbewohner sind, die Anteil an Linneas Leiden nehmen wollen und mit gesenkten Köpfen auf die Lichtung trotten. Sie sind ihre Familie, also lasse ich sie gewähren und bestaune als stiller Zuschauer das Schauspiel, das sich mir bietet, als die Tiere des Waldes uns einkreisen. Ein junger Rehbock fährt mit seiner Zunge quer über Linneas Gesicht.

Igitt. Ekelhaft!

Sei still! Es könnte funktionieren.

Zwei Waschbären binden eine Efeuranke um Linneas Oberschenkel, während der Specht immer wieder laut gegen den nächstgelegenen Baum hämmert, um so viel Lärm wie möglich zu machen. Mehr und mehr Tiere machen der schlafenden Schönheit ihre Aufwartung, kneifen sie behutsam, sorgen für eine lauter werdende Geräuschkulisse oder lecken mit ihren kleinen und großen, weichen und rauen Zungen über jeden Zentimeter nackter Haut, den sie erreichen können.

Phänomenal!

E-kel-haft!

Als ein Steinkauz sich auf Linneas Schulter niederlässt und zu rufen beginnt, schlägt sie endlich die Augen auf und gibt ein kurzes Stöhnen von sich.

»Fio«, bringt sie hervor, bevor ihre Stimme bricht und sie zu schluchzen beginnt.

Auf allen vieren krieche ich an Fuchs und Igel vorbei und schiebe mich in Linneas Sichtfeld.

»Ich bin hier«, sage ich leise, spüre jedoch den Argwohn der Tiere, die mich misstrauisch beäugen.

»Fio«, haucht sie und versucht sich an einem zaghaften Lächeln.

Zu gern würde ich sie in die Arme schließen, sie beruhigen, ihr sagen, dass alles gut wird und wir – die Tiere und ich – ihr helfen werden, aber ich kann nicht. Es wäre gelogen. Sie schwebt in äußerster Gefahr durch eine Bedrohung, die ich nicht greifen, geschweige denn besiegen kann. Ich brauche Antworten, und die Einzige, die sie mir geben kann, bleibt nur mit Mühe und Not bei Besinnung.

»Was ist passiert, Linnea?«, frage ich behutsam. »Was kann ich tun?«

Ihre Lider flattern, die Atmung beschleunigt sich und ich sehe bereits alle Felle davonschwimmen, als ein Eichhörnchen zwischen uns auftaucht und einen frischen Fichtenzweig unter Linneas Nase ablegt.

Wie ausgesprochen clever, denke ich. Die ätherischen Öle werden die Neurotransmitter in ihrem Gehirn aktivieren und sie länger wach halten.

»Dein Blut, Fio«, presst sie hervor. »Es bringt mich um.«

»Was?« Ich bin völlig perplex.

»Narcissa muss dich ver… vergiftet haben.«

Oh, klar. Das ergibt Sinn … Was?

»Der Blutverlust wird das Mäzentoxin aus dir hihinausgespült und dei… deine Erinnerungen zu… zurück…«

»Sch«, erwidere ich. »Spar deine Worte und Kraft, Linnea. Ich verstehe. Glaube ich. Sag mir, wie ich dir helfen kann. Darf ich überhaupt in deiner Nähe sein?«

Die Tiere beginnen wütend zu schnauben, während der Nordwind frostig unter mein T-Shirt fährt und mir seine Meinung sehr deutlich mitteilt.

Ist ja dann auch mal wieder gut, Windboy. Okay? Fio fühlt sich schon scheiße genug. Da musst du mit deinem Riesenego nicht noch oben drauf hauen.

Äh … ja. Was soll ich dazu sagen? Ich bin auf ganzer Linie verwirrt. Doch es gibt Wichtigeres!

»Solange du nicht wieder von einem Baum stürzt«, keucht sie, »und anfängst zu bluten …« Ihre Stimme bricht erneut und ich rücke näher, um keine Information zu verpassen. »Bring mich zum Ältesten zurück. Er ist der Einzige, der …«

Nein! Nicht doch. »Linnea! Bleib wach! Bitte!«

Reflexartig strecke ich die Hand nach ihr aus, als ein erneutes, grimmiges Raunen durch die Reihe der tierischen Anwesenden geht und mich zurechtweist. Ich schlucke heftig und beginne zu verstehen:

Ich bin ein Monster und sollte so schnell es geht von hier verschwinden, sie nicht länger mit meiner Anwesenheit schwächen und vergessen, dass ich zum ersten Mal wahrhaftig verliebt bin. Aber wie soll ich das anstellen, nachdem ich mich in ihrer Nähe so … so … unbeschreiblich fühlen durfte?

Ging die Frage an mich? Mmh, wird hart werden, Alter.

Das weiß ich selbst, Mann. Und es wird nicht hart werden, es wird mir das Herz brechen, sie zu verlassen und nie mehr an diesen zauberhaften Ort voller Leben und Magie zurückzukehren. Aber es geht nicht anders. So lange mein Blut sie und alles, was sie liebt; zerfrisst … bin ich ihr Feind.

Der Feind, der jetzt aufhört rumzuheulen und endlich seinen Arsch hochbekommt. Die Uhr tickt. Schaff sie zum Lebensbaum, lass sie gesund werden und dann kannst du in Selbstmitleid und Schuldgefühlen baden, solange du es brauchst.

Du hast recht. Ausnahmsweise. Also los!

Unter den kritischen Blicken der Tiere und dem heftigen Peitschen des Windes stehe ich auf, lockere meinen Gürtel und lasse die Hose fallen, an der noch immer das dunkle Blut klebt, das Linnea in solche Gefahr gebracht hat.

Aha, und jetzt willst du sie also nur mit Boxershorts bekleidet durch den Forest tragen? Das nennt man, glaube ich, im Fachjargon: ‚Erregung öffentlichen Ärgernisses'.

Ach, sei still! Ich habe verdammt noch mal keine andere Wahl, wenn ich sie nicht weiter gefährden will.

Als wäre sie aus feinstem Porzellan und äußerst zerbrechlich, hebe ich sie hoch, bette ihren Kopf an meiner Brust und marschiere tiefer und immer tiefer in den Evergreen hinein.

Mit nichts weiter bekleidet als einem blau gestreiften T-Shirt, einer engen Buxe mit schrägen Mustern und den wohl hässlichsten Bermudas an den Füßen, die dir Narcissa je geschenkt hat.

Danke für die Zusammenfassung. Nicht.

Die Sonne steht bereits hoch am Himmel, ich schwitze, was mir wirklich Angst macht, da ich nicht sicher bin, ob sämtliche meiner Körperflüssigkeiten Linnea schaden können. Doch ich muss weiter, wenn ich ihr Leben retten und das Absterben ihres Beines aufhalten will.

Obwohl ich den halben Tag und die ganze Nacht zwischen diesen Kiefern verbracht habe, sieht für mich jeder Abzweig gleich, jeder größere Felsbrocken ähnlich und nichts, aber absolut gar nichts nach einem *Lebensbaum* aus. Scheiße!

Ein kühler Windhauch fährt mir über den Nacken und lässt mich überrascht zusammenzucken. Hat der Nordwind mich immer noch auf dem Kieker?

Wieder ein Luftstoß. Diesmal kräftiger und weniger kalt. Er drängt gegen meinen unteren Rücken, schiebt mich geradewegs zwischen den verharzten Stämmen der Kiefern hindurch und fährt mir schneidend über die Wange, wenn ich gegen seinen Willen die Richtung ändern will.

Okay, verstanden, gruseliger Waldgeist, oder was auch immer du bist. Linnea steht dir vermutlich sehr nahe und du willst mir helfen. Oder ich verliere gerade den Verstand, lasse mich von einem lauen Furz an der Nase herumführen und werde uns beide umbringen.

Nach endlosen Minuten, in denen meine Arme immer schwerer, meine Hände zusehends schwitziger und meine Hoffnungen stetig kleiner werden, stehe ich plötzlich auf einer Lichtung, die mir bekannt vorkommt.

Ich erkenne die Feuerstelle, die bemoosten Steine, auf denen Linnea und ich lagen und schweigend in die Wolken starrten, die Moosglöckchen, die ihre rosa Köpfe in meine Richtung drehen und betrachte die ohnmächtige Frau in meinen Armen traurig.

Sie ist so wunderschön und es ist mir weiterhin ein absolutes Rätsel, wie ich sie auch nur eine Sekunde vergessen konnte. Ihr Duft nach einem Hauch Anis gemischt mit Vanille legt sich in meine Nase, lässt mich genießerisch die Augen schließen und ein Stoßgebet in den Himmel schicken.

Sie darf mir nicht genommen werden. Nicht schon wieder.

»Ältester?«, rufe ich und drehe mich, so gut es geht, um die eigene Achse. »Ich erbitte deine Hilfe!«

Keine Ahnung, wie man mit einem heiligen Baum spricht, aber auf ‚Ey, Alter!' wird er vermutlich nicht anspringen.

»Das Moosglöckchen ist verletzt und braucht dringend Eure Hilfe.«

Keine Reaktion.

Was erwartest du denn, Hornochse? Bist du schon einmal einem sprechenden Baum begegnet? Vielleicht solltest du dir den stämmigsten aussuchen und ihn einfach umarmen. Soll angeblich die Nerven beruhigen, was du dringend nötig hättest, Kumpel.

»Ich bin nicht dein *Kumpel* und weiß selbst, dass Bäume nicht sprechen können. Also halt den Rand, wenn du keinen besseren Vorschlag einzubringen hast. Mir ein schlechtes Gewissen machen kann ich gut allein, dafür brauche ich dich bestimmt nicht. Schwirr ab!«

Ich rede immer noch mit mir selbst. Es ist zum aus der Haut fahren. Wo ist eigentlich der Wind, wenn man ihn braucht? Selbst eine seiner frostigen Ohrfeigen würde ich gerade liebend gern in Kauf nehmen, wenn er dadurch einen Hinweis senden könnte. Aber nein, ich stehe allein und hilflos mitten im Evergreen und bange um Linneas Leben. Wirklich tolle Aussichten, Fio!

»Wer spricht da?«, vernehme ich plötzlich eine Stimme, die, ohne Scheiß, aus einem der mächtigsten Bäume kommt. Gespenstisch.

»Äh, äh, bist du es, Ältester? Lebensbaum und Herzstück des Waldes?«

Alter, ich weiß nicht, wie es dir geht, aber ich kann mir nicht vorstellen, dass der ‚Lebensbaum' eine Frau ist. Ich meine – Hallo? Mächtigster Typ im Wald und so? Superkräfte, Heilkräfte und so weiter? Die Stimme da eben stammte aber definitiv von einem weiblichen Wesen und ich …

»Somit wäre immerhin geklärt, dass du weder mein Gewissen, noch meine innere Stimme bist! Ich würde niemals anzweifeln, dass eine Frau in der Lage wäre, über das Leben des Waldes zu herrschen«, murmle ich vor mich hin und schüttle empört über die eigenen Gedanken den müden Kopf.

»Das freut mich zu hören!«, ertönt die hohe Stimme erneut und lässt mich einen vorsichtigen Schritt auf den sprechenden Baum zu machen. »Leg sie ab und dann geh deiner Wege!«

»Nein!«, entfährt es mir. Ich weiß, ich bin für den Schlamassel verantwortlich, aber dass ich Linnea hier bei einem sprechenden Baum zurücklasse …

»Ich hoffe, ich habe dich falsch verstanden!«, droht der Älteste – also, *die* Älteste, oder? O Mann, ich sollte meine Selbstgespräche schleunigst unter Kontrolle bringen!

»Verzeih mir, weiser Lebensbaum«, vielleicht klappt es mit Schmeicheleien, »aber mir liegt viel an diesem Moosglöckchen und irgendwie bin ich auch verantwortlich für ihren Zustand … ich würde es also vorziehen zu bleiben und …«

»Wie bitte?«, dröhnt die magische Stimme grell und lässt mich einen Schritt zurückweichen.

Die dichten Zweige, die auf einer Seite des breiten Stammes herabhängen, beginnen plötzlich zu rascheln. Eine zierliche Hand erscheint zwischen den Blättern und dann steht Poppy vor mir. Immerhin hat sie sich mittlerweile eine grobe Decke um ihren Körper geschlungen, die von einem Wildblumengürtel an Ort und Stelle gehalten wird.

»Verschimmelte Bananenschale noch eins! Was ist mit Linneas Bein? Und vor allem, was meinen Sie mit ‚Ich bin verantwortlich für ihren Zustand', Dr. Fio?«, keift sie mit in die Hüfte gestemmten Armen und funkelt mich wütend an.

»Poppy«, beginne ich bedacht darauf, nicht noch mehr Öl ins Feuer zu gießen, »auch wenn mich brennend interessiert, was Sie und *der* oder *die* Älteste miteinander zu schaffen haben, wir müssen dieses Gespräch auf später vertagen. Linnea stirbt, wenn sie nicht sofort Hilfe bekommt und ja, es ist irgendwie meine Schuld, aber ich verstehe die Umstände nicht wirklich, die zu dieser Katastrophe geführt haben. Das Letzte, was sie mir zuflüsterte, bevor sie das Bewusstsein verlor, war: ‚Bring mich zum Ältesten'. Sie murmelte etwas von ‚er ist der Einzige', oder so. Haben Sie eine Ahnung, was jetzt zu tun ist? Danach können Sie mich aufs Allerübelste beschimpfen und ich werde es widerstandslos über mich ergehen lassen, versprochen. Aber bitte«, flehe ich und trage ihr Linnea ein Stück entgegen, »bitte helfen Sie mir!«

Ohne ein weiteres Wort wendet Poppy sich um, schiebt die Zweige beiseite und bittet mich mit einer Handbewegung einzutreten. In einen Baum.

Ehrfürchtig setze ich einen Fuß vor den anderen und versuche den Schatz in meinen Armen unbeschadet ins Innere des Ältesten zu tragen. Wenn die Zeit nicht gegen uns arbeiten würde, müsste ich mich setzen, um alles zu realisieren, was gerade ungefiltert auf mich einwirkt. Dieser Ort ist unbeschreiblich schön, wundersam und strotzt vor natürlicher Energie, die den ganzen Raum in Schwingung versetzt. Doch Linneas Atmung geht flach und wir müssen schnell handeln.

»Der Älteste wird alles tun, um ihre Selbstheilungskräfte zu aktivieren, ihr die nötigen Nährstoffe zuführen und durch seine bloße Anwesenheit alles retten, was er zu retten vermag. Wir können jetzt nur abwarten und hoffen.« Poppy streckt einen Arm aus. »Legen Sie sie aufs Bett, Doktor«, kommandiert sie und ich komme ihrer Aufforderung unverzüglich nach.

»Können wir bei dieser Gelegenheit das alberne *Sie* begraben und bitte zum *Du* übergehen, Poppy? Wir sind hier als Freunde, um Linnea zu helfen, und da wäre es mir wirklich sehr angenehm, wenn wir diese Förmlichkeit sein lassen könnten.«

Behutsam bette ich Linnea auf einem Lager aus allerhand Moos, streiche ihr die Haare aus dem blassen Gesicht und trete ein Stück zur Seite. Poppy drückt Linneas rechte Hand behutsam gegen die Rinde des Lebensbaumes. Vermutlich, um eine haptische Verbindung zwischen den Beiden herzustellen.

»Ob wir wirklich Freunde sein können, kann ich nicht versprechen, Doktorchen«, antwortet Poppy in einem Ton, der mir nicht gefällt. »Linnea ist mir wichtig und sollten Sie – du – sie umgebracht haben, dann können Sie – du – och, das nervt – sich die Freundschaftsanfrage sonst wohin stecken, klar?«

»Klar!«, gebe ich kleinlaut von mir und weiß nicht, wohin mit meinen nervösen Händen. Hosentaschen sind schon eine schlaue Erfindung, stelle ich fest und vermisse meine gerade sehr.

»Außerdem haben Sie – du – keine Hose an. Das ist gruselig. Gib mir also bitte ein wenig Bedenkzeit.«

Ich nicke, während ich die Lippen aufeinanderpresse und meine Hände nun schützend vor meinen … also …

Du hältst dir die Eier zu, wärmst die Klöten, verdeckst dein Gemächt. Ist denn das wirklich so schwer zu formulieren?

Ja.

»Also dann«, sagt sie nur und stellt sich neben mich, während ich etwas erleichtert einatme. »Was ist passiert?« Mehr zu sich selbst nuschelt sie: »Eigentlich stellt diese Frage doch immer der Arzt und nicht die Krankenschwester. Na ja, egal!«

Ich schmunzle nur kurz über ihren Einwurf und versuche es mit einer Kurzfassung der Ereignisse. »Wir sind von der höchsten Kiefer des Evergreen Forest gestürzt, ich habe mich verletzt, wäre beinahe verblutet, Linnea und ihre Grünlinge haben mich geheilt.«

Sie nickt wie ein Wackeldackel auf der Kofferraumabdeckung eines Rentnerfahrzeugs und verzieht den Mund zu einem Flunsch.

»Kapier ich nicht«, sagt sie und verschränkt die Arme.

»Ich war ja auch noch nicht fertig. Also …« Das Folgende auszusprechen, fällt mir alles andere als leicht, da ich selbst noch keine Zeit hatte, es zu verdauen oder gar als eine mögliche Realität zu akzeptieren. »Mein Blut enthält Mäzentoxin und …«, weiter komme ich nicht, da Poppy abrupt herumfährt und sich schützend vor Linnea stellt.

»Du … du … du bist ein Mäze des Todes?«, stottert Poppy und schnappt immer wieder nach Luft wie ein Fisch auf dem Trockenen.

»Du hast von ihnen gehört?« Das wundert mich schon ein wenig. Bevor ich Linnea kennengelernt habe, hatte ich keinen blassen Schimmer, dass diese totbringenden Wesen überhaupt existieren.

»Natürlich«, gibt sie mit erhobenem Kinn von sich. »Ich kenne die alten Mythen und Geschichten in und auswendig. Ich habe sogar eine Nachbildung des magischen Frönstabes in meinem Apartment an der Wand hängen.«

Okay? Wer ist jetzt hier gruselig?

»Linnea hat mir von Narcissa und ihrem Vater erzählt. Zuerst war ich – Waaaaas? – und dann so – aaaaaah, jetzt ergibt alles Sinn – und dann wieder so – waaaaas? Ein Auf und Ab der Gefühle. Aber über dich hat sie nicht ein Wort verloren.«

»Sie wusste es nicht«, gebe ich zu. »A-also ich wusste es ja auch nicht.«

»Dass … du ein Mäze bist.«

»Nein, Poppy, nein! Natürlich nicht. Ich könnte sonst weder mit dir im selben Raum sein, noch auf einem Baum schlafen oder dem Moosglöckchen nahe sein.«

Idiot! Damit hast du die Büchse der Pandora geöffnet!

Ihr Blick verfinstert sich noch weiter, obwohl ich annahm, dass das gar nicht möglich ist. »Momentchen mal, Doktor Herzensbrecher«, gibt die selbsternannte Amazone bestimmt aber äußerst neugierig von sich und mir wird klar, dass mein nervtötender Untermieter, alias Stimme im Kopf, mal wieder ins Schwarze getroffen hat.

»Jetzt wird mir so einiges klar. Deshalb tragen Sie also beide keine Hosen. Sie wollten Linnea die einäugige Schlange zeigen. Der ganze Blödsinn mit dem Sturz war nur erstunken und erlogen, damit Sie nicht zugeben müssen, dass Sie …«, Poppy dehnt das letzte Wort und richtet ihren Zeigefinger drohend auf meine Stirn.

»Du«, werfe ich dazwischen.

»Du«, zieht sie auch die neue Anrede in die Länge und wirkt schon ziemlich einschüchternd auf mich, »du … mit ihr … hier … Dings, ähm …«

Ich schweige.

Auch wenn ich mich wiederhole: Lap-pen!

»Ich deute dein Schweigen mal als das, was ich vermute, und habe mich dazu entschlossen, die Bilder, die sich ungebeten in meinem Kopf ausbreiten zu ignorieren, damit mein Gesicht nicht knallrot anläuft und meiner Mohnblume Konkurrenz macht. Menschenskinder«, unterbricht sie ihren Endlossatz und ich wage es zu atmen, »die Sache mit der Blume und der Biene, die ihr beiden da offensichtlich ausprobieren wolltet, sollte besser nicht die Runde machen. Linnea ist die *Livtinga* und du weißt, was das bedeutet.«

Unsanft schubst sie mich zur Seite und begutachtet nun erstmals Linneas Bein. Zu meiner Erleichterung hat sich die Nekrose seit wir uns im Inneren des Ältesten aufhalten nicht weiter ausgebreitet. Im Gegenteil, die tödliche Schwärze hat sich ein wenig zurückgezogen und reicht ihr nur noch bis kurz unter das Knie.

»Ehrlich gesagt«, stammle ich, während ich mich erhebe und zu Linneas Füßen stehen bleibe, »habe ich keine Ahnung, was genau sie ist. Ich weiß nur, dass ich mich auf eine übernatürlich starke Weise zu ihr hingezogen fühle und Linnea dafür bestraft wurde.«

Fachmännisch betrachtet Poppy die schwarzen Wundränder an Linneas Unterschenkel, ohne auf mein Geständnis einzugehen.

Sie nimmt allerhand wilde Gräser und Kräuter aus einer Art Truhe neben Linneas Bett und will sie auf deren veränderte Hautstellen legen, als ich ihr Handgelenk packe und sie zurückhalte.

»Nicht, Poppy«, rufe ich laut, bevor die Mäzetoxine auch noch die liebenswerte Krankenschwester und meine einzige Stütze in diesem Wahnsinn, befallen. »Es ist zu gefährlich. Die schwarze Fäule könnte ...«

»Ja, ja, Doktorchen«, gibt sie gereizt von sich. »Dies hier ist nicht meine erste unmenschliche Verletzung oder das erste unerklärliche Phänomen, dem ich mich annehme. Ich meine, wir hatten im WONC schon genmanipulierte Buchsbäume, die mit dem Mobilar verschmolzen, Rosie, die beinahe von einem Seemonster gefressen wurde und irgendwann Schuppen bekam, und nicht zuletzt das sprechende Frettchen ...«

»Die Sache mit dem Frettchen ist nur eine alberne Legende, die sich die Mitarbeiter seit Jahren erzählen«, unterbreche ich sie. »Von Mal zu Mal wird sie abstruser. ‚Es hatte keine Beine', ‚es sprach fließend mehrere Sprachen', ‚es hat sich irgendwann in einen Menschen verwandelt und ist hinausmarschiert', bis zu ‚es lebt in den Heizungsschächten des WONC und ernährt sich von medizinischen Abfällen'. Schwachsinn.«

Ein böser Blick streift mich, während Poppy zunehmend nervöser wird. Eine Pflanze nach der anderen, die sie behutsam auf Linneas Bein gebettet hatte, haucht ihr Leben aus und schrumpelt zusammen wie ein im Zeitraffer verdörrender Apfel.

»Es ist zwecklos, Fio!«, gesteht sie nach einer schieren Ewigkeit, in der ich nur nutzlos dastehe, da ich zu große Angst habe, Linnea durch meine vermeintliche Hilfe noch mehr Schaden zuzufügen. »Die Anwesenheit des Ältesten stärkt sie, das kann ich spüren, weil wir in all der Zeit schon echt dicke Kumpel geworden sind, aber ...«

»Bist du nicht erst seit gestern hier, Poppy?«, frage ich.

»Sag ich ja: in all dieser Zeit haben wir uns prächtig verstanden. Nachdem ich die ersten fünfzehn Panikattacken überstanden hatte, lauschte ich seinem beruhigenden Rauschen und fühlte mich mit jeder verstreichenden Stunde wohler und wohler im Schutz dieses mächtigen Baumes.«

Sie sieht zu mir und schiebt mich dann nach draußen, weg von Linnea, weg von der beruhigenden Wirkung des Lebensbaumes, die auch an mir nicht spurlos vorübergeht und sagt: »Wir müssen vertrauen, Fio. Mehr können wir nicht machen. Zu deinem Glück ist Linnea eine echte

Kämpferin und wird sich da schon durchbeißen. Sie ist schon einmal aufgewacht, erinnerst du dich? Damals halfen ihr die Grünlinge und sie werden es wieder tun.«

Ich lasse eine Hand unruhig durch meine Haare gleiten und blicke sehnsüchtig zurück auf den Eingang des Ältesten, hinter dem Linnea auf ein Wunder hofft.

Ich kann hier nicht sitzen, warten, Löcher in die Luft starren und ununterbrochen Angst haben. Ich trage Schuld. Vielleicht kann ich ein Opfer bringen, um diese Schuld zu begleichen? In Büchern werden schließlich auch Opfer dargebracht oder Flüche mit Gegenflüchen ausgelöscht.

»Ich bin echt sauer auf dich, Fio«, streut Poppy noch einmal Salz in die Wunde, »aber ich bin nicht blind. Du leidest und hast Linnea nicht absichtlich wehgetan.«

Ich nicke und lasse mich antriebslos auf einem Stein in der Nähe des erloschenen Feuers nieder.

»Wir gönnen Linnea jetzt ein wenig Ruhe und kochen uns ein leckeres Süppchen aus allem, was der Wald uns geschenkt hat.«

Auch wenn die neue Esoterik-Poppy ein wenig seltsam auf mich wirkt, bin ich dankbar, dass die Verachtung aus ihrer Stimme gewichen ist und sie die Rolle der Hoffnungsbewahrerin übernimmt. Diese Unterstützung brauche ich ganz dringend und Linnea auch.

Fio

Eine Stunde später – ganz genau kann ich das nicht sagen, da meine Uhr dem Unterwasserabenteuer am See zum Opfer gefallen ist – stelle ich eine hölzerne Schüssel auf dem Stein neben mir ab und fahre mir mit der Hand über den Mund.

»Danke, Poppy«, sage ich, »Für alles. Die Suppe war köstlich und diese … diese …« Ich deute auf das seltsam anmutende, kratzige Etwas, das ich anstelle einer Hose trage.

»Ein Wickelrock. Handgefertigt und gewonnen aus den Stengeln der Brennnessel«, übernimmt Poppy. »Und nein, der ist nicht ausschließlich den Frauen vorbehalten. Auch Kerle wie du dürfen die Freiheit zwischen den Beinen genießen.«

Wenn du mich fragst, es sieht total albern aus.

Ich frage dich aber nicht. Und glaub mir, sie hat recht. Es fühlt sich tatsächlich ein wenig … frei an. Luftig. Nett. Wenn das Ding nicht so kratzen würde, könnte ich mich glatt daran gewöhnen. Aber egal, mir brennt noch eine wichtige Sache auf der Zunge, die ich loswerden muss.

»Poppy, darf ich dir eine Frage stellen?«, beginne ich die heikle Unterredung, zu der sich dieses Gespräch zwangsläufig entwickeln wird.

»Klar«, stimmt sie zu. »So lange du nicht wissen willst, wie die zarte Linnea es schafft, all die Nesseln zu ernten, zu schlagen, die Fasern zu gewinnen und daraus Klamotten zu fertigen … das erscheint mir nämlich selbst wie ein Wunder.« Sie lacht und gibt mir damit den Anstoß, weiterzureden.

»Nein, darum geht es nicht, obwohl es auf jeden Fall bemerkenswert ist. Ähm … also … du sagtest, du kennst all die Mythen und Sagen, die sich um die Mäzen des Todes ranken.«

»O ja«, unterbricht sie mich. »Lady Alissa – als sie zu Beginn meiner Lehre noch kräftiger und agiler war – hat mir viel darüber erzählt. Über Mäzen und ihren unzerstörbaren Fluch, über *Livtingas*, über den magischen Frönstab, die Erbin des Waldes, auf die die Welt angeblich wartet und so weiter.«

Ich lausche gespannt ihren Aufzählungen und frage weiter:

»Hast du eine Ahnung, was Narcissa dazu veranlassen könnte, mein Blut zu vergiften? Ja, ich bringe Linnea, die sie ja ganz offensichtlich zu hassen scheint, in Gefahr. Aber ich habe das ungute Gefühl, dass da noch mehr dahintersteckt.«

Poppy rutscht den moosigen Felsbrocken hinunter, auf dem wir beide Platz gefunden haben, und beginnt vor meinen Augen auf und abzugehen.

Das wird dich wahnsinnig machen. Ich weiß es.

Du und dein hämisches Gebrabbel bewirken das Gleiche.

»Soweit ich weiß, können die Mäzen des Todes keine lebenden Individuen in ihrer direkten Umgebung dulden. Sobald sie einen atmenden Menschen berühren, geht ein Teil ihrer Lebensenergie an das Gegenüber. Ergo müsste Narcissa mit jedem innigen Kuss, mit jeder Streicheleinheit oder beim Liebesspiel schwächer und du stärker werden. Kannst du dieses Phänomen bestätigen?«

Ich bin verwirrt.

»Auch wenn du der Oberhengst in eurem Schlafzimmer wärst – oje, über was unterhalten wir uns hier gerade«, brabbelt sie schüchtern vor sich hin, »nach dem – na, du weißt schon – müsstest du dich fühlen wie ein junger Gott, während die Mäzenin japsend und mehr tot als lebendig neben dir dahinsiechen würde.«

Ich bin noch verwirrter, da ich das Ausmaß des Fluches nicht einmal annähernd zu fassen bekomme.

»Willst du mir damit sagen, dass ich mich im Normalfall an ihrer Kraft bereichern könnte, während sie mit jeder meiner Berührungen schwächer wird?«

Poppy nickt. »Im Normalfall ja. Aber da es nicht so ist, weichen wir vom Regelwerk ab und kommen erneut zu dem Schluss, dass du unter einem üblen Zauber stehen oder selbst magische Kräfte besitzen musst. Such es dir aus.«

Völlig überfordert von den Indizien und haltlosen Schlussfolgerungen, beginne ich meine Brillengläser akribisch zu polieren.

Scheiße! Ich bin kein Hexer, kenne keine Zaubersprüche, stamme nicht aus einer Magier-Dynastie und habe auch kein weißes Kaninchen unter meinem Wickelrock versteckt. Da ich mir in all diesen Punkten absolut sicher bin, bleibt der Verdacht, unter Narcissas Fluch zu stehen und vergiftet worden zu sein. Vergiftet und verflucht von meiner eigenen Verlobten.

»Die wird nicht mehr sauberer, Fio.« Poppy kommt näher und nimmt die unschuldige Ersatzbrille aus meinen verkrampften Fingern. »Tut mir leid, aber mehr weiß ich auch nicht. Zumal mich schon die Tatsache, dass ich die letzten vier Jahre in der Nähe einer Mäzenin gearbeitet habe, ohne es zu merken, komplett überfordert.«

»Frag mich mal«, stimme ich ihr zu und seufze.

»Ich kann ihr Verhalten – mich auf Abstand zu halten, ein strenges Grünlingverbot im WONC zu verhängen und all den anderen freakigen Kram – nun besser einordnen, aber ihr Geheimnis kann ich leider nicht lösen.«

»Scheiße«, mache ich meiner Wut Luft und schleudere einen kleinen Stein gegen den nächsten Baum.

»He!«, protestiert Poppy lautstark. »Der Wald ist dein Freund. Er kann nichts für diesen ganzen Schlammassel. Er ist sogar gerade dabei, dein Moosglöckchen zu heilen, und du bewirfst ihn mit Steinen. Linnea wäre enttäuscht! Schäm dich.«

Genau, Fio. Sie wäre enttäuscht. Schäm dich. Ich mach mir vor Lachen gleich ins Hemd.

»Ach, halt doch endlich deine Klappe!«, wende ich mich wütend an den ungebetenen Gast in meinem Kopf, erstarre jedoch, als ich Poppys panischem Blick begegne, die schützend nach einem langen Stock greift. »Beruhige dich, Poppy«, bitte ich. Ich … habe die Stimme in meinem Kopf gemeint, die mir ständig ein schlechtes Gewissen einreden will oder auf mir herumhackt.« Ich springe auf und nähere mich Poppy mit gesenktem Kopf, um sie zu besänftigen.

»Es tut mir leid! Ich bin verwirrt, ich habe Angst. Ich verstehe nicht, was mit mir passiert und ob Linnea jemals wieder aufwachen wird. Und falls ja, ob ich ihr jemals wieder nah sein darf.«

»Du … du bist ihr schon viel zu nah gewesen, Fio. Ich meine …«

»*Ich* meine«, fahre ich Poppy dazwischen, »es mit Linnea verdammt ernst, auch wenn ich wirklich nicht weiß, wo mich diese Gefühle hinführen werden. Wenn du mir hier weiter Vorwürfe machst, wahrscheinlich nirgendwohin, denn vielleicht ist es bereits zu spät.« Meine Stimme wird zunehmend lauter und ich raufe mir ungeduldig die Haare. »Linnea, die *Hüterin des Waldes*, schwebt in Lebensgefahr, weil sie sich in meine Nähe wagte. Glaub mir, sobald sie ihre hübschen Augen wieder aufschlägt, werde ich verschwinden, um sie in Sicherheit zu wissen, aber bis dahin …«

»Du liebst sie.«

»Ja, verflucht!«, schreie ich beinahe und erschrecke prompt, als mir klar wird, was ich mir soeben eingestanden habe.

Liebe? Echt jetzt? Nach wie viel? Zehn Stunden?

»Ich war schon in sie verliebt, als ich sie zum ersten Mal bewusstlos zwischen den Moosglöckchen liegen sah. So wunderschön, zauberhaft, als stamme sie nicht von dieser Welt. Der Tau auf ihrer Haut, ihr Duft, die Farbe ihrer Haare ...«

Poppy lässt endlich den Stock sinken und drückt mir meine Brille in die Hand. Dann packt sie mich mit der freigewordenen Hand an der linken Schulter und presst mich gegen den Stamm der Kiefer, die ich vorher mit einem Stein getroffen hatte.

»Weiter«, diktiert sie und ich lasse all meine Zweifel, Sehnsüchte und Wünsche einfach aus mir heraussprudeln: »Sie spielte nicht in meiner Liga, Poppy, und ich war bereits mit einer anderen Frau zusammen …«

»Na ja, wohl eher einem Drachen.« Sie kichert und bringt mich damit ein wenig zum Schmunzeln.

Poppy sieht mich fest an und seufzt. »Ganz ehrlich, Fio, Linnea und du, das macht irgendwie viel mehr Sinn als dieses todbringende Biest an deiner Seite. Das habe ich dir schon immer versucht klar zu machen, aber erst als das Moosglöckchen in dein Leben kam, hast du kapiert, was ich meine.«

Was meint sie denn? Dass Narcissa gruselig ist und nur ein Schwachkopf in ihrem Schatten existieren kann?

Danke für deine Ehrlichkeit, Stimme! Mal wieder!

»Sie hat dir über all die Jahre nicht nur dein Lachen und deine Lebensfreude ausgesaugt, sondern dein ganzes Sein vorherbestimmt. Auch wenn es mir leidtut, dass sie der seltsame Fluch dazu zwingt, sich wie eine Höllenkuh aufzuführen – ich lasse nicht mehr so mit mir umgehen und rate dir, es mir gleichzutun.«

Sie lässt von mir ab, stemmt den Stock, der immer noch in ihren Händen weilt, in die Erde und meint:

»Wir werden jetzt Folgendes tun«, beginnt sie langsam und deutlich, als unterhalte sie sich mit einem Vorschüler, »du gehst jetzt da rein und bewachst unser Moosglöckchen, während ich zum See laufe, um Wasser und frische Kräuter zu holen.«

»A-aber ich sollte besser nicht in ihrer Nähe sein, Poppy. Was, wenn ich …«

»Ach, papperlapapp«, unterbricht sie meine Zweifel, »die Amazone hat gesprochen. Fass sie nicht an, küss sie nicht und lass ihr T-Shirt, wo es ist, dann kann nichts schiefgehen.«

Puh, die Finger von der schönsten Blume im Wald lassen? Schaffst du nicht. Wenn ich könnte – ich würde gegen dich wetten.

Wehe, du stachelst mich in Linneas Nähe zu irgendeinem unüberlegten Blödsinn an oder führst mich anderweitig in Versuchung! Poppys Vertrauensvorschuss möchte ich auf gar keinen Fall missbrauchen und Linneas Sicherheit hat ohnehin oberste Priorität.

»Muss ich dir den Weg zeigen, Doktorchen, oder schaffst du das allein?«

Ha, ha. Nervös und schwer atmend setze ich mich in Bewegung, als wäre ich auf dem Weg zur Schlachtbank.

Schuldgefühle und Angst quälen mich. Welches Bild wird sich mir zeigen, wenn ich gleich ins Innere des Lebensbaumes trete und ein Auge auf Linnea werfe?

Mein Hals schnürt sich weiter zusammen und ich bin im Begriff, einen Rückzieher zu machen, als ich plötzlich etwas Spitzes im Rücken vernehme und reflexartig die Hände hochhalte, als würde ich mit einer Waffe bedroht.

»Der Alte beißt nicht, Fio!«, drängt Poppy und schiebt mich doch tatsächlich ein Stück in Richtung der herunterhängenden Zweige, die als Eingangsportal fungieren. »Er hat es geschafft, *mich* zu beruhigen – verstehst du? Mich. Ein an Agoraphobie leidendes, junges Mädchen, das gern Schlüpfer mit Comic-Helden trägt.«

Ich muss schmunzeln und verliere sofort ein paar meiner bedrückenden Zweifel.

»Le-bens-baum«, fährt Poppy fort und schiebt mich mit jeder Silbe weiter zwischen die immergrünen Blätter. »Er. Wird. Dein. *Leben* verändern!«

Die letzten Worte höre ich nur noch dumpf, da die Präsenz der magischen Behausung meine gesamte Aufmerksamkeit schluckt und mich mit offenem Mund und staunenden Augen dieses Wunder der Natur erkunden lässt.

Der mächtige Stamm reckt sich majestätisch in die Höhe, scheint aus unzähligen verwachsenen Bäumchen zu bestehen, die sich für diese Quelle der Kraft zusammengeschlossen haben. Es ist höchstwahrscheinlich nur Einbildung, aber es fühlt sich an, als könnte ich das Pulsieren der Energie des Baumes auch in meinem Körper spüren. Er lebt, arbeitet, wächst unaufhörlich weiter und gibt mir das Gefühl, ein wichtiger Teil dieses Prozesses werden zu können.

Was für ein Schwachsinn. Du stehst nur da und gaffst. Wie sollte der komische Baum davon bitte profitieren?

Ausnahmsweise ignoriere ich meinen nervigen Begleiter und strecke meine Hand nach den flüsternden Wänden aus, die mich rufen, mir eine Nachricht zukommen lassen wollen und deren Locken ich mich nicht entziehen kann.

Alter, was soll das werden? Hast du zu viel Frischluft abbekommen? Ich glaube nicht, dass man das Holz berühren sollte, wenn man versucht hat, sein Herzstück umzubringen.

Näher und näher komme ich den lebendigen Stämmchen und werde von einem Kribbeln erfasst, das ich bisher nur in Linneas Anwesenheit erfahren durfte. Linnea! Ich bin bald bei dir!

»Nein!«, stoppt mich ein Schrei, der so verzweifelt klingt, dass ich auf der Stelle stehen bleibe und meine Hand zurückziehe, die dem Stamm des Ältesten bereits so nah war, dass seine lockende Wärme auf mich überzugehen begann.

Als hätte mich die Stimme vor einer unsagbaren Dummheit bewahrt, drehe ich den Kopf fragend in Richtung der Schallquelle und blicke in Linneas weit aufgerissene Augen.

»Linnea«, hauche ich und bin mit zwei großen Schritten an ihrer Seite, greife ihre Hand, ziehe sie an mich und küsse ihre Schläfe, die vor Fieber an meinen Lippen brennt. »Alles wird gut!«, flüstere ich gegen ihr glühendes Gesicht und streiche beruhigend über die verschwitzten Haare, die es auch nicht vermögen, Linnea ein wenig abzukühlen.

»Weg von ihr! Auf. Der. Stelle!«

Poppy steht im fahlen Licht der hereinfallenden Sonnenstrahlen zwischen Blättern und wirren Ästen am Eingang des Baumes und strahlt eine animalische Bosheit aus.

Irgendwie kommt ihr heute nicht auf einen grünen Zweig. ‚Sieh nach, wie es ihr geht, Fio!', ‚Fass sie aber nicht an, Fio!', ‚Es wird dein Leben verändern, Fio!'

Ihre Forderungen und Weisheiten hallen noch in meinen Ohren nach und trotzdem habe ich die Worte missachtet und halte die zitternde Linnea in meinen todbringenden Armen.

Sofort lasse ich von ihr ab, blinzle erschrocken und weiche so schnell ich es vermag nach hinten, bis ich auf ein Hindernis stoße.

Bevor ich realisieren kann, was mit mir geschieht, werde ich an den Hand- und Fußgelenken gepackt und rücklings gegen die knorrige Raumwand gedrückt. Oder wohl eher *gezogen*.

Als ich völlig perplex und atemlos den Blick senke, schlucke ich heftig und spüre im nächsten Moment die erste Schweißperle in meinen offenstehenden Mund tropfen.

»Was soll das, Mädels?«, bringe ich mit kratziger Stimme hervor und versuche, mich zu befreien. »Warum halten mich diese Ausgeburten des Baumes gefangen? Erst hindert mich Linnea durch ihren panischen

Schrei daran, seine Rinde zu berühren, und nun habe ich das Gefühl, jeden Moment von eben dieser eingewoben zu werden.«

»Das trifft es ganz gut, Doktorchen!«, grummelt Poppy, die meinen Platz an Linneas Seite eingenommen hat und ihren Blick auf meine Füße senkt. »Nur eine Bewegung und die Grünlinge weben deine hässlichen Bommelschuhe tatsächlich ein. Ich sagte: ‚Nicht anfassen', und was machst du? Händchen halten, in den Arm nehmen, küssen? Du bist zu weit gegangen!«

»Was meinst du damit, Poppy?«, flüstere ich und hoffe, dass ich ruhig genug bleiben kann, um diesem gruseligen Schicksal irgendwie zu entkommen, ohne selbst zu einem Baum zu werden.

»Der Älteste ist ein sehr feinfühliges Wesen. Er scheint deine dunkle Seite zu spüren und versucht dich von Linnea fernzuhalten.«

»Aber wieso jetzt?« Diese plötzliche Feindseligkeit will mir nicht in den Kopf. »Noch vor wenigen Minuten durfte ich das Moosglöckchen in sein schützendes Inneres tragen und …«

Ein weiterer tanzender Ast schießt aus dem Holz zu meiner Rechten und verschließt mir den Mund.

Poppy erhebt sich, kreuzt ihre Arme wie gestern auf der Lichtung, als sie noch unter dem Einfluss dieser Drogen stand und beginnt in der Sprache zu faseln, die ich schon öfter gehört, aber nicht verstanden habe.

Das Lied, das das Moosglöckchens am Feuer sang, klang ganz ähnlich, Mann. Und außerdem könnte ich schwören, dass sie den Nordwind mit diesen verhexten Worten kontrolliert hat. Gruselig.

Irritiert wandert mein Blick zu Linnea, die regungslos auf ihrer Bettstätte sitzt und starr geradeaus blickt. Auch sie scheint nicht Herrin ihrer Sinne zu sein und jagt mir einen wahnsinnigen Schrecken ein.

Als sie unter Poppys fremdartigen Klängen, die mich entfernt an Zaubersprüche aus diversen Filmen erinnern, plötzlich beginnt, unkontrollierte Zuckungen auszuführen und ihre Augäpfel ins Schädelinnere rollt, reiße ich mich mit solch einer Kraft los, dass die zarten, aber stabilen Ästchen, die mich gefangen hielten, in winzige Teile zerspringen.

Vielleicht hab ich ja doch Superkräfte oder sowas. Auch egal, denn ich werde Linnea jetzt ergreifen, sie aus dieser magischen Höhle hinaustragen und irgendwo untertauchen, wo ich lange Zeit, *sehr* lange Zeit keinen Grünling mehr zu Gesicht bekomme.

Doch diesen Plan habe ich ohne Poppy und die Macht des Ältesten gemacht, der mich im Handumdrehen wieder an sich bindet und dafür sorgt, dass ich es nicht ein weiteres Mal schaffe, ihm zu entkommen.

Das Letzte, was ich sehe, bevor ich, wie ein Gekreuzigter von Ästen und Zweigen zu einem Teil des Baumes gemacht werde, sind Linneas Haare, die mit meinem letzten Atemzug die rosa Farbe verlieren.

»Ein tiefer Mensch glaubt
an Wunder und ist ihrer ge-
wärtig, glaubt an Magie,
glaubt, dass der Redner seinen
Gegner vernichten kann, glaubt, dass
der böse Blick verzaubern kann,
glaubt, dass der Segensspruch, der
aus dem Herzen kommt, heilen kann,
dass Liebe unser Können erweitert
und alle Hindernisse besiegt.«
Ralph Waldo Emerson

Linnea

Fio!«

Sein Name dringt mit einer solchen Kraft durch meine halb geöffneten Lippen, dass ich keuchend nach vorn fahre.

Schwer atmend sehe ich mich langsam um und registriere, dass ich nicht allein in meiner bescheidenen Behausung bin und die verschleierten Szenen, die vor meinen müden Augen tanzen, wohl auch keinem Traum entspringen.

Poppy steht neben dem Bett und versperrt mir den Blick. Ist das Absicht? Will sie mich vor irgendetwas beschützen?

Mit vor der Brust gekreuzten Armen spricht sie in der Sprache, die einer *Livtinga* vorbehalten ist und mir läuft es abwechselnd heiß und kalt den Rücken hinunter. Beim Nordwind! Was macht sie da? Und wo ist Fio?

Das Letzte, an das ich mich glasklar erinnere, bevor sämtliche Bilder nur noch schwammig den Weg in mein Bewusstsein finden, ist der Moment des Erkennens in Fios Augen, der mich so unbeschreiblich glücklich gemacht hat. Und dann wurde aus Glück Angst und Verzweiflung, Schmerz und die Gewissheit, dass er eine Gefahr für mich darstellt. Er war verletzt. *Ich* war verletzt.

Fio muss mich hierher getragen und dafür gesorgt haben, dass die natürlichen Heilkräfte des Ältesten meine Livtaniten anregen und ich gesund werden kann. Aber warum ist er nun verschwunden? Warum bilde ich mir ein, seine Stimme immer noch zu hören, und warum, zum Donnergrollen, maßt Poppy sich an, in die Rolle der Hüterin des Lebens zu schlüpfen und die Sprache des Waldes zu sprechen? Eine symbiotische Verbindung mit dem Ältesten einzugehen und ihn zu nähren? Ich bin doch hier? Bei allen Geistern des Himmels – ich bin doch hier. Irgendetwas muss in meiner geistigen Abwesenheit ganz schrecklich schiefgelaufen sein.

Vorsichtig, damit ich weder dem Schwindelgefühl erliege, noch Poppys Zauber dazwischenfunke, stehe ich auf und flüchte mich in den Schatten der Amazone. Was auch immer sie hier treibt, es scheint ein mächtiges Ritual zu sein, welches keine Ablenkung meinerseits dulden würde. Dennoch muss ich schleunigst dahinterkommen, was hier vor sich geht, damit ich ihr helfen oder sie aufhalten kann.

Ich mustere meine Freundin von der Seite und versuche zu erahnen, was genau sie in ihrem Fokus gefangen hält und zu bekämpfen versucht.

Mein Blick wandert zur gegenüberliegenden Baumwand und erkennt neue Verästelungen, die der Form eines mannshohen Kreuzes gleichen und sich in die bestehende Struktur des Ältesten einzufügen versuchen.

Noch bewegt sich das junge Holz, doch sobald die Magie der *Livtinga* vollständig gewirkt wurde, sollte es verhärten und unwiederbringlich Teil des allmächtigen Lebensbaumes werden. Ein Opfer, das gebracht werden muss, um dem Ältesten neue Energie zuzuführen.

Dieses Ritual ist so alt wie der Baum selbst. Wenn er Kraft verloren hat, um sein Moosglöckchen vor dem sicheren Tode zu bewahren, dann braucht es ein lebendiges Opfer, um ihm zu neuer Größe zu verhelfen. Manchmal genügt ein halbwüchsiger Grünling, der seine Zweiglein zu nahe an den Vater allen Waldlebens heranwachsen lässt. Manchmal wird eine Maus, ein junger Dachs oder abgestürzter Ästling ins Innere gerufen und manchmal, ich habe es bisher aber nur ein einziges Mal erlebt, ganz am Anfang meiner Berufung zur guten Seele des Waldes, nimmt der hungrige Baum sogar einen greisen Wanderer in sich auf. Solch große Opfer bedürfen jedoch der Zustimmung und magischen Unterstützung der *Livtinga*, damit auch der unantastbare Baum des Lebens nicht seiner Gier verfällt, oder die denkende und fühlende Beute vom Weg abkommt – was durchaus vorkommen könnte. Die Geheimnisse des Ältesten liegen tief verborgen, sein Herz zwischen den mächtigen Wurzeln. Und das einzige atmende Wesen, das diesen fantastischen Ort je betreten darf, ist die amtierende *Livtinga*. Eindringlinge gilt es mit aller Macht fernzuhalten, auch wenn das einen Opferritus impliziert, an den ich mich niemals gewöhnen werde. Doch gegen den Kreislauf des Lebens kann selbst die Hüterin des Waldes nichts ausrichten.

Bedenke ich die Größe des sich windenden Opfers, könnte es sich diesmal erneut um ein menschliches Wesen handeln, wo auch immer der Älteste spontan einen gebrechlichen Spaziergänger auftreiben konnte.

O nein! Mir wird schwarz vor Augen, das Herz schlägt mir bis zum Hals und ich kann vor lauter Trockenheit in meinem Mund nicht schlucken.

Es ist Fio!

Poppy und der ausgehungerte Baum haben Fio geopfert, um mich retten zu können. Warum? Nein! Wer gibt ihnen das Recht, darüber zu entscheiden, welches Leben wertvoller ist? Fio ist ein kerngesunder, großherziger, intelligenter Mann, der …

Oh, verdammt! Sein Blut. Der Älteste muss das tödliche Gift, das durch Fios Venen pulsiert, spüren und sich bedroht fühlen. Nein, nein, nein!

Ich atme tief ein und aus und fokussiere mich. Den Zauber einer *Livtinga* zu brechen, selbst wenn er schwach erscheinen mag – was er ganz und gar nicht tut –, ist gefährlich für beide Seiten. Bleibt also nur eine Möglichkeit: Meiner Intuition folgend trete ich in Poppys Blickfeld und schmiege mich mit dem Rücken zu ihr an die Stelle des Baumes, hinter der ich Fio vermute.

Mit geschlossenen Augen lasse ich die Luft sanft aus meinen Lungen entweichen und spüre mich in die bebende Rinde, die meine Nähe zu genießen scheint.

Er ist es! Fio ist tatsächlich zwischen diesen Hölzern gefangen, das spüre ich mit jedem Impuls, den die warme, kämpfende Oberfläche mir schickt.

Tränen stehlen sich aus meinen geschlossenen Lidern und ich lege die bereits salzigen Lippen liebevoll an die Rinde, um ihm zu zeigen, dass ich hier und für ihn da bin. Ich werde nicht zulassen, dass ein Fluch der Mäzenin unser kleines Glück ruiniert und den Ältesten mit einer weiteren gefangenen Seele zu einem Fremdling macht, den ich für seine Taten verachte.

Ich liebe mein Leben, meine Bestimmung, diesen Baum, die Grünlinge und jedes Wesen, das unter meinem Schutz steht. Aber ich habe in den letzten Wochen erkannt, dass ich auch die Zuneigung der Menschen brauche, dass ich *ihn* brauche! Und jeder, der sich mir in den Weg stellt, wird zu spüren bekommen, zu was ich im Stande bin.

»Poppy!«, schreie ich und wende mich abrupt um, wobei ich mich mit dem Rücken weiterhin an Fios Umrisse schmiege und wie eine Art Schutzschild zwischen ihm und der faselnden Amazone fungiere. »Lass ihn gehen, bitte! Der Älteste macht dich mit diesem Zauber zu einer Mörderin. Willst du das? Kannst du damit leben, deinen Freund in einen tausend Jahre alten Baum gebannt zu haben und obendrein mein Herz zu brechen?«

Keine Reaktion. Ihre sonst so dunklen Augen zeigen nur eine milchig weiße Hülle, die Poppys Großherzigkeit perfekt verschleiert. Ihr Stand ist fest, die Arme entschlossen gekreuzt und ihre Lippen formen ununterbrochen die tödlichen Worte, die nur eine *Livtinga* zu sagen vermag.

Schon unzählige Male stand ich an genau dieser Stelle, nahm eine ähnliche Pose ein und brachte dem Baum das Opfer, das ihn am Leben hielt. Ich hasste es jedes einzelne Mal, doch ich habe die Sinnhaftigkeit nicht hinterfragt und getan, was von mir verlangt wurde. Dass diese Bürde nun Poppy obliegt, ist allein meine Schuld. Weil ich, geschwächt von Fios ätzendem Blut, nicht in der Lage war, den Zauber zu wirken, wurde die unschuldige Poppy zum Sprachrohr des Ältesten und nahm meinen Platz ein – so meine Vermutung.

Sie agiert wie eine *Livtinga.* Sie folgt ihrer Bestimmung und es hat keinen Zweck, an ihre Vernunft zu appellieren, das hätte bei mir auch nicht funktioniert. Meine einzige Chance, diesen Irrsinn zu beenden, ist der Baum selbst.

Auch wenn er gerade im Begriff ist, die Liebe meines Lebens zu verschlingen, so ist er im Grunde der gütigste, weiseste und ehrbarste Freund, den ich je hatte. Ich fühlte mich in jeder Sekunde meines Lebens geborgen, verstanden und gebraucht. Er respektiert und liebt mich. Was würde er wohl tun, um mein Leben zu retten?

Ich wische die Tränen von meinen glühenden Wangen, trete vor, streiche sanft über Poppys kohlschwarzes Haar und hauche ein ‚Mach's gut, Poppy' in ihr rechtes Ohr. Denn wir werden uns nicht wiedersehen. Ich werde dem Ältesten mein Leben im Tausch gegen Fios anbieten. Aus freien Stücken in die unergründlichen Tiefen seiner Wurzeln vordringen und dem Mann, den ich liebe, die Freiheit gewähren, die er verdient hat. Er muss die Chance erhalten, der Mäzenin zu entkommen und die Welt von ihrem Fluch zu befreien.

Auch wenn es mich innerlich zerreißt, so aus diesem Leben zu verschwinden, werde ich noch einmal Fios Nähe spüren und ihm ‚Lebewohl' sagen können. Noch einmal werde ich seine Lippen streifen, ihm einen großen Teil meines Herzens mitgeben und ‚Danke' sagen. Danke, dass sich unsere Wege gekreuzt haben und wir gemeinsam darauf weitergewandert sind. Danke für dich.

Ich blinzle ein paar Tränen fort, lächle ein letztes Mal und mache mich bereit für den Abschied.

Ich wende mich um, lehne mich neben die Stelle im ruhlosen Ältesten, an der ich Fios ausgestreckten Arm vermute, und presse Hinterkopf, Schulterblätter, Po und Fersen so heftig gegen die Rinde, dass eine Druckwelle durch das Innere des gesamten Baumes jagt und Poppy ins Wanken bringt.

Es ist geschafft. Der Zauber bricht, ihre Augen werden klar und ich sehe in ihrem Entsetzen, dass ich recht behalten habe. Sie war nur eine *Livtinga* auf Zeit. Ein notwendiger Helfer, der meine Aufgaben übernahm, als ich es nicht konnte. Ein Hoffnungsfunken entspringt in meinem Inneren. Poppy ist zurück, was bedeutet, der Lebensbaum hat mich als seine *Livtinga* noch nicht aufgegeben. Er liebt mich, so wie er all seine Kinder liebt. Aber wird er auch bereit sein, auf sein Wohlergehen zu verzichten, um mein Dasein als seine weltliche Stimme zu bewahren? Eins ist klar: Wenn er Fio tötet, muss er auch mein Fortgehen hinnehmen. Sollte er dazu nicht bereit sein, kann ich uns vielleicht beide retten.

Hier bin ich, Lebensbaum. An der Seite meiner Liebe und im Begriff, mein Leben für seines zu geben. Rette ihn, oder du verlierst uns beide!

Poppy

»Was? W-w-was? Was war das?«

Eine Druckwelle, als habe mir jemand ein Elefantenkalb mit voller Power gegen den Brustkorb geschleudert, bringt mich ins Wanken und lässt mich irritiert auf Linneas Bett landen. Das niedliche Fantasierüsseltier sitzt weiterhin unterhalb meiner Kehle, glotzt mich mit seinen unverschämt putzigen Elefantenaugen an und schnürt mir die Luft ab.

»Runter da, Süßer! Du bist doch ohnehin nur ein Hirngespinst!«, rufe ich aus und schaue mich sogleich schüchtern um. Hoffentlich hat keiner mein dümmliches Palaver bemerkt.

Eine vertraute Stimme ruft meinen Namen. Ich versuche ihren Ursprung zu finden und entdecke himmelblaue Augen und Sommersprossen. Linnea! Gefangen im Ältesten. Ein ganz normaler Tag im Everg… Moment, WAS?

Wie vom Donner gerührt reibe ich mir den Wahnsinn aus den Augen und ohrfeige mich ein paar Mal.

Au!

Damit habe ich den Beweis, dass ich nicht träume und vermutlich schleunigst meine magische Waldfreundin befreien sollte.

Mit einem Satz bin ich auf den Beinen und bei Linnea und schon im nächsten Moment greife ich nach ihren Ohren und beginne zu ziehen.

»Poppy!«, keift die Schönheit, doch ich ignoriere ihr Rufen und befreie sie Stück für Stück aus ihrem hölzernen Gefängnis, halte mich dabei an allem fest, was ich zwischen die Finger bekomme. Ihre Nase, ihre Haare – seltsam, waren die nicht mal rosa? Mmh, egal! – die Schultern, das riesige T-Shirt und endlich eine Hand, die es mir möglich macht, sie vollständig aus den Fängen des Ältesten zu befreien.

Puh, der Baum müsste dringend etwas gegen seine Aggressionen tun! Ich glaube nämlich nicht, dass es zu seinen Aufgaben gehört, die eigene *Livtinga* zum Abendbrot zu vernaschen. Außerdem war das Fios Plan, nehme ich an …

Ahhh! Nein! Kopfkino! Aus! Aus! Aus!

Wo ist das verknallte Doktorchen überhaupt, und warum hängt Linnea da an einer Männerhand, die aus dem Holz ragt?

Ob der Baum auch für mich so eine Hand hätte? Einfach so zum Festhalten, dran riechen, streicheln, kuscheln und was man eben sonst so mit einer einzelnen Hand tut? Dafür würde ich sogar die Sache mit dem Aggressionsproblem zurücknehmen!

»Poppy, zieh uns raus, los!«

Wie? Was? Ich habe sie doch gerade herausgezogen.

»Poppy! Jetzt!«

Immer diese Hektik! Dafür bin ich echt nicht gemacht. Da lauf ich einmal halb nackt durch den Wald, wohne in einem mörderischen Baum, sehe meinen Boss in Unterhosen und schon kommt wieder jemand, der etwas von mir will. Mann, da hätte ich auch zuhause in meinem schönen WONC bleiben und mir die zweiundzwanzigeinhalb Panikattacken sparen können!

Mein Boss, schießt es mir durch den Kopf, es ist *seine* Hand, an der Linnea wie eine waldrettende Aktivistin zieht und zerrt, als hinge ihr Leben davon ab. O Poppy, du bist wirklich nicht die hellste Kerze auf der Torte! Mach schon!

Breitbeinig, um einen möglichst sicheren Stand zu haben, bringe ich mich in Position, packe Linnea an der Hüfte und lehne mich so weit nach hinten, dass ich, falls die beiden gleich aus der Wand purzeln, definitiv auf meinem gut gepolsterten Hintern lande.

»Weiter!«, kommandiert das Moosglöckchen. »Zieh, Poppy!«

Fios Arm wird länger und länger, die erste Schulter kommt zum Vorschein, danach sein adrettes Gesicht, Schulter Nummer zwei, und plötzlich fährt ein Beben durch den altehrwürdigen Baum und unsere Verbindung zu Fio reißt ab.

Als habe der Älteste eine unsichtbare Barriere um seinen Gefangenen errichtet, wird Linnea immer wieder von Fios Körper weggestoßen und bricht schließlich weinend auf dem weichen Waldboden zusammen.

Meinen Versuch, sie zu beruhigen und ihr aufzuhelfen, schüttelt sie ab und starrt regungslos auf die Stelle, an der ihr heimlicher Geliebter zum Teil mit dem Holz verbunden, zum Teil in seiner ursprünglichen Gestalt auf sein Ende wartet.

Ihr Leiden sollte mich zu Tränen rühren, verzweifeln lassen oder in panisches Kreischen einstimmen. Aber da pulsiert ein neues Gefühl in mir, das gehört werden will. Wut. Und ich lasse sie raus:

»Na danke auch, allmächtiger Lebensbaum«, entfährt es mir wütend, »du hast es voll vergeigt. Wie kann man denn nur so eifersüchtig sein? Da lässt du zu, dass ein anständiger Herr Doktor deiner *Livtinga* den Kopf verdreht, und kaum ist sie im siebten Himmel, zerrst du ihn in deinen Stamm. Hättest du vorher einfach besser auf sie Acht gegeben, dann wäre sie nie in seine Nähe gelangt. Und ohnehin und sowieso ... ist das echt unfair, da Fio über quasi keine Muskeln verfügt, um sich aus eigener Kraft zu wehren. Guck *dich* an und dann guck unser Doktorchen an. Ihr seid komplett unterschiedlich. Linnea hätte niemals ...«

»Lass gut sein, Poppy!«, dringt die gequälte, aber lächelnde Stimme meines Vorgesetzten an mein Ohr.

Sofort ist Linnea auf den Beinen, will an seine Seite eilen, wird jedoch vom Zauber des Ältesten erneut aufgehalten.

»Linnea«, flüstert Fio zerbrechlich und es zerreißt mir beinahe das Herz, die beiden Liebenden so nah, und doch so weit entfernt zu sehen. »Du lebst!«

»Ja, Fio!«, wispert das Moosglöckchen, deren Tränen unaufhaltsam ihr Oberteil durchnässen. »Mir geht es gut! Aber du ...«

Schluchzend reißt sie ihre zitternde Hand vor den Mund und verschluckt die Worte, die sie eigentlich noch loswerden wollte.

»Ich habe dich nicht getötet und das macht mich so unsagbar glücklich, dass mir der ärgerliche Umstand, hier in einem Baum festzustecken und nicht deine Tränen beiseite wischen zu dürfen, beinahe egal ist.«

O Mann, sind die beiden süß! Ich fühle mich wie in einem dieser Heftchen vom Krankenhauskiosk, die ich Lady Alissa hin und wieder reingeschmuggelt habe. Ich durfte ihr daraus vorlesen, als sie es nicht vermochte, und habe mich das ein oder andere Mal in diese banalen Liebesgeschichten geflüchtet, die vor Romantik nur so triefen und nichts mit der Realität gemein haben.

Doch so unfassbar es auch ist … ich werde gerade Zeugin dessen, dass es wahre Liebe über die unüberwindbarsten Hindernisse hinweg gibt, und das lässt mich glückselig grinsen. Diese zwei Liebenden – der smarte, schüchterne Doktor und das neugierige Waldmädchen – schreiben ihr eigenes Märchen, voller Entbehrung, magischen Barrieren und ja – triefendem Kitsch. Hach! Ich liebe es! Deshalb wird mir auch eines klar: Fio und Linnea gehören zusammen! Ich möchte, dass ihr Märchen wahr wird, egal, was der Älteste oder die doofe Pute Narcissa dazu zu sagen haben. Wir brauchen ihre Liebe in dieser finsteren Welt. Wir brauchen ihre Entschlossenheit, ihre Hingabe, ihre Opferbereitschaft und ihren Mut. Sie sind Vorbilder und bringen auch mich dazu, wachsen zu wollen, mutig zu sein und zu kämpfen, wenn es sich lohnt.

Und für diese Sache lohnt sich der Kampf gegen die ‚ach so unantastbaren' Naturgesetze auf jeden Fall. Für diese Sache – die eine Sache, die der Quell unser aller Existenz ist – lohnt sich ein Opfer, das mit gesundem Menschenverstand nicht zu erklären ist.

Mein Leben war einsam, ja. Aber mein Leben war erfüllt von Menschen, die mir eine Chance gaben, nie aufhörten an mich zu glauben und mich als das liebten, was ich bin – ein zweifelndes Mädchen mit einer enormen Angststörung, die sie nicht zu überwinden vermag. Mein Leben wurde ab dem Moment lebenswert, als meine Eltern und Lehrer meinen Charakter mit allem Drum und Dran akzeptierten und mich nicht mehr ändern wollten. Ich durfte sein wer ich bin, auch wenn ich einsam war. Für dieses Geschenk werde ich ewig dankbar sein. Ich möchte einen Fußabdruck auf unserer kaputten und dennoch so schönen Erde hinterlassen und einen Teil des Geschenkes zurückgeben, das mein Sein bereichert hat. Ich möchte an die Kraft der wahren Liebe glauben, auch wenn ich sie nicht mehr kennenlernen werde und ich möchte meinen Teil dazu beitragen, dass diese Welt ein besserer Ort wird. Linnea und Fio werden sie gemeinsam zu einem besseren

Ort machen und ich werde diejenige sein, die es möglich werden lässt.

Ich werde dem Ältesten also mal ordentlich ins Gewissen reden, meine neuentdeckte Amazone ein weiteres Mal freilassen und sehen, wo es hinführt.

Bereit? Ja, ich bin bereit.

Mission ‚rettet die Liebe' kann beginnen!

»Linnea?«, rufe ich mit starker Stimme und versuche, mir keinen Zweifel anmerken zu lassen. Zweifel sind gesund. Zweifel bewahren vor dummen Fehlern. Aber tief in meinem Inneren weiß ich, dass sie in diesem Moment überflüssig sind. Das hier ist kein Fehler. Es ist ein freigewähltes Opfer aus Leidenschaft. Ich bin unsagbar stolz und folge dem Ruf, der mich weitermachen lässt. »Geh zur Seite!«

»Was?«, bringt sie weinerlich hervor, dreht sich aber zu mir und macht den nötigen Schritt nach hinten, um mir den Weg zu ebnen.

»Der Älteste hat Hunger? Nun«, entschlossen reibe ich die Handflächen gegeneinander, kneife die Augen zusammen und mache mich zum Absprung bereit, »an mir ist eindeutig das Meiste dran. Vertrau mir.«

In diesen Worten steckt so viel mehr, als ich tatsächlich zu sagen vermag: Mir wird nichts geschehen. Ich werde sicher und genau richtig sein, und du darfst dir keine Sorgen machen. Hab Vertrauen!

Ich schenke Linnea ein letztes freundliches Zwinkern, fixiere die Rinde neben Fio, kreuze die Arme mit geballten Fäusten vor der Brust und lasse die fremdartigen Worte, die schon einmal aus mir sprachen, erklingen:

»*Ma Liv tor dans, Fio! Viv ta Lov!*«

Ich weiß, dass der Älteste mein Freund ist. Mein Bruder, mein Vater, mein Verbündeter. Er wird mich nicht verschlingen und zu Staub werden lassen, um dem ewigen Kreis des Lebens gerecht zu werden. Ich werde gebraucht. Das spüre ich.

Als er zu mir sprach, durch mich wirkte und zum ersten Mal die Wut in mir befreite, wusste ich es: Ich gehöre hier her. Ich wurde geboren um genau hier, genau jetzt und genau richtig zu sein. Ich lebe schon mein ganzes Leben mit einer Angst, die mich unterbuttern und klein halten will. Doch die Kraft des Ältesten, die mich rasend macht und gleichzeitig so wohlig warm in die Arme schließt, wird mich bereichern und emporsteigen lassen.

Meine Finger beginnen rot zu glühen, meine Schultern werden heiß, setzen meinen Körper schier in Brand und dann renne ich, als sei der Nordwind mir persönlich auf den Fersen, in mein Schicksal. Ich überwinde die flirrende Blockade des Baumes, schneide Fio mit meinen brennenden Fingern frei, stoße ihn in Linneas offene Arme und nehme seinen Platz im Inneren des Ältesten ein.

Die Bodenwelle, die er daraufhin durch seine mächtigen Wurzeln schickt, bringt Linnea und Fio nur noch weiter zusammen und zaubert mir ein zufriedenes letztes Schmunzeln ins Gesicht, bevor mein Körper mit dem warmen Holz verschmilzt.

»Mein Leben für deins, Fio«, flüstere ich und schließe glückselig die Augen. Ich bin zuhause und ihr beide dazu bestimmt, den Wald zu retten und der lebendige Beweis dafür zu sein, dass Liebe stärker ist als der Tod.

Viv ta Lov – es lebe die Liebe!

Danke, dass ich dieses Wunder in euren Augen sehen, und bis in die kleine Zehe nachspüren konnte.

Sit ta odar We! Wir sehen uns auf der anderen Seite!

Linnea

»Poppy, Neeeeeein!«, schreie ich verzweifelt, in der Hoffnung, Poppys Martyrium noch aufhalten zu können. Fio hält mich in den Armen, während ich gegen seine Brust schlage. Es ändert nichts, das weiß ich, aber bietet mir Raum für meine Wut und Ohnmacht, den ich gerade dringend brauche.

Ich weine heiße Tränen, die auf meinen Wangen brennen und will nicht begreifen, dass meine erste und einzige Freundin gerade ihr Leben für meine Liebe gelassen hat. Das kann und darf einfach nicht wahr sein.

Ein rettender Gedanke durchzuckt mich, als plötzlich der Waldboden erzittert, und mit ihm der Älteste. Erde und Laub rieseln auf unsere Köpfe nieder und ein tiefes Grollen erfüllt den Lebensbaum, den ich jahrzehntelang mein Zuhause nannte.

»Wir sollten schleunigst raus hier!«, schreit Fio gegen den aufkommenden Lärm an. »Ich glaube, dein magischer Beschützer ist verdammt wütend, dass ich noch am Leben bin und dich in meinen Armen halte.«

Kann das sein? Liegt Poppy mit ihrer absurden Vermutung richtig, dass der Älteste mich für sich alleine will und Fio somit eine Bedrohung darstellt, die er mit allen Mitteln loszuwerden versucht? Ich bin verwirrt und starr vor Angst.

Fio, der mich schützend an sich gedrückt hält, scheint meinen Schock richtig zu deuten und handelt. Meine Füße verlassen den bebenden Boden, meine Arme schlingen sich wie von selbst um seinen Hals und wenige hektische Atemzüge später lässt er mich außerhalb der zornigen Rinde, sanft, aber völlig entkräftet ins Moos gleiten.

Keine Sekunde zu früh, wie ich mit verschleiertem Blick und zittrigen Händen feststellen muss, denn in diesem Moment tut sich vor unseren

Augen die Erde auf. Das Grollen wird so übermächtig, dass wir uns die Ohren zuhalten müssen. Der Nordwind frischt auf, verwirbelt seine kühlen Lüfte zu einem Orkan, in dessen Zentrum der Älteste steht und mit jedem Blinzeln ein Stück tiefer in den Boden fährt.

Blitze erhellen die lilafarbenen Wolken, die sich über uns zusammengebraut haben und zum Puls des Nordwindes den letzten Tanz aufführen.

Waldbewohner und Grünlinge aus allen Teilen des Evergreen Forest tauchen an unserer Seite auf und verfolgen wie gebannt das grausige Schauspiel, welches ich nicht zu fassen vermag.

Als sich eine Hand zwischen meine nervösen Finger schiebt, werfe ich einen kurzen Blick in Fios Gesicht und weiß tief in meinem Inneren, dass dies unsere letzten Minuten auf Erden sind und er der Mann, mit dem ich die kostbaren Momente teilen will.

Wir sagen kein Wort, sondern verlieren uns im Anblick des anderen und lassen die letzten Tage und Wochen, die wir uns näherkommen durften, Revue passieren.

Wie gern hätte ich seine wundervollen Lippen ein allerletztes Mal meinen Namen sagen hören. Wie gern hätte ich ihm von meinem Leben als *Livtinga* erzählt und all die Wunder mit ihm geteilt, die man als Hüterin des Waldes wirken kann.

Wie gern wäre ich in seinen Armen erwacht, hätte mich von ihm bekochen lassen oder ihn dabei beobachtet, wie er vermeintliches Totholz in wunderschöne Gegenstände verwandelt.

Doch in seine warmen braunen Augen zu schauen während die Welt untergeht, lässt mich auch im Angesicht des nahenden Todes zu einer wahnsinnig glücklichen Frau werden.

Wenn ich die Wahl hätte zwischen einem unsterblichen Dasein als *Livtinga* und diesen vergänglichen Minuten an Fios Seite – ich würde wohl erneut unbedacht handeln, seine tödliche Nähe suchen und diese verbotene Liebe über alles stellen. Über den Forest, über den Ältesten, über jeden geliebten Grünling, jedes Mäuslein, jeden Fuchs, über den Nordwind, den Wassergeist und mein eigenes Leben.

Ich habe nicht damit gerechnet, jemals lieben zu dürfen. Es hat mich kalt und heiß erwischt und so in meinen Grundfesten erschüttert, dass der wütende Sturm, der um mich herum tobt, noch so einiges lernen könnte.

Ich weiß, dass unsere gemeinsame Reise gerade erst begonnen hatte, und muss mit großem Bedauern zugeben, dass ich uns mehr Zeit gewünscht hätte. Ich wollte noch unzählige wütende Stürme in Form von verliebtem Bauchkribbeln erleben, wollte vor Glück weinen und nicht vor Trauer. Wollte noch öfter berührt werden, herausfinden, was Fio mit ‚küssen' meint und doch werde ich mit einem dankbaren Lächeln von dieser Welt gehen. Als Linnea, das Moosglöckchen, das die Liebe erfahren durfte.

Ich drücke Fios Hand, recke mich ihm entgegen, während kleinere Äste, Blätter und Staub um unsere Körper tanzen, schließe die Augen und bedecke seine bebenden Lippen mit meinen.

»Danke, Fio«, hauche ich und plötzlich – ist alles ganz still.

***

Bin ich tot?

Ich spüre Fios Hand in meiner, rieche den Sommerregen und kann seinen Atem ganz nah an meinen schmunzelnden Lippen ausmachen.

Sehe ich, sobald ich die Augen öffne, den Himmel?

Ich wage es nicht, da ein beruhigender Frieden auf meinen Schultern liegt, mich wohlig eingehüllt hat und das glückselige Lächeln, welches meine Mundwinkel nach oben zieht, beinahe schmerzt.

»Linnea?«, flüstert die Stimme, deren Klang ich noch nie widerstehen konnte.

»Mmh?«, seufze ich leise.

»Mach deine schönen Augen auf!«, raunt er und ich schüttle nur vehement den Kopf. »Das Paradies liegt uns zu Füßen.«

»Ich möchte nicht, Fio«, entgegne ich. »Ich bin doch schon im Himmel und so überglücklich, nicht allein hier zu sein. Wenn ich jetzt blinzle, dann werde ich dieses kleine Stückchen Glück, das mir geblieben ist, zerstören. Ich werde feststellen, dass ich in einem Traum feststecke, aus dem du mich aufwecken willst.«

Ein wunderschönes und so ehrliches Lachen dringt an mein Ohr und lässt mich nur noch breiter grinsen.

»Auch wenn es ganz nah dran ist, mein Moosglöckchen, aber das hier ist nicht der Himmel.«

Hat er gerade ‚mein Moosglöckchen' gesagt? Natürlich ist das der Himmel. Warum gönnt mir meine Fantasie diesen Ort nicht?

»Mach die Augen auf, oder ich werde zu härteren Methoden greifen«, sagt er und streicht sanft über meine vom Salz der Tränen verklebte Wange.

»So?«, necke ich ihn ein wenig, weil ich den Zauber des Moments noch ewig in die Länge ziehen möchte, »ich glaube ja, dass könnten Sie gar nicht, Doktor Fiorello.«

»Du bist unfair, weißt du?«

»Unfair?«, frage ich leise, ohne die Mundwinkel zu senken.

»Ungerecht. Gemein. Du spielst ‚unfair'. Weil du genau weißt, dass ich dir niemals ernsthaft drohen könnte. Du hast mich mit deinem Zauber eiskalt um den Finger gewickelt.« Die himmlisch tiefen Töne in seiner Stimme jagen mir eine Gänsehaut über beide Arme, den Nacken hinunter und sorgen für ein berauschendes Kribbeln in meinem Schoß, das mein Blut in Wallung bringt.

»Dafür soll ich mich jetzt aber nicht entschuldigen, oder?« Ich halte gespannt den Atem an, als Fio immer näher kommt und mir antwortet, ohne Worte zu benötigen.

Ich heiße die Kurzatmigkeit willkommen und kneife die Augen zusammen. Doch der Versuch, die lächelnden Lippen zu spitzen, um uns beiden zu geben, was wir ersehnen, stellt sich als äußerst schwierig heraus.

»Darf ich dir dann wenigstens endlich dein süßes Grinsen von den Lippen küssen?«, bittet er und bringt mich beinahe um meinen Verstand. ‚Küssen', da ist es wieder dieses große und so klangschöne Wort, dem ich nun eine Bedeutung zuordnen kann.

»Du darfst«, flüstere ich begierig, doch nichts geschieht. Warum? Warum ‚küsst' er mich nicht einfach, sondern lässt mich in meinem Verlangen verhungern? Wir sind im Paradies. Alle Sorgen sind vergangen, alle Wünsche werden wahr. Warum dieser nicht?

»Unter einer Bedingung, Waldmädchen.« Noch eine Minute länger und die Schmetterlinge in meinem Bauch verheddern sich ineinander. »Du bekommst deinen Kuss, wenn ich im Gegenzug den Himmel in deinen Augen sehen darf. Einverstanden?«

»Jetzt bist du ‚unfair'«, kontere ich, hebe die Lider und bringe, gespielt beleidigt, ein wenig Abstand zwischen uns. »Wer sagt, dass du …«

Als sich Fio aus meinem unmittelbaren Blickfeld bewegt, begreife ich, was er tatsächlich mit ‚paradiesischen Zuständen' gemeint hat.

Der Sturm hat sich gelegt. Die violetten Wolken sind samt ihrer todbringenden Blitze verschwunden. Dort, wo noch vor wenigen Atemzügen der mächtige Lebensbaum im Auge des Orkans um sein Dasein kämpfte, erblüht nun eine Mohnblumenwiese, deren satte Rottöne mir erneut Tränen in die Augen treiben.

Die neugierigen Bewohner des Evergreens scheint dieser Anblick ebenfalls zu fesseln, da sie, ungeachtet Fios Anwesenheit, nicht im schützenden Dickicht des Waldes abgetaucht sind, sondern an diesem magischen Ort verweilen.

Hirsch und Wolf stehen in friedlicher Manier nebeneinander, ebenso wie der müde Uhu über Meister Lampe wacht, während sie die magische Schönheit und Unschuld dieses Mohnfeldes bestaunen, welches dem dichten Wald ein ungewohntes Aussehen verleiht.

»Poppy«, hauche ich und lasse endlich die bittere Realität den Weg in mein Bewusstsein finden.

Diese Blumen sind ihr Vermächtnis und werden einen Teil des Waldes von nun an zieren, um ihr Opfer niemals vergessen zu lassen. Poppy – die Mohnblume.

Ich sinke auf die Knie, schlage die Hände vors Gesicht und weine. Ich weine um meine liebe Freundin Poppy, den Ältesten, der mehr als nur Lehrmeister für mich war und um meine Tage als Hüterin des Waldes, die mit dem Untergang des Lebensbaumes sicher ein Ende nahmen.

Poppy hat sich geopfert, damit Fio und ich eine Zukunft haben, die Mäzenin aufhalten und den Wald retten können. Sie hat ihr Leben für ein Mädchen gegeben, das sie trotz ihrer Panik in die Abgeschiedenheit des Evergreens gezogen hat und ihre Hilfe eingefordert hat. Sie wird niemals …

Ich schluchze laut auf, als Fio seine Arme von hinten um mich schlingt und versucht meine Schmerzen zu lindern.

Ich bin ein selbstverliebtes Monster. *Ich* hätte an Fios Stelle den Baum nähren sollen und nicht Poppy!

Warum hat der Älteste dies nicht zugelassen? Warum hat er das Leben einer unschuldigen, lebensfrohen Blume in Kauf genommen, die gerade begann ihre Ängste zu bekämpfen, um dem Käfig zu entkommen, den die Agoraphobie um sie errichtet hatte? Warum?

Nun wird sie im Herzen des Baumes, unter der Erde, fern unserer Vorstellungskraft in einem neuen Käfig ihr Dasein fristen und ich bin schuld daran. Ich habe versagt. Auf ganzer Linie versagt, weil ich blind vor Liebe meine Bestimmung verraten habe.

Fios Blut bringt den Tod über den Wald, über die Grünlinge, über mich. Ich wollte es nicht sehen, weil ich der Meinung war, dass Liebe alle Grenzen überwindet.

»*Viv ta Lov*«, flüstere ich und versuche mich aus Fios Umklammerung zu befreien.

»Was sagst du da?«, fragt er und hält mich weiterhin fest.

»*Viv ta Lov* … Was für ein bitterer Schwindel.«

Tränen der Wut und der Enttäuschung lassen mich den Kampf gegen Fios starke Arme aufgeben.

»Was bedeutet das, Linnea?«, murmelt er mir liebevoll ins Ohr und ich kann nichts als Selbsthass empfinden. »Poppy sagte es auch, kurz bevor sie mit dem Ältesten verschmolz.«

Er hat recht. Er. Hat. Recht. Poppy benutzte die Weisen, die einer *Livtinga* vorbehalten sind. Aber wie …

»Was geht dir durch den Kopf, Moosglöckchen?«, fragt Fio, als sei mir die Verwirrung ins Gesicht geschrieben.

»Ich kann mir nicht erklären, wie Poppy in der Lage sein konnte, Livta zu sprechen. Die Sprache des Lebens, des Waldes – *meine* Sprache. Sie ist doch nur …«

»Eine einfache Krankenschwester?«, führt Fio meinen Satz zu Ende.

Sofort schäme ich mich für diesen einfältigen Gedanken, nicke aber dennoch. »Ich glaube«, fährt er fort und streicht mir dabei sanft über die Wange, »sie war viel mehr als das. Eine herzensgute, selbstlose Seele, die sich vor der Welt versteckte und sich eine eigene, fantastische erschuf.« Er lacht kurz auf, als die Erinnerungen an unsere liebe Freundin seine Gedanken füllen. »Und zudem war sie ein riesiger Fan der Mythologie und all der Märchen und Sagen, die sich um die Mäzen und *Livtingas* ranken. Sie hat sogar ein Imitat dieses magischen Stabes, von dem du erzählt hast, in ihrem Apartment.«

Mein Mund wird trocken, ich stelle das Blinzeln ein und starre mein Gegenüber einfach nur an.

»Was?«, fragt er lächelnd.

»Ein ‚Imitat'? Was genau meinst du damit?«, bringe ich leise und lauernd wie eine Raubkatze hervor.

»Sie wird sich ein Abbild, eine Kopie, eine nahezu identische Fälschung dieses … dieses – wie heißt er noch?«

»Frön.«

»Danke. Sie wird sich eine Nachbildung des Fröns auf irgendeinem Fantasy-Spektakel gekauft haben. So was machen die richtig krassen Fans der Szene.«

Ich bin sprachlos, fühle mich, als habe der Wassergeist mir eine überraschende Abkühlung verpasst und versuche das Durcheinander in meinem Kopf zu ordnen.

»Wir müssen ins WONC«, fasse ich den ersten klaren Gedanken seit dieser Katastrophe.

»Wieso das?«, meint Fio mit weit aufgerissenen Augen.

»Es gibt keine Nachbildungen oder ‚Imitate' des Fröns, da ihn kein menschliches Wesen je zu Gesicht bekommen hat.«

Ich greife seine Hand und setze mich in Bewegung.

»D-du meinst …«, Fio scheint meine Verwirrung zu teilen.

»Ja, Fio. Ich meine«, dafür muss ich kurz stehenbleiben und einen tiefen Atemzug der frischen Waldluft nehmen, »der Frön – der echte Livtastab – befand sich die ganze Zeit direkt vor deiner Nase. In Poppys Heim. Im WONC. Komm!«

Ich ziehe ihn weiter.

»Lady Alissa. Sie wird uns helfen können. Mit ihrer Unterstützung und den Kräften des Fröns gibt es vielleicht einen Weg, Poppy zu retten, Narcissas Vorhaben zu verhindern und die Zeit zurückzudrehen.«

Fio bleibt stehen und zwingt mich damit es ebenfalls zu tun.

»Die Zeit zurückdrehen? Dein Ernst? Ich meine – seit ich dich kenne, wundert mich gar nichts mehr, aber die Zeit zurückdrehen?«

»Glaub mir, Fio«, entgegne ich, drehe mich zu ihm um und verliere mich für einen kurzen, schwachen Moment in seinen warmen Augen, »ich würde alles tun, um es rückgängig zu machen.«

»Es?«, fragt er erstaunt, beinahe ängstlich und ich spüre, wie sein Puls aus dem Takt gerät. »Du meinst … uns?«

Ich lächle und versuche mit all der Liebe, die ich für ihn empfinde, diese Sorge zunichte zu machen.

»Nein, Fio. Niemals«, versichere ich und umschließe seine Hand, die ich die ganze Zeit festgehalten habe, mit beiden Händen.

Er atmet erleichtert auf und zieht mich in eine Umarmung.

»Gut«, raunt er leise in mein Ohr, »das hätte ich nicht verkraften können.«

»Wir haben uns gerade wiedergefunden«, bekräftige ich meine Aussage. »Auch wenn ich noch nicht weiß, was Narcissa dir tatsächlich angetan hat, wie lange es anhält, wie vorsichtig wir sein müssen, oder …« Mir fehlen schlicht die Worte für all das Ungewisse, dass unsere Verbindung von Anfang an begleitete.

»Oder warum deine Haare ihre rosa Farbe verloren haben?«

»Was?« Abrupt löse ich mich von ihm und betrachte die langen braunen Haare, die mein Gesicht einrahmen. Was zum Karpfenlaich ist geschehen?

»Es war dir in all dem Chaos noch gar nicht aufgefallen, oder?«, sagt Fio und stibitzt sich ebenfalls eine Strähne, die er durch seine Finger tanzen lässt. »Sie verloren in dem Moment ihre Farbe, als der Älteste versuchte, mich zu fressen.«

Wir schweigen.

»Da die Moosglöckchen noch in voller Blüte stehen, kann die Veränderung meiner Haarfarbe keinen natürlichen Ursprung haben. Oh, Nordwind …«, ich halte inne, »ich habe nicht nur das Rosa, sondern mit ihm auch wahrhaftig meine Kräfte und meine Stellung als *Livtinga* verloren.«

Fio

Es bricht mir schier das Herz mit ansehen zu müssen, wie Linnea sich quält. Auf unserem Weg durch den immergrünen Forest hält sie immer wie an, lässt ihre Zeigefinger tanzen, versucht den Nordwind zu rufen oder irgendeinen Grünling zum Antworten zu bewegen. Nichts. Es scheint, als läge sie mit ihrer Vermutung richtig, ihre Gabe bei den Ereignissen im Ältesten verloren zu haben.

Sie hat das Wichtigste in ihrem Leben, ihre Bestimmung, den Grund, warum sie schon so lange zwischen diesen hohen Kiefern wandelt, eingebüßt. Und ich bin schuld an all dem.

Warum, Fio? Weil du der Drachenlady in die Falle gegangen bist und ihr finsterer Fluch dich vergiftet hat? Blödsinn, Mann. Du standst unter ihrem Mäzenbann, hattest obendrein keine Ahnung, was abgeht und tust nun alles dafür, es wieder gutzumachen.

Ach ja? Was denn? Ich habe Linnea beinahe getötet und danach nutzlos zusehen müssen, wie alles nur schlimmer und schlimmer wurde. Poppy ist sogar für mich und mein Glück in diesen irren Lebensbaum gegangen. Ich habe keine Ahnung, ob sie überhaupt noch atmet und diese ganze Rettungsaktion überhaupt einen Sinn hat, aber …

Aber, du gibst der Mission eine Chance, stehst Linnea bei, vertraust ihr und ihrem Urteil, dass sie Poppy helfen und Narcissa aufhalten kann. Mach dich mal nicht kleiner, als du bist.

Stimmt. Das ist ja normalerweise dein Job.

Ich muss lachen.

»Was ist so komisch?«, fragt Linnea, während sie, die Hand an einen Baum gestützt, anhält und mich mustert.

Sofort habe ich ein noch schlechteres Gewissen. Vermutlich glaubt sie, ich lache sie aus, oder …

Könntest du bitte damit aufhören alles zu zerdenken? Das verursacht mir Kopfschmerzen, kapiert? Und außerdem ist es mal wieder völlig unnötig. Redet einfach miteinander, bevor ihr euch missversteht.

Du hast vermutlich recht.

Habe ich, ja, und mir kommt gerade der fabulöse Gedanke, ob ich nicht mal einen Beziehungsratgeber verfassen sollte. Ich hab's voll raus, irgendwie.

Zum Glück für die Welt existierst du nur in meinen Gedanken und wirst nicht dafür sorgen, dass noch mehr Beziehungen vor die Hunde gehen.

Du meinst … so wie deine? Ach nein, Moment. Dann müsste ich erst fragen: ‚welche?' Deine Verlobte ist raus aus dem Game – das Ende des Regenbogens in greifbarer Nähe. Wenn du es mit dem Moosglöckchen nicht vermasselst … liegt meine Erfolgsquote bei respektablen 100 %.

Wieso 100 %? Zwei Beziehungen. Eine glorreich gescheitert, die andere hoffentlich für immer. Das nennt man fifty-fifty, glaube ich.

Da liegst du ja mal sowas von falsch.

Ach ja?

Ja. Erinnerst du dich, wann du meine Stimme zum ersten Mal ernst nahmst? Nein? Ich verrate es dir: Es war der Morgen, nachdem du an Linneas Krankenbett eingepennt warst. Nachdem du weder zu Narcissa, noch …

»… nach Hause gegangen bist. Ja!«, murmle ich.

»Was soll das heißen?«, hakt Linnea zurecht nach, die mit dieser unpassenden Antwort auf die Frage, was so komisch sei, sicherlich nichts anfangen kann.

Doch in meinem Kopf hat es so laut *klick* gemacht, dass ich sie vor Freude mit beiden Händen an der Taille packe, sie herumwirble und ihr wunderhübsches Gesicht dann zwischen die Finger nehme und einfach festhalte.

»Ich habe zwar keine Ahnung, wie ich deine Zauberkräfte zurückholen kann, Linnea, aber mir ist soeben eine mögliche Erklärung für mein eigenes Problem gekommen.«

Die weißen Wolken in ihren Augen lichten sich und zurück bleibt nichts als ein strahlendes Blau, das mich liebevoll ansieht und zum Weiterreden ermutigt.

»Du darfst nicht lachen, okay?«, starte ich den, zugegeben etwas schwer nachvollziehbaren, Erklärungsversuch.

Du hättest auch sagen können: Denk nicht an lilafarbene Tapire mit Sonnenbrillen. Das funktioniert nie, Fio, Dumpfbacke. Hach, du musst noch so viel vom großen Meister lernen. Also mir, falls das nicht ganz rüberkam.

»Ich versuche es«, gibt Linnea schmunzelnd von sich. »Können wir nebenbei einen kurzen Umweg zum See machen? Wir brauchen Wasser für den Weg und ich möchte außerdem etwas ausprobieren.«

»Ja, klar«, stimme ich zu und wir nehmen einen kaum sichtbaren Trampelpfad zum nahegelegenen Waldsee.

Während wir unsere Gesichter im kühlen Nass erfrischen und Linnea ein großes Blatt zu einer Trinkschale umfunktioniert, sortiere ich meine Gedanken und teile mich ihr mit: »Ich habe eine innere Stimme«, sage ich und bemerke im selben Moment, wie dämlich das klingt. Immerhin hat doch jeder so eine Art Engelchen oder Teufelchen, die man auch Bauchgefühl oder eben ‚Gewissen' nennt. Oder?

»Das ist toll für dich, Fio«, entgegnet das Moosglöckchen mit einem Lächeln und streicht eine ihrer braunen Haarsträhnen hinter das rechte Ohr. Völlig egal, ob sie blond, brünett oder schwarzhaarig ist oder ein Kupferdach auf dem Kopf trägt – sie ist wirklich und wahrhaftig die schönste Frau, die ich jemals sah. Und das Beste an der Sache: Sie ist hier, bei mir, hört mir zu, genießt meine Nähe und wagt es, diesen abenteuerlichen Weg mit mir weiterzugehen.

So, und jetzt weiter. Aber bitte mit ein bisschen weniger Schnulz. Ihr solltet heute auch mal noch irgendwo ankommen.

»Ja, jedenfalls, diese Stimme höre ich sehr deutlich und sie bringt mich des Öfteren an den Rand der Verzweiflung. Sie nährt meine Selbstzweifel, lacht mich aus, gibt dumme Kommentare in den unpassendsten Momenten von sich oder verleitet mich zu tollkühnen Handlungen.«

»Ich nehme alles zurück«, meint Linnea und zieht die Augenbrauen skeptisch dreinblickend zusammen. »Das ist doch nicht so toll für dich.«

Ähm … hallo … ich habe auch Gefühle. Etwas weniger ehrlich, wenn ich bitten darf.

»O nein, nein, so war es nicht gemeint«, entschärfe ich die Situation.

»Ich bekomme auch Arschtritte, die ich bitter nötig habe, oder einen Wink mit dem Zaunpfahl.«

»Autsch«, entfährt es Linnea. »Das muss doch weh tun.«

Ich schmunzle. »Nein, nicht wirklich. Der ‚Wink mit dem Zaunpfahl' ist eine Redensart, ein Sprichwort, das bedeutet, dass man überdeutlich auf eine Sache hingewiesen wird. In meinem Falle der Umstand, dass ich der Stimme in meinem Kopf erst lauschen konnte, als ich mich erstmals 24 Stunden nicht zuhause oder in Narcissas Nähe aufgehalten habe. Verstehst du, sobald sie keine Gelegenheit hat, mir ihr Gift einzuflößen, verliert der Fluch in meinem Körper seine Wirkung und mein Geist klart auf.« Mit riesigen wunderschönen Augen blickt sie mich an. »Kannst du mir folgen?«

»Du meinst, wenn du dich von ihr und deinem Heim fernhältst, sie dich also nicht zu fassen bekommt, dann verschwindet das Mäzentoxin von selbst nach und nach aus deinem Körper?«

»Ja, so ähnlich. Ergibt das Sinn?«

Sie nickt und sieht mich an. Tränen stehlen sich in ihre Augen und doch reißt ihr ansteckendes Lächeln nicht ab.

»Das ergibt jede Menge Sinn, Fio, und es macht mich so unsagbar glücklich. Du könntest von ihr loskommen, geheilt werden, keine Gefahr mehr für mich oder die Grünlinge darstellen und einem gemeinsamen Leben stünde nichts mehr im Weg. Ich könnte dich küssen.«

Warum tut sie es nicht?

»Warum tust du es nicht?«, quake ich nach.

Ohne weiter zu zögern, wirft sie sich mir an den Hals, drückt mir einen leidenschaftlichen Kuss auf die Lippen und krallt ihre Hände in mein heillos verfilztes Haar.

Braucht ihr mich für den Rest dieser Szene noch?

Nein, verschwinde und lass uns das hier …

»Uuuuaaaaah!«

Platsch.

Für alle, die nicht dabei sein müssen: Die beiden Turteltäubchen sind gerade wie zwei Sandsäcke in den See gefallen. Augen auf im … also, während des Verkehrs, sage ich da nur.

Überrascht doch breit grinsend tauchen wir gemeinsam auf und sehen uns verliebt in die Augen, von deren Wimpern das kühle Seewasser tropft. Ich stehle mir einen weiteren langen Kuss und halte Linneas Kinn fest umschlossen, damit sie mir nicht frühzeitig entkommt.

»Das mit dem Wasser entwickelt sich langsam zu unserem Ding, meinst du nicht?«

Ich liebe die Fragezeichen, die so übergroß in ihren Iriden leuchten und fahre fort: »‚Unser Ding' – etwas, das wir öfter gemeinsam tun, oder das sich wiederholt, einfach so ergibt.«

Wir lachen beide.

»Auch wenn ich mich im Wasser ganz und gar in meinem Element fühle …«, raunt Linnea, »wir sollten uns ein anderes ‚Ding' suchen, jetzt, wo ich keinerlei Kontrolle mehr über die kalten Fluten habe und taub bin für die frechen Klänge des Wassergeistes.«

Die Wehmut in ihren Worten schmerzt, aber ich küsse sie auf beide Wangen, Stirn, Nase und Mund und spreche ihr Mut zu: »Du wirst sie wieder hören können, *Livtinga*. Du wirst deine Kräfte wiederfinden und dieses ehrbare Fleckchen Erde retten, das uns beiden so viel bedeutet.« Ich schiebe ihre klitschnassen Haare hinter ihre Schultern und lege meine Stirn an ihre. »Und bis dahin …«, meine Stimme ist nur noch ein Flüstern, »werden wir dankbar für jede gemeinsame Sekunde sein, die wir bekommen.«

Ihre Mundwinkel gleiten nach oben, was mir die liebste Art der Zustimmung ist.

»Lass uns einen Ort zum Übernachten suchen, Linnea. Lass uns nur einen Abend und eine Nacht ‚unser Ding' finden, die Sachen trocknen und morgen Poppy und den Rest der Welt retten.«

»Das klingt ein bisschen zu schön, um wahr zu sein, Fio«, sagt sie und zieht mir ein Blatt aus den Haaren.

»Absolut richtig, meine Schöne. Der Haken daran ist nämlich, bis zum Stadtrand werden wir noch ein paar Stunden unterwegs sein und ich habe keine Ahnung, wo wir dann spontan eine Pension oder ein Hotel finden könnten. Meine Wohnung und das WONC sind tabu – Narcissa wird diese Orte im Auge oder Moss in Habachtstellung gebracht haben.« Ich seufze.

Bliebe noch der Container auf der Lichtung. Du erinnerst dich, oder? Linneas vorrübergehende Zelle oder auch der Platz, an dem demnächst dein Landhaus stehen soll.

Witzig. Und außerdem auch keine Option. Narcissa hat den orangen Metallkäfig komplett zerdrückt, als sie ihre übertriebene MäzeninnenShow abgezogen hat und samt des Betonbodens über ihn gestiegen ist.

Ein Windstoß fährt mir unangenehm kühl unter die klitschnassen Klamotten und lässt Linnea aufstöhnen.

»Er ist zurück«, haucht sie und erhebt sich.

»Muss ich das verstehen?«, frage ich verwirrt, während sie zufrieden lächelnd auf ihre ausgestreckte Handfläche zeigt, auf der das Blatt aus meinen Haaren zu tanzen beginnt.

»Der Nordwind«, schreit sie nun beinahe, als das Blättchen abhebt und in einem Affenzahn davonfliegt. »Er zeigt uns den Weg, Fio. Er zeigt uns tatsächlich den Weg.« Sie ist ganz außer sich vor Freude und es könnte mich nichts glücklicher machen, als sie so voller Hoffnung und Euphorie dem magischen Grünling hinterherrennen zu sehen.

»Glück ist ein Parfüm,
das du nicht auf andere
sprühen kannst,
ohne selbst ein paar
Tropfen abzubekommen.«
Ralph Waldo Emerson

Linnea

Wir sind beide außer Atem, als das Eichenblatt endlich zum Stehen kommt. Zu lang sind wir dem Säuseln des Nordwindes gefolgt und haben die Hoffnung nicht verloren, einen geeigneten Platz für die Nacht zu finden.

Es ist Sommer und man könnte gut und gerne unter den Sternen schlafen, jedoch sind wir von all den Höhen und Tiefen der letzten Tage erschöpft, unsere Kleider sind immer noch feucht und ein wenig Ruhe, ohne von den Mücken zerstochen zu werden, könnte uns guttun.

Morgen schon werden wir uns in die Höhle der Mäzenin begeben, Lady Alissa und den Frön ausfindig machen und Poppy befreien. Dieses Vorhaben wird alles andere als einfach und wahrscheinlich auch nicht ohne gewisse Opfer und Entbehrungen vonstattengehen.

Wir brauchen diese Pause, wir brauchen ein kleines Stück heile Welt und ein paar Stunden zu zweit, in denen wir versuchen wollen, die Angst und Machtlosigkeit, die uns lähmt, zu vergessen.

»Wo sind wir hier?«, fragt Fio, der schwer atmend neben mir steht und nun seine Hände erschöpft auf die Oberschenkel stützt.

»Ich muss leider gestehen«, entgegne ich langsam, während ich die Umgebung mustere, »dass ich in diesem Teil des Waldes wohl noch nie gewesen bin.«

Eine kräftige Böe weht durch meine langen Haare, zieht sie in Richtung der drei Eichen, die zwischen all den Nadelbäumen so fehl am Platz wirken, und zwingt mich, weiterzulaufen.

Hand in Hand winden wir uns durch die Äste und stehen plötzlich vor einem Holzhaus, welches, von Moos bewachsen und mit Laub bedeckt, aus weiter Ferne nicht zu entdecken war.

»Wunderschön«, entfährt es Fio, während sich mein Herz schmerzhaft zusammenzieht. »Diese Hütte … sie sieht aus wie aus einem Märchen entsprungen.« Er lacht und zieht mich weiter. »Komm!«

»Ich … ich kann nicht«, bringe ich stockend hervor und beginne am ganzen Körper zu zittern.

Behutsam tritt er näher, dreht meinen Kopf mit seinem Finger zu sich und sieht mir fest in die Augen.

»Erzählst du mir, warum?«

Vehement schüttle ich den Kopf und spüre, wie eine Traurigkeit in mir aufsteigt, die ich seit Jahrzehnten nicht mehr gespürt habe.

»Du bist doch schon einmal hier gewesen, oder?«, bohrt Fio weiter nach.

Ich schlucke, lasse die Tränen kullern und winde mich aus seinem Blick. »Hier bin ich aufgewachsen«, hauche ich und diese Erkenntnis reißt mir den Boden unter den Füßen weg.

Ich sacke auf die Knie, weine und lasse all die tief verborgenen Bilder dieser Hütte, in der ich meine halbe Kindheit verbrachte, auf mich einströmen. »Hier habe ich mit Mutter und Vater gelebt, bis meine Eltern beschlossen, ihr Dasein in der Stadt fortzusetzen und der Evergreen mich in seine Arme rief.«

Mit einem tiefen Seufzer lässt Fio sich neben mich ins Gras unter den Eichen fallen und greift meine Hand. Er haucht einen Kuss darauf, drückt sie sanft an seine stoppelige Wange und schweigt.

Er lässt mir Zeit, er gibt mir Raum, stellt keine Fragen, die mich noch mehr aufwühlen würden, und ist einfach da – an meiner Seite –, in einem Moment größter Schuld und unbändiger Freude. Schuld, dass ich meine Eltern zurückließ – vermutlich in verzehrender Sorge um mich. Und Freude, dass ich nach all den vielen Jahren diesen Ort und seinem Zauber noch einmal einen Besuch abstatten darf.

Wir verweilen noch eine ganze Zeit, bis die Sonne in unserem Rücke allmählich untergeht und Fios Magen so laut knurrt, dass ich schmunzeln muss.

»Lass uns reingehen«, bin ich es nun, die den Anstoß gibt und mit kleinen Schritten auf das Holzhaus mit der dunkelgrünen Tür zuläuft.

Sie klemmt ein wenig, doch Fio schiebt mich zur Seite, stemmt sich mit einem Ruck dagegen und öffnet die Pforte zu meinen Erinnerungen.

Auch wenn es nach fauligem Holz, Staub und Erde riecht, der große, leere Raum beginnt vor meinem inneren Auge sofort lebendig zu werden und das zu sein, was er in einem anderen Leben für mich war: ein Zuhause.

Ich sehe die gewebten Vorhänge vor mir, die Teppiche und Kissen auf dem Boden, Vaters Bücherregal und die elterliche Bettstatt. Doch all diese Dinge sind vor langer Zeit verschwunden. Was blieb, war die schlichte Küche mit Holzofen, ebenso wie der Waschtrog, der gleich daneben aufgestellt wurde. So ließ sich das heiße Wasser auf kürzestem Wege in den Zuber schütten und sorgte gleichzeitig für eine wohlige Wärme im Wohnraum.

Behutsam fahre ich mit dem Zeigefinger über die verstaubte Oberfläche des Wachtrogs und puste die winzigen Teilchen in die letzten Strahlen der untergehenden Sonne.

»Wir sollten versuchen, eine Kerze aufzutreiben oder ein Feuer zu machen, bevor es hier gleich stockfinster ist«, meint Fio hinter mir und legt mir seine schützende Hand zwischen die Schulterblätter. Ich nicke zustimmend.

»Hinterm Haus sollte Brennholz zu finden sein. Ich suche einen Feuerstein und etwas trockenes Gras.«

Er gibt mir einen Kuss, lächelt und verschwindet in die Dämmerung nach draußen.

Drei Handgriffe später habe ich im Kästchen auf dem Küchenregal alles Nötige gefunden, um ein Feuer zu entfachen und mache mich daran, den Ofen von Staub und Spinnenweben zu befreien.

Als Fio wenig später mit einem halb zerfallenen Korb voll Holz zurückkommt, lächelt er mir zu, reicht mir die grob gehackten Stücke und verlässt mich erneut.

Das Feuer brennt hell und der Ofen hat bereits die gesamte Hütte mit wohliger Wärme durchflutet als der Herr Doktor mit zwei Holzeimern und einem breiten Grinsen erneut auftaucht.

»Ich habe eine Wasserstelle gefunden, gar nicht weit von hier. Ich kann noch mehr holen und wir können die Wanne voll machen, wenn du magst.«

Ich vermute er meint den Zuber, den er so unverhohlen anlächelt und ich spüre, wie beim Gedanken an ein weiteres Bad mit Fio die Schmetterlinge in meinem Bauch durchzudrehen beginnen. Es klingt nach einer wahrlich wundervollen Idee.

»Ich mag«, sage ich und senke den Blick, bevor er im Schein des Feuers noch die Röte auf meinen Wangen bemerkt, die nichts, aber auch gar nichts mit der Hitze des Feuers zu tun hat.

»Könntest du uns möglicherweise irgendwas zu essen besorgen?«, fragt Fio mit zusammengekniffenen Augen, als sei ihm diese Forderung unangenehm.

»Aber ja«, gebe ich zurück, verfluche aber im selben Moment den Umstand, dass mich meine floralen Kräfte verlassen haben. Wie einfach wäre es, ein paar Grünlinge mit dieser Aufgabe zu betrauen, oder zumindest um Hilfe bei der Zubereitung zu bitten. Nun, ich muss also in die saure Frucht beißen und den langen, beschwerlichen Weg gehen.

In Windeseile sind ein paar Kerzenstumpen entbrannt, die ich in einem Schubfach finden konnte, bevor ich mich, nun mit einer Lichtquelle ausgestattet, vor die Hütte begeben kann. Zu meiner großen Freude erwartet mich das schwebende Eichenblatt, leitet mich ein Stück in den Wald hinein und lässt meine Stimme vor Überraschung aufjauchzen. Pilze. Genauer gesagt Pfifferlinge, die in großer Zahl an den Stümpfen der Bäume wachsen, die mein Vater einst fällte. Aufgrund der Nähe zum Wasser muss es hier feucht und warm genug sein, dass die kleinen Leckerbissen bereits im Spätsommer ihren herben Duft verströmen.

Ich danke ihnen für ihr Opfer, sammle ein paar Hände voll und verstaue sie in den Weiten meines Shirts. Köstlich. Ich liebe Pilze, was mein Bauch mit einem vorfreudigen Grummeln unterstreicht.

Als ich zurück in das Haus meiner Kindheit trete, bietet sich mir ein Bild, das mein Herz hüpfen und meine Wangen und Mundwinkel vor Rührung beben lässt. Der Raum ist erfüllt mit warmer, feuchter Luft. Der Kessel über dem Ofen dampft und Fio fegt, mit alten Binsen, die früher mal ein Besen waren, den dreckigen Boden rund um den Waschzuber.

Kerzenschein taucht das Geschehen in ein beinahe magisches Licht und ich wäre vollkommen zufrieden, wenn ich einfach noch ein paar Stunden nur zusehen dürfte.

»Bist du fündig geworden?«, fragt Fio, etwas außer Puste und lächelt mich an. Seine Brillengläser sind beschlagen, das Haar noch feuchter als zuvor und Schweißperlen stehen auf seiner Stirn.

»Ich hoffe, du magst Pilze«, trällere ich heiter und mache mich daran einen weiteren Topf zu finden, um uns ein köstliches Abendmahl zu bereiten.

***

Mit vollen Bäuchen und glühenden Gesichtern lehnen wir einige Zeit später an der teilweise morschen Wand der Hütte und sehen uns an. Ich bin satt, ich genieße die Gesellschaft dieses wunderbaren Mannes und kann für diesen einen Abend alles um mich herum vergessen. Na gut, nicht alles. Der Umstand, dass unsere Kleidung vor Dreck nur so strotzt und die Hitze des Badetrogs geradezu nach uns schreit, kann und will ich nicht ganz ausblenden. Immerhin ist Wasser ‚unser Ding', wie wir bereits festgestellt haben, also fiebere ich vorfreudig einem weiteren Abenteuer entgegen.

Ich stelle den Topf, aus dem wir gemeinsam mit Hilfe von Rindenstücken und kleinen Stöckchen gegessen haben beiseite, stehe auf, gieße den letzten Kessel heißen Wassers in die Badevorrichtung und wende mich zu Fio um.

Er blinzelt, schluckt heftig und legt seine Brille beiseite.

Jetzt gibt es kein Zurück mehr, und das wissen wir beide. Ich streife also langsam das übergroße Shirt von meinem klebrigen Körper, steige aus der Unterhose und nicke Fio aufmunternd zu, der nervös seine Lippen knetet.

»Zeit für ein Bad, Doktorchen. Du hast es nötig, glaub mir.«

Er grinst verlegen, versucht durch sein Haar zu streichen, verheddert sich jedoch heillos in dem Wirrwarr auf seinem Kopf und lässt es bleiben.

Mit einem Blick, den ich nicht zu deuten vermag, steht er auf und streift sich das fleckige Shirt vom Körper. Jetzt bin ich diejenige, die Spucke in ihrem Mund sammelt und den Schluckreflex zu unterdrücken versucht.

Er löst den Nesselrock, den Poppy ihm aus meinem Vorrat geliehen hat, entledigt sich mit zittrigen Händen auch seiner Unterhose und sieht mich an. Mein Herz klopft laut, denn … beim Nordwind … ich habe noch nie einen nackten Mann aus nächster Nähe bewundern dürfen. Zu meiner Erleichterung klopft sein Herz ebenso laut und pumpt jede Menge Blut auch in Regionen seines Körpers, die sonst nicht so … hervorstechen.

Es ist wirklich unnatürlich heiß hier drinnen.

Als er näher kommt und der Ausdruck in seinen Augen hungriger wird, wende ich mich um, steige auf den Schemel und gleite ins warme, dampfende Wasser des Zubers, der nur mit Müh und Not Platz für zwei erwachsene Menschen bietet.

Ich weiß nicht, warum ich die Flucht nach vorne angetreten habe, wo die Luft zwischen uns geradezu flirrte. Ich habe einfach aufgehört zu atmen, bekam … Angst, ja, es war Angst. Angst vor dem Unbekannten. Angst vor körperlicher Nähe, von der ich keine Ahnung habe. Angst davor, verletzt zu werden.

Ich schüttle leicht den Kopf, versuche die weiter steigende Nervosität davonzublinzeln und genieße still und heimlich den Moment, als Fio zu mir ins Wasser steigt.

Er gibt ein wohliges Stöhnen von sich, als das warme Nass seinen sehnigen Körper umschließt und setzt sich mir gegenüber. Unsere Knie stoßen aneinander, unsere Nasenspitzen sind nur zwei Fußlängen voneinander entfernt und als Fio seine Arme ausbreitet, um sie am Rand der hölzernen Wanne abzulegen, macht sich ein Hauch Enttäuschung in meiner Brust breit. Auch wenn mir seine Nähe ein wenig Angst einjagt, so ist die Neugier und das Gefühl, was sich wohl ‚Verlangen' nennt, größer. Dass er nun auf Abstand geht, wurmt mich.

Ich tauche unter, um einen klaren Kopf zu bekommen, genieße den Druck in meinen Ohren und das Rauschen des Wassers, das mich auf andere Gedanken bringen soll. Ohne Erfolg. Ich öffne die Augen – warum weiß ich nicht – und sehe erneut dieser … männlichen Eigenart entgegen, die so fremd und anziehend wirkt und selbst im trüben Wasser nur wenig von seiner ansprechenden Gestalt verliert.

Meine Atemluft wird knapp und ich tauche auf.

Fio grinst, als wüsste er genau, dass ich ihn im Verborgenen beobachtet, mich nach ihm und seinen Berührungen verzehrt habe. Wo ist mein Selbstbewusstsein geblieben, mit dem ich damals vor seinen Augen – nackt, wie ich erschaffen wurde – aus dem See gestiegen bin? Wo ist meine Stärke geblieben, mit der ich jede neue Herausforderung meistere, auf die ich mich verlasse, auch wenn das Vorhaben ausweglos scheint?

Fio lächelt.

Ich lächle.

Er taucht unter und ich lasse meinen Blick hibbelig durch die Hütte schweifen. Außer dem Trog und der Küche samt Regal ist nichts mehr da, was ich kannte und liebgewonnen hatte. Sie haben alles mitgenommen und sind gegangen. Sie sind gegangen und haben mich …

Wasser spritzt in mein Gesicht und ich keuche auf. Kuckucksei und Distelkopf, bin ich erschrocken. Fio taucht direkt vor mir aus dem dampfenden Nass und sieht mir mit einer Intensität in die Augen, die ich kaum aushalten kann.

Er kommt näher. Streicht mit der Nasenspitze über meine. Lässt sie weiterwandern und liebkost beide Wangen, die Ohren, den Hals und schlussendlich meinen Mund. Ich japse auf.

Sein Blick findet erneut den meinen und stellt eine stumme Frage, die ich auf die wohl einfältigste Art beantworte, die man sich vorstellen kann. Er will wissen, ob er weitermachen darf – ich stemme beide Hände gegen seine nackte Brust, schiebe ihn von mir, erhebe mich aus dem Wasser und sage: »Oben.«

»Oben?«, plappert er nach, wie ein talentierter Rabenvogel.

»Ja … ähm … oben«, versuche ich mich zu erklären. »Ich werde oben nachsehen, ob mein Zimmer noch da ist. Vielleicht sogar die Bettstatt oder zumindest eine Decke.«

Mit diesen Worten klettere ich aus dem Trog, greife nach dem T-Shirt, schlinge es um mich und nehme die knarzende Leiter in den Dachstuhl der Holzhütte.

Linnea

Feige wie ein Kaninchen, das sich bei der kleinsten Bewegung in seinen Bau verkriecht, flüchte ich aus der Situation. Zum ersten Mal in meinem Leben bin ich schwach und wähle den einfachen Weg. Ducken, Luft anhalten und hoffen, dass es vorbeigehen möge, ohne dass mein Einsatz gefordert wird.

Es fühlt sich so falsch an. So schmerzhaft, so traurig, so einsam und … feige. Mein Herz flüstert in einem fort: ‚Geh zurück, Linnea. Versuche sie, die Sache mit der Liebe, und lass dich auf den Mann ein, der deinen Weg kreuzen sollte.' Aber ich kann nicht. Irgendetwas blockiert mich, lässt mich davonlaufen und mich zittern wie Espenlaub.

Es ist kälter hier oben. Ein gewaltiges Loch im Dach, durch das man den funkelnden Sternenhimmel bewundern kann, sorgt für frische kühle Nachtluft und Gänsehaut auf meinem gesamten Körper.

Ich sehe mich um an diesem Ort, der vor langer Zeit mein eigenes kleines Reich bildete und staune, als ich erkenne, dass Vater und Mutter die kleine Dachkammer beinahe so hinterlassen haben, wie ich sie in Erinnerung habe.

Der Mond schickt genügend Licht durch das runde Fenster hinter dem ehemaligen Heubett und wirft einen silbernen Schein über die verstaubten Gegenstände, die die Geschichte meiner Kindheit erzählen. Ein lederner Ball, dessen Luft schon vor Ewigkeiten entwichen sein muss. Meine Puppe Margaritte, die Mutter aus den Resten der groben Vorhänge schneiderte, und die mich mit ihrem verbliebenen Knopfauge traurig ansieht. Ein Glas voll Muscheln und besonderer Steine, die ich im Laufe der Jahre im Wald fand und nicht liegenlassen konnte. Ich war ein glückliches Kind, erkenne ich schwermütig lächelnd.

»Es ist hübsch«, ertönt eine tiefe Stimme hinter mir. Fio.

Ich drehe mich nicht um, aber genieße seine Anwesenheit unter den morschen Dachbalken, deren Wahrhaftigkeit mich nach all der Zeit verwirrt.

»Es hat sich nichts verändert«, murmle ich und setze mich auf das löchrige Laken, unter dem einst duftendes Heu meine kindlichen Beine piekste. »Meine Eltern sind vor langer Zeit fortgegangen und haben mich und alles, was mir gehörte, hiergelassen.«

»Wie lange ist das her?«, fragt er und setzt sich neben mich, ohne mich mit seiner Nähe zu überfordern. Er hat den Nesselrock um seine Hüften gebunden, wofür ich dankbar bin und leistet mir Gesellschaft, ohne Erwartungen an mich zu stellen. Er ist geduldig, hört mir zu und überlässt es mir, zu entscheiden, wie dieser sternenklare Abend weitergehen wird. Er ist wunderbar. Und er verdient die Wahrheit.

»Ich habe schon vor vielen Wintersonnenwenden aufgehört zu zählen. Ich habe einen Krieg mit ansehen müssen, weißt du? Erlebt, wie Menschen ihre Städte zerstören und Dinge erfinden, die die Welt langsam, aber sicher sterben lassen. Meine Eltern wollten mich in der Abgeschiedenheit des Waldes vor all dem Grauen beschützen. Sie haben auf die Vorzüge eines Lebens als ein Rad im Getriebe der Gesellschaft verzichtet, um mich frei von Zwängen und Normen aufwachsen zu lassen. Sie zeigten mir, was Freiheit ist, obwohl sie mir damit auch die Möglichkeit nahmen, Dummheiten zu begehen oder Vertrauen in Menschen zu setzen.« Ich seufze und ziehe das Shirt ein wenig enger um meinen bibbernden Körper.

Fio bemerkt es und bietet mir seinen schützenden Arm und wärmenden Körper an. Ich nicke etwas verlegen, rutsche näher und schmiege mich dankbar an ihn, bevor ich fortfahre.

»Ich habe eine alte Seele, Fio, aber mein Herz ist jung und unerfahren. Scheu wie ein Nestling, der seinen Baum verlassen soll, und ich habe …« Die Worte wollen nicht über meine Lippen.

»Angst?«, gibt Fio meinem vorherrschenden Gefühl einen Namen. Dann lacht er und ich schmelze dahin, während der Klang seiner Stimme meine Knochen vibrieren lässt. »Die habe ich auch, Moosglöckchen, glaub mir«, flüstert er und haucht mir einen Kuss auf den Scheitel. »Ich bin voll von Angst. Ich ängstige mich, wenn ich eine fremde Hütte im Wald betrete, wenn ich einem Fuchs gegenüberstehe, während ich Holz und Wasser hole. Ich ängstige mich, wenn ich an morgen denke, an Narcissa, an Moss, an das, was sie mit mir gemacht haben.« Er streicht mir über die feuchten Haare und ich schließe die Augen und genieße seine Berührungen. »Aber du, Linnea, du machst diese Angst für mich ein Stück weit erträglicher. Du bist mutig, du bist stark, tapfer, selbstlos und entschlossen. Du wirst mich leiten in diesem Irrsinn, den wir überleben und siegreich meistern werden.«

Er schiebt mich nur ein winziges Stück von sich, um meinem Blick begegnen zu können, in dem sich all meine vielseitigen Emotionen spiegeln. Eine schwindet jedoch mehr und mehr, während ich ihn ansehe und er mir sein Herz und sein Vertrauen schenkt: die Angst.

»Es ist mir egal, wie alt du bist, ob deine Kräfte zurückkehren oder nicht, ob dein Haar rosa schimmert oder du eine Glatze trägst.« Seine Pupillen weiten sich und ich erschaudere in Erwartung darauf, dass gleich etwas von enormer Wichtigkeit passieren wird. »Du hast mir den Kopf verdreht, Linnea, mich dazu gebracht, Liebe zu empfinden, ohne das du bei Bewusstsein warst …« Er lacht. »Und das hat mir … Angst eingejagt.«

»Was?«, wispere ich und ergreife seine starke Hand.

»Eine solche Liebe habe ich auch noch nie erlebt, Moosglöckchen. Ich hatte keine Ahnung, dass mich Flugzeuge im Bauch wahnsinnig machen können. Dass mir ständig heiß und kalt ist, während ich unkontrolliert atme, sobald du in meiner Nähe bist. Der Nordwind ist mein Zeuge, ich stehe komplett neben mir, bin unkonzentriert, rede wirres Zeug …«

»Das ist schrecklich, oder?«

Wir lachen beide und sehen uns an.

Der Wind fährt durch das Loch im Dach, pustet meine noch feuchten Haare gegen Fios Wangen und lässt uns nun gleichzeitig erschauern. Das Windspiel aus hohlen Hölzern, das ich einst bastelte, beginnt zu singen und wir rücken, getrieben von Nervosität und Zuneigung, die uns verbindet, enger zusammen.

»Aber … ich … ich liebe diese Schrecklichkeit«, raunt Fio und neigt den Kopf auf Höhe meines Gesichtes. Ich schlucke. »Und … ich … liebe dich, Linnea.«

Das ist zu viel. Tränen stehlen sich aus meinen immerfort lächelnden Augen und ich küsse diesen Mann mit all meiner neuentdeckten Leidenschaft, all meiner Liebe und Hingabe.

Der alte Kerzenhalter auf dem Schemel neben der Schlafstätte fällt zu Boden, lässt uns innehalten und grinsen.

Die Mauer der Beklemmung, Scham und Furcht vor dem Unbekannten reißt ein und ich lasse ihn endlich zu mir kommen. Fio deutet meine stumme Zustimmung richtig und bettet mich sanft auf den harten Untergrund, während der Mond seine braunen Iriden zum Leuchten bringt. Glitzernder Staub gesellt sich in dieses Lichterspiel und gibt mir den entscheidenden Anstoß, meine Zurückhaltung gänzlich zu überwinden und mich diesem Mann, diesem Wunder der Natur, hinzugeben.

»Ich liebe dich, David Fiorello, und ich wünsche mir, dass du mir zeigst, wie ich es dir auch mit meinem Körper sagen kann.«

»Du musst nicht …«, versucht er mich zu unterbrechen.

»Scht«, sofort lasse ich meinen Zeigefinger auf seine vollen Lippen wandern. »Bitte«, wispere ich und wähle die Worte bewusst: »Gewähre mir diesen Wunsch und lass uns in dieser Nacht vergessen, dass es unsere letzte sein könnte.«

Er schluckt hörbar, nickt dann aber.

Seine Lippen streifen meine, necken mich, liebkosen mich und sorgen dafür, dass eine wohlige Wärme mich umfängt und die frostigen Sticheleien des Nordwinds vergessen machen. Langsam entwindet er mir sein Shirt, das ich krampfhaft zwischen meinen Händen hielt, und wirft es beiseite.

»Könntest du mir diesen … Rock ausziehen?«, bittet er lächelnd und nur drei viel zu kurze Atemzüge später liegt er vollkommen nackt und unbeschreiblich schön auf mir.

Sein Blick wandert über meinen gesamten Körper, bevor er mit einem Finger an meiner Seite entlangfährt und erst an der pulsierenden Schläfe meiner rechten Gesichtshälfte zum Stehen kommt. Er küsst mich, so zart, so wohlschmeckend und wundervoll, dass ich vor Verlangen beinahe vergehe.

Unsicher strecke ich meine Hände aus, lasse sie über seine Brust gleiten und erkunde den Körper, der mich wärmt und zum Zittern bringt. Ich streichle über den Nabel an seinem flachen Bauch, fahre die Muskeln auf seinen gespannten Oberarmen nach und wage es sogar, seinen Po zu streifen, während er wohlig schnurrt.

Als er unverhofft meine Brustwarze zwischen seine Lippen nimmt, bäume ich mich auf und gebe Laute von mir, deren Bildung ich mir nicht einmal bewusst war. Ich weiß nicht wohin mit mir, spüre ein Kribbeln von der sensiblen Stelle, die er liebkost, bis in den kleinen Zeh. Ich möchte mehr und auch weniger. Ich möchte schreien und auch weinen. Ich möchte fühlen, genießen und sehne mich doch nach Erlösung.

Fios Mund wandert weiter gen Süden und ich kralle meine Finger in seine feuchten Haare, um mich nicht gänzlich zu verkrampfen. Was auch immer er da tut … es ist köstlich und jagt mir einen Schauer nach dem nächsten durch den erhitzten Körper.

Jetzt … jetzt … beim Nordwind … was? Eis und Feuer – er streift mit seiner Zunge über meine … meine … erblühende Knospe und ich recke mich ihm entgegen, um dieses neue Gefühl zu vertiefen.

Meine Hände verlassen seine Haare, krallen sich ins Laken und halten mich an Ort und Stelle, während Fio meine Welt auf den Kopf stellt. Schreie entweichen mir, als er das Spiel seiner Zunge intensiviert und werden von Lachen, Tränen und wohligem Stöhnen begleitet.

Als ich mir sicher bin, dass ich der Sonne viel zu nahe gekommen bin und gleich verbrennen werde, hebt Fio seinen Kopf aus meinem Schoß, hält meinen Blick, während seine Lippen den meinen immer näher kommen und fragt: »Soll ich aufhören, oder bist du bereit, diesmal wirklich das Paradies zu betreten?«

Ich keuche, kaue auf meiner Unterlippe herum und ziehe seinen Kopf so nah, dass ich ihm ins Ohr flüstern kann. »Bring mich ins Paradies.«

Ein grollendes Lachen entweicht seiner Kehle und lässt mich Sterne auch da sehen, wo das Dach nicht beschädigt ist.

Langsam, wahrlich quälend langsam dringt er nun größer und fester in mich ein, weitet mich, bis ich einen kurzen Schmerzenslaut von mir gebe und hebt und senkt die Hüften in einem Rhythmus, dem ich mich nur allzu gern anschließe.

Es ist wunderschön, anders als alles, was ich in meinem langen Leben je erleben durfte und könnte sich zu einer Sache entwickeln, die ich gern wiederholen möchte.

Es ist besser als schwimmen im Eiswasser, aufregender als Lianenschwingen zwischen den höchsten Bäumen und tausendfach schöner als jeder Sonnenuntergang.

Als Fios Bewegungen schneller werden, seine Lider sich schließen, nur um mich gleich darauf mit seinen dunklen Iriden zu fesseln, spüre ich, dass die Pforte zum Paradies ganz nah ist.

Ich ziehe ihn in einen Kuss, der vom Tanz unserer Zungen beherrscht wird und lasse los, als ich von einer Welle an Empfindungen erfasst werde, die mich in den Himmel schickt.

Oh, Geister des Waldes, steht mir bei! Denn ich bin nicht sicher, ob ich je aus diesem Traum erwachen möchte. Ich bin angekommen, überglücklich und trunken vor Liebe.

Wenn es morgen wirklich zu Ende geht, dann werde ich dankbar und erfüllt den Weg nehmen, der mir vorherbestimmt ist. Dann werde ich nicht als *Livtinga*, der Hüterin des Lebens aus dieser Welt gehen, sondern als die Frau an Fios Seite, die wahre Liebe erleben und glücklich sterben durfte.

Linnea

In dieser Nacht finden wir nur wenig Schlaf. Wir blicken gemeinsam durch das Loch im Hüttendach nach draußen in die Sterne und genießen die Wärme und den Duft des anderen.

Fio hört sich Geschichten aus meiner längst vergangenen Kindheit an, erkundet die verbliebenen Gegenstände auf diesem winzigen Dachboden und lächelt, wenn ich Worte suche, die mir entfallen sind. Es ist tröstlich und wohltuend und kommt wirklich sehr nah an meine Vorstellung vom Ort der Seligkeit heran.

Als wir uns noch vor Sonnenaufgang aus dem harten Lager wälzen, ächzen unsere Muskeln wie die Dielen dieses halb verfallenen Hauses. Dennoch lächeln wir, schlüpfen in die mittlerweile getrockneten Kleidungsstücke und machen uns ohne eine morgendliche Mahlzeit auf den Weg ins WONC.

Das verspielte Eichenblatt und mein treuer Gefährte, der Nordwind, weisen uns den Weg, machen uns auf Beerensträucher und erfrischende Quellen aufmerksam und verlassen uns erst vor den Pforten des ‚Forschungsinstitutes', wie Fio es nennt.

Gehüllt in die Kleider der vergangenen Tage betreten wir die leblose Halle des WONC und werden von einem großen, freundlichen Mann hinter Glas begrüßt. Er verzieht fragend das Gesicht, glaube ich – es ist schwer zu erkennen, da er keine Augenbrauen hat, die das Lesen in seiner Mimik erleichtern würden. Doch als Fio ihm lächelnd zuwinkt, zuckt er nur mit den Schultern und setzt seine Arbeit fort.

»Keine Sorge, Arnit ist cool«, flüstert Fio und schiebt mich durch eine weiße Tür, hinter der sich dunkelgraue Kästen und eckige Körbe mit Wäsche verbergen. »Er wird keine Fragen stellen. Sobald wir einen

Kittel tragen, werden wir ohnehin unsichtbar. Ist quasi eine Superkraft.« Er lächelt, öffnet gleich zwei der dunklen Dinger, die ein furchtbares Quietschen von sich geben und wirft mir eine hellgraue Hose und ein gleichfarbiges Oberteil entgegen.

Ich lege mein liebgewonnenes, etwas steifes Shirt ab und streife die unangenehm riechenden Stoffteile über. Auf meiner Brust prangt ein sonderliches Zeichen, auf welches ich Fio mit einem Fingerzeig hinweise.

Er versteht und setzt zu einer Erklärung an: »Das Logo des WONC.« Er deutet auf den weißen Kittel, den er mittlerweile trägt. Auch diesen verziert jenes abschreckende Bild. »Ein Symbol, das unsere Arbeit hier verbildlichen soll und überall in der Stadt und darüber hinaus bekannt ist.«

»Ein Grünling, eingesperrt hinter Glas?«, frage ich mit mürrischem Unterton. Ist dieses ‚Symbol' aus Narcissas Geist entsprungen?«

Fio reicht mir Stulpen für die Füße und weiße Schläppchen aus einem luftig leichten Material, die so groß und breit sind, dass man damit einen Waldbrand austreten könnte.

»Ich deutete unser Wahrzeichen bisher immer als einen Diamanten, der die Schönheit und den Facettenreichtum der Lebewesen, die wir hier erforschen, zur Geltung bringt, der all die bunten und so verschiedenen Wunder der Natur ins beste Licht rückt.«

»Hm«, entweicht mir ein Laut der Ablehnung.

Fio schüttelt den Kopf und meint: »Aber nach allem, was ich jetzt über die Dimas und ihren Fluch weiß, wirst du mit deiner Vermutung wohl richtig liegen.«

Er stößt traurig einen Schwall Luft aus, klemmt eine kleine Karte an mein kastenförmiges Oberteil und legt eine Hand an meine Wange.

»Bereit, Schwester Viola?«, fragt er und lächelt. Aha, ich wandle also in den Schläppchen einer anderen in mein Verderben. Puh, das macht den ganzen Wahnsinn nicht gerade besser. Dennoch presse ich tapfer meine Lippen und auch meine Pobacken aufeinander, nicke und folge Fio hinaus in das Gebäude, das schon einmal versuchte, meine Geschichte zu ändern.

»Sag mal, Fio …« frage ich, als wir zum zweiten Mal um eine Ecke biegen und einem langen, offenen Weg folgen. »Wird Narcissa nicht wissen, dass du hier bist?« Prompt zieht er mich in einen glänzenden Raum, dessen schwere Türen sich wie von Geisterhand schließen.

»Das ist ein Fahrstuhl«, erklärt er. »Er wird sich gleich in Bewegung setzen und uns auf dem schnellsten Weg ans Ziel bringen. Erschrick also nicht.«

Ich vernehme eine leichte Erschütterung, kralle mich an die Stangen, die auf Hüfthöhe im gesamten ‚Fahrstuhl' angebracht sind und zucke zusammen, als mich ein unangenehmes Kribbeln im Bauch erfasst. Ich mag es nicht.

»Ach, und um deine Frage zu beantworten«, fährt Fio fort, »es ist fünf Uhr morgens«, sagt er und starrt auf die leuchtenden Ziffern, die neben der Tür aufblinken, in der ich mich spiegeln kann. »Außer Arnit, dem Nachtwächter, der gerade Papiersterne faltet, wird sich keiner um unsere Anwesenheit scheren.«

Seine Worte sollen mich beruhigen, lösen aber das komplette Gegenteil aus. Ein Wächter, der Sterne faltet? Nicht gerade vertrauenserweckend. Und wann sind wir endlich da? Ich bekomme kaum Luft in diesem engen, künstlichen Raum. Ich bin nervös. Es ist so tot und kalt hier drinnen.

»Gleich geschafft«, murmelt Fio, »du kannst deine Krallen wieder einfahren, Moosglöckchen.«

Wie bitte? Von welchen Krallen spricht er? Doch als er sich zu mir dreht und seinen Blick auf meine Finger richtet, die am Metallgehäuse auf- und abtanzen, dringt das nervige Geräusch der Nägel auch an meine Ohren und ich lasse die Hände augenblicklich sinken.

Verloren sehe ich in die Spiegelfront zu meiner rechten und begegne Fios Blick.

Ein angedeutetes Lächeln hebt seine Mundwinkel leicht nach oben, er macht einen Schritt auf mich zu und schließt die unangenehme Kluft des angespannten Schweigens, das zwischen uns hängt.

Er nimmt die erleichterten Atemzüge zur Kenntnis, die aus mir strömen, ergreift meine Hand, dreht mich unter seinem Arm hindurch an die Fahrstuhltür und drückt mich sanft dagegen.

»Besser?«, raunt er an meinem Ohr und ich nicke, als ich dankbar feststelle, dass seine Nähe das beste Mittel gegen aufkeimende Panik ist.

Ich bin kein Angsthase. Ich bin kein Feigling und auch kein Mäuschen, das sich hinter dem breiten Rücken eines Mannes verstecken muss, ganz egal, wie verlockend die Vorstellung vielleicht wäre. Ich habe das Ziel vor Augen und werde mich nach diesem kurzen Moment der Schwäche gestärkt der Erfüllung meiner Aufgabe widmen.

Ich war den Großteil meines Lebens immer nur auf mich und meine Schützlinge gestellt. *Ich* sagte, wo es lang ging, *ich* allein stand für Fehler gerade und *ich* war es, die mir stets am nächsten war. Ich musste nie Rücksicht auf andere Menschen nehmen, mir keine Sorgen um sie machen oder nach deren Meinung fragen. Ich war allein, aber ich war stark. Ich war furchtlos, weil es niemanden gab, an dem mein Herz hing, welches ich durch seinen Verlust ebenfalls verlieren könnte. Ich war eine einsame Kriegerin ohne Schwachstellen, die ihrer Bestimmung folgte und niemals vom Kurs abkam. Der Älteste konnte sich durch meine Taten in Sicherheit wähnen und in der Gewissheit regieren, dass sein Wald und jedes Leben darin bei mir in besten Händen war.

Und jetzt? Jetzt jagen mir beklemmende Stille, harmlose ‚Fahrstühle' und die Aussicht darauf, einen einzelnen Menschen zu verlieren, solch eine Angst ein, dass ich zu einer schwächlichen Version von mir verkomme, die ich nicht ausstehen kann.

BING.

Die glänzenden Türen gleiten in meinem Rücken auseinander. Fio zieht mich dichter an sich, haucht mir einen Kuss auf die Lippen und sagt: »Wir schaffen das, Linnea.«

Ich bin machtlos gegen seine Worte. Wie groß meine Verwirrung und Angst auch ist, ich würde mich immer und immer wieder von seinem Charme und der Liebe in seinen Augen einlullen lassen und stets *ja* sagen.

»Ich bin durcheinander«, fährt er mit leiser Stimme fort, während wir beide im Türrahmen des seltsamen Fahrstuhls verharren und die Türen ein ums andere Mal versuchen uns beiseitezuschieben. »Mein Kopf hängt in einer rosaroten Wolke, aber mein Körper verlangt, dass ich überlegt handle. Er schreit mich an, dass ich in Lebensgefahr schwebe, während ich einfach nur zurück in den Forest laufen und mit dir bis wir alt und grau sind im Moos liegen und träumen möchte.«

Er stockt und ich lege eine Hand an seine Wange, um ihm das Gefühl zu geben, dass ich ihn sehe, ihn versuche zu verstehen und ebenso fühle wie er.

»Ich habe immer noch Angst, Linnea. Vor Narcissas manipulativen Kräften, die mich erneut in einen Sumpf des Vergessens ziehen könnten und dich aus meinem Leben zu verbannen versuchen. Ich habe Angst davor, dass mir Lady Alissas Maßnahmen nicht gefallen werden. Ich habe Angst davor, dich mit dem Evergreen, der Natur und der Welt teilen zu müssen. Ich kann nicht den starken Mann markieren, während ich fürchten muss, dich im nächsten Augenblick an deine Bestimmung zu verlieren oder zusehen zu müssen, wie du am Schwinden deiner Kräfte zerbrichst. Ich kann nicht …«

»He«, flüstere ich und streiche behutsam über seine zitternden Lippen. »Glaubst du an Vorsehung, Fio? An Schicksal?«

Meine Frage scheint ihn zu erstaunen, da er die Augen ein wenig weitet und mich ansieht, als wäre ich eine Einbildung, deren Zauber ihn in Erstaunen versetzt.

Langsam, als spiele Zeit in diesem Moment keine Rolle, legt er seine Hand auf meine und führt sie weg von seinem perfekten Mund, hinunter zu der Stelle, unter der laut und kräftig sein Herz schlägt.

»Ja, Linnea«, sagt er und sorgt dafür, dass ich erleichtert die Augen schließe. Nur für einen Atemzug, denn schon vermisse ich seinen Anblick und das Kribbeln, das sein schiefes Grinsen in mir auslöst. »Und ich glaub – nein, ich weiß – dass *du* mein Schicksal bist.«

O Sterne, wie ich ihn liebe!

»Was ich nicht weiß, ist, ob das Schicksal uns zusammengeführt hat, um die Mäzenin zu stoppen, mich aus einem Leben zu befreien, das bedeutungslos war oder damit ich glücklich werde. Vielleicht werde ich sterben. Oder aber ich gehe als Held aus dieser Geschichte hervor. Oder beides. Oder ich bleibe der zufriedene Mann, der ich seit gestern an deiner Seite bin und werde den ganzen Wahnsinn überleben. Wer weiß?«

Er umschließt meine Hand ein wenig fester, legt den Arm, der bisher gegen die Tür gestemmt war, um meine Taille und stupst seine Nase an meine.

»Lass uns loslegen, Moosglöckchen, denn ich bin echt nicht der Typ *Adrenalinjunkie*. Vielleicht werde ich einer, wenn wir das Abenteuer lebendig überstanden haben und gelangweilt durch die Welt bummeln … aber bis dahin wirst du mich zu abgefahrenen Höchstleistungen antreiben müssen, die ich mir nicht einmal in meinen wildesten Träumen hätte vorstellen können.«

Er lässt ein Stück von mir ab, legt den Kopf in den Nacken und grinst, bevor er erneut meinen Blick sucht.

»Ich wünsche mir, dass Poppy morgen wieder hinter dieser Ecke am Schwesternzimmer lauert und mir sagt, dass ich den Pullover falsch herum trage. Ich will, dass sie ihren Schokoriegel mit mir teilt, unaussprechliche Beschimpfungen für Narcissa bereithält und dich vergöttert, so wie ich es auch tue. Lass uns das wahre Herzstück des WONC zurückholen und dabei das Schicksal herausfordern.«

***

Nach unzähligen schummrig beleuchteten Gängen, Ecken und Brettchen, auf denen Warnungen stehen, halten wir vor einer circa vier Meter hohen Glaskuppel, in deren Mitte nichts als ein einzelnes Bett steht. Das obere Ende wurde so gebaut, dass die alte Frau mit den schulterlangen, schneeweißen Haaren direkt in unsere Richtung sehen und mich sprachlos machen kann.

Mein Herz klopft bis zum Hals, denn ich spüre auch aus dieser Entfernung die Macht, die von ihr und ihren unbeschreiblich grünen Augen ausgeht.

»Lady Alissa«, hauche ich und verstehe schlagartig, warum ihr Poppy diesen ehrerbietenden Beinamen verliehen hat.

Sie sieht aus wie eine einstige Königin. Majestätisch, weise, unantastbar und gerecht. Es ist ein Frevel, sie hier hinter gläsernen Mauern festzuhalten, nur um ihre Kräfte zu erforschen.

»Darf ich zu ihr?«, frage ich kleinlaut und wappne mich vor der Urgewalt, der ich gleich gegenübertreten werde.

Fio nickt, legt mir aber traurig die Hände auf beide Schultern »Sie hat schon vor Jahren aufgehört zu sprechen oder anderweitig zu reagieren. Sie wird dich vielleicht hören können, aber mit großer Wahrscheinlichkeit nicht auf deine Fragen antworten.«

Nachdenklich und mit einem schuldbewussten Blick in den Augen wickelt er sich eine meiner langen Haarsträhnen um die Finger und fährt fort: »Narcissa hat noch nie Grünlinge in diesem Gebäude geduldet, doch genau sie sind es, die Alissa am Leben und bei Verstand halten, wie ich nun weiß.« Er seufzt. »Abgeriegelt von allem Floralem und gefangen hinter Glas, hat sie keine Chance, ins Leben zurückzufinden.«

»Erinnere dich«, sage ich und streiche beruhigend über sein Gesicht, das schuldbewusst Richtung Boden zeigt, »ich war in einer ähnlichen Lage und du hast mich daraus befreit. Die Grünlinge sind das Heilmittel für so ziemlich jedes Leiden, und so werden wir auch die Lebensgeister der alten Lady aus ihrem Winterschlaf erwecken können.«

Er sieht mich an. Allmählich verschwindet die Trauer in seinem Blick und weicht hoffnungsvoller Entschlossenheit.

»Ich werde versuchen mit ihr zu sprechen, und danach bringen wir sie auf schnellstem Wege in Poppys Heim und lassen Shiny-Horst und Strawberry-Linn ihren belebenden Zauber wirken.«

»Sie bewegt sich nicht, Linnea. Sie ist stolz und stur, wie …« er überlegt.

»Wie ein alter Baum vielleicht? Denn dann gebe ich die Hoffnung auf. Die bewegen sich keinen Fingerbreit zur Seite.« Wir lächeln uns an und kehren zum eigentlichen Problem zurück. »Dann machen wir es wie beim letzten Mal«, entscheide ich. »Du bringst sie her – die Grünlinge, meine ich – und den Frön, falls es ihn tatsächlich gibt.« Was ich erst glaube, wenn ich den verwunschenen Livtastab in meinen eigenen Händen halte. »Unterdessen bereite ich unser Steinkraut vor – ‚Alissa', das Steinkraut, verstehst du?« Ich schüttle den Kopf über meinen unpassenden Einwurf, der nur verheimlichen soll, wie aufgewühlt und nervös ich wirklich bin. »Auch egal, ich werde versuchen, zu ihr durchzudringen, und du stattest Poppys Reich einen Besuch ab.«

Seine verspannten Gesichtszüge lockern sich und ich glaube, ein verhaltenes Schmunzeln entdecken zu können.

»Wir holen sie zurück, bringen sie nach Hause in den Evergreen und werden gemeinsam ein unbesiegbarer Gegner in Narcissas sinnlosem Krieg werden, okay?«

»Was, wenn sie dich angreift? Wenn sie den Frust und die Verzweiflung ihrer Gefangenschaft auf die falsche Person projiziert, ausrastet und dich tötet?«

»Fio«, sage ich leise, sodass er näher kommen muss, um meine Worte zu verstehen. »Es ist neu für mich, dass sich jemand um mich sorgt, deswegen sage ich es jetzt in aller Deutlichkeit, obwohl es wie das aufgestellte Rad eines Pfaus wirken wird: Ich bin die amtierende *Livtinga* – wenn auch gerade etwas … eingeschränkt. Du hast noch nicht mal einen Bruchteil meiner Fähigkeiten zu sehen oder spüren bekommen. Glaub mir, wenn ich dir sage – ich bin verdammt zäh, auch ohne den Rückhalt meiner grünen oder windigen Freunde. Mein liebliches Äußeres ist nur Fassade, damit Feinde mich unterschätzen.«

Er verringert den Abstand zwischen uns, sodass unsere Nasenspitzen zaghaft aneinanderstoßen.

»Wie gut, dass ich nicht dein Feind bin und beides haben kann. Dein liebliches Äußeres und dein zähes Inneres, voller Überraschungen, auf die ich mich freuen kann, sobald wir das hier überstanden haben.«

Er haucht mir einen Kuss auf die Stirn, verharrt einen Augenblick in dieser liebevollen Geste und tritt zurück.

Seine Hand wandert zur Seite, wobei er den Daumen auf ein unscheinbares Feld neben uns legt und der Glaskasten augenblicklich mit violettem Nebel geflutet wird.

»Was ist das?«, frage ich ehrfürchtig und muss zugeben, dass ich trotz meiner großen Reden eben ein leichtes Ziehen in der Magengegend verspüre.

»Das Gas sorgt dafür, dass die Patientin … also Lady Alissa, für circa fünf Minuten betäubt wird, was dir die Chance gibt, die Glocke zu heben und einzutreten.« Er sieht mich eindringlich an. »Aber du musst das nicht allein machen, Linnea. Wir können …«

»Nein, schon gut. Ich schaffe das«, unterbreche ich ihn und strecke den Rücken durch, als trage ich tatsächlich ein beeindruckendes Federrad an meinem Hinterteil. »Lass mich eintreten«, sage ich und atme geräuschvoll aus, um meine Bereitschaft zu signalisieren.

»Moment noch. Das Gas wird erst abgesaugt.« Sein Blick gefällt mir gar nicht. »Du wirst mit ihr zusammen eingesperrt sein, Linnea. Nur von außen kann die Vorrichtung geöffnet werden, damit unsere magische Freundin da drinnen nicht auf dumme Ideen kommt, die ihr keiner zugetraut hätte, verstehst du?«

Ich nicke, frage mich aber ernsthaft, was die Lady in der Vergangenheit angestellt haben muss, das diese übertriebenen Sicherheitsvorkehrungen rechtfertigt.

»Auch du wirst in diesem Käfig keine Chance haben, deine grünen Freunde um Hilfe zu bitten. Es werden nämlich keine zur Stelle sein. Wenn irgendwas schiefläuft, bis ich wieder zurück bin, dann …« Er zögert. »Willst du es dir nicht noch einmal überlegen? Mir wäre wirklich wohler, ich sei in deiner Nähe, könnte das Geschehen in der Glocke überwachen und eingreifen, sollte sich wider Erwarten etwas in der alten Lady rühren.«

O Himmel, dieser ausgeprägte Beschützerinstinkt ist wirklich süß, aber nicht notwendig.

»Das hatten wir doch vorhin schon, Fio. Ich muss allein mit ihr sein. Sobald sie ein bekanntes Gesicht aus den Reihen ihrer Peiniger sieht, wird sie die Blätter einrollen, die Stacheln aufrichten und unsere einzige Möglichkeit, Antworten zu bekommen, ist dahin.«

Er fährt sich mit einer Hand über die angespannte Stirn und nickt, bevor er mein Handgelenk ergreift, die schwitzigen Finger langsam öffnet und etwas hineinlegt, das sich winzig klein anfühlt.

»Wenn die Situation eskaliert, schluckst du diese Kapsel und rennst gegen die Glasfront. Bei starker Erschütterung im Innenraum wird automatisch eine Dosis Schlafgas freigesetzt und knockt die Insassen aus. Das Gegenmittel befindet sich in dieser Pille und wird dich bei klarem Verstand halten, während Alissa ins Land der Träume reist.«

»Das ist barbarisch!«, empöre ich mich.

»Absolut, ja, aber mit ungeahnten Kräften ist, wie wir beide wissen, nicht zu spaßen. Ich hatte jahrelang keine Ahnung, warum die nette Lady hier eingesperrt und von der Welt isoliert wurde. Sie galt als gefährlich, geistig nicht zurechnungsfähig und schien interessant genug, um es auf die Patientenliste des WONC zu schaffen.« Seine Stimme wird brüchig und ich spüre, wie schwer ihm dieses Eingeständnis fallen muss.

»Ich verachte mich für mein Desinteresse. Ich habe Narcissas Methoden nicht hinterfragt, war zu fokussiert auf meine Arbeit und ein Leben in ihrem Schatten. Damit ist jetzt Schluss.«

Er haucht mir einen Kuss auf die Hand, in der die Notfallpille ruht, und sieht mich mit festem Blick an.

»Du hast recht mit allem, was du sagst. Es ist barbarisch. Und nur weil wir die Fähigkeiten dieser Frau nicht erklären können, haben wir noch lange nicht das Recht, sie wegzusperren und von ihrer Energiequelle abzuschotten.«

»Es wird alles gut gehen. Versprochen! Wir werden dem ein Ende setzen.«

Ich stelle mich auf die Zehenspitzen und stibitze mir einen letzten Kuss, bevor die Glocke nach oben fährt und ich mich freiwillig und absolut schutzlos in die Nähe einer Frau begebe, die einst die Hüterin des Waldes war.

Wäre sie vor langer Zeit nicht in diese Einrichtung verschleppt und unschädlich gemacht worden, wäre mein Leben vermutlich anders verlaufen. Möglicherweise hätte ich einen Beruf erlernt, wäre verheiratet, wie meine Eltern es waren, würde ein Kind unter meinem Herzen oder gefährlich hohe Absätze wie Narzissa, tragen. Eine ebenso verlockende wie auch angsteinflößende Vorstellung.

»Unkraut nennt man die Pflanzen,
deren Vorzüge noch nicht
erkannt worden sind.«
Ralph Waldo Emerson

Fio

Zügig verlasse ich den abgeriegelten Bereich des WONC und mache mich auf den Weg zu Poppys Privaträumen.

Je länger ich hier rumstehe, desto größer wird meine Angst um Linnea. Alissa ist wie ein schlafender Vulkan. Ich war noch nie dabei, wenn sie einen Ausbruch hatte, aber laut Narcissas Beschreibungen … okay, da liegt vermutlich schon der Fehler. Wer weiß schon, was sie mir noch für Lügen aufgetischt hat.

Linnea hat mir zugesichert, dass sie vorsichtig sein wird und ich vertraue ihr. Ihr und ihren Fähigkeiten, sich im Ernstfall auch verteidigen zu können.

Da ist es. Poppys kleines Reich, welches bisher nur ihre Eltern zu Gesicht bekommen haben. Selbst als wir die Grünlinge aus ihrer Bude holten, drückte sie mir die Töpfe vor der Tür in die Hand und schickte mich zurück an die Seite des Moosglöckchens. Okay, zugegeben, ich war ja auch etwas neben der Spur. Damals.

Damals? Heute sind all deine Schräubchen da oben wieder fest angezogen, ja? Nur mal so als kleine Frage, falls dir mal langweilig ist und du über dein Leben nachsinnen magst.

Irgendwie fühlt es sich illegal an, einfach in ihre Wohnung zu marschieren und die Zimmerpflanzen zu stehlen.

Hast du einen Schlüssel?

Ja.

Dann ist es kein Einbruch, sondern die nette Geste eines Kollegen, der dem verdurstenden Gemüse mal etwas zu trinken geben will. Entspann dich. Außerdem hast du eh keine Wahl. Ohne Horsti, Luschi, oder wie auch immer die Namen der Unkräuter lauten, kommt die gute alte Alissa nicht mehr auf die Beine und

Poppy bleibt unter der Erde.

Wie immer enorm feinfühlig. Ich geh dann also mal rein.

Fragst du mich grad um Erlaubnis?

Natürlich nicht.

Klang so.

Mit einem Zahlencode, den mir Arnit vom Empfang bereitwillig ausgehändigt hat, als Poppys Name fiel, öffne ich die schlichte blassgrüne Tür, die all den anderen auf dieser Etage gleicht, und trete ein.

Dieser Arnie …

Arnit. Zuhören, wenn du schon unbedingt deinen Senf dazu geben muss.

Gut, gut, dann eben Arnit – was für ein scheiß Name. Was berechtigt ihn eigentlich dazu, dir diesen Türcode auszuhändigen? Kennt er Poppy? Hat er sie gefragt, wer im Notfall aller Zutritt zu ihrer Wohnung erhalten soll?

Du willst mich wirklich in den Wahnsinn treiben, oder? Gerade noch machst du mir Mut und jetzt hackst du auf Arnit rum. Der ist echt in Ordnung. Hat sich ja auch von selbst nach Poppy erkundigt. Sich sogar Sorgen gemacht, wenn ich es mir so durch den Kopf gehen lasse.

Er steht auf sie.

Was?

Deine Empfangstante mit dem Kacknamen. Der will die unschuldige Poppy bestimmt gerne mal auf andere Gedanken bringen und …

Boah! Kannst du das lassen? Diese … keine Ahnung … abstrusen Vermutungen? Ich glaube im Übrigen nicht, dass Poppy …

Was – eine Frau im besten Alter ist und Gelüste hat?

So hätte ich es mit Sicherheit nicht formuliert – aber ja. Sie kommt mir immer so zufrieden mit sich selbst vor. Schließlich hat sie ja auch nie versucht … also …

Sich an dich ranzumachen? Findest dich schon sehr geil, was Fio? Alter Stecher. Nur weil du grad was mit zwei Torten am Laufen hast, denkst du wohl, jedes Höschen wird feucht, wenn du vorbeiläufst. Tss!

Ich werde mich irgendwann selbst einweisen, wenn ich dich nicht bald loswerde.

Vermutlich.

Nicht hilfreich und jetzt Ruhe!

Als die Stimme im Kopf endlich verklingt, lasse ich die Tür hinter mir leise ins Schloss gleiten und sehe mich um.

Ich hätte ja mit vielem gerechnet. Mit unzähligen Plüschtieren, überdimensional großen Postern von gehypten Boybands, aber das … das haut mich echt aus den Socken. Wie krass man einen Menschen doch verkennen kann!

Bei all der Liebenswürdigkeit, die Poppy ausstrahlt, wie sie mit den Patienten und natürlich ihren Grünlingen umgeht, nun ja, da hätte ich Pastelltöne, kuschlige Sofadecken und glitzernde Dekokissen erwartet.

Denk mal etwas weniger in Klischees, Alter (außerdem ist das mein Spezialgebiet). Nicht alle Tantchen in quietschrosa Bademänteln sind super lieb und backen dir Kuchen.

Ich muss zugeben … du hast ausnahmsweise recht. Die Wirklichkeit ist, in Poppys Fall jedenfalls, viel, wirklich *viel* dunkler.

Das kleine Wohnzimmer ist komplett schwarz gestrichen. Die Deckenleuchte, die ich soeben angeschaltet habe, zeigt einen Drachenkopf von der Größe eines Rinderschädels und taucht den Raum in ein schummriges Rot. Kein Rotlichtmillieu-Rot, sondern eher … keine Ahnung … Lagerfeueratmosphäre?

Das wenige Mobiliar, bestehend aus einem Couchtisch, einer schlichten Kommode und dem beachtlichen Bücherregal, vervollständigt das dunkle Ambiente.

Die winzige Küchennische besteht aus tiefschwarzen Schränken – selbst das Spülbecken ist schwarz – samt Waschmaschine und einem knallroten Kühlschrank.

Das Sofa, welches mit rotem Samt überzogen ist, weist kein einziges überflüssiges Dekokissen auf, scheint jedoch viele Geschichten erzählen zu können, denen ich in einem anderen Kontext gern einmal lauschen würde.

Ich wette, Poppy hat noch viele Facetten, die sie bisher erfolgreich vor der Welt versteckt hat und nach denen ich mich definitiv erkundigen werde.

Vielleicht bei einer von Linneas Pfeifchen?

Keine schlechte Idee.

Im Schlafzimmer, das diese Bezeichnung kaum verdient hat, befindet sich ausschließlich ein Bett, über dem ein Zwischenboden eingezogen wurde, auf dem sich eine hölzerne Truhe an die nächste reiht. An der Wand hinter dem Bett, welches an zwei Seiten mit weinroten Schals bespannt ist, thronen, im wahrsten Sinne des Wortes, da sie sogar beleuchtet werden, drei eigentümliche … Waffen? Vielleicht?

Der erste mystische Gegenstand könnte dem Gott des Meeres entrissen worden sein, da es sich um einen golden glänzenden Dreizack handelt, der verdammt spitz und im schlimmsten Falle tödlich auf mich wirkt.

Seltsames-Fantasy-Instrument Nummer zwei, würde ich mal vorsichtig mit einer Streitaxt vergleichen. Ich kenn mich da nicht so aus, da Orks, Einhörner, kopflose Ritter und andere Wesen an mir vorübergezogen sind, ohne mich einschneidend zu tangieren.

Doch das letzte Stück aus Poppys fantastischem Waffenarsenal lässt mich begeistert die Hand danach ausstrecken, obwohl sich eine gehörige Portion Ehrfurcht in meine Handlung mischt.

Ich greife wie von einem magischen Magneten angezogen nach diesem verschnörkelten Stock, der, wie sich meine Vermutung bestätigt, aus dem schönsten und wohl kostbarsten Holz geschnitzt ist, das ich je in meinen Hobbytischlerfingern halten durfte.

Wow!

Einfach nur wow!

Das muss er sein. Der verschollen geglaubte magische Frön. Unsere stärkste und im Moment einzige Waffe gegen Narcissa.

»Au! Verdammte Schei… Ha, ha, heiß!« Erschrocken werfe ich den Frön auf Poppys düsteres Prinzessinnenbett.

War doch klar, Mann. Ein mystischer Stab. Der ist hundertpro verzaubert und nur der oder die Auserwählte können ihn berühren. Oder so ähnlich.

»Durchaus möglich …«, brabble ich und ziehe ein frisches paar Latexhandschuhe aus meinem Kittel. So sollte es gehen. Zu meiner Erleichterung schaffe ich es, das wertvolle Relikt zu greifen und weiter zu bestaunen.

Am Kopf des circa ein Meter fünfzig großen Prachtstücks teilt sich das Holz, und eine gläserne Phiole ist so fest mit diesem Zwischenraum verwachsen, wie es Sandkörner unter einem Blitzschlag tun.

Doch das Faszinierendste wartet im Inneren des gläsernen Einschlusses. Ein aufkeimender Samen, dessen satte grüne Blättchen geheimnisvoll leuchteten, schwebt in seinem Kokon und protzt mit einer alles einnehmenden Kraft, deren Faszination ich mich nicht entziehen kann. Er lebt, so viel steht fest. In einem luftleeren Glasbehälter, der niemals die Sonne sieht – keimt ein kräftiger junger Grünling auf. Wahnsinn!

Apropos Grünling. Hast du da nicht ,ne Kleinigkeit vergessen, Fio?

Die Grünlinge – genau! Und da wird es mir klar. Sie sind fort. In der gesamten Wohnung war keine einzige Pflanze zu sehen. Zugegeben, das Badezimmer habe ich noch nicht ausgecheckt, würde aber darauf wetten, dass die Arschlöcher, die Poppys Lieblinge gestohlen haben, gründlich waren.

Verdammter Mist! Narcissa muss diese Aktion in Auftrag gegeben haben, nachdem sie Poppy in den Container im Forest verschleppt hatte. Diese Hexe. Jetzt haben wir keine Chance …Moment! Was war das?

Geräuschlos erhebe ich mich, den Frön noch immer in meiner rechten Hand, und lausche.

Da war ein Geräusch an der Tür. Ich bin sicher!

Okay, was tun? Verstecken, wie ein Fünfjähriger oder da rausgehen, wie ein echter Mann – immerhin bin ich ja auch bewaffnet – und dem Eindringling mal so richtig … Scheiße, ich hab keine Ahnung. Ich habe mich noch nie in meinem Leben geprügelt.

»Fio?«, ruft mir eine tiefe Männerstimme aus dem Wohnzimmer zu und ich umklammere den Frön mit beiden Händen, bereit, mich zu wehren, wenn nötig!

»Fio?«, tönt es nun lauter, beinahe genervt, und mir wird schlagartig klar, wer mir zu so früher Stunde, noch dazu in einer fremden Wohnung, auflauert: Moss. Die größte Nervensäge unter der Sonne und obendrein rechte Hand der Mäzenin des Todes, alias meiner Verlobten Narcissa Dimas, besser bekannt als die schwarze Witwe oder die Königin der Untoten.

»Ich weiß ohnehin, dass du hier bist, Kumpel.«

‚Kumpel'? Träum weiter, Alter. Du bedrohst mich und das Mädchen, das ich liebe und wirst uns vermutlich umbringen, sobald du uns zwischen deine schmierigen Machofinger bekommst. Toller *Kumpel.*

»Narcissa ist bereits bei deinem Moosglöckchen und …«

Panisch reiße ich die Schlafzimmertür auf und blicke in hämisch funkelnde blaue Augen, die sich zu schmalen Schlitzen verengen.

»Was habt ihr vor? Du und deine *Gebieterin*?« Das letzte Wort spucke ich ihm beinahe vor die Füße, solch eine Wut tobt in meinem Inneren und lässt mich fahrig werden.

»Langsam, langsam, Fio«, meint Moss und lacht, bevor er einen Schritt auf mich zu macht, was mich jedoch nicht zurückweichen lässt. Ich werde hier stehen, mit stolzer Brust und dicken Eiern und mich nicht einschüchtern lassen von diesem Unterwäschemodel für Arme. Ich war lange genug eine nichtsahnende Marionette in den Händen dieser Puppenspieler. Jetzt ist Schluss damit! Ich werde vielleicht untergehen oder an krankhafter Selbstüberschätzung sterben, aber dann werde ich wenigstens nicht als bedauernswerter Waschlappen diese schöne Erde verlassen.

Nicht nur, jedenfalls.

»Nimm deinen albernen Stock runter und hör mir zu, ja?« Boah, der Typ macht mich in letzter Zeit so aggressiv! »Ich werde weder dir noch deinem süßen Waldmädchen etwas tun.«

Mmh, wer's glaubt …

»Narcissa braucht dich noch, Bro, also entspann dich einfach und folge mir. Es wird schnell gehen, es wird kaum weh tun und schon laufen die Dinge wieder nach Plan und Narcissa bekommt ihren Willen.«

»Moment.« Ich schüttle nur völlig perplex den Kopf, lasse den Stab jedoch in Abwehrhaltung vor mir. »*Was* wird schnell gehen? *Was* wird ‚kaum wehtun'? Und *was* soll Narcissa zufriedenstellen? Weder Linnea noch ich werden scheiß Laborratten für diese … diese … mir fällt nicht mal eine passende Bezeichnung für die Frau ein, die ich zu kennen glaubte.« Ich rede mich derartig in Rage, dass mein Kopf zu explodieren droht.

Moss lacht nur. Ich hasse ihn.

»Die Kurzform?«, fragt er mich und fährt sich durch die blonde Mähne, die Frauenherzen höherschlagen lässt. Mich ekelt er einfach nur an.

»Ich bitte darum!«, entgegne ich bissig und staune, als der Idiot ganz gemütlich zum Sofa schlendert und sich niederlässt, als warte er nur auf das Bierchen, das ihm gleich serviert würde.

»Narcissa ist eine Mäzenin, kann in der Nähe lebendiger Wesen nicht existieren und braucht dennoch einen Erben, um ihre Macht weiterzugeben. Ansonsten bleibt sie bis in alle Zeiten verflucht und einsam.«

Moss breitet die Arme auf der Sofalehne aus, macht die Beine breit wie der Oberproll und legt den Kopf leicht schief. Soll mich diese Leck-mich-am-Arsch-Haltung besänftigen oder auf die Palme bringen?

»Da waren für mich jetzt nicht allzu viele Neuigkeiten dabei«, werfe ich gespielt locker ein, »also weiter!«

Gut, dass sie einen Erben braucht und mich für dieses Unterfangen auserkoren zu haben scheint, um ihren Fluch zu schwächen, beziehungsweise an unser armes Kind weiterzugeben, ist schon neu, aber ich mache auf cool und allwissend und höre zu.

»Als der alte Dimas vor ewigen Zeiten die damalige *Livtinga* in die Finger bekam, begann er seine Forschung bezüglich des Mäzenfluches zu spezialisieren und experimentierte mit ihrem Blut, den von ihr befehligten Pflanzen und schlussendlich sogar mit ihren Eizellen.«

»Bitte was? Das ist ja krank!« Mir wird schlecht.

»Wie man es nimmt. Wie weit würdest du gehen, um dein eigen Fleisch und Blut vor einem todbringenden Schicksal zu bewahren?«

Bevor ich ernsthaft darüber nachgrübeln kann, fährt er fort: »Ein Kind entstand aus dieser Verbindung.«

»Moment«, jetzt bin ich komplett raus, »du willst mir erzählen, dass Narcissa Alissas Tochter ist, die ihr vom Professor gegen ihren Willen *eingepflanzt* wurde?«

»Nein, das will ich damit natürlich nicht sagen.«

Erleichtert atme ich aus, da die Vorstellung alles nur noch verwirrender gemacht hätte.

»Ich will damit sagen, dass Poppy, das Ergebnis der Mäzenexperimente war und irgendwie dafür sorgen sollte, Narcissa zu einem normalen Leben zu verhelfen. Ganz habe ich das nicht geschnallt und es hat ja offensichtlich auch nicht funktioniert. Sie sind beide … nun ja … verkorkst. Hab ich recht?« Er lacht und legt den Kopf in den Nacken.

Ich bin einfach nur fassungslos.

»P-poppy?«, stottere ich und mache einen Schritt auf das rote Sofa zu, den Frön weiter in Habachtstellung.

»Ja, die naive und chronisch unsichere Poppy ist zu gleichen Teilen Mäzenin und *Livtinga*. Sachen gibt's, was? Und schau sie dir an. Sie verfügt über keinerlei Fähigkeiten, leidet an Panikattacken – okay, vielleicht habe ich da ein bisschen nachgeholfen, aber das tut auch nichts zur Sache. Sie ist vollkommen nutzlos und nun auch noch unauffindbar.«

Seine Ignoranz ist dermaßen zum Haareraufen, dass ich ihm am liebsten eine überziehen und ihn danach aus dem Fenster werfen würde.

»Definiere ‚nachgeholfen'! Was hast du mit der ganzen Sache überhaupt zu schaffen? Bist du auch ein Mäze oder schiefgelaufenes Experiment?«

»Du wirst die Wahrheit nicht verkraften, Fio, also spar dir deine Energie für deinen großen Auftritt gleich. All right?«

Wie ich sein dämliches ‚all right?' hasse!

»Du wirfst mir hier Dinge an den Kopf, die so unvorstellbar abwegig sind, und ich soll cool bleiben und darauf warten, dass Narcissa mich an ihrer Freakshow teilhaben lässt?«

Ich spüre, wie ich innerlich zu kochen beginne und die Kontrolle über meine sonst so durchdachten Handlungen verliere. Der Stab in meiner Hand beginnt zu beben.

»Dieses alberne Spielzeug gibst du jetzt mir und …«, grollt Moss, dem der Schalk aus dem Gesicht gewichen ist, doch er schafft es nicht, seinen Satz zu vollenden, da eine fremde Kraft die Kontrolle über mein Tun übernimmt und den Stab mit übernatürlicher Stärke in Moss' Brust rammt.

Was dann geschieht, ist einfach viel zu abgefahren, um der Realität zu entsprechen, und lässt mich kaum die passenden Worte finden.

»Fuck. Verfluchte Dreckska…! Das kann nicht wahr sein!«, brabble ich.

Auf dem roten Sofa … genau an der Stelle, an der eben noch Moss seine großspurigen Töne erklingen ließ … sitzt ein … ein Frettchen. Ein iltisfarbenes Frettchen. Dunkels Fell, heller Kranz im Gesicht, rosa Nase, langer, buschiger Schwanz, spitze Zähne. Es wirkt ziemlich lädiert, so als sei es unter ein Auto geraten … aber es atmet und starrt mich aus wachen, stahlblauen Augen an.

Fio … ähm … bist du noch bei Bewusstsein?

»Ich glaube schon … ja.«

Ich mein ja nur … ähm … denn wenn du – also, wir – also … wenn wir wach sind … dann bedeutet das, du hast Moss gerade mit deinem Zauberstab da in einen Nager verwandelt.

»Frettchen sind keine Nager. Sie gehören zur Familie der Marder. Aber ja … der Rest klingt …«

Zu abgedreht, um wahr zu sein?

»Nein … äh … ja! Ja, verdammt. Ich kann doch nicht … einen Menschen in ein Frettchen verwandeln.«

»Nein, Fioboy, kannst du auch nicht.«

Meine Augäpfel fallen beinahe aus meinem Kopf, als das Frettchen plötzlich in mein halblautes Selbstgespräch einsteigt.

»Es spricht. Das Frettchen spricht. Kneif mich mal.«

Ich bin du, also kneif dich selbst. Hat Poppy nicht erst neulich von einem sprechenden Frettchen auf der Patientenliste des WONC gefaselt? Du sagtest, das sei eine alberne Legende.

»Das dachte ich ja auch. Im Ernst. Ich behandle Menschen, denen Wolfshaare im Gesicht wachsen, die über Kiemen atmen oder die so viele Zähne im Kiefer tragen wie ein Hai. Aber ein sprechendes Frettchen?«

»Ja, ein sprechendes Frettchen. Überraschung! Mich gibt es wirklich!« Selbst die Sache mit dem Sarkasmus beherrscht es perfekt. Ich fasse es nicht. »Nur der Zeitpunkt der Verwandlung ist ja mal sowas von beschissen. Dank der Dimas musste ich schon seit Jahren nicht mehr in dieser erniedrigenden Gestalt durch die Welt humpeln. Wer konnte schon ahnen, dass Poppy …« Poppy, was? »Egal«, würgt er seine Anspielung ab.

Behutsam und in Zeitlupe, damit ich nicht noch mehr Schaden anrichte, lege ich den Frön auf den Couchtisch und ziehe das Gummi von meinen schwitzenden Händen. Ich lasse die Handschuhe einfach auf den Boden fallen und fahre mir panisch durch die Haare.

»D-du sprichst wie er«, stammle ich.

»Nein, Blödmann, das siehst du ganz falsch«, entgegnet das sprechende Tier. »Das hier, dieser drollige Fellkörper mit vier Beinen, einem starken Kiefer und diesem mächtigen Schwanz – das ist meine eigentliche Erscheinung. So kam ich hierher. Moss Furet. ‚Furet' wie Frettchen. All right?«

»Nichts ist hier ‚all right'!«, keife ich ihn an – also … es – hach, was denn nun? Ich laufe nervös und ziellos in Poppys Zimmer hin und her. Mir ist gleichzeitig kalt und heiß, ich bekomme kaum Luft und ich will einfach nicht glauben, dass ich nicht in einem beschissenen Albtraum feststecke. »Wa-warum … also wie … wie kannst du ein Frettchen sein, wo du doch eben noch ‚Moss, Narcissas schleimiger Lakai', warst?«

Eigentlich möchte ich die Antwort nicht hören. Doch Moss – das Frettchen ‚Furet' – hält im wahrsten Sinne des Wortes einfach nicht die Schnauze.

»Nun, zunächst verdanke ich Narcissa mein Leben, da ist es ja wohl kein Wunder, dass ich ihr hin und wieder einen Gefallen erweise.«

Mit einem Satz springt er vom Sofa und verschwindet so flink aus meinem Sichtfeld, dass ich nur noch hektisch blinzeln kann.

»Das Geheimnis meiner Verwandlung ist etwas … nun ja … das wir beide gemein haben, Bro. Wir werden mit Mäzenblut genährt und so in die gewünschte Form gepresst. All right?«

Mir wird schwindelig. Ich höre seine Stimme und die kratzenden Geräusche der winzigen Krallen auf Poppys Teppich, aber ich kann ihn weder orten, noch die Bedeutung hinter seinen Worten verstehen.

»Willst du damit sagen, du brauchst Narcissas Blut, um in einem menschlichen Körper ihren Laufbuschen spielen zu können?« Ich schwitze so stark, dass ich den Kittel ausziehen und mir ein wenig Luft zufächeln muss.

»Fo ähnwich, mja.« Seine Sprache wirkt irgendwie undeutlich, als habe er etwas im Mund. »Das Blut der Mäzen kann nicht nur Tote lebensähnlich machen, sondern auch einen quicklebendigen Kerl, wie du einer warst, in etwas Totenähnliches verwandeln.«

Ein lautes, berstendes Geräusch ertönt, reißt mich aus meiner Starre und lässt mich einen Wimpernschlag später … nur noch Sterne sehen … Sterne und einen letzten Gedanken: ‚Furet', wie Frettchen. ‚Furet', wie Dieb.

»Die Krankheit,
an der das menschliche Hirn leidet,
ist mangelnder Glaube.«
Ralph Waldo Emerson

Linnea

Nur widerwillig lässt Fio die Hand sinken, die er zum Abschied ans Glas der gigantischen Glocke gelegt hatte und verschwindet aus der Halle, die seit Jahrzehnten Alissas Gefängnis ist.

Vorsichtig, als nähere ich mich einem tollwütigen Tier, gehe ich Schritt für Schritt auf die weißhaarige Lady zu, die, vom Gas vorübergehend betäubt, auf ihrem Bett sitzt und friedlich lächelt.

Sie trägt nur eines dieser weiten Leibchen am Körper und macht den Eindruck, als sei sie in diesem Moment der geistigen Umnachtung sehr, sehr glücklich.

Auch wenn es mich traurig macht, sie aus diesem inneren Frieden herausreißen zu müssen, so habe ich dennoch keine andere Wahl. Um den Ältesten zurück zu holen und somit auch Poppys Leben zu retten, muss ich irgendwie zu ihr durchdringen. Nur … wie?

Behutsam lege ich meine rechte Hand auf ihre und streiche mit dem Daumen sanft über die faltige Haut, die Zeuge der jahrelangen Gefangenschaft ist, die schon so vieles erdulden musste, ohne eine echte Chance zu erhalten, ihr Potential zu entfalten. Als Hüterin den Wald zu beschützen, Leben zu bewahren und Wunder zu wirken, so wie ich es seit geraumer Zeit an ihrer statt versuche.

»Alissa«, flüstere ich, »*Min Nom sid Linnea.*«

Keine Reaktion, aber was habe ich auch erwartet? Dass sie mir in die Arme fällt, dankbar und erleichtert zu weinen anfängt und wir diese Glocke gemeinsam in einen Scherbenhaufen verwandeln?

Zögernd lasse ich meine andere Hand über ihre dünnen, schulterlangen Haare gleiten. Eine Geste, die ihr hoffentlich Vertrauen signalisiert und sie ohne Furcht die Augen aufschlagen lässt.

»*Is san hii, Alissa.*« *Ich bin hier*, lasse ich die Sprache erklingen, die uns verbindet und hoffentlich ihre Lebensgeister weckt und mich als Freund kennzeichnet. »*Ju sans nii oliien, Livtinga!*«, wispere ich und hauche ihr einen schüchternen Kuss ins Haar. *Du bist nicht allein!*

In dem Moment, als ich meinen Kopf zurückziehen will, spüre ich eine winzige Bewegung an meinen schwitzigen Fingern. So zart, dass ich es beinahe für Einbildung halten könnte. Doch als ich meinen überraschten Blick sinken lasse, schließt sich Alissas Hand um meine und sendet mir einen magischen Impuls, der mir bis in die Haarspitzen rauscht.

Verwirrt trete ich ein Stück zurück und versuche den Ausdruck zu deuten, mit dem mich die alte Frau bedenkt. Erwachen? Erschrecken? Vorahnung?

Ich weiß es nicht, aber ich glaube, so etwas wie mütterliche Liebe und Gewissheit in diesem weisen Gesicht zu lesen, und eine tiefe Verbundenheit zu dieser fremden Frau – dieser fremden Macht in ihr, die meiner so ähnlich ist – erfüllt mich.

»Linnea«, haucht sie, streckt ihre freie Hand nach mir aus und nimmt eine meiner Haarsträhnen zwischen die knochigen Finger. »Das Moosglöckchen, ja?«, fragt sie mit einem wissenden Lächeln auf den schmalen Lippen und begutachtet die Spitzen meiner Haare.

Moment, was? Mit großen Augen bestaune ich, wie sich die Strähne unter den Fingern der alten *Livtinga* aufhellt.

»Die Linneas leuchten hellrosa, wenn ich nicht alles vergessen habe, also sorge ich für das passende Erscheinungsbild, meine Liebe.«

Eine erneute magische Welle durchflutet mich und übertüncht das unauffällige Braun, das die meiste Zeit des Jahres meinen Kopf ziert, mit der geliebten Färbung der Linneas.

»Ab jetzt, Moosglöckchen, wird das Rosa nicht mehr an Jahreszeiten oder Magieentzug gebunden sein. Du bist einfach viel zu zauberhaft, um als Brünette durch diese karge Welt zu wandeln.«

Sie rückt ein Stück zur Seite und bittet mich mit einer klopfenden Geste, neben ihr Platz zu nehmen.

»Diese Farbe steht für menschliche Liebe, Freundlichkeit und

Selbstlosigkeit«, fährt sie fort und wickelt eine lange Haarsträhne um unsere verschlungenen Hände. »Du vereinst all diese Eigenschaften in dir und solltest sie nicht länger vor der Welt verstecken.«

»Aber eine *Livtinga* sollte im Verborgenen leben, sich um die Belange des Waldes sorgen und ihre Freundlichkeit nicht an die Menschen verschwenden«, fahre ich überzeugt dazwischen, ernte jedoch nur ein warmes Lachen.

»*Verschwenden*, Linnea?«, fragt sie mit einem breiten Grinsen auf den Lippen. »Kann Freundlichkeit und Liebe jemals eine Verschwendung sein?«

»Nein«, gebe ich zu und bin mir bewusst, dass ich gegen ihre Argumente nicht ankomme und auch gar nicht ankommen will.

»Du liebst den Forest, nicht wahr, Mädchen?«

Ich nicke und eine Träne rollt mir über die Wange, als ich daran denken muss, wie endlich das Dasein des Evergreens und all seiner Bewohner ist, und dass ich den Untergang des Ältesten, des Herzstücks dieses Waldes, nicht aufhalten konnte.

»Und du liebst einen Menschen, habe ich recht?«

»Woher …«, wieder lächelt sie mich mit einer entwaffnenden Allwissenheit an, sodass ich kein weiteres Wort herausbringe.

»Ich erkenne ein verliebtes Mädchen, glaube mir.«

Sie dreht ihren Kopf zu mir und wischt vertraut mit dem Handrücken die Tränen aus meinem aufgewühlten Gesicht.

»Die hellroten Wangen, die leuchtenden Augen, das Lächeln und nicht zu vergessen ein Herz, das ständig ins Stolpern gerät.«

Ich schmunzle, schlage die Lider nieder und nicke ertappt.

»Auch ich habe einst von ganzem Herzen geliebt«, beginnt sie mit träumerischem Blick zu erzählen und ich lehne mich ein wenig zurück, um ihrer Geschichte zu lauschen. »Ich muss ungefähr in deinem Alter gewesen sein, als er zum ersten Mal den Forest und damit mein Zuhause betrat.«

Das Bild einer jüngeren Alissa schießt mir durch den Kopf. Welche Haarfarbe sie wohl hatte? Trug sie menschliche Kleider oder das, was der Forest ihr schenkte?

»Ich spürte ihn, bevor ich ihn erblickte. Fühlte etwas Verbotenes, das von ihm ausging, mich lockte, mich verführte und um den Verstand brachte.«

Ich halte die Luft an und stelle mir vor, wie das neugierige Mädchen im Schatten der Grünlinge den geheimnisvollen Fremden beobachtete, verfolgte und sich aus der Ferne mehr und mehr in seine Eigenarten verliebte.

»Er kam immer allein in den Wald, trug einen seltsamen Helm, wagte sich jeden Tag ein paar Meter weiter hinein und ich lauerte ihm auf. Ich verstand nicht, was er bezweckte, war fasziniert von seiner Entschlossenheit und spürte ein verlangendes Kribbeln, immer wenn er sich die schwarze Monstrosität vom Kopf zog, seine goldenen Haare nach hinten warf, fluchte und sich keuchend und in gebückter Haltung zurück in die Stadt schleppte.«

Sie tätschelt meine Hand und seufzt, als wolle sie mir berichten, dass ihre Schwäche für diesen Fremden der Anfang vom Ende war.

»Nach zwei Wochen, als er beinahe am Ältesten angekommen war, ohne den Helm abzulegen oder überstürzt den Wald zu verlassen, gab ich mich zu erkennen und besiegelte mein Schicksal.«

Also doch. Diese Liebesgeschichte, so romantisch sie auch begonnen hat, sollte wohl kein gutes Ende finden.

»Den halben Sommer trafen wir uns jeden Tag, kurz vor Sonnenuntergang am See und lernten uns kennen. Ich blieb auf Abstand und er zog seinen Helm nicht ein einziges Mal vom Kopf, damit ich sein schöngeschnittenes Gesicht und die dunkelblonden Haare, die es mir sofort angetan hatten, bestaunen konnte.«

»Und der Älteste duldete diese Treffen?«, frage ich kleinlaut, da ich am eigenen Leib erfahren habe, wie eifersüchtig der alte Baum auf einen menschlichen Nebenbuhler reagieren kann.

»Anfangs ja. Ich kam meinen Aufgaben als *Livtinga* nach, plauderte keine Geheimnisse aus und ich glaube, alle Waldbewohner genossen meine gute Laune und eine neu erwachte Leichtigkeit, die sich in den originellsten Blütenfarben zeigte, die auf einmal im Evergreen zu finden waren.« Sie schmunzelt und schüttelt den Kopf.

»Die Moosglöckchen zu dieser Zeit leuchteten in sattem Pink, Violett, sogar Purpur, weil meine Emotionen mit mir durchgingen und ich die ganze Welt in ein einziges Farbenspiel verwandeln wollte.«

Eine wunderschöne Vorstellung, doch ich höre das traurige *Aber,* welches wie ein dunkler Vorbote über Alissas Liebesgeschichte hängt und lausche gespannt, wie es mit den beiden jungen Leuten weiterging.

»Eines Abends, die Sonne verschwand gerade hinter den Kiefern, da griff Kerr nach meiner Hand, drückte sie ganz fest und zog sie im nächsten Moment zurück. Es fühlte sich so nach Abschied an, dass ich unüberlegt handelte, ihn festhielt und der Handschuh, den er in meiner Gegenwart stets trug, auf den Waldboden fiel.«

Ich halte die Luft an. Handschuhe? Im Sommer? Ein seltsamer Helm? Ein mulmiges Gefühl macht sich in meiner Magengegend breit und ich kann gewisse Parallelen zu einer mir bekannten Mäzenin nicht mehr beiseiteschieben.

»Dieser *Kerr*«, beginne ich stockend, »hatte er Schmerzen, wenn er bei dir war? Atmete er zu schnell oder verhielt sich anderweitig komisch? Hinterließ er welke Blätter oder totes Moos, wenn er den Evergreen verließ? Konnte er …«

»Ja, ja und ja, Kindchen«, unterbricht sie mich, behält ihre märchenhafte Erzählweise jedoch bei. »Kerr Dimas war ein Mäze, genau wie seine Tochter Narcissa, die du schon kennengelernt haben solltest, nicht wahr?«

Erneut nicke ich und will nicht begreifen, was die *Livtinga* mir gerade zu berichten versucht. Sie und der Professor? Der Todfeind ihrer ganzen Existenz? Das bösartige Gegenstück zur liebreizenden und so lebendigen Alissa?

»Nun, er war nicht immer verbittert, kalt und auf sein eigenes Wohl bedacht. Er hasste seinen Fluch, versuchte ihn trotz großer Qualen zu bekämpfen und ich glaubte ihm, als er mir sein Geheimnis und die Liebe zu mir gestand. Wir konnten nicht so zusammen sein, wie wir es uns vorgestellt hatten, aber Kerr hatte einen Plan, wollte mit Hilfe seiner Forschung Wege finden, die uns ein gemeinsames, glückliches Leben ermöglichten. Ein Leben in der Natur, Kinder …«

»Kinder?«, entfährt es mir mit vor Panik geweiteten Augen. »Narcissa …«, wage ich den Namen meiner ärgsten Feindin in den Mund zu nehmen, »ist sie … deine Tochter?«

»Würde sie mich dann hier drinnen einsperren? Mich mit Schlafgas betäuben, sobald ich nur den kleinen Zeh rühre und mir täglich so lange Blut abzapfen, bis ich völlig entkräftet in einen traumlosen Schlaf falle?«

Vermutlich nicht. Doch die Mäzenin ist so kalt wie Eis, unfähig, Gefühle für andere Individuen zu empfinden, außer für sich selbst. Ich würde ihr zutrauen, die eigene Mutter für ihre Zwecke zu missbrauchen, so wie es ihr Vater vor ihr getan hat.

»Nein, Linnea«, beginnt Alissa, »Narcissa ist nicht meine Tochter, aber ich half bei ihrer Entstehung, bin mitverantwortlich für den Tod ihrer leiblichen Mutter und sitze daher in diesem gläsernen Kerker meine Strafe für jene Todsünde ab.«

Die Entschlossenheit in ihrer Stimme bricht mir beinahe das Herz. Ich habe noch nie eine solch grundgütige Person kennengelernt, außer Poppy natürlich, welche unangefochten auf dem Thron der Liebenswürdigkeit sitzt. Der so großes Leid widerfahren ist und die trotzdem nicht zu einem menschenhassenden, empathielosen Monster verkommen ist.

»Ich möchte dich hier rausholen, Alissa«, sage ich entschlossen und sehe ihr fest in die Augen. »Du gehörst nicht unter eine gläserne Glocke, sondern zurück in den Evergreen Forest, der ganz dringend deine Hilfe benötigt.«

Mit großen, wässrig grünen Augen sieht sie mich an und senkt resigniert die Lider.

»Mein Platz ist hier, Moosglöckchen. Ich habe eine Aufgabe, deren Vollendung kurz bevorsteht und ich …«

Verständnislos springe ich aus dem Bett, lasse ihre Hand jedoch nicht los.

»Alissa«, sage ich nun mit mehr Nachdruck, »was auch immer du im WONC zu erledigen glaubst, welche Fehden du mit Kerr Dimas noch offen hast oder womit beim Nordwind dich Narcissa auch erpresst – der Wald stirbt. Meine Freundin Poppy schwebt in großer Gefahr und ich …«

Kerzengerade, als sei sie von einer Kreuzotter in die Wade gebissen worden, richtet sie sich auf und ihre Unterlippe beginnt zu beben.

O nein. Folgt nun der Ausbruch, von dem Fio gesprochen hat? Sollte ich das Weite suchen, mich gegen das Glas schmeißen und das Schlafgas auslösen, um lebend aus dieser Kuppel zu kommen?

Blitzschnell wäge ich meine Möglichkeiten ab und beschließe, Alissa nicht aus reiner Feigheit erneut einem Gasangriff auszusetzen. Meine letzten Worte haben sie in eine Art Schockzustand versetzt. Sie zittert am ganzen Körper, atmet viel zu flach und jagt mir eine Heidenangst ein.

Hätte ich doch nur die Kraft der Grünlinge zur Verfügung, dann könnte ich sie wirken lassen und Alissa beruhigen.

Nun, dann muss es eben so gehen. Die alte Lady vereint immer noch florale Kräfte in sich, das hat sie an Hand meiner Haare eindrucksvoll bewiesen, und das, obwohl sie seit Jahrzehnten fernab jeder Energiequelle verweilt. Möglicherweise befeuert das Aufeinandertreffen zweier *Livtingas* die Kräfte, die mir im Forest entglitten. Ich könnte versuchen, an meine Energiereserven zu gelangen, um dieser guten Seele ein wenig Erleichterung zu verschaffen.

Kurzum klettere ich auf Alissas Bett zurück, setze mich mit gekreuzten Beinen ihr gegenüber und will meine Hände an ihre Schläfen legen, als mir Fios Notfallpille in der linken ins Auge fällt.

Vorsichtig klemme ich sie zwischen die Schneidezähne, um sie, falls der Ernstfall doch eintreten sollte, an Ort und Stelle zu haben.

Ich atme ein um die Worte der Heilung zu sprechen, da schallt ein giftiges Lachen durch das Innere der Glocke und das Letzte, was meine Augen sehen, ist violetter Nebel.

Alissa

Violette Wolken aus Schlafgas.

Jeden Tag sticht mir der süßliche Geruch dieses farbschönen Nebels in der Nase, bevor ich einen Wimpernschlag später das Bewusstsein verliere.

Egal, ob mir Nahrung gebracht, Blut abgezapft wird oder Narcissa andere Versuche an meinem wehrlosen Körper durchführt – ich werde betäubt und unschädlich gemacht, wie Insekten mit einem Spray. Der bittere Beigeschmack, der bleibt, könnte vergleichbar sein, denke ich.

Die Glocke verschwindet in lila Dunst, doch statt die kommende Erniedrigung zu verschlafen, bin ich wach. Was ist passiert?

Um wenigstens etwas sehen zu können, puste ich eine schmale Schneise in die Wolke und erkenne die rosafarbene Haarpracht des Moosglöckchens, welches völlig weggetreten neben mir liegt.

Sie muss mir ein Gegenmittel, wie es das Personal stets bei sich trägt, eingeflößt haben, während ich kurz neben mir stand. Doch für mütterliche Sorge bleibt gerade keine Zeit. Mein Mohnblümchen wird warten müssen, damit ich dieser Hexe nach all den Jahren entgegentreten kann …

Ein helles Flackern lässt den Nebel erstrahlen, bevor er so lautlos und schnell verschwindet, wie er gekommen ist.

Ein Zischen ertönt und die Glocke wird nach oben gefahren.

Um den Schein zu wahren, schließe ich die Augen, stelle mich schlafend und lausche den Worten der Mäzenin, die, ganz in ihrem Element ihren verwunschenen Lakaien herumkommandiert.

»Moss, leg einen Zahn zu!«, kreischt sie und jeder Ton ihrer bösartigen Stimme fährt mir wie ein tiefer Nadelstich unter die Haut. »Schieb ihn direkt neben die Mauerblümchen, verstanden?« Sie gibt ein verächtliches Schnauben von sich. »Und halte diesen dämlichen Stock auf Abstand! Das Fiepen in meinen Ohren, sobald ich ihm zu nahe komme, ist nicht zu ertragen. Verstanden?«

»Ich höre kein Fiepen. Muss wohl was Persönliches zwischen dir und dem mächtigen Sta…«

»Ja, du dämlicher Idiot!«, giftet die Mäzenin in zänkischer Manier und lässt meine Finger kribbeln vor Verlangen, den besagten *Stock* direkt in ihr schwarzes Herz zu bohren. Im Gegensatz zu ihr weiß ich nämlich sehr genau, warum er dieses Unwohlsein in Narcissa auslöst und bin mehr als zufrieden, über den glücklichen Umstand, meinen mächtigen Helfer in Reichweite zu haben.

»Wird's bald?«, zischt Narzissa und das Klacken ihrer Absätze kommt näher. »Die Wilden werden jeden Moment aufwachen und dann muss alles vorbereitet sein.«

Die Wilden? Meine Wut auf diese *Person* ist kaum noch zu unterdrücken. Sie wird es wieder tun, vermute ich. Sie wird erneut versuchen, ihr Blut mit Hilfe einer *freiwilligen* Spende der *Livtinga* zu reinigen. Nur, dass diesmal nicht ich – ich würde ihr nicht in einhundert Leben meinen Lebenssaft freiwillig überlassen –, sondern das Moosglöckchen zu Ader gelassen werden soll und Doktor Fiorello das passende Druckmittel darstellt. Sie wird sein Leben bedrohen, um Linnea gefügig zu machen. Sie wird das Moosglöckchen mit allen Mitteln dazu bringen, ihr Blut aus freien Stücken zu spenden. Denn nur ein einvernehmlicher Bluttransfer wird die Livtaniten – die die Kräfte einer Hüterin auch in ihrem Blut markieren – aktivieren und übermitteln können.

Um ihren Fluch gänzlich ablegen zu können, wird sie dennoch auf einen Erben angewiesen sein. Sie braucht Fio somit nicht nur als Repressalie, sondern wird versuchen, auch seinen Blutstatus zu optimieren. Nach allem, was ich in den Jahren hier mitansehen musste, vermute ich Linneas Livtaniten für Narcissa, meine für Doktor Fiorello.

Und in diesem Moment wird mir klar, dass ich verloren habe. Ja, ich werde dieser menschgewordenen Bestie nur über meine Leiche mein Blut freiwillig geben … aber nicht über die Leiche meiner einzigen

Tochter. Poppy ist mein Ein und Alles, meine Achillesferse. Und das wird die Mäzenin des Todes lauthals lachend ausnutzen.

O Sterne, steht uns bei!

»Wenn ich ihn berühre«, quengelt Moos, »verwandle ich mich zurück in Furet, Narcissa. Das habe ich dir doch versucht zu erklären. Ich habe in Poppys hässlicher Bude ewig gebraucht, um den Dreh rauszubekommen, wie ich Fioboy und den Frön verlade, ohne ständig von klein auf groß, von muskulös auf haarig zu switchen.«

Moss Furet ist eine bedauernswerte Kreatur, wenn man ihn denn als solche überhaupt bezeichnen kann. Er kam als ein Naturphänomen ins WONC, als Narcissa gerade begann, in ganzen Sätzen zu sprechen. Solange das quirlige Frettchen hinter Glas abgeriegelt war, konnten die beiden miteinander kommunizieren und die Kleine begann, das redselige Tierchen zu mögen. Kerr war überzeugt, mit Hilfe dieses Wundertieres die Empathie in seiner gefühlskalten Tochter wecken zu können. Er startete verschiedene Versuchsreihen, die Furet, das Frettchen, eines Tages umbrachten. Doch wie der verwunschene Prinz im alten Märchen ‚der Froschkönig' verwandelte sich Moss, kaum war sein Herz stehengeblieben, in einen blonden, jungen Mann. Sein Leben war zu Ende, aber das Geheimnis seines Fluches nicht gelüftet.

Bis heute.

Kurzerhand gab Kerr ihm von seinem eigenen Blut und zwängte Moss Furet in ein Leben im Schatten der Dimas. Kerrs Blut hielt ihn am Leben und die Scharade funktionierte. Doch damit dies auch so blieb und der Diener der Mäzenin nicht auf dumme Gedanken kam, ließ Kerr ihn im Dunkeln tappen. Nur er und ich wissen, dass Moss' Geschichte noch nicht zu Ende erzählt ist. Und das alles nur, damit dieser unauffällig unter Menschen leben und die Drecksarbeit für seine Herrin erledigen kann, die ihn wie Unrat behandelt.

»Dann lass es eben bleiben, Nervensäge«, gibt Narcissa genervt von sich und eine Gänsehaut breitet sich in meinem angespannten Nacken aus, »Zeit für Opfer, mein Großer!«Ihre schneidende Stimme wechselt in ein bedrohliches Flüstern, vor dem man davonrennen sollte. »Nach dem heutigen Tag wird mein Leben endlich in den Bahnen verlaufen, die Vater und ich seit so langer Zeit zu erreichen versucht haben.«

»Aber dein Vater ist gescheitert, Narcissa«, unterbricht Moss mutig und rückt seinem bevorstehenden Ende immer näher. »Er ist …«

»Was?«, fährt die Mäzenin so abrupt herum, dass ein Windstoß Linneas Haare durchfährt und einige Eichenblätter aufwirbelt, wie ich durch ein kurzes Blinzeln bemerke.»Tot?«, fragt sie mit einem Grollen in der Stimme, auf welches ein höhnisches Lachen folgt. »Mein Vater ist nicht tot. Er schwebt irgendwo zwischen dieser und der Unterwelt und wartet darauf, dass meine Macht vervollständigt wird und er abdanken kann.«

Mir wird schlecht.

Ich war dabei, als er vor Jahren versuchte, unser beider Blut zu vermischen, um als Versuchskaninchen für seine Tochter zu fungieren und den Mäzenfluch zu besiegen.

Ich habe mich mit jeder Faser meines Körpers gewehrt und ihn durch meinen Widerwillen sterben lassen. Den Mann, der mir die Welt versprach und den ich mehr liebte als alles andere auf diesem Planeten. Der Mann, der mir ein Kind schenkte, es mir noch am Tag der Geburt entriss, für seine Zwecke missbrauchen wollte und mir wieder und immer wieder das Herz brach. Er starb und mit ihm ein Teil von mir. Jetzt zu hören, dass Kerr am Leben sein sollte, wenn auch nicht in dieser irdischen Sphäre, lässt in mir gleichermaßen Hoffnung und bittere Galle aufsteigen.

»Die ‚freiwillige' Spende des Moosglöckchens wird mein Mäzenblut neutralisieren, mich mit Fio vereinen und meine Macht auch auf die Welt der Lebenden ausdehnen. Keine albernen Schutzmaßnahmen mehr, keine Atemnot im Beisein anderer niederer Lebewesen. Ich werde die Vorzüge einer Mäzenin mit der einer *Livtinga* kombinieren und zur mächtigsten Frau der Welt aufsteigen, wie es meine Bestimmung vorhersieht.«

»Dann bist du wie Poppy«, kombiniert Moss. »Bei ihr haben sich die Mäzentoxine und Livtaniten doch aber irgendwie gegenseitig … ausgelöscht, oder?«

Ich halte den Atem an und sende ein Flehen an Wassergeist und

Nordwind, dass sie meiner kleinen Mohnblume beistehen, wo auch immer sie gerade steckt.

»Poppy?« Sie spuckt den Namen, der mir der liebste ist, aus und bringt meine Selbstbeherrschung gefährlich ins Wanken. »Vergleiche mich nie, nie wieder mit dieser Missgeburt, oder es wird das Letzte sein, was du tust, Moss!«

Meine Nägel krallen sich in die harte Matratze und ich muss mich auf meine Atmung fokussieren, um nicht aus der Haut zu fahren.

»Poppy ist ein Niemand. Das Produkt eines fehlgeschlagenen Experiments. Und ja, sie hat keinerlei Kräfte. Sie kann weder Leben geben, noch welches nehmen. Sie spricht zwar zu ihren wertlosen Grünlingen, kann sie aber nicht befehligen. Sie hat solch eine Angst vor der Welt, dass sie niemals dazu fähig sein wird, auch nur einen winzigen Stein mit Hilfe ihrer Gedanken zu bewegen oder gar ganze Häuser einstürzen zu lassen, wie ich es mit nur einem Fingerschnipsen vermag.«

»Vielleicht hätte sie …«

»Es reicht, Moss!«, brüllt Narcissa ihren persönlichen Assistenten nieder, »du überschreitest gerade deine Kompetenzen, mein Lieber! Ich will den Namen Poppy nicht mehr hören, verstanden?«

Sie wartet keine Antwort ab, sondern erteilt ihm die womöglich letzte Aufgabe.

»Nimm den Stock und schaff ihn mir aus dem Weg oder ich verwandle dich in eine Steinskulptur, wie es mein Vater einst mit seinen Widersachern tat. Ein Marmorfrettchen würde sich hervorragend auf einer der Säulen meiner Villa machen, die bald den Evergreen zieren wird.«

Ein Beben erschüttert die Halle und ich luge vorsichtig unter halb geschlossenen Lidern hervor, um mit anzusehen, wie Narcissa den Boden unter Moss' Füßen aufbrechen lässt und ihn an die Pritsche treibt, auf der Doktor Fiorello und der Quell allen Lebens liegt.

Der Augenblick ist gekommen.

Ich erspüre zwei Eichenblätter, welche das Moosglöckchen in diesen toten Raum schmuggeln konnte, lasse meine Zeigefinger kreisen und heiße die Magie willkommen, die mich in einen Rausch versetzt, den ich schmerzlich vermisst habe.

Die grünen Blättchen erwachen zum Leben, dehnen sich aus, bis sie meinen Vorstellungen entsprechen und heften sich im nächsten Moment auf die Gesichter meiner Opfer.

Kein Laut entfährt Narcissas spitzen Mund. Zu überraschend kam die florale Attacke, die ihr vorübergehend das Augenlicht, die Luft zum Atmen und die Orientierung raubt. Ein Zustand, der nur kurz anhalten wird. Hoffentlich lange genug, um meinen Plan in die Tat umzusetzen.

Während die Mäzenin und ihr Laufbursche stumm um sich schlagen und versuchen sich aus den Fängen der Blätter zu befreien, steige ich vom Bett. Meine Beine zittern unter der ungewohnten Anstrengung, tragen mich aber dennoch zu dem irdischen Gefäß, in welchem ich vor vielen Jahren mein magisches Erbe einschloss.

Mit jedem Schritt, den ich auf Doktor Fiorello und den *Frön* zugehe, durchflutet mich ein Meer an Zaubersprüchen und Geheimnissen, das mich ruft, mir zuflüstert, dass ich seine Kräfte endlich wieder in mich aufnehmen soll.

Die Versuchung ist groß, die Macht verlockend und doch widerstehe ich dem Drang, da ich nicht ohne Grund den Großteil meines Daseins als *Livtinga* und die damit verbundene Bürde abgegeben habe. Ich bin nicht würdig, über derartige Kräfte zu verfügen. Ich hatte sie nicht unter Kontrolle, bin einmal zu oft ausgebrochen und habe Menschenleben genommen, über deren Verlust ich niemals hinwegkommen werde.

Ich habe mir geschworen, die Erkenntnisse und die damit verbundenen Gefahren, die ich als Hüterin des Waldes und allen Lebens sammeln konnte, erst dann wieder freizugeben, wenn eine *Livtinga* ernannt wird, deren Seele und Gewissen rein sind und die bereit ist, ihr Leben vollständig in den Dienst des Amtes zu stellen.

Meine letzte Handlung auf dieser Erde wird die Übertragung der verborgenen Mächte einer *Livtinga* an die wahre Erbin des Ältesten sein. Ich werde mein Leben geben, um Narcissa eine würdige Gegnerin entgegenzustellen, die die Welt ein für alle Mal vom Fluch der Mäzenin befreien wird.

Ich habe nur diesen einen Versuch. Ich darf nicht wanken, nicht irren und muss meine Überzeugung über die Emotionen stellen, die in mir schreien und mein Opfer nicht akzeptieren wollen.

Entschlossen lege ich meine Hände um den Frön, schließe die Augen und lasse die Sternstunden meines langen Lebens vor dem inneren Auge Revue passieren. Dann schicke ich all meine Liebe und Hoffnung auf Wanderschaft zu dem Ort, an dem die Erbin auf mich wartet.

Regiere weise, mein Herz. Trage deine Freundlichkeit in diese Welt und herrsche mit Liebe und Verstand. Vertreibe Hass, Neid, Missgunst und Zerstörung und lasse die Zeichen der Schöpfung in jedem noch so dunklen Winkel dieser Erde, die Feindschaften überwuchern. Dann wird die Menschheit die Chance erhalten, deinem Beispiel zu folgen, und ihre Heimat zu einem besseren Ort machen.

Mit einem letzten befreienden Schrei, der in meinem gläsernen Gefängnis nachhallt, ramme ich den Frön mit aller Kraft in den aufgesprengten Boden und reiße die Augen auf.

Der Keimling im Inneren der gläsernen Phiole beginnt zaghaft zu leuchten. Ein flackerndes, hellgrünes Licht umgibt den Frön, dessen Kraft mir belebende Energiestöße durch den Körper schickt. Meine Livtaniten springen an, tanzen vor Glück und bringen mein Blut in Wallung. Es ist ein unbeschreibliches Gefühl von Macht, das mich wohlig umhüllt, während der Raum uns zu verschlingen versucht.

Das magische Licht der Phiole wird heller und heller. Reinste, blütenweiße Energie strahlt unaufhaltsam aus und zieht mich und jeden in meiner Nähe in den Strudel der Veränderung. Alles beginnt sich zu drehen. Meine Hände, Füße, Arme und Beine. Alles schrumpft binnen eines Wimpernschlages zusammen. Ein ohrenbetäubender Lärm aus berstendem Glas, sich biegendem Metall und menschlichen Schreien läutet das Ende des WONC und meines Daseins auf dieser Erde ein.

Ein Lichtblitz, heller als das Leuchten der Sonne, des Mondes und aller Sterne unserer Galaxis, erstrahlt und dann …

… dann herrscht nur noch Dunkelheit.

Stille. Himmlische Stille.

Ich lächle und entschwinde siegreich aus meinem irdischen Leben.

Das größte Geschenk
ist ein Stück von dir..
Ralph Waldo Emerson

Linnea

Morgendämmerung.

Ich kann mir kaum etwas Friedlicheres vorstellen, als das Farbenspiel des Himmels zu beobachten, während er sich aus der Nacht herausschält und sämtliche Rot-, Gelb- und Blautöne binnen weniger kostbarer Minuten anprobiert, um einen herrlichen Sommermorgen zwischen die Wolken zu zeichnen.

Es ist ruhig. Herrlich ruhig. Das Zwitschern des Buchfinken verrät mir, dass die Sonne jeden Moment gänzlich aufgegangen ist und die Tautropfen auf meiner Haut verschwinden werden.

Ich schließe noch einmal die Augen, atme die belebende Waldluft ein und lasse die ausgestreckten Arme durch das Moos fahren.

Wenn ich den Atem anhalte, kann ich das Flüstern der rosafarbenen Glöckchen hören, die sich rund um den Ältesten angesammelt haben und spüre eine tiefe Verwurzelung mit diesen zarten Pflänzchen. Sie erzählen Geschichten des Waldes, berichten mir, wie es um Fauna und Flora steht und ob es ein guter Morgen für ein erfrischendes Bad im See wird.

Doch heute bleibt es ruhig. Zu ruhig, und auch der sonst so samtige Untergrund fühlt sich fremd und falsch an.

Langsam stemme ich mich auf meinen Ellenbogen nach oben und bestaune die erwachende Umgebung, die meinen Mund ganz trocken werden lässt.

Ich liege in einem weitläufigen Mohnblumenfeld, umgeben von den majestätischen Kiefern, die ich zu meiner Familie zähle.

Der Älteste ist verschwunden, genauso wie die Moosglöckchen und das spürbare Wohlgefühl, welches ich bisher an diesem Ort empfand.

Ich drehe meinen Kopf nach links und stoße einen erstickten Schrei aus, den ich mir jedoch sofort verbiete und versuche, meine Erinnerungen der letzten Nacht zu sortieren.

Lady Alissa erscheint vor meinem inneren Auge, ebenso eine Pille, die ich zwischen ihre zittrigen Lippen schiebe.

Ich sehe Fio auf einer Liege, Narcissa und Moss, deren Gesichter von übergroßen Eichenblättern bedeckt werden und Alissa, wie sie den mächtigen Frön in den Boden des WONC rammt. Das lang verschollene Werkzeug der *Urlivtinga* verwandelte alles in meinem vom Gas noch verschleierten Blickfeld in ein Knäuel aus Mensch und Leblosigkeit, welches vom Leuchten des Stabes erfüllt wurde, immer weiter zusammenschrumpfte und schließlich implodierte.

Die Beweise, dass dieses *Abenteuer*, welches Fio und ich heraufbeschworen haben, um unsere Freundin Poppy zu retten, wirklich stattgefunden hat, zieren nun das Mohnblumenfeld und lassen mein Herz aufgeregt stolpern.

Die Angst um Fio lähmt mich mehr, als ich es je für möglich gehalten habe.

Zwischen den herumliegenden Glasscherben, Gesteinsbrocken, Metallteilen und anderen verbogenen Stangen, die im Evergreen nichts verloren haben, erspähe ich drei menschliche Körper. Narcissa verschwindet beinahe vollständig zwischen den kniehohen Mohnblumen, während Fio und der kahlköpfige, nette Kerl aus dem WONC etwas abseits im Schatten der Bäume gestrandet sind.

Schnell rapple ich mich hoch, will zu ihnen eilen, als ein sonderbares Geräusch meine Aufmerksamkeit auf sich zieht.

Ein Ploppen ist zu hören, dann noch eines, noch eines und noch eines, bis ein Klang den Forest erfüllt, der mich unter normalen Umständen in Erinnerungen schwelgen lassen würde, mich jedoch starr und verwirrt zurücklässt. Trockene Maiskörner über dem Feuer zu verwandeln war gestern. Heute wachsen die tiefroten Mohnblumen in die Höhe, wechseln die Farbe zu einem wunderschönen, allerdings trügerischen Violett, werfen die Blütenblätter ab und lassen die Kapseln mit hochgradig giftigem Inhalt zerbersten.

Schlafmohn!

Wir müssen schleunigst verschwinden, bevor die tödlichen Opiate uns binnen kurzer Zeit für immer einschlafen lassen.

Ich fokussiere die sich rasant verändernden Grünlinge, die Poppys Vermächtnis so bildgewaltig in den Forest zauberten, und konzentriere mich auf ihr Wesen und Wirken.

Mehrfach versuche ich, eine Verbindung herzustellen, ihr unkontrolliertes und vernichtendes Handeln mit meiner Magie zu stoppen, doch muss mich geschlagen geben. Meine Kräfte sind fort. Die Zeit rinnt mir mit jedem neuen *Plopp* durch die unnützen Finger und ich muss wohl oder übel auf althergebrachte Rettungsmethoden zurückgreifen.

Gegen jede Vernunft ändere ich also die Richtung und nähere mich Narcissa, in deren unmittelbarer Nähe sekündlich neue toxische Mohnkapseln explodieren. Fio und der Sicherheitsmann – wie hieß er noch? Arnit – müssen vorerst im Schatten der Kiefern warten. Ich bin wirklich nicht scharf darauf, Narcissas Dasein zu verlängern, aber ich bin eine *Livtinga*, eine *Bewahrerin des Lebens,* und kann nicht dabei zusehen, wie sie langsam und qualvoll stirbt.

Um mich selbst möglichst lange vor den tödlichen Folgen der mutierten Grünlinge zu schützen, ziehe ich das graue Oberteil, das ich trage, über Mund und Nase.

Als ich mich der Mäzenin bis auf einen Meter genähert habe und das aufgeregte Schlagen meines Herzens das Ploppen des Schlafmohns beinahe übertönt, stelle ich erschrocken fest, dass sich die Wandlung der roten Blumen ausgehend von Narcissas Lageplatz vollzieht.

Es scheint, als habe die tödliche Magie der Mäzenin Auswirkungen auf die einst so harmlosen roten Blumen, die sich nun in tickende Zeitbomben verwandeln, die selbst vor der *Magd des Todes* kein Einhalten haben.

Mit jedem Schritt fällt mir das Gehen schwerer. Ich spüre die todbringende Kraft Narcissas, die sich in den Kapseln des Schlafmohns manifestiert, und muss meinen schwächer werdenden Körper immer und immer wieder zum Weitermachen animieren.

Als ich eine Hand nach ihr ausstrecke, um sie aus dem explodierenden

Mohnfeld zu ziehen, werde ich mit einer solch enormen Kraft von ihr geschleudert, dass ich meterweit durch die Luft fliege und neben einem Wandstück des WONC zum Liegen komme, auf dessen weiß getünchter Seite die Buchstaben O, N und C noch sichtbar sind. Das gesamte Gebäude muss mit uns in den Frön und hierher auf die Lichtung gebannt worden sein, wo es allerdings nur in Kleinteilen ankam.

Ächzend versuche ich, nach dieser schmerzhaften Bauchlandung aufzustehen, werde jedoch von einem leichten Beben unter meinen Händen abgelenkt.

Der Rhythmus dieser Erschütterung stimmt nicht mit den platzenden Mohnkapseln überein, muss also folglich anderen Ursprungs sein.

Neugierig, auch wenn ich weiß, dass die Zeit gegen mich arbeitet, folge ich dem Wummern des Waldbodens am Rande des Mohnfeldes und staune nicht schlecht, als ich, verkeilt in Gesteinsresten und großen Glasscherben, den Frön erkenne, dessen hellgrünes Glimmen zu einem weißen Strahlen angeschwollen ist, das seltsam beruhigend auf mich wirkt.

Wie von einer Macht getrieben, der ich mich nicht entziehen kann, krieche ich auf allen vieren zum Stab und strecke eine Hand danach aus.

»Aaah!«, entfährt mir ein Schrei des Entsetzens.

Die weiche Oberfläche des Fröns hat meine oberste Hautschicht versengt und lässt mich auf feuerrote, glänzende Haut blicken, die mir Tränen in die Augen treibt.

Trotz der Schmerzen, die der Livtastab verursacht – dem ich mit dem Schwinden meiner Kraft nicht mehr würdig bin –, ziehe ich ihn mit einer entschlossenen Bewegung aus seinem steinernen Gefängnis. Das Verbrennen meiner Haut raubt mir beinahe die Sinne. Doch heilen kann ich später. Jetzt muss ich dafür sorgen, dass wir überleben.

Das Licht im Inneren der Phiole ist so hell, dass ich die Augen schließen und mich abwenden muss.

Einem Impuls folgend richte ich die Spitze des Fröns mit geschlossenen Lidern Richtung Erde und trete erneut den Weg in das unheilvolle Mohnfeld an, welches ich gestern noch für Poppys Liebesbeweis an unsere Welt hielt und als wunderschöne Erinnerung an sie deutete.

»Linnea, nicht!«, dringt eine Stimme durch das grässliche Poppen der Kapseln, welches mit jedem weiteren Knall den toxischen Milchsaft an seine Umgebung abgibt und alle Anwesenden in Lebensgefahr bringt.

Ein kurzer Blick in Fios entsetztes Gesicht lässt mich innehalten und aus der Fokussierung erwachen, mit deren Hilfe ich sowohl Schmerz, als auch die Gefahr, in die ich mich gerade freiwillig begebe, ausblenden konnte!

Oh, Himmel! Fio!

Meine wundervollste Schwachstelle. Ich liebe dich, aber wenn wir diesen apokalyptischen Alptraum überleben wollen, dann muss ich deine Verlobte aus Poppys Reichweite schaffen und hoffen, dass der Frön meine verschwundenen Kräfte reaktiviert und uns rettet. Trotzdem zerre ich mir den behelfsweisen Mundschutz vom Gesicht und rufe: »Ich liebe dich, Fio! Ich weiß, dass das die womöglich dümmste Entscheidung meines Lebens ist, aber ich würde für diese wunderbaren Stunden mit dir immer wieder Dummheiten begehen!«

Weine ich? Es fühlt sich verdächtig feucht auf meinen Wangen an und wieder wird mir bewusst, dass ich mich von diesen Emotionen nicht leiten lassen darf.

Doch neben den Tränen, die ungehindert in meinen offenen Mund laufen, spüre ich ein Lächeln auf meinen Lippen.

»Vertrau mir, bitte!«, schreie ich über die bedrohlichen Explosionen, obwohl die Angst, die meinen Körper zu dominieren versucht, mit jedem Atemzug übermächtiger wird.

»Ich bin gleich zurück, Fio! Zähle bis 10 oder besser bis 100 und schon werde ich in deinen Armen liegen und unsere Geschichte weiterschreiben!«

Ein letztes Lächeln und ein Schlucken unter Tränen, bevor ich das Shirt erneut bis unter die Augen ziehe. Dann hefte ich meine Aufmerksamkeit wieder auf den Frön, den mordenden Schlafmohn und die Mäzenin, die hinter den violetten Schönheiten beinahe verschwindet.

Das Licht des Stabes bahnt mir den Weg, als brenne die florale Energie eine Schleuse ins Feld. Ich komme schnell voran, ertrage die höllischen Schmerzen, die mir die Haut von den Händen schälen und bin doch zu langsam.

Ein schwarzer Nebel bildet sich um Narcissa, durchzogen von gleißenden Blitzen, deren Donnergrollen mein Innerstes erschüttern und mich wanken lassen.

Überreste des WONC erheben sich aus ihrer Starre, verschmelzen zu gigantischen, leblosen Steinkreaturen, die sich in Bewegung setzen und Fio, Arnit, der sich gerade mit weitaufgerissenen Augen über seine Glatze fährt, und mich in die Enge zu treiben versuchen.

Ich drehe mich immer wieder um die eigene Achse, versuche das wirre Bild zu verstehen, zu begreifen, wie es zu dieser Katastrophe kommen konnte und bete zum Nordwind, dass er uns beistehen möge, sollten tote Gesteinsriesen den Evergreen dem Erdboden gleichmachen.

Mein inniges Flehen wird jäh unterbrochen, als mit einem Kreischen, das mir beide Trommelfelle zerspringen lässt, der Körper der Mäzenin in die Höhe schießt, wie ein Bote aus der Hölle, und mit ausgebreiteten Armen über dem Feld schwebt und die Steinarmee befehligt.

Ihr verhasstes, dämonisches Lachen dröhnt durch den dumpfen Schleier meiner beeinträchtigten Hörfähigkeit und wird von einem hohen, monotonen Fiepen begleiten, welches mich in die Knie zwingt. »Ihr Narren!«

Schwer atmend und mit geschlossenen Augen stütze ich mich auf den Frön, der weiterhin erfolgreich versucht, mich zu bekämpfen.

»Zwanzig«, glaube ich Fio von der Seitenlinie dieses magischen Schlachtfeldes schreien zu hören. »Einundzwanzig, Linnea! Ich werde nicht ohne dich sein, hörst du!«

Nicht schon wieder weinen, Moosglöckchen, verstanden? sage ich mir. Fio hat recht und mit jeder weiteren Zahl atme ich die köstliche Luft der Überzeugung und stelle mich dem Biest und seinen unfairen Waffen entgegen.

»Vierundzwanzig, Moosglöckchen!«, schreit er, obwohl es viel zu leise bei mir ankommt. »Wenn ich die 100 erreicht habe und du nicht wie versprochen in meinen Armen liegst, komme ich rein! Ich bin vielleicht kein Zauberer und der erbärmlichste Held aller Zeit, aber ich komme zu dir, darauf kannst du dich verlassen!«

»Niemaaaaaals!«, lasse ich mein Kampfgeschrei ertönen, richte mich zu voller Größe auf, renne die letzten Meter durch die violetten Todbringer, vorbei an den steinernen Ungetümen und ramme den Frön mit ganzer Kraft direkt unter Narcissas düsterer Erscheinung in die Erde!

Der Wald erzittert. Narcissas Soldaten zerfallen in ihre Einzelteile, schlagen tiefe Krater in den weichen Waldboden und zwischen die verstummten Mohnblumen.

Das überirdische weiße Licht schießt aus der Phiole des Fröns nach oben, spinnt Narcissa in eine Art Kokon aus himmlischem Leuchten, und zieht sie mit sich in das uralte Holz des Stabes, der in meinen Händen bebt.

Ihre grellen Schreie verstummen.

Als das Licht die Phiole passiert, erkenne ich, wie eine winzige Version der Mäzenin gegen ihr Gefängnis aufbegehrt, sich windet und ihr eiskalter Atem Schneekristalle auf das Glas zaubert.

Doch das Licht wandert weiter, zieht Narcissa mit sich, immer tiefer ins Holz des Fröns, dringt in die Erde direkt unter mir und dann werde ich mit den wohl schönsten Worten, die ein Mensch je zu mir gesagt hat, ruckartig nach hinten gezogen.

»Zweiundvierzig, Moosglöckchen! Jag mir nie wieder so einen Schrecken ein, okay?«

»Mein tapferer Held«, flüstere ich lächelnd, bevor ich kraftlos die Augen schließe und die Dunkelheit willkommen heiße.

Epilog

Poppy

Regiere weise, mein Herz. Trage deine Freundlichkeit in diese Welt und herrsche mit Liebe und Verstand. Vertreibe Hass, Neid, Missgunst und Zerstörung und lasse die Zeichen der Schöpfung in jedem noch so dunklen Winkel dieser Erde die Feindschaften überwuchern. Dann wird die Menschheit die Chance erhalten, deinem Beispiel zu folgen, und ihre Heimat zu einem besseren Ort machen.«

Diese Stimme. Ein Flüstern. Ein gleißend helles Licht und plötzlich beginnt sich meine gefangene Seele zu manifestieren, nimmt Gestalt an, kriecht in jede noch so kaputte Mohnblume und wird von einer unbeschreiblichen Kraft erschüttert, die die Lichtung in ein sphärisches Leuchten hüllt.

Ich heile, wachse, erblühe, vereine die roten und violetten Grünlinge in mir und lasse aus unzähligen Blüten etwas Neues erwachsen. Etwas Großartiges. Etwas Ehrwürdiges. Etwas Mächtiges.

Ich bin der Samen der Schöpfung.

Ich bin die wahre Erbin des Ältesten.

Ich werde ihn in neuem Gewand erwachen lassen und den Wald zum Zentrum allen Lebens machen, so wie es schon immer vorherbestimmt war.

Ich werde Leben erschaffen und Leben nehmen.

Ich werde Wachstum fördern oder im Keim ersticken.

Ich vermag viel mehr als das schwächliche Moosglöckchen, die den irdischen Freuden erlag, dem Frön der *Urlivtinga* nicht würdig war und ihre Gabe verlor, als der Älteste in mir seine einzig wahre Nachfolgerin erkannte.

Sie ist ein Nichts. Ein Mensch. Eine Liebende. Ein Lückenbüßer, bis ich durch das Opfer meiner Erzeugerin aus der Verbannung emporsteigen und mein Bündnis mit dem alten Baum auf eine neue Stufe heben konnte.

Sie hat ihren Prinzen gefunden, wird ein belangloses Leben am Herd an der Seite ihres Doktorchens führen und mich mit der Zeit vergessen.

Ich war ihr eine Freundin, bin für ihr Glück in ein ungewisses Schicksal gegangen und habe auf meine Befreiung durch ihre Hand gewartet.

Doch sie hat die Liebe gewählt, ihre Bestimmung verraten und die Mäzenin ins Herz des Forest gelockt.

Sie hat zugelassen, dass die dunkle Seite der *Livtinga* hervorbrechen und Narcissas bösartigem Säuseln Gehör schenken konnte.

Sie hat zugelassen, dass mein reines Herz eine Hälfte an die schwarze Magie verloren hat. In mir fließen zu gleichen Teilen die Energien einer *Livtinga* und eines Mäzen.

Ich bin jung. Ich bin naiv, verletzlich und kann mich glücklich schätzen, die Stimme meiner Schwester in meinen Gedanken bei mir zu haben.

Es ist nicht das Leben, das ich mir gewünscht habe. Nicht das Leben, das ein Happy End verspricht, einen ekligen Frosch in meinen ganz persönlichen Prinzen verwandelt oder mich in dem kindlichen Glauben bestärkt, dass Träume wahr werden können.

Ich habe mich geirrt. Dies war nicht die Geschichte meines Todes, denn ich fühle mich lebendiger als jemals zuvor.

Ich wurde mit Pech übergossen, während Linnea in eine goldene Zukunft ohne die Bürde der *Livtinga* blickt.

Der einsame Turm ist auch weiterhin mein Zuhause und die Aussicht auf den *Kuss der wahren Liebe* in weite Ferne gerückt.

Ich spüre Dornen, wo einst Lachen und Freundlichkeit, selbstloses Handeln und Bescheidenheit meinen Charakter beschrieben. Mein Licht leuchtet auch weiterhin hell, doch die dunklen Wurzeln lassen mich in Abgründe blicken, die besser im Verborgenen geblieben wären.

Trotz dieser bitteren Erkenntnis entzünde ich ein letztes Schwefelhölzchen für mein Glück. Ich hoffe, dass Linnea dieses Leuchtfeuer erkennt, mich aus den Fängen dieses Amtes errettet und einen Prinzen findet, der bereit ist, eine Kröte wie mich zu küssen.

Ich bin Poppy.

Ich leide an Agoraphobie.

Ich war Krankenschwester aus Leidenschaft.

Jetzt bin ich die amtierende Hüterin des Evergreen Forest.

Tochter einer *Livtinga* und eines Mäzen.

Ich werde die mächtigste Frau der Erde sein und friste mein Dasein im Verborgenen. Allein, nur durch die falsche Stimme meiner toten Schwester unterhalten.

Ich mag die Farbe schwarz, stehe auf Fantasy und wurde nach meiner Lieblingsblume, dem roten Klatschmohn, benannt.

Ich war noch nie verliebt.

Das schiefe Grinsen eines Mannes hat mich nie so durcheinandergebracht, dass ich meine Muttersprache vergessen oder zu sabbern begonnen habe. Ich durfte nie die Sehnsucht spüren, die einen wahrlich liebenden Menschen übermannt, wenn die bessere Hälfte nicht da ist. Ich kenne all diese Gefühle nur aus Büchern und Filmen, habe mir immer eingeredet, dass ich nicht fähig sei zu lieben oder es mit all meinen schrulligen Macken nicht wert bin, geliebt zu werden.

Und jetzt ist es zu spät. Oder?

Ende von Band 1

Der meiste Schatten
in unserem Leben
rührt daher,
dass wir uns selbst in
der Sonne stehen.
Ralph Waldo Emerson

Danksagung

Wenn ich mich mit Taschentüchern und dunkler Schokolade bewaffne, ist die, für mich, schönste Zeit des Schreibprozesses gekommen – meine Gelegenheit, um Danke zu sagen:

Danke für Jeden und Jede, die mich in meiner Blase ausgehalten, begleitet und bestärkt haben. Ihr seid einfach Wow!!!

Zu allererst meine Testlesergang: Mutti, Schwesterrrr, Margrit und Maria. Ihr zieht euch meine Geschichten rein, egal, wie schräg, kitschig oder brutal sie auch sind und tretet mir liebevoll in den A…, damit ich dranbleibe und erzähle, wie es weitergeht. Danke für eure Geduld, eure Unterstützung und Begeisterung. Hammer! Die Fortsetzung der Moosglöckchen ohne euch zu schreiben, ist wirklich, wirklich, wir-klich schwer… aaaaaber als »krass veröffentlichte Verlagsautorin«, wie Jane Villanueva sagen würde, darf ich nun neue Wege gehen und mich, samt meiner geistigen Ergüsse, den wachsamen Augen meiner Lektorin stellen: Liebe Lisa, hier kommt dein dickes, fettes Dankeschön. Du hast mit deinem wunderbaren Blick fürs große Ganze, aber auch für die liebgewonnenen Kleinigkeiten, Linnea und Fio salonfähig gemacht. Danke für jede Form von Kritik, auch wenn sie zunächst hart war. Es hat irrsinnig Spaß gemacht, den Evergreen Forest mit dir ein wenig umzugraben und noch märchenhafter zu gestalten.

Ein gigantisches Dankeschön auch an den Rest der vielen Hände und Herzen des Dunkelsternverlages. Leitstern Anna für die Chance an eurem Himmel funkeln zu dürfen, Katrin für die Punkte auf unzähligen Is, Nadine für ein Cover, das mich immer noch sprachlos macht und Asuka dafür, dass sie mit ihrer Kunst, meinen Buchhelden ein Gesicht gegeben hat. Ich bin ü-ber-glücklich! Danke!

Tausende Küsse und Umarmungen auch an meine Familie, auch wenn Teenager, darauf nicht so abfahren… Leo, Emil und Lotta, ihr schenkt mir Zeit, um meine haltlosen Phantasien zu Papier zu bringen. Ihr brainstormt mit mir, leiht mir eure besten Ideen und erduldet meine Launen, wenn ich im Rausch bin oder auch mal alles zu viel wird. Ich liebe euch. (Nein, Sohn, das ist nicht peinlich!)

Danke auch an meine Großfamilie im aller weitesten Sinne. Ihr seid stolz auf alles, was ich fabriziere, ihr steht an meiner Seite, wenn ich Hilfe schreie und unterstützt mich mit Begeisterung, euren eigenen Fertigkeiten (egal ob als Model, Fotografin, Werbetrommlerrührer_in oder what ever) und seid der Grund für meine unglaublich starken Wurzeln. Danke!!!

Bevor die Tastatur wegschwimmt… noch ein von Herzen kommendes Dankeschön an dich, lieber Leser. Danke für deinen Mut, zu diesem Buch zu greifen, für dein Vertrauen in die Autorin mit dem breiten Grinsen und dein Durchhaltevermögen bis zur wirklich… aller-aller-letzten… Seite.

Ich danke dir, euch, allen!
Auf Wiederlesen
Eure Martha

Bonuskapitel

»Hallo? Halloho?«

Warum antwortet denn keiner, verdammt?

»Narcissa?«, schreie ich in den Wald hinein, in dem ich offensichtlich festsitze. »Fio?« Einen Versuch ist es wert, auch wenn wir noch nie dicke Freunde waren. »He, Fioboy, Kumpel. Hörst du mich?«

Genervt scharre ich mit den Krallen über den trockenen Waldboden. Ja, richtig verstanden – Krallen. Ich bin wieder ein Frettchen. Geil. Ich freue mich ‚tierisch'. Ja, lange nicht so gelacht! Nachdem die weiße Hexe uns überrumpelt hat, muss ich irgendwie mit diesem beschissenen Zauberstab in Berührung gekommen sein und boom – die, ohne Scheiß, siebte Verwandlung an einem Tag. Durch Fios Rumgefuchtel mit dem bekackten Ding: Mann – Frettchen. Dank der eigenen Klugheit: Frettchen – Mann. Dank der eigenen Blödheit: Mann – Frettchen, Frettchen – Mann. Und zur Krönung … Alissa und ihre Hexerei: Mann – Frettchen. Fuck!

»Fuuuuuuuuuuuuck!!!«, meine Stimme wird langsam kratzig.

»Könnte mich bitte eeeeeeendlich jemand finden? Ich bin das drollige, dunkelbraune Frettchen, dessen Hinterteil unter einem dämlichen Leuchtbuchstaben eingeklemmt ist!«

Das Ding flackert und gibt alle paar Sekunden ein nervtötendes Brummen von sich, das mich schier in den Wahnsinn treibt. Und als würde das Schicksal – oder wer dieses alberne Schauspiel auch inszeniert hat – über mich lachen, steht besagtes Schriftzeichen auch noch auf dem Kopf. Anstelle des Anfangsbuchstabens im Wort WONC – Kurzform für ‚Whim of Nature Conservatory', das Forschungsinstitut, das mit uns in die Luft gegangen ist – liegt nun ein übergroßes ‚M' auf meinen Hinterläufen, meinem Arsch und meinem Schwanz. M wie Moss. Moss Furet, der heißeste Junggeselle unter der Sonne, der nun einsam und im falschen Körper gefangen sterben muss und sämtliche Frauen dieses Planeten in tiefe Trauer stürzen wird. M wie *Masel tov.* Herzlichen Glückwunsch!

Also, wenn ihr mich fragt … ich bin für eine Fortsetzung der Geschichte. All right?

Lieber Sternschweif,

bevor du diesen wundervollen Dunkelstern in Händen halten kannst, bedarf es der Arbeit sehr vieler talentierter und engagierter Kreativsterne.
Wir möchten daher diese Seite nutzen, um uns bei diesen Menschen zu bedanken:

Danke,

Martha Kindermann für deine Geschichte und dein Vertrauen.

Leitstern Lisa für das Lektorat.

Jaqueline Kropmanns für das Umschlagdesign.

Leitstern Lisa für den Buchsatz.

Psst...

Bevor du diesen funkelnden Dunkelstern in dein Bücherregal stellst und immer mal wieder sehnsüchtig über den Buchrücken streichst, wollten wir Leitsterne auch noch etwas sagen:

Danke lieber Sternschweif, dafür dass du außergewöhnliche Geschichten liebst und mit uns dafür sorgst, dass der Nachthimmel den Buchmarkt strahlender und bunter machen kann.

Falls du mehr funkelnden Lesestoff suchst, lassen wir dir eine Direktverbindung zu den Sternen hier und wünschen dir viel Spaß beim Stöbern.

Deine Leitsterne und der Nachthimmel

Triggerwarnung:

- ableistische Begriffe
- Mobbing/Beleidigung
- Sexszenen
- vulgäre Sprache